JN014130

夕映えのなかに 上

Im Abendrot

吉田道昌

本の泉社

夕映えのなかに（上）

第一章　敗戦

第二章　憧憬

第三章　希望を胸に

「コリアン」という表記について　本作品では、国名や固有名詞、また民族名として呼称するとき以外は「コリアン」としています。作品の時代に応じて「在日朝鮮人」や「朝鮮人」「韓国人」など正確に記すべきでしょうが、統一性と便宜上、また南北統一の願いも込めて、「コリアン」としました。ご了解ください。

夕映えのなかに　（上）

第一章 敗戦

百済川のほとり

師走も押し迫り寒い日だった。産婆の野々宮さんは赤子を取り上げた。

「男の子ですよ。皇太子殿下と同じ誕生日ですよ」

一九三七年十二月、大阪市東住吉区桑津、古代の百済野にあたる町で万太郎は生まれた。

万太郎の家のすぐ東、百メートルほど行ったところに小川が流れていた。十メートルほどの川幅で水は浅く、澄んでいた。川から東部は農地が広がり、遠くに生駒山が見えた。小川は数百メートル下流で東からくる百済川に合流し、その近くに国鉄の百済駅があった。百済川は北に流れ下って淀川に合流していた。万太郎には二歳年上の兄、勝ちゃんがいた。万太郎の次に慶子ちゃんが生まれたがすぐに病気で死んだ。

日本軍は中国への侵略を始めていた。一九四〇年、予定されていた東京オリンピックは中止になり、神武天皇の即位から二千六百年目にあたるという十一月十日に国を挙げての皇紀二千六百年祝賀行事が行われた。祝賀の歌がラジオで流れ、万太郎は覚えて歌った。東京の宮城外苑で挙行された祝賀式典にはアメリカの駐日大使も出席した。奈良の畝傍山麓につくられた橿原神宮と神武天皇陵へは参拝者が押し寄せ、橿原神宮行の電車はいつも超満員だった。

クレヨンで万太郎は絵を描いた。2という字を書いて、線を添えながら歌う。

かーおに　おめめ　なーがい　くーび
おなかは　まーるい　あひるさん

「あひるができたあ」

家のなかの壁にラクガキしても父母は叱らない。絵かき歌のマルちゃん人形も壁に歌いながら描いた。

○ちゃんが　3月3日に乙もろて
まがったアメが四銭で……


「マルちゃんができたあ」

家のなかは落書きだらけになった。

一九四一年三月三日、桃の節句に次の妹が生まれ、節子と名づけられた。その年の十二月八日、家の台所に置いてあるラジオから軍艦マーチが流れた。

「臨時ニュースを申し上げます。臨時ニュースを申し上げます」

日本軍がハワイの真珠湾を攻撃した。太平洋戦争が始まったのだ。

大阪市内の郵便局に勤めていた父は、ときどき軍事訓練があると言って、訓練用の木銃と鉄かぶとを持って出ていった。父は夜勤の日は帰ってこない。夜なべ仕事に母は縫いものをした。万太郎が布団のなかに入ると、夜の底から拍子木のカチカチ打つ音と声が聞こえてくる。

「ひのよーじん」

万太郎は恐ろしくなって身をすくめた。「ひのようじん」は恐ろしい魔物や。「火の用心」、部屋の柱に赤い字で、燃える火の絵が描いた紙が貼られている。

「おかあちゃん、ひのようじんが来る」

「だいじょうぶやで、家のなかには入ってこないで」

拍子木は遠ざかっていった。

母の実家は八尾の跡部(あとべ)という小さな農村にある。汽車で行くなら、国鉄百済駅から三つ目の駅、久宝寺で降りる。百済駅にはプラットホームはない。駅員もいない。線路からデッキに足を高く上げて乗った。やってくる汽車の本数がわずかだったから、乗らずに六キロほどの国道を歩いていくことが多かった。舗装された国道には人も車もほとんど通っていない。跡部村は聖徳太子ゆかりの大聖勝軍寺の手前にある。

日曜日、万太郎はお父ちゃんに聞いた。

「お父ちゃん、クダラというの、なんか不思議な名前や」

お父ちゃんは教えてくれた。

「大昔なあ、千五百年も昔や、海の向こうに、百済という国があったんや。その国からぎょうさんの人が海を越えて、日本に来たんや。船に乗ってやってきて、この大阪難波(なにわ)の港から上陸して、この辺りにたくさん住み着いたんやな。ほんで、この辺りは百済というところなんや。

百済駅の横を流れている川は、百済川というんやで。うちの近くを流れている小川もその百済川に注いでる。

うちから南のほうへ行ったところに、南百済国民学校があるで」

それからお父ちゃんは、こんな話をしたが、万太郎にはよく分からない。

「大昔は、百済駅から向こうは、生駒山の麓まで海やったんや。最初の天皇の神武天皇になったカムヤマトイワレヒコノミコトがな、九州からたくさんの兵隊を連れて攻めてきて、難波の海を奥まで入って、生駒山を越えようとしたんや。ところが、山の上に住んでいるナガスネヒコの軍が待ち構えていて戦争になり、カムヤマトイワレヒコの兄は戦死したんや。それで作戦を変えて、太平洋から和歌山のほうへぐるっと回って、山を越えて大和に入ったんや。そんで、橿原というところで即位されて神武天皇になられたんや」

冬の日、万太郎は母と跡部へ歩いていった。舗装された国道を歩き、平野（ひらの）の町を抜け、古代に渡来人仏師の鞍作（くらつくり）が住んだ集落を過ぎたとき、向こうから自転車に乗った若い男がやってくる。近づいてきた男は、「やあ」、と声をかけて自転車を降りた。

「あっ、茂造おじさんだ」

茂造おじさんはお母ちゃんの弟で、一年前に結婚していた。お嫁さんは、百済駅から北へ十分ほど行った四条という村の人だった。

「もうすぐ赤ちゃんが生まれるんや」

にこやかに母と会話を交わした茂造おじさんは、また自転車に乗って四条のほうへ走っていった。

しばらくして、おじさんに召集令状が届き、海軍に入ったと母が言った。

「農家の長男なのに、家の跡継ぎなのに、召集令状が来た」

と母はつぶやいた。

万太郎は裏通りにある育和幼稚園に一年間通った。幼稚園のブランコが大好きで、ブランコに揺られて歌を歌った。

小川の向こう側に堤を挟んで、もう一本川があり、そこは水が黒く濁っていて、プンと臭い。二本の川に挟まれた堤には、ところどころに木が生え、草の道が続いている。

のどかな春の日、万太郎が幼稚園から帰ってきて川のほうに行くと、突然でかい声が響いた。

「ツクシ、見つけたあ、ツクシ、見つけたあ」

ツクシを指につまんで掲げ、歓声を上げて金（キム）君が堤を走ってくる。金君は万太郎より年上だ。

「ツクシって、どんなん？」

万太郎は本物のツクシを見たことがない。金君はツクシを右手に差し上げ歓声をあげながら自分の家のほうへ走っていった。金君の家は川のほとりにある。トタン屋根の下、朝鮮から来た人たちが数家族住んでいた。

「ツクシの　ぼうやが　めをだした。ツクシ　だれのこ　スギナのこ」

かわいいツクシの絵が、教科書に載っていた。万太郎はツクシを見たかった。まだ見ぬツクシは万太郎の憧れだった。

家の向かいに住むタケちゃんは万太郎と同じ年で仲良しだ。万太郎の目にゴミが入ったことがあった。

「おかあちゃん、目にゴミが入って痛い」

「お向かいの、タケちゃんのおばちゃんとこへ行って、目にお乳入れてもらっといで」

おばちゃんは、二人目の赤ちゃんができたばかり。

「おばちゃん、目にゴミが入って痛いねん。お乳入れて」

おばちゃんは大きなおっぱいを出して、万太郎の目にお乳をちゅっと入れてくれた。お乳と涙が一緒になってゴミが出た。

ラジオから戦争の臨時ニュースがよく流れた。ニュースの始めに悲しくなる曲がある。

うみゆかば　みづくかばね
やまゆかば　くさむすかばね
おおきみの　へにこそしなめ
かへりみはせじ

万太郎は歌を覚えた。また兵隊さんたちが死んだ。

万太郎は桑津国民学校に入学し、一年生になった。日本の尋常小学校はすべて国民学校と名前が変えられていた。

「玉砕（ぎょくさい）」という言葉がラジオから聞こえてきた。

「お父ちゃん、ぎょくさいって、何?」

「一人残らず戦って死んでしまうことや」

　茂造叔父の乗った軍艦はサイパン島へ出撃した。だが日本海軍はアメリカ軍にマリアナ沖海戦で敗れ、サイパン島の日本人は軍人と民間人と合わせて数万人いたが、玉砕した。茂造叔父は無事だろうか。サイパン島はアメリカ軍の基地になり、サイパンから日本本土へアメリカ軍の爆撃機が飛んできて、爆弾を落とすようになった。

　学童疎開が始まった。児童は集団で親から離れ、空襲のない山村に集団で疎開する。田舎に親戚がある子は、そこへ疎開した。兄の勝ちゃんは、南河内の藤井寺町に住んでいるお父ちゃんのほうの祖父母の家に疎開をして、藤井寺国民学校に転入学した。祖父は定年退職後、仲哀天皇の御陵の横に農地を借りて果樹園を開き、桃づくりをしていたが、心臓を患っていた。

　万太郎は学校から帰ってくると、近所のモトチカ君、タケちゃん、金君と遊んだ。今川の小橋を渡り、土手を少し行ってどぶ川を渡ると、一軒の農家がある。その家では蚕をたくさん飼っていた。万太郎は蚕を五匹と桑の葉をわけてもらって、紙箱に入れて飼った。蚕は桑の葉をおいしそうにポリポリと食べる。万太郎は蚕の農家からもらってきた麦わらをポキポキ折り曲げて、蚕が繭(まゆ)をつくれるように箱に入れた。桑の葉は農家へ毎日もらいにいく。蚕は成長すると頭をもたげて眠り、四回脱皮して体は次第に透きとおるようになった。そして糸を吐いて繭をつくった。蚕は繭のなかでサナギになった。

　ヤンマが空を飛び、家のアオギリが葉を青あおと茂らせ夏の盛りとなった。

「ヤンマ捕りしよう、ブリしよう」

　夕方、金君は近所の子どもたちを集めて、ブリでヤンマを捕る。

「ブリいうのはな……」

　金君はブリのつくり方を教えてくれた。指の爪ほどの石粒を二つ拾い、小さなセロハン紙に別々に包んで、それを三十センチほどの長さの糸の両端にくくりつける。それがブリだった。金君はブリをエイヤーと空に投げ上げた。ヤンマは二個の小石を虫だと思って飛んできて、ブリの糸に体をからめられて落ちてくる、というのが金君のヤンマ捕りだった。万太郎もブリをつくり、空に投げ上げたけれど、ブリは高く上がらず、ヤンマはブリにかからない。金君のブリに一匹だけヤンマがかかり落ちてきた。さすがや。

西の空が夕焼けで真っ赤になる日がある。夕焼けは西から頭上にかけて大きく広がり、

「夕焼け、夕焼け、まっかっか。サルのけんけつ、まっかっか」

モトチカ君が歌う。仲良しのモトチカ君の家は、金君の家のすぐ近く、川沿いにある。

「あの赤い雲の上に死んだ人がいるんやで」

「あそこに？　死んだらあそこに行くんか？」

「そうやで、あの赤い雲の上は、ゴクラクなんや」

真っ赤な雲の上に死んだ人の影が見えるような気がする。万太郎はちょっと怖くなった。

月が煌々と輝く宵、モトチカ君や金君、向かいのタケちゃんと万太郎は影踏みをした。道に影が映る。

「このかげ、モートチカ」

「このかげ、キーン君」

「このかげ、マンタロー」

「このかげ、ターケちゃん」

ぴょんぴょこ飛び跳ねて、地面の影を踏む。

近所に、万太郎より幼い女の子がいた。万太郎の家で風呂をわかしたら、お母さんがその子を連れて、もらい風呂にやってくる。万太郎はその日が楽しみだった。

紙芝居屋が、夕方近く自転車の荷台に紙芝居を積んでやってくる。拍子木をカチカチ叩いて近所を一回りすると、タケちゃん家の隣の空き地に自転車を立てて、大きな声で紙芝居をした。紙芝居を見たい子は麦わらほどのアメ棒を一本買って、自転車の前に立って紙芝居を見る。万太郎はお金を持っていないから、後ろのほうからこっそりのぞいていた。

夜空をサーチライトが激しく動き回るようになった。ときどき敵機らしき銀色の飛行機がサーチライトに浮かび上がって見える。金君は言った。

「ぼくのおじさん、とっこうたいになったんや。もうすぐしゅつげきするんや」

金君のおじさんはまだ若い。おじさんの家は朝鮮にある。朝鮮も日本の国なんや、おじさんは日本の兵隊になったんや。

タケちゃんが家に来た。

「ぼくの家、和歌山へ、そかいするねん」

勝ちゃんも疎開して、いない。タケちゃんも疎開や。タケちゃんはお母さんと赤ちゃんと一緒に、和歌山のおばあちゃんとこへ行った。万太郎も疎開することになった。お父ちゃんと万太郎は、北田辺駅から家族で電車に乗って、藤井寺の祖父母の家に行った。祖父母は、兄の勝ちゃんの話をした。

「毎日なあ、地元の子からいじめられ、叩かれるんや。いじわるな奴がおってなあ」

おじいさんとおばあさんは、その上級生のいじめっこの名前を言って、怒った。万太郎の疎開の話になると、祖父母は二人の孫を引き受けるのはとても無理だという。祖父は心臓を患って、医者にかかっていた。

万太郎の疎開は取りやめになった。

万太郎は「學校」という漢字を歌いながら覚えた。

「メーメーヨーヨー　かんむり子（こ）　木（き）　六（ろく）　×（かける）、ほら學校」

国防色のカーキ色の服を着て丸坊主、担任の小西先生はいろんなお話をしてくれた。

ある日、「広瀬中佐」の歌を歌った。

とどろく　つつおと　とびくる　だんがん
あらなみ　あらう　デッキのうえで
やみをつらぬく　ちゅうさの　さけび
すぎのはいずこ　すぎのはいずや

日露戦争のとき、福井丸という船を旅順港の出入り口に沈めて、ロシアの船が出られないようにする作戦をとった。福井丸は作戦通り沈んでいった。乗組員は船から脱出したが、杉野兵曹が見あたらない。広瀬中佐は沈みゆく船のなかで叫んだ、「杉野はどこにいる、杉野はどこにいる」。この歌を歌う度に万太郎は悲しくなった。

たまに学校で給食が出た。味つけパン一個と味の薄い味噌汁一椀だ。家から持ってきたお椀に味噌汁を入れてもらい、教室みんなで食べる。味噌汁にはナスが一切れ入っていた。味も薄く、全くおいしくない。パンはおいしかったから、半分残して家に持ち帰って食べた。

警戒警報のサイレンの鳴り響く日が多くなった。大型爆撃機のＢ29が襲ってくる。

「防空頭巾を頭にかぶるんだぞ。高射砲の弾が空中で破裂すると、破片が落ちてくるんだ。敵の戦闘機が来たら、道にうつぶせになるんだ。動いたら撃たれるぞ」

小西先生が言う。子どもらは学校へ行くときいつも防空頭巾を持っていった。

学校からの帰り道、鋭く光った金属片が道路に落ちていた。

「これ、先生が言った高射砲の弾の破片や」

鋭い刃物のような金属片、頭に直接落ちてきたら間違いなく突き刺さる。

「ぼくグラマンのアメリカ兵の顔を見たで」

とモトチカ君が言った。

「急降下してダダダと撃ってきた。こわかったで」

万太郎は家の二階の父の部屋で、モトチカ君とお医者さんごっこをした。父の机の赤インクをモトチカ君のチンポコの先にちゅっとつけて、

「はい、赤チンぬりました、これでなおります」

と言うと、モトチカ君は、

「はい、なおりました」

と言った。

「Ｂ29爆撃機による空襲が始まるぞ。家が燃えたら火の粉が降ってくるから防空頭巾をかぶって、防空壕に入るんだ」

小西先生が言った。

Ｂ29の編隊が青い空の上を銀色に光りながら飛んでいく。高射砲の弾が大空で破裂して白い煙がぱっと出るが、Ｂ29は弾の届かない高いところを飛んでいる。日本の戦闘機は、全然飛ばない。もう飛行機もないみたいだ。

隣の席の子が画用紙に戦闘機の絵をクレヨンで描き、飛行機の胴体に日の丸を赤く塗った。

「はやぶさせんとうたい！」

「おう、加藤隼戦闘隊やなあ。よく描けたなあ」

小西先生が目をくりっと開き、感心して言った。二機の戦闘機が並んで飛んでいる。

先生と子どもたちは声を張り上げて歌った。

　エンジンの音　ごうごうと　はやぶさはゆく　雲の上

つばさにかがやく日の丸と　むねにえがきし赤わしの

しるしはわれらが　せんとうき

太平洋戦争の初めに戦果を挙げたこの飛行隊は、映画になっていた。たくさんの軍歌を万太郎は覚えた。

小西先生はまた、こんな話をしてくれた。

「九州の日向の国に、カミナガヒメという乙女がいました。たいそう美しい人でした。それを聞いた応神天皇は、使者を出して乙女を大阪の難波津に召し寄せ、乙女をこの桑津の村に住まわせました。乙女を一目見た皇子は乙女を好きになり、それを知った応神天皇は、乙女を皇子と結婚させようと思いました。皇子は喜びました。そして皇子と乙女は結婚しました。応神天皇が亡くなり、皇子は仁徳天皇になり、仁徳天皇は難波の上町台地に高津の宮をつくりました。仁徳天皇は山に登って四方を見渡し、

『かまどの煙の立つのが見えない。人々は食べるものがないからだろう。これから三年間、人々から税金をとることや、働かせることをやめよう』

仁徳天皇は実行に移し、その結果、宮殿はすっかりいたんでしまいましたが、修繕をしませんでした。三年後、天皇はまた山に登って眺めると、ご飯を炊くかまどの煙が一面に空に立ち上っていました。人々の暮らしがよくなったんだ、と天皇は喜びました」

小西先生は『たじまもり』という歌を教えてくれた。

かおりもたかい　たちばなを

つんだおふねが　いまかえる

きみのおおせを　かしこみて

ばんりのうみを　まっしぐら

いま　かえる　たじまもり　たじまもり

歌ってから先生は話をした。

「タチバナというのは、ミカンです。ミカンはいい香りです。昔、日本にはミカンがありませんでした。たじまもりは、天皇の命令でミカンをさがしに、海の向こうの国に行くことになりました。海の向こうの平和な国、その国には、いい香りのするミカンがある。その実を探しに、たじまもりは海を渡って、何日も何日も長い長い苦しい旅をしてミカンの木を見つけ、持って帰りました。けれど天皇はすでにお亡くなりになっていました」

垂仁天皇は田道間守（たじまもり）に、海の向こうの常世（とこよ）の国へ行って、一年中果実の実る橘を持って帰るように命じた。十年に及ぶ苦しい旅の末、橘の実を持って帰ってきたら、天皇はすでに亡くなっていた。田道間守は悲しみにくれ、泣きながら死んでいった。『たじまもり』を歌うと万太郎は悲しくなって涙が出てくる。

お父（とう）ちゃんの本棚に大正時代の『尋常小学読本』という教科書を万太郎は見つけた。お父ちゃんが子どものときの教科書だ。ページを繰っていくと、『同胞すべて六千万』という歌が載っていた。お父ちゃんに言うと、歌って説明してくれた。

北は樺太千島より　南　台湾澎湖（ほうこ）島
朝鮮八道おしなべて　我が大君の食（を）す国と
朝日の御旗（みはた）　ひるがへし　同胞すべて六千万

「大君の食（を）す国というのは、天皇の治める国という意味やな。天皇陛下の子どもが次の天皇陛下になって、ずっと続いてきたんや。澎湖（ほうこ）島は台湾海峡にある島で、北の樺太千島から澎湖島まで全部日本で、その人口は六千万人ということやな。六千万のなかに朝鮮も台湾も樺太も入っているんや」

『尋常小学読本』には、「我ガ海軍」という章があり、軍艦の名前が書いてあった。漢字が難しいからお父ちゃんが読んでくれた。

「国名ヲ以テ名ヅケラレタルモノニハ、摂津・河内・安芸・薩摩・肥前・出雲等アリ。

山ノ名ヲ附セラレタルモノニ、三笠・金剛・比叡・霧島・榛名・鞍馬・伊吹・浅間・富士等、川ノ名ヲ附セラレタルモノニ、利根・矢矧（やはぎ）・淀・隅田等アリ。

須磨・明石・橋立・宇治等ハ名勝ノ地ヲ以テ名ヅケ

ラレタルモノニシテ、鹿島・香取ハ何レモ上古ノ武神ヲマツレル神宮ノ名ナリ。

駆逐艦ノ名コソ更ニ優美ナレ。

風ノ名ヲ負ヘルモノニ、海風・山風・疾風(はやて)・松風・追風・野分(のわき)等アリ。

雨ニハ、時雨・夕立・村雨、雪ニハ、初雪・白雪・吹雪、其ノ外、白雲・白露・初霜等アリ。

季節ノ名ニハ初春・如月(きさらぎ)・弥生・卯月(うづき)・水無月(みなづき)・長月等アリ」

なんとたくさんの軍艦だろう。この後に水雷艇の名前で、雲雀(ひばり)・雁(かり)・鴻(おおとり)・雉(きじ)・鷗(かもめ)・鶉(うずら)・鷺(さぎ)・燕(つばめ)・鳩(はと)と続いていた。

お父ちゃんは言う。

「風やら雪やら山やら鳥やら、風流な名前をつけてるやろ。軍艦に、こんなやさしい名前がつけられていたんや。どうしてこういう名をつけたのか不思議や。明治、大正時代には、軍隊に誇りやロマンがあったからかな。今はもうむちゃくちゃや」

万太郎にはお父ちゃんの言うことがよく分からない。

「戦艦武蔵、戦艦大和の名前がなんであれへんの」

「この教科書はお父さんの子どものときのやから、まだ大和も武蔵も誕生してなかったんや。どちらも世界一の大きさで、不沈艦と言うて、沈まない船やと言われてた」

けれど日本の軍艦はアメリカ軍機の集中攻撃を受けて、次々と沈没していた。お父ちゃんはそれを言わなかった。

空襲のない静かな日、万太郎は川から東を見る。農地の向こうに平野(ひらの)の町が見え、遠くに生駒連山も見える。野原の向こうに、高い木が十本ほど空へ伸びているところがある。川のほとりに住んでいる、甚平(じんべい)を着たおじいさんが万太郎に言った。

「あそこはな。白鷺公園やで。木がたくさんあって、春にはチューリップも咲いてきれいやで」

万太郎は甚平じいさんと仲良しだ。今川に架けられた狭い木橋から、万太郎が川に落ちたとき、おじいさんは走ってきて、木橋の上から腕を伸ばし万太郎を引っ張り上げてくれた。橋から水面までは一メートルほどで、水深も五十センチほどだから怪我もしなかった。おじいさんの言う白鷺公園、一度行ってみたい。白鷺公園は万太郎の憧れになった。

「ウメの小えだで　ウグイスは
　春が来たよと　歌います
ホーホーホケキョ　ホーホケキョ」

万太郎は歌う。大好きな歌。ほんとのウグイスの声を聞いたことがない。聞いてみたい。

金君の住む長屋は、甚平じいさんの家の隣にある。金君のお母さんは民族衣装を着て、つま先が上に反った靴を履き、風呂敷包みを頭に載せて歩いていた。

「頭に載せると姿勢がまっすぐになるんやで」

金君が言う。万太郎は、明るく元気な金君が好きだった。

夏の終わり、

「茂さんがサイパンで戦死した」

跡部から太一郎叔父がやってきてお母ちゃんに伝えた。太一郎叔父は茂造叔父の弟で、巡査になっていたから、巡査には召集令状は来ない。

茂造叔父が戦死した。サイパン島の守備隊は玉砕、茂造叔父の乗った軍艦は撃沈された。

跡部の家には、叔父の出征後生まれたヒロ子ちゃんがいた。

秋の気が濃くなった頃、叔父の遺骨が帰ってくるというので、母は万太郎と妹の節子を連れて跡部に帰った。遺骨帰還の日、万太郎は一人村はずれの田んぼに出た。村のはずれにはトタンぶきの数軒の家が固まっていた。金君の家と同じ、朝鮮から来た人たちの住宅だとすぐに分かった。万太郎は畦道に立って、東の八尾駅のほうを見た。八尾駅から遺骨は野の道を帰ってくる。道端の畑の大豆が実をつけていた。遠くに十人ほどの列が見えた。先頭は太一郎叔父。胸に白布に包まれた箱を抱えて歩いてくる。野道を進んでくる無言の列を万太郎はぼんやりと見つめた。

遺骨箱は家の仏壇に置かれた。ヒロ子ちゃんのお母さんも祖父母も無言、何もかもが静まり返っていた。骨箱には遺骨は入っていなかった。名前を書いた紙片が一枚入っているだけだった。

祖父母の家の向かいに祖父の弟夫婦が住んでいて農業をやっていた。その夫婦には子どもがなかったから、茂造叔父の弟、義造が養子に入っていた。義ヤンと呼ばれていたその叔父にも召集令状が来て海軍に入り、茂造叔父に続いて戦死の報が届いた。義ヤンの家は跡継ぎが絶えた。祖父母の家は、跡を継ぐのは、末っ子の友一叔父だ。

万太郎の家の門口に、一本のアオギリが生えていて、梢は二階の屋根を越していた。アオギリにはおもしろい形の実ができる。エンドウ豆のような実が数個小舟の形をした葉っぱに乗っている。万太郎はアオギリの葉を小川に浮かべて遊んだ。アオギリの実を炒ったら、コーヒーの代用品になるで、とモトチカ君のお兄ちゃんのマサヒロさんが言った。万太郎は、コーヒーというのを知らない。

アメリカの大型爆撃機Ｂ29の編隊が夜のサーチライトの光の帯に銀色に浮かびあがるようになった。いよいよ空襲がやってくる。

昭和十九年十二月夜、それまでは警戒警報のサイレンだったのが、繰り返しけたたましく鳴る空襲警報に変わった。サーチライトの光の帯が空を動き回っている。突然北の空が赤黒く染まった。天王寺のほうだ。空襲だ。空襲は一晩続いた。

翌日、夜勤から帰ってきた父が言った。

「空襲で、えらいぎょうさん家が焼けた。人も死んだ。東にある瓜破村にも爆弾が落とされたようや」

家から東南方向に三キロ行った農村、そんなところにまで爆弾が落とされた。

「高射砲で撃っても、一万メートルの上空を飛ぶＢ29には弾が届かん」

昼間も空高くにぱっと白い煙のようなものが破裂する。高射砲弾だ。

久しぶりに母は薪で風呂を沸かし、夕方近所のお母さんが女の子を連れてもらい風呂に来た。翌朝、母が万太郎を呼んだ。

「風呂場の焚き口にネコが死んでる」

火を落とした後、夜中に焚き口からネコが暖を求めて入り込み、死んだらしい。

「金君を呼んできてくれる?」

母が言うので、万太郎は金君の家まで走って呼んできた。

「ネコを捨ててきてくれる?」

母が金君に頼んだ。金君はネコを引っ張り出し、しっぽを持ってぶら下げると、どこかへ持っていった。万太郎の心にもやっとした疑問が生じた。なんで金君に頼むの? なんでウチのもんがやらないの? 万太郎は金君にすまないと思う。

寒さが和らいだ朝早く、

「家にどろぼうが入ろうとしたみたい。何も盗るものがないのに」

と母が言う。板塀の一部が壊されていた。そういえば夜中か朝方かに犬の鳴き声がした。父は木銃を持って外へ出、人影のない裏の通りへ行ったが、しばらくして帰ってきて、誰もいなかったと言った。木銃というのは、樫の木でつくられ、銃の形をしていた。敵を突き刺す軍事訓練があるらしく、父はときどき鉄兜と木銃を持って出かけていく。


学校から帰ってきてモトチカ君と通りで遊んでいたら、突然モトチカ君が西の辻を指差して叫んだ。

「いぬとりや、いぬとりや」

見ると、国旗掲揚台のある四つ角を自転車に乗った男が、針金の輪っかに一匹の茶色い犬の首を引っ掛け、引きずっていた。犬はまだ生きていたが、針金が首を絞め、苦しさにもだえていた。万太郎は恐怖に立ちすくみ、気分が悪くなった。

「犬、食べるんや」

モトチカ君が言う。食べるものが少ないから犬を食べるのか?

三月十三日、日が暮れるとどこもかしこも暗かった。おかあちゃんは、灯りが漏れないように黒い布の覆いをつけた電灯のうす明りで夜なべ仕事の縫いものをしていた。おとうちゃんは夜勤でいない。万太郎と妹は布団に入った。夜中、空襲警報のサイレンが繰り返し鳴り続け、目が覚めた。

「空襲警報や。防空頭巾かぶって、防空壕に入り」

母が叫ぶ。防空壕は井戸端に掘ってあった。時計を見ると十二時ちょっと前だった。妹に防空頭巾をかぶせ、母は妹の手を引いて井戸端に掘られた防空壕に入った。万太郎は防空壕に入らずに、家の前の道路に出てみた。いつもは漆黒の闇なのに異常に明るい。北の空が真っ赤に染まっている。近所の数人の黒い人影が燃える夜空に浮かび上がった。みんな呆然と眺めている。夕焼けよりも赤黒い炎が中天まで上がり、サイレンは鳴り続けていた。

それが大阪大空襲の始まりだった。サーチライトがとらえた光の帯のなかに銀色のＢ29の編隊が浮かび上がった。高射砲の砲撃音も絶え、サーチライトの光の帯もサイレンの音も消えていった。炎と煙が空の半分を覆い、こちらのほうへ広がってくる。万太郎は恐怖で脚がガタガタと震えた。急いで防空壕に入った。空襲は朝まで焼夷弾、爆弾を落とし、大阪市内中心部を火の海にした。万太郎の住む地区は幸いにして助かった。

朝、父は無事帰ってきた。父と母は相談した。

「藤井寺の祖父母の家に家族全員疎開しよう」

そう言うと父は、跡部まで大急ぎで歩いて大八車を借りてきた。父は大八車にタンスなど家財道具を積み込み、藤井寺まで十五キロの道を一人で車を引いた。大八車は木製で、二つの大きな車輪の周りに鉄輪がまかれている。国道はグラマン戦闘機の機銃掃射の危険があり、畑中の道を瓜破（うりわり）村から高野大橋を渡り大和川を越えた。江戸時代、たびたび起きた大和川の洪水を抑えるために大和川は柏原から西の堺に向けてつけ替えられ、河内野を横切る堤防は高く築かれている。大八車を引いてその堤防を越えるのは父の体力ではきつかった。父は必死だった。瓜破村の農家の人が見かねて大八車の後ろから押してくれたから、なんとか大和川を越すことができた。松原からは古代の大津道を通り、藤井寺の町に入った。祖父母の家で荷を下ろすと父はまた引き返した。三年生の兄の勝ちゃんが、父と一緒に桑津についていって、二回目の荷物を積み、大八車の後ろから押す役をした。翌日も繰り返し、引っ越し作業は無事に終わった。大阪大空襲はその後も続いた。

河内野

戦火を逃れて移り住んだ河内野は、古代の大王の、墳墓の地だった。

祖父母の家は町はずれの高台にある。家の北隣は村の広い墓地だった。高台の下には、学校の運動場の三、四倍はあるような大きな農業用のため池が三つある。家の裏は祖父がつくっている桃畑で、畑に接して仲哀天皇陵の巨大な前方後円墳がくろぐろと森をつくり、白サギが群れていた。

鳥取に生まれ、単身大阪に出てきた祖父は、大阪市内の電信電話局で働き、定年退職後はこの地に住んで桃をつくってきた。万太郎たちが引っ越しをしたときの祖父は、重い心臓病を患っていた。一年早く疎開して祖父母と暮らしてきた兄の勝ちゃんは、家族一緒に暮らせることを喜んだ。

引っ越してきた日、母と万太郎が祖父の部屋に入って正座すると、寝ていた祖父は身を起こし、布団のなかで立て膝をして座った。兄は、祖父の膝を覆う布団の上に尻を置いて、すいっと滑り降り、何度か繰り返した。祖父は、自分の膝を滑り台にする勝ちゃんの甘えに目を細めていた。祖母はしきりに、上級生が勝ちゃんをひどくいじめるのだと、近くの農家の息子を強い口調で非難した。親から離れて疎開した兄のつらい日々、祖父に甘える兄を見て、万太郎はほっとするものがあった。家の南隣りは広い庭を持つ邸宅で、製薬会社に勤務するドイツ人の家族が住んでいた。庭には夏ミカンの木が数十本あり、食べると汗が出るほど酸っぱい夏ミカンだという。

祖父の容体は次第に悪化していった。

庭の柿の木と梅の木の向こうに、緑濃き河内野が広がっている。河内野は南北に長く、野の背後に山々が連なる。北の生駒山から南の金剛山まで、連なる山脈（やまなみ）は四十キロ。河内野から東へ山を越えれば大和の国だ。

万太郎は高台の家から山々と緑野を眺めるのが好きだった。生駒連山南端の高安山の麓を、豆粒のような蒸気機関車が白い煙を吐いて、トンネルに吸い込まれて消える。まるでお伽の国のようだ。真東にはこんもり茂った森が三つある。巨大な森は応神天皇陵。その左の森は仲津媛(なかつひめ)皇后陵、続いて允恭天皇陵の森だ。南に目を移すと、二つの乳房のような二上山がある。その南に葛城山から金剛山へと標高千メートルほどの山が続いていた。

「高安山の向こうにな、じいちゃんの信仰している信貴山寺があるねんで」

と、祖母が言った。生駒山系の南端、高安山の大和側にある大きな寺。祖父は元気なとき、疎開してきた勝ちゃんを連れて信貴山寺にお参りに行った。

万太郎は藤井寺国民学校二年生に転入した。

校内を小川が流れ、教室は小川に架けられた渡り廊下を渡ったところにある北校舎だ。小川を覆うようにプラタナスの並木が枝を伸ばしている。北校舎には第二運動場が付随していたが、食糧増産でサツマイモ畑になっていた。

万太郎の家の庭には、梅、柿、茶、桜、キンカンの木があった。家の前の三ツ池の岸辺には葦が茂り、池にはカイツブリが泳いでいた。

家の北隣りの墓地には、無数の墓石が立ち並び、真ん中の広場に白壁の土蔵に似た火葬場が煙突を空に伸ばしていた。墓地と家との境界にはウバメガシの生け垣がある。火葬場の煙突から煙が上がる日、北風が吹くと死者を焼く匂いは家まで漂ってくる。

学校は、桑津国民学校のときよりずっと遠い。町の南北を街道が貫いており、その街道を歩いて行く。人間の頭のすぐ上をツバメはスイスイ飛ぶ。手を伸ばせばつかまえられるかなと万太郎は思う。河内のゴンタの言葉は、粗野で荒々しかった。相手に対して「われ」と言う。けんかになると、「おんどれ」と激しくなる。

「われ、おれの代わり、そうじやっとけよ」

石屋のカツミ君が万太郎に掃除当番を押しつけた。

担任の清水先生に訴えたら、

「ふん、そう」

一言が返ってきただけだった。小柄な女先生は通学途中の街道沿いの旧家に住んでいた。清水先生は少しも笑わない。

カツミ君が言った。

「あの先生な、ヒイキするで。ヒイキする先生は嫌いや」

学童たちは地区ごとに分団をつくって、行進して登校する日があった。万太郎も観音さんの南分団の隊列に加わった。分団の先頭は分団旗を掲げ、みんなは足並みそろえて街道を進む。分団長は兄をいじめる上級生だ。学校に着くと、校門をくぐり、プラタナスの並木道を校舎に向かって行進していく。道際の一段高いところに、「鬼軍曹先生」が仁王立ちしていた。子どもたちが恐れる北西先生だ。その顔を見ると子どもたちは緊張する。でっぷり肥った体に鋭い目、行進を見つめていた北西先生は右手を前に突き出して、

「そこ、笑っとる」

と言った。隊列の先頭にいたいじめっこの分団長は、はじかれたように列から飛び出すと、勝ちゃんのところに来ていきなり頬をたたいた。

この学校は楽しくない、授業もおもしろくない、勝ちゃんも同じだ。

授業が終わって学校から帰ると、家の周りは天国だ。汲めども尽きない楽しい遊び場だ。ドイツは、連合軍との戦いに敗れ、五月八日に降伏したと聞いた。隣のドイツ人は、「もう国へ帰れません」と祖父に言ったらしい。

家の周囲には生きものの命があふれていた。桑津で金君が見つけた憧れのツクシは、ここではいたるところに無数の群落をつくり背丈を伸ばしていた。三つ池を泳ぎ回るカイツブリは池の面に丸い巣をつくり、ヒナが生まれると親鳥の後ろから並んで泳いでいた。

仲哀天皇陵の森にはサギが群れ、鳴き声が聞こえてくる。三ッ池の、池と池との間に、幅五、六メートルぐらいの堤があった。堤にはススキがびっしり生え、池のほとりには葦がぼうぼうと茂っている。そこに兵舎のようなバラック小屋が建っていて、軍の関係者らしい人たちが数人いつもいた。学校から帰ってきて三ツ池の横まで来ると、右の墓地との間の葦原からイタチが必ず顔を出し、道路の真ん中で立ち止まって万太郎のほうを見る。イタチは近眼らしくて逃げないで

待っていて、万太郎が近づくとあわてて草むらに逃げ込む。

兵舎のような小屋は三棟あった。そのなかに、中西という名の若い男がいた。彼は兵隊なのか、何者なのかよく分からない。少年兵の年齢が十四歳まで引き下げられていたから、国民学校高等科を出てすぐ兵隊になったのかもしれない。中西は万太郎の友だちになった。

万太郎は学校から帰ってくると、毎日カバンを置いて中西に会いに行く。

「なかにしー」

万太郎は、手前のいちばん小さなバラックの前に立って名を呼ぶ。上官が呼びすてにしていたから、それをまねた。だが中西はとがめない。一度上官らしき年配の男がそれを聞いて、

「なかにし？」

と、あきれたような顔をしたことがあったが、叱らなかった。中西は小さなバラックに一人寝起きしていた。彼は万太郎にいろんな話をした。

「池のタイワンをさばいたから、持って帰って家族で食べな」

そう言って、皿に入れたきれいな刺身を万太郎にくれたことがあった。体長四、五十センチほどもあるタイワンは、タイワンドジョウの略で、雷魚のことだ。母は、臭みがあるタイワンは気持ち悪くて歓迎しなかったが、中西がきれいに刺身にしてくれたから、もらって帰った。

「おかあちゃん、中西がくれたあ。タイワンやあ」

刺身を母に渡すと、

「せっかくやから、焼こか」

焼き魚にしたら、臭いけれどまあまあ食べられた。

中西は軍の車輛の修理や整備をする兵隊かなあ。

「牽車（けんしゃ）に乗せてやろか。新道（しんみち）へ行くからついておいで」

中西について新道に行った。新道は、三ツ池の向こうにある新しくできた道だ。八尾飛行場から大和川を越えて、古市のほうに伸びている、戦争に備えて新しくつくられた道のようだった。

中西は、新道に止まっていたキャタピラで走る車両

のところに万太郎を連れていった。牽車は、軍用車を牽引する車輌だった。運転台の位置が高く、中西は万太郎を抱えて助手席に乗せ、運転した。牽車はごうごうと走り、曲がるときは車体全体がガクンと急回転する。万太郎は興奮して叫んだ。

「戦車みたいや」

万太郎の家の前まで来ると中西は万太郎を抱えて下ろした。中西はいったい何者だろう。三ッ池のバラック兵舎にいる数人の軍関係者は何者だろう。

墓地の前でタンクローリーが脱輪して湿地帯に落ちたことがあった。出動したのは中西の運転する牽車だ。たちまちタンクローリーを引き上げてしまった。「中西、すごい」、万太郎は心のなかで叫ぶ。

学校から帰ってきて中西のバラックに行ったとき、不思議なことがあった。椅子に座っていた中西が、「どけ、どけ」と言ってチンポコを出して白い液体を発射した。白いションベン、何だか分からない。

学校で、子どもたちのなかに噂が伝わってきた。戦艦大和が沖縄に出撃し、アメリカ軍に撃沈されたらしい。まさかそんなこと、万太郎は信用しなかった。

夏の夕べ、応神天皇陵の手前の小川に、ホタルが飛んだ。勝ちゃんとホタルを捕りにいって、つかまえた数匹を蚊帳のなかに放した。

食べるものが不足してきたから、臭いけれどタイワンを釣りに三ツ池に行った。夏の日中、ヒシの小葉の間、温度の上がった水面近くに、タイワンはじっと動かない。小さなツチガエルを釣り針に刺し、一メートルほど下にある水面に釣り糸を垂らす。水面すれすれのところに餌を持っていって、魚の目の前で小さく竿を上げ下げすると、がばっとタイワンは餌に食いつく。獰猛（どうもう）な面構えで、歯もあり、さわると体がぬるぬるする。

日差しがじりじり照りつける日、祖父の命がとうとう尽きた。祖父の柩（ひつぎ）は、大きな梯子（はしご）のような台に乗せられ、四隅を近隣の人たち四人が肩に担いで、隣の火葬場まで運ばれた。柩の後ろを、隣家のドイツ人が担いでくれた。乾いた道にツチバッタが跳ねていた。夕方、焼き場から煙が上がり、祖父は煙になって空に消えていった。

照りつける八月十五日の太陽、雲一つない青空には飛行機の姿はなく爆音も聞こえない。草むらではキリギリスがチョンギース、チョンギースとにぎやかだ。桜の木では蟬の「チー」がやかましい。正午に天皇の玉音放送があるということも知らず、万太郎は勝ちゃんと天皇陵の堀に入って遊んでいた。堀の浅いところに、「ダブガイ」とみんなが呼んでいる黒くて十センチほどの大きさの貝が、ぬるま湯のようになった水のなかにいる。カラスガイだ。この貝はおいしいから獲って帰る。

庭の桜の木でやかましいほどに鳴く小型の蟬は、チーと鳴き続けるから、子どもたちは「チイ」と呼んだ。クマゼミは体が硬いから「カタ」と呼んだ。アブラゼミは「アブラ」。蟬の合唱に、キリギリスの合唱、家の周りはにぎやかだ。

戦争が終わったという情報はその夜、お父ちゃんが仕事から帰ってきて知った。

「昼に、天皇の玉音放送があったんや。日本が負けた」

お父ちゃんはそう言って、あとは無言だった。大阪市内では午前中に最後の空襲があったという。

「大阪市内ではこれまで八回、空襲があった。何千人も死んでいる。家も何十万軒も焼かれた」

大阪市内は焼土となった。金君やモトチカ君は無事だろうか。

母が言った。

「今日の昼から、三ツ池の軍人さんら、なんやら変やで」

バラックの前から白い煙が上がり、書類らしきものを燃やしていた。何か池に投げ込んで処分していた。

「あれは手榴弾や。池に投げ込んでいたの。一個、手が滑って、別の人の頭をかすって、大怪我してた。爆発せえへんかったけど」

母の話にみんな緊張した。

翌日、万太郎が中西に会いに行くと、怪我をしたのは上官で、額に包帯を巻いていた。アメリカ進駐軍がやってくるという噂が立っていた。

三ツ池の軍関係者は忽然と消えた。万太郎は、バラックに入って見ると何も置いていない。中西もいない。池の食用ガエルがのどかにボウボウと鳴いていた。

「御陵さんの濠（ほり）のハスの実、おいしいで」

勝ちゃんが言う。二人は堤から堀に下りて、ばしゃばしゃ足を濡らしてハスの実を取った。ハスの実はじょうごの形をしたスポンジ状のところにどんぐりのような実がいくつも収まっている。緑色した実の皮をむいて白い実を食べる。ほんのり甘い。おやつにちょうどよい。御陵さんの森は千年を超える木々が生い茂り、野鳥の声はたえずこだましていた。


二学期から学校はがらっと変わった。「鬼軍曹」の見張る分団登校はもうない。空を行く雲のような自由な空気が流れていた。上級生は教科書に墨を塗ったと言っていた。


秋の気配が漂う日、隣りのドイツ人が挨拶に来た。

「ドイツに帰ることになりました。わたし、ふるさとは、ドレスデンです」

と日本語で話した。ドレスデンがどこにあるか、家族のみんなは知らない。

「ふるさと、滅びました。たくさん死にました」

ドイツ人が帰る故郷のドレスデンは大戦末期の大空襲によって徹底的に破壊されていた。

夏ミカンのたわわに実っていたドイツ人の屋敷は空き家になったが、日本人の家族が引っ越してきた。

万太郎の弟、雅夫が生まれ、祖母は、祖父の生まれ代わりだと言った。

もう集団登校もない。万太郎は一人ブラブラ登校した。たまに仁王さんがにらみつけている観音さんの南大門をくぐり、寺の境内を突っ切っていくことがある。ゴンタ連が境内でビー玉の勝負をしていた。魚屋のススム君は万太郎を見て、

「センに言うたらあかんぞ。言うてみい、しょっせんぞ」

小さな体で目をむいて脅した。センは先生のことだ。万太郎は走って逃げた。学校の先生から、ビー玉やべッタンなど、かけ事になる遊びは禁じられていた。

学校からの帰り道、三ツ池の前に来ると、いつものイタチが葦原から出てきて道の真ん中で立ち止まり、お出迎えだ。

イタチの　イタチの　さいごっぺえ

中秋の名月の日、母が東の窓辺にススキとハギを生け、おにぎりと里芋の煮たのを供えた。応神天皇陵の辺りから月は昇ってくる。

「学校休んで、タンケンに行こか」

勝ちゃんが誘った。

「行こ、行こ」

二人は学校をさぼって、朝から探検に出た。学校はおもしろくない。親にも学校にも内緒、かばんをこっそり三ツ池の葦の茂みに隠した。応神天皇陵、仲津媛皇后陵の前を通り、道明寺天満宮に立ち寄って境内で水を飲んだ。石川の吊橋を渡って玉手山遊園地に入る。丘に囲まれたすり鉢状の地形にいくつか遊具がある。二百メートルほどの長い滑り台が人気だ。玉手山の上から北に下る谷を行くと、石畳の道になり、お寺の門があった。そのすぐ脇に岩の崖がある。見ると崖にいくつか横穴が、どくろの目のように開いている。奇奇怪怪、これはいったい何？　二人はいちばん下の横穴に入ってみた。苔の匂いがプンとした。背も立つし、ちょうど住むのに持ってこいの感じだ。

「昔の人が住んでたとこかなあ」

「そうやなあ」

「上の穴に入ってみようか」

「はしごはないけど、岩のへこんだとこに足入れたら上れるやろ」

二人は崖に開けられたへこみに指と足を入れて、よじ登った。横穴は五つほどあり、どれもがらんとした空間になっていて、室内には何もない。壁の岩は柔らかく、水が染み出ていた。横穴のすぐ下に万福寺という寺があり、門前に古墳の石棺が置かれていた。どうも岩壁の穴は昔の人のお墓のようだ。

二人は大和川に出て、柏原から電車の線路沿いに歩いて帰ってきた。親は何も知らない。学校からは家になんの連絡もなかった。

秋の夜中、寝ていた万太郎は左耳にきりきり痛みを覚え、目が覚めた。母が耳をなで続けてくれたが痛みは治まらず、朝になって父が大阪市内の逓信病院に、満員の電車に乗って連れていってくれた。父は郵便局に勤めていたから、家族の病気となると逓信病院に行く。病院は上町台地の桃谷にある。病院の周りは見渡す限り焼け跡になっていた。白亜の病院は奇跡的に空襲を免れ、健在だった。医師は、「中耳炎です」と告げ、即メスを患部に刺して膿を出してくれた。帰りは電車賃を節約して病院から天王寺駅まで歩いた。

「大阪城の東側に兵器をつくる陸軍造兵廠（ぞうへいしょう）があったからな、そこはB29百五十機で徹底的に爆撃されたんや。大阪城の天守閣の屋根にも焼夷弾が落ちた。造兵廠の近くにある京橋駅では、ちょうど上り電車と下り電車がホームに入ったところへ爆弾が落とされたから、八百人以上の人が死んだ」

父はそんな話をした。父と並んで焼跡を歩いていていると、「いたいっ」と父が叫んで足を上げた。見ると、ゴム靴の底を貫いて古釘が刺さっている。靴を脱ぐと足裏から血が出ていた。父は、釘を引き抜いてぽーんと瓦礫のなかに投げると、また靴を履いて歩き出した。聖徳太子ゆかりの四天王寺は全焼し、影も形もなかった。

天王寺駅の陸橋上に来ると、戦災孤児数人が路上に並んで靴磨きをしている。その子らは浮浪児（ふろうじ）と呼ばれていた。万太郎はあっと思った。一人の子の前で、靴を足台に乗せているのは、あの中西ではないか。三ツ池から消えた謎の中西。万太郎はあの日のように、「なかにしー」と呼ぼうと思った。だが声を出せない。気配を感じた中西がこちらを振り返り、不思議なものを見るような表情を浮かべた。万太郎は、一言も出せず、そのまま父と近鉄阿部野橋駅に向かった。なぜ近よって話をしなかったのだろう。万太郎は悔やんだ。数日、万太郎は一人で病院へ通った。電車は超満員で、連結器の近くでぎゅうぎゅう押されて倒れそうになる。電車の端の板壁に両手をついて耐えていると、横のおばさんが、お箸のような飴を一本万太郎にくれた。

天王寺の橋の上を通った。中西に会えるといいな。が、もう中西に会うことはなかった。靴磨きの子らはいた。あの子らは親も兄弟も家もない。毎日どこで寝ているのだろう。

木枯らしが吹く日、防空頭巾をかぶって、妹と万太郎は、祖母に連れられて町のなかへ馬糞(ばふん)拾いに行く。馬車が荷物を運び、馬の糞が道路に落ちている。乾燥したそれをコテですくい取って袋に入れて持って帰る。

「馬糞はいい肥料になるんやで」

と祖母は言った。大造じいさんが元気なとき、こうして街中を歩いて糞を集めて桃畑に入れていた。土地は大屋敷を構える地主からの借地だったが、大造じいさんがいなくなった今、八人の食料を得るために、桃の木は切り倒し、畑に変えねばならない。それが当面の父の仕事となった。畑では小麦、じゃがいも、さつまいもなどをつくる。墓の裏の沼の水を汲んで、小さな田んぼをつくり、稲を植える計画だ。

十二月二十一日、午前四時頃、みんなまだ寝ていた。家がミシミシ音を立て、グラグラ揺れる。

「地震やあ、みんな起きい」

母が叫んだ。恐怖で体が固まってしまった。大きな揺れだ。それが南海大地震で、津波は六メートルもの高さで襲ったことを知った。万太郎はその翌日から夜寝るとき、すぐ持って逃げられるように枕元に服をたたんで置くことにした。

冬、三ツ池が全面凍る日がある。学校に行くとき、池に向かって小石を水平に投げる。石はチュンチュンと音を立てて対岸まで滑っていった。登校のとき、氷を割ってかけらを道に置き、それを足で蹴って道を滑らせていった。真冬の教室には暖房はない。休み時間に子どもらは教室の南側の日だまりに行く。みんなは、そこを「南洋(なんよう)」と呼んだ。外地から復員兵たちが帰ってきた。満州からも引揚者が帰ってきた。クラスの年彦君は、家族で中国の大同から引揚げてきた子だった。

栄養も足りない。暖房もない。万太郎の手足の指は真っ赤にはれて、しもやけがかゆい。夜、寝床に入ると、土の素焼きのこたつに、しもやけの足をあてる。こたつには、豆炭か木炭の熾(お)きが入っている。かゆいところが気持ちよい。万太郎は足を温めながら、床の間の上に掛けられた扁額の書を毎晩見る。草書の「福」の字が、犬を連れて自転車に乗った人に見える。一年生のとき、犬の首に針金を引っ掛けて、引きずっていった自転車の男、あの男とあの犬や。足が温まり、しもやけはまだかゆいが、気持ち良くなると、いつのまにか眠りに入っていた。

墓守一家

岡さん一家は、墓地の入口の小さな家に住んで、火葬、墓守を仕事にしている。六人家族で、野性の匂いのプンプンする人たちだ。火葬場の前には小さな広場があり、死者を迎える六地蔵尊が並んで立っている。野辺送りの人たちはそこでお坊さんの読経を聴きながら、死者との最後の別れをする。家から火葬場まで距離がある家の場合は、人力で引く霊柩車に柩は乗せられ、岡さんの息子タモツさんが、引き綱を肩に梶棒を持って焼き場まで運んだ。

僧侶の読経があり、六地蔵尊の前での別れが終わると、柩は焼き場に運び入れられ、四角い炉の穴に置かれた。炉は二つ並んでおり、一度に二体を焼くことができた。炉に積まれた薪の上に柩が置かれると火が着けられる。屋根の真ん中から煙突は空に伸び、煙は風に流れてゆく。万太郎の家族はその煙で、村の誰かが死んだのだと分かった。

岡さんの長男の健さんは召集されて出征し、次男のタモツさんはまだ二十代だが、親父の後を継いで葬送の仕事を引き受けていた。

岡さんのおやじさんは、タモツさんに仕事を任せ、自分はもっぱら狩猟をしていた。陽に焼け、がっちりとした筋肉質、いつも銃を持ってどこかへ出かけている。ときどき獲物を抱えて帰ってくると、墓の前でさばいた。渡り鳥が空を行く季節になり、おやじさんは墓地の入口に立って銃を手に提げ、空を見上げては狙い撃ちをした。

岡家の三男はフーちゃん、そして末っ子のトシ子ちゃん。四人きょうだいだ。トシ子ちゃんは万太郎より二つ年上だ。

日が御陵さんの向こうに隠れた秋の終わり、兵隊服の男が岡家の破れ障子の引き戸を開けた。

「帰ってきたでえ」

男が叫んだ。

「帰ってきたかあ、ケン、ケン」

おばさんの声が響いた。建さんが無事に復員してきたのだ。

「よう帰ってきたなあ」

苦労の刻印されたおばちゃんのしわくちゃ顔に涙があふれた。おばちゃんは若い頃に天然痘にかかり、疱瘡の痕が顔に残っていた。軍隊がえりの健さんは、態度も言葉づかいも服装も弟たちと違っていた。汚れた靴を脱ぎ、ボロ畳にあぐらをかいて、夕暮れ、岡家はひさしぶりに家族全員そろって食事をした。

万太郎は末っ子のトシ子ちゃんと仲良しになった。トシ子ちゃんは人懐こかった。愛想のよいおばちゃんはおしゃべり好きで、万太郎の母にも気軽に話しかけた。家族の食をまかなう苦労の多い毎日だったから、母とおばちゃんとは気軽に墓地の前で立ち話をした。

岡家が早い夕食をしているところへ、節子が母に頼まれて回覧板を持っていった。円いお膳に体をくっつけるようにして食べていた六人は一斉に節子を見た。

「かわいい子が来たよー、どこの子？」

健さんが大声で言った。おばちゃんは目を細めて、

「おおきに、おおきに。隣の家の子や。大阪市内から疎開してきた子や」

先祖代々続いてきた岡家の身分と仕事、今、隣近所と親しくつながっている平和な暮らし。健さんはほっと安堵する。軍隊では幾重にも分けられた上下の階級に服従する生活だった。戦う兵士同士のつながりのなかで軍隊生活をしてきた健さん、復員した今、これからどうするか、世襲の墓守を継ぐか、家を出るか。

トシ子ちゃんは学校に行ってないから文字が読めない。どうして学校へ行かないのか、行けないのか、万太郎には分からない。三男のフーちゃんも学校へ行かず、いつも一人でぶらぶらしていた。健さんとタモツさんはどうなんだろう。

万太郎の母は、文字を読めなかったら仕事ができないから、健さんやタモツさんは文字が読めるんちゃうか、と言う。軍隊に入る者は文字が読めなければならないから、健さんも文章の読み書きと計算はできるのだろう。フーちゃんは、友だちが一人もいない。風の

ように気のむくままに行動して、ときどき悪さをする。こっそり万太郎の家の勝手口から入ってきて、鍋からおかずをつまんで食べていったりする。万太郎は、

フーちゃん　フーセン　フウタロウ

と、歌をつくった。

学校からの帰り道、万太郎はカルタ池から本道をはずれ、裏の野道を歩くのが好きだ。裏の細い野道はじぐざくに折れ曲がり、仲哀天皇陵の濠のそばを通り、羽曳野丘陵にある野中寺まで紐のようにつながっている。野道に入ると万太郎は、両腕を広げて飛行機になる。右腕を下げて右に旋回、左腕を下げ左に旋回、小沼のほとりから、御陵の小道へ、我が家はすぐそこだ。大豆畑でショウリョウバッタをつかまえた。二本の長い後ろ足を指でつかむと、バッタはペコペコおじぎを繰り返す。ごつい体をしているのはトノサマバッタや。こいつは遠くまで飛ぶ。土の上にいる小さなツチバッタは小さくピョンと飛ぶ。大豆の葉っぱ一枚もぐいで、左手の指を筒にして乗せ、葉の真ん中をへこませると右の掌で上から叩く。「パン！」、豆の葉鉄砲だ。

家はもうすぐそこだけれど、ときどきウンチがしたくなって小さな池のほとりで用を足した。紙がないから豆の葉でお尻を拭いた。

「のぐそー、のぐそー」

突然、声が近くで響いた。フーちゃんだ。ヤンマを捕っていたフーちゃんが万太郎を見て叫んでいる。竹の棒におとりのヤンマがついている。

フーちゃんがご近所で悪さをするから、健さんが怒った。フーちゃんをつかまえると、墓地の真ん中に生えている大きな松の木にフーちゃんを縛りつけた。日が暮れてもそのままだった。薄闇のなかからフーちゃんの叫び声が聞こえてくる。

「おばちゃーん、たすけてー」

万太郎の母を呼んでいる。

「このさい、こらしめなあかん」

と、母は助けに行かなかった。すっかり暗くなった頃、声がしなくなった。たぶん縄が解かれたのだろう。

万太郎は学校から帰ってくると、墓地へ行ってトシ子ちゃんと遊ぶ。軍隊帰りの健さんは葬送の仕事には

つかず、昼間はどこかへ出かけていた。

葬儀のあった日、会葬者も帰ったあと、万太郎はトシ子ちゃんと二人で六地蔵の広場で遊んでいた。タモツさんは、焼き場のなかで、遺体を荼毘にふしていた。タモツさんは万太郎を見ると、「おいで」と手招きした。万太郎は恐る恐る焼き場のなかに入った。長方形に掘られた炉のなかで薪と柩はごうごうと炎を上げている。タモツさんは万太郎を抱きかかえると、燃える柩の上に差し出し、呪文のようなことを言った。

ほのおの　熱さに　目がさめて
いのちの　もどる　ひともある
ほのおの　なかから　たちあがり
またまた　火のなか　ねむるなり

死んだ人が火葬の最中に、火のなかから立ち上がることがあるとタモツさんが言った。怖くなった万太郎はタモツさんの腕から下りて、外に走って出た。トシ子ちゃんが笑っていた。

秋は渡り鳥がひっきりなしに群れをつくって飛ぶ。トシ子ちゃんのお父ちゃんは渡り鳥の飛ぶ姿を見て、鳥の名前をすべて言う。鳥が真上に来ると、墓地の前で散弾銃を構えて射つ。

鳥の渡りの多い日だった。おやじさんは銃の引き金に指を掛けて、空を見上げていた。万太郎はおやじさんの横に立って、同じように空を見上げていた。突然、バーンと銃声が響いた。と同時に、銃床のどこかが万太郎の肩にあたった。痛くはなかったが万太郎は驚いてわっと泣いた。おやじさんは無意識に引き金を引いてしまったのだ。散弾は前の田んぼに撃ち込まれ、飼っている猟犬が弾の撃ち込まれた田んぼへ走っていって匂いを嗅ぎまくっている。

「だいじょうぶやで、だいじょうぶやで、ごめんやで……」

顔をひきつらせて謝るおばちゃんの声を聞きながら、万太郎は田んぼを嗅ぎ回る猟犬を見ていた。

おやじはいつもどこかへ銃を持って猟に出かけていた。キツネを獲ってきて、墓地の前の電柱に吊るし、皮をはいでいたことがあり、キツネってこんなに臭いものかと、万太郎は野生のキツネの臭いを覚えた。

タモツさんがカラスを飼った。子ガラスを餌づけし、ジロウと名づけ、「ジロウ、ジロウ」と呼ぶと、飛んできて肩にとまった。ジロウはよく言うことを聞いていたが、いつのまにか帰ってこなくなった。

食糧不足は深刻だった。栄養失調で死ぬ人もいる。「ララ物資」と呼ばれる食料の配給があり、そのなかに、缶入りのチーズがあった。「ララ物資」は、アメリカの日系人が始めた難民救援物資だった。万太郎一家はチーズを食べたことがない。匂いも味もなじめない。食料難の折、栄養価の高いチーズは貴重なものだが、学校でも子どもたちの話題になった。

「あれ、くさいでえ」

「石鹸みたいや。よう食べん」

万太郎の家族も苦手だ。母は、これを岡さんのところにあげようと言って、持っていった。チーズを受け取ったおばさんは大喜びだ。

「こんなおいしいもの、こんないいもの」

顔がくしゃくしゃになった。岡家の暮らしは野性的だが、食糧の貧しさという点では程度の差はあれ同じだったから、貧しさ意識の共有があった。

夏休みに入ったとき、健さんが、

「石川へ魚を獲りに行くで、一緒に行くか」

と勝ちゃんと万太郎を誘ってくれた。健さんたち兄弟と一緒に石川にかかる吊り橋の上流で川に入った。勝ちゃんと万太郎はすっ裸になって、生まれて初めてヤス漁をした。透明な川の水は腰まである。流れは緩やかだ。四角な木枠にガラスをはめたハコメガネを流れのなかに半分ほど入れると、水のなかの色鮮やかな魚がくっきり見える。虹色をしたのもいる。底の小石もはっきり見えた。

「アユや」

「これはハヤや」

「ウグイおるぞ」

健さんもタモツさんも魚の名前をよく知っていた。万太郎もヤスを握ったが、魚は素早くてとても突けない。健さんたちは十数匹の獲物を捕った。帰るとき、万太郎のパンツがどこへ行ったか分からなくなった。

「もうそのまま帰りな」

健さんの一声で、手ぬぐいをふんどしにして帰ってきた。健さんは家に来て、パンツ紛失を母に説明してくれた。健さんが帰った後、母が言った。

「健さんは、礼儀をわきまえた立派な人や」

岡家の人たちはいちばん低い身分のように世間では思われているが、万太郎の親にはそのような意識はなかった。

万太郎は学校で嫌な思いをした。運動場でクラスの子と遊んでいると、上級生が一人やってきた。

「こいつ、いつも墓で遊んどるぞ。こいつの家は墓やぞ」

万太郎が墓でトシ子ちゃんと遊んでいるのをその子は見たらしい。万太郎は黙ったまま相手にしなかった。その場にいた万太郎の友だちもその上級生を無視した。上級生は黙って立ち去った。

稲刈りも終わった頃、村の演芸会が観音さんの寺の大広間で開かれた。南大門横の床屋のじいさんは毎年落語の十八番（おはこ）の「十徳」を演じる。村人たちは聞き慣れた噺をげらげら笑って聞いている。詩吟、歌、踊りなどの出し物の幕間に、タモツさんが突然登場した。舞台の袖からタモツさんは、四つん這いになって出てきて、顔を観客席に向けてサルの顔をし、頭を手で掻いて、いかにもサルらしく舞台を歩き回って舞台のそでに引っ込んだ。ただそれだけの飛び入りに、万太郎は笑い転げた。タモツさんのひょうきんな一面と村人たちの反応を見て、タモツさんも村人のなかに受け入れられていると感じてホッとするものがあった。万太郎はなんとなくタモツさんを頼もしく感じた。

冬が近づいた。岡のおばちゃんと母が墓地の入り口でおしゃべりしていた。

「墓地の裏の、御陵さんの堤の下に小さな沼、ありますやろ。あそこに身投げがありましたんや」

おばちゃんが言っている。

「ぼく、学校帰りに通るとこや」

そこに死んだ人が浮いていた。身投げしたのは老人だった。万太郎は胸が苦しくなった。

河内のゴンタ

三年生の万太郎のクラス担任は女の森先生だ。小柄でぷっくりしたお母さん先生。歩くとお尻が左右に揺れるから、河内のゴンタは「尻ふり」とあだ名をつけた。

学校でいちばん優しい先生は竹沢先生だ。おもしろいお話をいっぱいしてくれる。ゴンタたちも竹沢先生に憧れていた。竹沢先生のクラスになりたい。

竹沢先生のクラスに、小さな妹を毎日学校に連れてくる男の子がいる。お母さんがいないのか、それとも病気なのか、仕事なのか、授業中、妹は兄ちゃんの横にチンとおとなしく腰掛けている。竹沢先生が、おもしろいお話をしてくれるとき、妹はじっと先生の顔を見て聞いている。

日曜日、母の用事で万太郎は跡部の祖父母の家へ、大和川を越えて八キロの道を歩いていった。八尾飛行場のガードをくぐり、六反の村から国道二十五号線に出ると、跡部の村はすぐそこだ。

国道を横切るとき、ゴーゴーと不思議な音がする。見ると、十数人の子どもたちが国道で何かに乗って遊んでいる。乗り物のようなものだ。よく見ると、跡部の村の子どもたちの手づくりのようだ。みんな自分の乗り物を持っている。一片が四、五十センチほどの四角な板で、金属製の小さな車がつけられていて、板にお尻を下ろして乗っている。車は金属製のベアリングだ。板の前には梶棒があり、両端に二個のベアリングの前輪がつけられ、ハンドルの役割を果たしている。前輪の梶棒はその中央を板の前端にボルトか何かで取りつけられて、足で動かせるようになっている。右足で梶棒を押せば左に曲がり、左足で押せば右に曲がる。ブレーキもついていた。座席横に取りつけられた棒を手で引くと、棒の先端が地面を引っかき、ブレーキがかかる。

子どもたちは、この自作の乗り物に乗り、国道を遊び場にしているのだ。スタートするときは、後ろから友達に押してもらう。すると、舗装道路をびゅんびゅん滑るように走る。どうしてこんなスピードが出るのか、万太郎は目を見張った。すごい、すごい。構造はいたって簡単で、万太郎にもつくれそうだ。いったいベアリングはどこで手に入れたのだろう。一人の子に聞いてみた。

「ベアリングか？　ひろうてくるんや。落ちてるねん」

跡部の村から少し大阪市のほうに行った国道沿いに、ベアリングをつくる大きな森精機の工場があった。軍需工場の一つでもあったから、アメリカ軍の標的となり、爆撃によって工場は焼け落ち、焼跡にはたくさんのベアリングが焼け残って落ちていた。戦争が終わり、工場の焼け跡からベアリングを拾った子どもたちが、この乗り物を考案したのだ。ベアリングに潤滑油のグリスを入れると、乗り物は非常なスピードが出た。ベアリングは鋼鉄製だから、舗装道路の上を走るときはゴーゴーと大きな音を立てる。

　国道をアメリカ進駐軍の軍用車がときどき走ってきた。が、子どもたちは平気で遊び興じていた。一台のジープが子どもたちを見て徐行した。米軍兵士が笑っている。一台の子どもが手を振り、乗り物に座ったまま、右手でジープの後ろをつかんだ。ジープはゆっくり動き出した。兵士は後ろを見ながら、何か言っている。ジープはゆっくり走り、ベアリング車もジープにくっついて走る。三百メートルほど走って子どもは手を離した。ジープの米兵は手を振って走っていった。

　国道はベアリング車の競技場だ。万太郎は遊ぶ子どもたちのアイデアと勢いに圧倒された。

　万太郎は考えた。自分の住んでいる南河内の子どもと、ここ中河内の子どもたちとは、何かが違う。昨年、万太郎が冬に跡部村に来たときは、北風のぴゅーぴゅー吹きすさぶときだったが、この村の子どもたちは田んぼに出て、凧上げを競っていた。凧に「うなり」をつけて、ブーンという音を立てている。万太郎はワラ塚に身を寄せて北風を防ぐと、ほんのり温かかった。そのときも、子どもの遊びが南河内と中河内とでは違うと思った。この地の子らはベアリングを手に入れたから、車を開発した。ぼくらは御陵や池や川があるから、ぼくらの遊びを考えた。

　万太郎は跡部の子らからベアリングを四つとグリスを少しもらって、藤井寺に持ち帰った。ベアリングをよく見ると、外輪と内輪の二重になっていて、その間に小さな鋼球がぎっしりはめられている。鋼球の部分に潤滑用のグリスを塗り込むと、ベアリングは摩擦が少なくなってよく回転する。なるほどベアリングというものはこういう構造なのか、だからあんなに走るのだと納得した。

万太郎は勝ちゃんと二人で、同じような乗り物をつくった。試運転しようと、庭で乗ってみた。けれども土の地面や、砂利の地面では、小さなベアリングは地面に食い込んで少しも走らない。コンクリートかアスファルトの道路は観音さんから向こうへ行かなければない。そこまでは行く気になれなかった。

進駐軍のジープが藤井寺の駅前に止まって、女の子の頭にシラミ退治のＤＤＴという殺虫剤を噴霧していた。見ていても気持ち悪い。

森先生が言った。

「お腹のなかに、回虫がいます。それを退治するために、マクリを飲みます。コップか何か、明日持ってきなさい」

全員マクリという苦い液体を飲んだ。みんな鼻をつまんで、しぶしぶ飲んでいた。

万太郎の最初の仲良しの友だちは、中国の山西省から一家で引き揚げてきた年彦君だったが、年彦君は古びた国民服の胸に名前を書いた白い布切れをまだ縫いつけたままだ。戦時中はみんな国民服の胸に名前を書いた布をつけていたが、戦争が終わった今はもうほとんど見られない。年彦君一家は小さな借家に六人で住んでいた。お父さんは中国で印刷の仕事をしていたから、再びその仕事をしたいけれど、引き揚げ者は財産を何もかも失ってしまっている。年彦君のお父さんは裸一貫で印刷所を立ち上げようとしていた。

年彦君は体が小さい。服装から引揚者だと分かるから、河内のゴンタたちはいじめようとする。でも彼は負けん気が強く、独自の必殺技を出した。相手の頭を両腕で抱きよせ、歯をむいてデコにかみつく。かみつかれた額には歯形が残り、血が出ることもあった。もう一つ荒技を使った。履いている下駄を脱いで、それを相手の頭にゴツンと打ち下ろす。安物の下駄は木質が均一でなく、材質も松材で、固くて重い。それで叩くとたんこぶができる。年彦君に手を出すものはいなくなった。年彦君の家では、正月になると百人一首をした。万太郎は招かれて、年彦君の家族と叔母さんの六人のなかに入り、六畳間の古畳に座って百人一首に興じた。家族みんなで百人一首をするという習慣は万太郎の家になかったから、新鮮だった。

二人目の友だちは英治君だ。大阪市内で空襲を受けて家を焼かれ、家族で移住してきた。けんかのときの彼の技は「さばおり」だ。英治は痩せているけれど、ちょっと背が高い。けんかになると、両手を相手の背中に回し、あごを相手の頭や肩に押しあて、力を入れてぐいと腰を引きつける。相手の体はのけぞり、たちまち戦意喪失だ。英治君は、四つばいになって廊下を走るのがうまい。犬のように走る。

河内のゴンタたちは、友だちを「ひやかす唄」を作った。傑作は炭屋のケッチンを「ひやかす唄」だ。

金剛山の　雪つもり

ケッチンのチンポ　あかつもり

ゴンタたちは声を合わせ、節をつけて歌う。ケッチンの家は炭を売る。ケッチンの顔は浅黒い。だけどケッチンは歌われても怒らない。

ゴンタ連は北村君をひやかす歌を歌う。

キッタン　馬力(ばりき)の　チンドンヤ

キッタン　馬力の　チンドンヤ

タケシ君をひやかす歌。

タケちゃん　たんこぶ　十二こぶ

十二時　なったら　こぶだらけ

学年数え唄をゴンタ連はつくった。

一年いんちゃい

二年にんとく

三年さむらい

四年よんぼり

五年ごんぼ

六年ろっぱ

「いんちゃい」は小さいという河内弁だ。「よんぼり」というのは意味が分からない。

ゴンタ連は、先生の数え唄をつくった。「せん」は「先生」を省略。ゴンタ弁は省略が多い。

一は　いんちゃい　しみずせん
二は　にいちゃん　はぎわらせん
三は　さむらい　なかたにせん
四は　しりふり　もりせんせ
五は　ごっつい　きたにっせん
六は　ろっぱの　ふるかわせん

「ろっぱ」は、喜劇俳優古川ろっぱ。

ゴンタたちは校舎の二階の廊下で休み時間に騎馬戦をした。廊下を走り出した騎馬は途中で崩れて騎士は落馬した。とたんに悲鳴が上がった。騎士のケッチンの太ももを見ると皮膚にぽかりと穴が開いている。廊下の柱からボルトの端が一寸ほど突き出ていて、そこにぶつかったのだ。ケッチンは悲壮な声を上げている。騎馬戦をやっていた連中は先生を呼びに走り、先生はケッチンを医者に連れていった。

学校は遊びの天国だ。休み時間の運動場は遊びの花が満開になる。

「ポコペン」という遊びがあった。鬼は校舎の壁に顔をくっつけて、目をつむる。他の子らは鬼の背後に立って、

ポーコーペン　くっつきまして　チョン

と一斉に唱和しながら、一人が鬼の背中をポンと指で押す。すると鬼はすばやく振り向いて、背中を叩いた子が誰か、みんなの表情を見ながらあてる。

秋はサツマイモがたくさん穫れて、主食になった。学校の工作時間に、家から持ってきたサツマイモでハンコをつくった。その芋判を持って帰ってきた万太郎は、墓地の前にいたフーちゃんに、

「これ、芋判やで」

と言って見せた。フーちゃんは、

「なんやこれ、こんなもん」

と言うなり、芋判を取って池めがけて投げた。芋判はポチャンと音を立てて沈んでいった。半べそをかいて家に帰ってきた万太郎から訳を聞くや、母は下駄をカラコロ言わせて、えらい剣幕で走っていった。墓の前にいたフーちゃんを見ると、

「あんた、何したんや。学校でつくってきた大切なハ

ンコやで。どないしてくれるねん」

フーちゃんは横向いて知らん顔していた。フーちゃん　フーセン　フウタロウ。学校に行けないフウタロウ、友達いないフウタロウ、だから万太郎の芋判を見て、しゃくやったんや。

冬の教室は寒い。暖房なんかない。そこで男子は「おしくらまんじゅう」をする。

　おせ、おせ、ごんぼ　おされて　泣くな

声を合わせて歌いながら押し合う。ポカポカ温かくなる。「ごんぼ」はゴボウ、ゴボウはゴンタ、黒っぽくて痩せている。

「胴馬（どううま）」は荒っぽい。二組に分かれ、ジャンケンで負けた組が馬になり、勝ったほうが乗り手になる。負けた方の大将が壁に背中をくっつけて立ち、股を開いて立つ。その大将の股の間に、負け組の次の子が頭を突っ込んで馬になり、その股の間に三番目の子が頭を入れ、こうして順に頭を入れてつながると、長い馬の胴が完成。そこで乗り手組は一人ずつ走っていって、連結した馬の列の背中に股を開いて飛び乗り、馬の背中の上を、敵の大将の前まで両手を使って移動する。こうして順に乗り手組が全員飛び乗り、相手の大将と先頭の騎手はジャンケンして勝負を決める。どかんと勢いをつけて飛び乗る衝撃と重さで耐えきれず、「胴馬」が崩れることがあるが、そのときは馬組が負けになる。この遊びも、寒い冬を暖かくした。

「だいこんづけ」という、人間を大根の漬物みたいに漬ける遊びも荒っぽかった。ジャンケンに負けた子が床にうつぶせに寝る。その子の上に次にジャンケンに負けた子が覆いかぶさり、順に折り重なって寝ていくのだが、下の者は息が苦しくなるから手加減をする。暖房のない冬は、男子は好んで体を接触させる遊びをした。ポカポカして坊主頭から湯気が上がった。

「羅漢さん」という遊びはちょっと優雅だ。七、八人が円くなり、前の子の両肩を両手でつかむ。全員右脚を後ろに上げて、後ろの子の曲げた右脚の上に自分の曲げた右脚を引っ掛け、そうして前の子の肩を両手でつかむと、全員が左脚で立って輪になった。

「せーの」、かけ声をかけ、全員片足跳びしながら歌い、回る。

　らかんさんが　そろたら
　まわそじゃないか
　よいやさ　よいやさ　よいやさ　よいやさ……

組んだ脚がほどけず、どれだけ長く歌いながら回れるか、「よいやさ　よいやさ」のかけ声が続いていく。

運動場を走り回る「探偵ごっこ」は、男子の好きな遊びだ。戦時中は、「駆逐本艦」という遊びが男子の興奮する遊びだった。帽子のつばを前や横、後ろにして三種類の軍艦になって、追いかけ合った。戦後この遊びはすたれ、「探偵」になった。泥棒と探偵の二つのグループに分かれて運動場を駆け回る。探偵は泥棒を追いかけ、泥棒の背中を手で二回叩けば逮捕。捕まったものは基地につながれ、救出に来た泥棒が、つながれた者の腕にタッチすると逃げることができる。万太郎はこの遊びで忍者の術を使った。運動場にはたくさんの子らが遊んでいる。その子らを利用して敵の目をくらますのだ。忍びよるとき、後ろ向きにゆっくり歩きながら目標に近づいていくのだ。他の遊びをしている子らに見せかけ、相手方はほとんど気づかない。

「宝踏み」もゴンタ連の興奮する遊びだ。運動場の土に陣地を棒で描く。描き方は二種類あるが、その一種「Sケン」は、地面に大きなSの字を描く。Sの字は一部が開いた二つの円で、そこが両軍それぞれの陣地になる。両チームの円の奥に「宝」の印を棒で土に書く。両軍陣地の開いたところから円に沿って出入り用通路をでこぼこにふくらませて描く。勝負は、攻撃をかわし、相手陣地に侵入して「宝」を先に踏んだほうが勝ちになる。

勝負開始。挑戦的な子はトップに立って通路を通り外に出ていこうとする。相手方は、出すまいと押したり引っ張ったり攻撃してくる。うまくかわし、通路を出ると外海。そこは片足跳びだ。外海で出会った相手とはケンケンしながら勝負。上げている足が地に着いたり、倒されたりしたらアウトだ。外海を無事通過、相手チームの陣地に侵入すると格闘になる。激しい攻防、それを交わして敵陣の宝を先に足で踏んだほうが勝ちだ。

技と力と作戦を駆使し、体をぶつけ、息をはずませ、興奮し、これほど生命を感じる遊びはなかった。

　女子は教室でゴム跳び、縄跳びなどに熱中していた。教室の女子は、おじゃみと呼ぶお手玉や、おはじき、あやとりなどをしていた。おはじき、あやとりは男子も好きで、ときどき男女一緒に遊んだ。

　子どもの遊びは季節によって変わっていく。家での遊びも変化する。万太郎の家では、麦刈が済むと麦わら遊びだ。舟、人形、虫かごをつくる。

　脱穀した小麦を袋に入れると、祖母は乳母車に小麦を積んで粉ひき屋をしている野々上の村へ持っていった。万太郎も一緒についていく。美しい野道が、田畑のなかをくねくねと蛇行しながら野中寺のある野々上に続いている。途中の池にはモロコがたくさんいる。勝ちゃんと万太郎は、ガラス製のモンドリを持ってきて池のなかに仕掛け、モロコをたくさん穫った。これは家族の食料になった。

　チンチンワが流行(はや)った。輪回しだ。直径四十センチほどの鉄製の細い輪っかを押し棒で転がす。輪にはめられたリングがチンチンと音を立てた。万太郎は壊れた自転車の車輪を見つけてきてタイヤをはずし、輪っかだけにして木の棒をあてて押して走った。天下の道は子どもの遊び場だ。

　夏の石川はとびきりの楽園だ。石川まで歩いていく。金剛葛城を水源に持つ石川は水が透明で冷たい。水遊びをするところは堰堤から瀑布のように水が落ちて淵になっている。瀑布の内側に入り込むと、水の膜のなかに体が隠れて涼しい。淵ではもぐりっこだ。

「モールス信号、やろやろ」

　水にもぐって息を止め、川底の小石二つを、水中でカチカチと打ち合わせる。水中は音がよく伝わる。

　夏の三ツ池にはヒシが繁茂した。雷魚は水面でじっと動かず、ウシガエルは水面から鼻を出してバオーバオーと鳴く。「ジョー」と呼ぶカイツブリは浮巣をつくり、子どもを育て、水面をしぶき上げて滑走した。

　河内のゴンタはヤンマ取りに熱中した。まず一匹をつかまえると、それに糸をつけ、短い竹竿に結んでオトリにし、竹竿をゆっくり頭上で回し、歌いながら飛ばした。

「ラッホーエー　ラッホーエー」

「ラッホーエー」の意味は知らない。河内のゴンタたちに伝わっている謎の言葉だ。遠くからヤンマがオトリを見て飛んできて、カシャカシャと音を立て、もつれ合って落ちてくる。ギンヤンマ、オニヤンマ、堂々たる姿にほれぼれする。ゴンタは、捕らえたヤンマの翅を指の間に挟んで、オレ三匹捕ったぞ、オレ四匹捕ったぞと、自慢する。

　仲哀天皇陵の濠（ほり）が、夏の日照りが続いて水が少なくなると水底が現れた。

「御陵さんのなかに入れるで」

　勝ちゃんが言う。誰も入れないところ、どんなところだろう。ウサギかキツネがいるかな。御陵は神聖な秘密の場所だ。戦争中は先生に引率されて、子どもたちが御陵参拝をしたが、戦後それはなくなった。番人もいない。

　御陵探検、秘密行動だ。二人ははだしになって濠のなかに入った。水はほとんどなく、無数の裂け目が泥の上を走っている。ハスの群落の間を抜け、濠の真ん中に来ると足が膝下まで泥のなかに沈んだ。濠を渡り終え、草の茂る墳墓の裾に恐る恐る一歩を入れた。

「山のなかみたいや」

　ヒソヒソしゃべりながら墳丘を登る。落ち葉を踏む音だけがする。ものすごい落ち葉が積もっている。見上げると広葉樹の大木は枝を広げて頭上を覆い、薄暗かった。草は少ししか生えていない。人間の入った形跡はなく、御陵のいちばん高いところに来た。落ち葉や枯れ木が堆積し、深山の気が漂う。二人は無言で頂に立った。

　御陵はサギたちのねぐら、梢の上に羽ばたく影が見えた。万太郎は地の底からの何か不気味な気配を感じる。不安になった。出よう、ここに長く居続けてはいけない。二人は一目散に斜面を駆け下り脱出した。

　陵の濠を囲む堤の北端に、高さ三十メートルほどもある巨大な松が二本並行して空に伸びている。万太郎と勝ちゃんは、この松を「二本松」と呼んでいた。この松も冒険の松だ。てっぺんまで登る。下枝から上枝へ、枝から枝をつたって登っていく。スリルで股がひやひやするが、先端にたどり着いて頭を伸ばすときが最高だ。西北の方角を見る。

「わー、大阪城が見えるぞう」

はるか遠くに大阪城の天守閣が見えた。

御陵の濠のハスの実はおやつだ。ハスの花びらが散ると、花托は大きなジョウロの形になり、その穴に緑色の実がつまる。その実を歯で割って白い中身をこりこりと食べた。柔らかくてほの甘い。夏はハスの実、冬は庭のキンカンがおやつだ。キンカンは裏庭に十本ほどあり、大粒で細かな斑点のある実は甘くてみずみずしい。実を口に入れ、舌と歯でくるくると皮をむいて、皮だけ食べて種と実を吐き出す。

きんかん　かわ食て　実やろか

歌いながら食う。

葛井寺の千手観音は国宝だ。八月九日は観音さんの千日参りで大賑わいになる。たくさんの店が境内を埋め尽くし、「のぞきからくり」のおじさんが台に座って物語を語っている。「からくり」の大きな装置についているのぞき穴に目をあてると中が見える。万太郎はお金を出して一度のぞいて見た。絵が映っている。けれどなーんも面白くなかった。

人の輪ができているのは、「ヘビつかい」だ。ヘビつかいの口上は途切れることなく、ヘビの頭の下をつかんでダラリとぶらさげてしゃべりまくり、今か今かと待っているとやっとヘビつかいはヘビに自分の手をかませた。

「このヘビは毒ヘビだよ。このかまれたところに、薬を塗れば、ほうらよく効くよう」

なんや、薬売ってるんか。あのヘビ、ほんまに毒ヘビかどうか、怪しいわ。

猿回しもおもしろい。あんなになついて、あんなに芸をして、猿がとてもかわいい。

地面に敷いた布の上に小さな筒のようなのを並べて売っているオッサンがいた。

「これでのぞくと、骨が見えるでー」

小さな紙の筒を目にあてている。その筒を太陽のほうに向けて自分の手の指をのぞいてみると、なるほど指のなかの骨らしきものが黒っぽく見える。近所のマアちゃんが一つ買った。帰り道、マアちゃんが筒のなかを開けてみると、筒の先端の穴に鶏の羽根の一部が貼りつけてあるだけだった。

「なんや、これ、パチもんや」

　マアちゃんは一つ年上だ。家に帰った万太郎は家の鶏の羽根を拾って、羽根を日にかざして指をのぞいてみたら、同じように指の真ん中が黒っぽく見えた。やっぱりあのオッサンはインチキだった。

　観音さんでは村の盆踊りも行われた。河内野のあっちからもこっちからも拡声器に乗った河内音頭が風に乗って聞こえてくる。やぐらの上で音頭とりが河内音頭と江州音頭を歌い、踊りの輪ができた。万太郎も初めて踊った。

　盆踊りが大好きになった勝ちゃん、万太郎、マアちゃんは、

「子ども盆踊りをしよや」

　と気持ちが一致した。ぼくらの盆踊りをしよう。わくわくする。場所は村の入り口、マアちゃんの家の近く、街道が三叉路になっているところだ。そこが広いから、やぐらを竹で組むことにした。トシ子ちゃんに言って、墓地の竹やぶから太い竹を四本切ってきて枝を払い、四角に立てた。横を縄でつないで、板を上に置いて、やぐらにしよう。ワイワイやっていると、墓地から健さんが出てきた。

「道路に、そんなもん立てたら迷惑やで。やめたほうがええ」

　健さんは穏やかに言った。車も通らず、人通りもほとんどない。迷惑になるとは思えなかったが、健さんには逆らえない。残念だったが計画は取りやめになった。

　万太郎は子ども雑誌を毎月購読した。載っている話はおもしろい。トシ子ちゃんに読んでやりたい。学校から帰ってくると遊びにきたトシ子ちゃんに本を読んでやった。トシ子ちゃんは学校に行けないから字が読めない。恥ずかしそうな寂しそうな表情をして、耳を傾けていた。トシ子ちゃんかわいそうや。

　トシ子ちゃんの従妹（いとこ）だというミチ子ちゃんが、どこ

かからやってきて、トシ子ちゃんと遊んでいる。

「カラス貝捕りに行こ。御陵さんの濠へ」

二人を誘って、勝ちゃん、万太郎、マアちゃんの五人は、バケツを持って濠へ行った。濠の水は少なくなっていて、岸辺は膝から下までしかない。太陽に暖められ、ぬるま湯のようだ。万太郎は素っ裸になって水のなかを歩き、浅いところにいる黒く大きいカラス貝を見つけるとバケツに入れた。夏の間は、遊ぶときも道を行くときも、ほとんど裸足だ。草の道を裸足で歩くと気持ちいい。

勝ちゃんと万太郎は、草野球の道具を手づくりした。要らなくなった厚手の布と綿を母からもらって、グローブとミットを縫って綿を詰めた。バットは、「だてのあし」と呼んでいたエンドウの支柱にする丸木を削ってつくった。ボールは、ぼろ布を細く裂いてひも状にしてグルグル巻きにし、その上から糸でぐるぐる巻いて球をつくると、二枚のひょうたん形の布をかぶせて縫い合わせたらボールができた。

家の庭で野球をする。バッターがバシっと打つと、布ボールは柿の木を越えて三ツ池のほうに飛んでいく。ピッチャーが暴投すると、ボールは納屋の板壁にあたって、板塀がだんだんぼろぼろになっていった。それでも親も祖母も何も文句を言わず、禁止もしなかった。腕は上達し、カーブやドロップの投げ方を研究して技を身につけた。マアちゃんの親戚で、観音さんの近くに家があるヒロミちゃんも仲間に入った。ヒロミちゃんは脳性麻痺で運動や会話に障害があったから、ゴマメだ。

遊び道具はすべて自分たちでつくった。ツバキの実は笛になり、スギの実は杉玉鉄砲になる。

瓦（かわら）あて遊びはおもしろい。高度の技術と感覚を必要とした。それぞれ拾ってきた瓦のかけらを一個ずつ持ち、その一端をコンクリートでこすって地面に立てられるように加工する。それが自分の道具になる。地面に棒で直線を引く。数メートル離れたところにもう一本平行線を引く。初めの線の上にみんなの瓦を立てて置く。勝負開始。ジャンケンで決めた順番で二番目に引いた線に立って、自分の持ち瓦を投げる。他の子らの立てた瓦を倒すのだ。他の子らの瓦を全部倒すと、投げ方の難度が一段上がり、片足立ちして投げる。それに成功すると、次は後ろ向きになって股の下から投げる。次第に投げ方が高度になる。拳(こぶし)の上に持ち瓦を置き、腕を前にまっすぐ伸ばして他の子らの瓦の上から落して倒す「ローソク」。頭の上に瓦を乗せて、頭を下げて瓦を落とし、相手を倒す。技はどんどん難しくなり、微妙になる。距離、位置、角度、投げ方、力の入れ具合を考える。失敗を繰り返しながら感覚と精緻な技を磨いていった。

次は竹トンボに熱中した。竹トンボはハネと回転棒とを分離し、ハネだけを飛ばす。どれだけ遠くまで飛ばせるか、新記録へのチャレンジだ。小刀でハネのねじりを調整してできるだけ薄くし、何度も飛ばして調整を繰り返すと、ハネを回転棒に差し込み、両手に挟んだ回転軸を急回転させる。このとき、軸を前に傾け、胸元まで引き寄せた両腕を瞬時に押し出す。ハネは地上すれすれを滑るように数十メートル以上も飛んでいった。どこまで飛ばせるか、技を磨いて記録を競った。

続いて木のコマ回しに没頭した。コマは店から買ってきたが、そのままではブルブルと振動が激しく、静かに長く回らない。だからつくり替える。コマの木の部分をコンクリートの床でゴシゴシこすって削って薄く加工し、長く安定して回るように手を加える。コマにテンプラ油を染み込ませ、何度も回しては調整を繰り返し、自分の自慢のコマをつくり上げたときはホクホクした。コマに紐をくるくる巻いて、エイヤッ、投げ方も技がいる。自慢のコマは回っているのか静止しているのか分からないほど微動だにせず、コンクリートの土間で長時間回転した。音もなく回ることからみんなはその状態を「シーン」と呼んだ。反対に振動する状態を「ブル」と呼んだ。

コマ回しの技の競い、第一段階は、床での回転時間の勝負。第二段階は、紐を巻いて投げ上げ、回転するコマを左の掌(てのひら)に受け止め、回転時間を競う。第三段階は綱渡り。左の掌から回転するコマを右手に紐上を移動させ、さらにバックさせて左の手に戻す。第四段階は「肩掛け」。紐を巻きコマを地面に向けて投げて瞬時に引っ張り上げ、空中に飛び上がったコマが落下する寸前に、紐の端を右肩に引っ掛けて右手の間にU字形をつくる。落下するコマの軸をU字の紐に受け止め、紐の上で回転させるのだ。最高技は、コマを投げ上げて空中で回転させ、落ちてくるのと同時に紐の一端を耳朶(みみたぶ)のすき間に引っ掛け、そのU字形になった紐にコマを受け止める。遊びの天才も、「耳かけ」はほとんど成功しなかった。

コマを掌で回転させ、回っている間だけ走って鬼をつかまえるという「コマ鬼」は学校で流行(はや)った。

厚紙の札に絵が印刷してあるベッタンも熱中した。東京ではメンコと呼ばれている。気に入った一枚を自分の武器にして、地面に打ちつけ、その風圧で地面に置かれた他人のベッタンを裏返したり、札の下へ自分の札をすくい込ませたりしたら、相手の札をもらえる。

三人はもっと強力な武器になるベッタンをつくれないか考えた。地面に打ちつけると他の子の札を一度に引っくり返すほどの威力を発揮するにはどうしたらいいか。勝ちゃんが、

「ロウソクを溶かし、溶けたロウをベッタンの厚紙に染み込ませたらどうや」

と言うから三人はやってみた。すごいベッタンができた。重く厚く、地面に打ちつけると、音もすごい。たちまち相手の札はひっくり返った。

仲良し三人組は毎日毎日、学校から帰ってくると遊びに興じた。

庭の茶の木は二十本ほどある。木の間に笹が根を張っていた。その茶の木の根っこに巣をつくる小さなクモがいた。三人は「地グモ」と呼んでいた。「地グモ」は、地表から地中へ細い穴の巣をつくって、穴の奥に待機している。地表の巣に虫が引っかかると、穴から出てきてとらえ、穴のなかにくわえて入る。

三人はそのクモに目をつけた。

「クモを取り出して、クモとクモとを闘わせようや」

三人は茶の木の根元を探して、クモを取り出し、二匹を向かい合わせる。クモは前足を振り上げ、攻撃する。その勝負を三人は興味津々で見ていた。

植物も遊びの道具だ。茶の実とツバキの実は小穴を

あけて中実を取り出し、笛にした。麦わらも草も笛になった。オヒシバという草は「すもうとり草」と呼んでいた。これで相撲をとる。オヒシバの穂を片蝶結びにして、結び目に勝負相手のオヒシバの茎を通して、「はっけよい、のこった」、引っ張りっこする。穂のちぎれたほうが負けになる。野原を歩くと、この勝負をする。

大豆の葉は、パンと鳴る鉄砲だ。左手の親指と残りの四本指で筒状にし、そこに豆の葉を置くと、真ん中を押してへこませ、その上から右掌を打ちつける。

麦刈りの後は麦わら細工。舟、かご、人形、笛をつくる。

五寸釘は、「釘倒し」だ。釘のとがった方を指で持って地面に投げ、一回転させて土に突き刺す。これで陣取りゲームだ。地面に突き立てた相手の釘を、自分の釘を投げて突き倒す勝負もする。五寸釘の重さを指に感じながら、どのように投げれば、相手の釘を倒して、自分の釘は倒れないで土に突き刺さるか。感覚が鍛えられる遊びだった。

三ッ池の堤にはススキの群落、池の水辺にはアシが密集している。そこは人間の姿を隠してしまうから、水辺のアシ原のなかに三人で一坪ほどの基地をつくった。この基地にアシの葉を刈り取って床を敷き、快適な読書室をつくった。

日曜日、基地へ出かけたら、マアちゃんのお母さんがマアちゃんの弟をおんぶして散歩に来た。万太郎たちも秘密基地から出て、一緒にススキの原を奥に行った。軍隊のバラックはなくなり、その先まで行くとススキの原のなかに人の気配がした。誰かがいる。のぞいてみると、若い男女が重なり合っていた。心臓がドキドキした。みんなはそろりそろりとその場を離れた。マアちゃんのおばさんが言った。

「あんたらもなあ、大人になったらなあ、するんやよ」

このセリフがその後の三人の頭に残った。

墓地の北隣に住むヒロッちゃんが遊びにやってきた。ヒロッちゃんは三人の兄貴分となった。駅前の菊水商業学校に通っているヒロッちゃんは、いろんなことを教えてくれる。三ツ池で見た男女の話をすると、

「それはなあ、ラブシーンと言うのや」

　と男女の性の話を教えた。戦争末期、三ツ池の軍のバラックにいた中西が白いションベンをした話を万太郎がすると、ヒロッちゃんはたちどころに、

「それは精液というんや」

　と言った。三人はよく分からなかった。

　ヒロッちゃんは、墓地のなかの芝草の生えているところへみんなを連れていって草の上に横になり、ヒロッちゃんとトシ子ちゃんは裸になって体をくっつけた。

「ラブシーンはなあ、こうするんや」

　ヒロッちゃんは恋をした。夕方になると家の前の街道を隣村へ帰っていく女の子がいる。

「あの子に、ラブレターを渡してきてくれへんか」

　ヒロッちゃんは自分で渡すことができず、勝ちゃんに頼んだ。勝ちゃんはその手紙を持って、すたこら女の子を追っかけて渡しに行く。けれど悲しいかな、何度行っても受け取ってくれず、恋は稔らなかった。

　ぽかぽか暖かい日、墓地の芝生広場で、万太郎はトシ子ちゃんと二人で遊んだ。トシ子ちゃんはいつも一人ぽっちだ。渡り鳥が御陵さんのほうにたくさん飛んでいく。二人はヒロッちゃんの教えてくれたように寝転んで体をくっつけた。二人は青空を眺めた。

「あれはアオサギ」

「あれはゴイサギ」

「あれはバン」

暮らしを助ける

　食用ガエルを捕って売ろう。勝ちゃんと万太郎は相談して決めた。池の水面に頭を出してボウボウと鳴く大きなウシガエルが食用ガエル。三ッ池にはたくさんいる。

「食用ガエルはアメリカへ輸出するからよく売れるそうや」

　と母が言った。町にカエルを買ってくれる店があると聞いて、早速実行に移した。小さなツチガエルをつかまえてきて、それを釣り針に刺して餌にし、ウシガ

エルを釣りに三ツ池に行く。釣り竿を池の上に差し出し、餌をカエルの目の前に持っていって、チョンチョンと上下動させると、カエルはがばっと餌に食いつく。緑色の大ガエルを十数匹釣ると、母がつくってくれた細長い布袋に一匹ずつ縦に入れた。それを持って母は、食用ガエルを仕入れる家に売りに行った。

池ではカラス貝がよく獲れた。この黒い二枚貝を煮て食べるとたいへんおいしい。タニシもおいしい。秋の田んぼの稲刈りが済むと、田んぼに小さな穴があり、そこにはタニシがひそんでいる。カラス貝もタニシも貴重な蛋白源になった。ときどき周りの池で釣ってきたフナは、母が料理した。

ウサギ、アヒル、鶏をそれぞれ十羽ほど飼った。アヒル、鶏はヒナから育て、産んだ卵は家族の御馳走、卵を産まなくなると肉になる。ウサギは子ウサギを買ってきて大きく育てて売る。餌の草を毎日刈ってくるのが子どもの仕事になった。畑では麦、サツマイモ、ジャガイモをつくった。父は稲作を試みた。母は農家出身だが、父は初めての体験、沼からバケツで水を汲み上げて、田んぼに入れても水はすぐに土に染み込んで、水田にならない。跡部からもらってきた苗を植えたけれども、池から水を汲む労力がたいへんで、跳ねつるべを手づくりしたものの水は不足し、米づくりは失敗に終わった。

麦ご飯は茶碗一杯でおかわりなし。それを「よそいっきり」と呼んでいた。米がわずか、汁ばかりの「おかいさん」は常食だった。もっぱら主食は「代用食」、サツマイモ、ジャガイモ、団子汁などいろいろだ。ナンバコと呼んでいたトウモロコシの粉をパンにすることが行われたが、甘みもなく全くおいしくない。

サツマイモはいろんな種類があった。蒸かすと水分が多くてベチャベチャするのは「ベチャ」、ホクホクするのは「コツ」と呼んでいた。「ベチャ」は、五石（ごこく）という種類で、コツは「農林一号」だ。コツがおいしかった。

便所の下肥（しもごえ）は全部畑の肥やしに入れた。下肥や池の水を運ぶには、木製のタゴ桶（おけ）を、オウコと呼んでいた天秤棒で担ぐ。サツマイモの苗を植えたときは、勝ちゃんと万太郎は前後になってタゴ桶を担いだ。三ツ池から水を汲み、坂道を運ぶ。オウコが肩に食い込んで痛い。

通学に使う肩掛けカバンは手づくりした。ランドセルなんて誰も持っていない。上級生の肩掛けカバンは、ふたの部分を長く垂らし、とてもかっこうがいい。粋(いき)な上級生は腰よりも下にカバンをぶら提げ、長いふたをひらひらさせながら登校していく。勝ちゃんと万太郎もかっこうをつけたいから、厚手の古布を母に用意してもらい、それを四角な袋状に縫い、そこにカバーのふたをつけた。二人は手づくりカバンを肩から提げて登校した。

夏の蚊の襲来は尋常ではなかった。家の周りの水辺から蚊はわんさか繁殖する。墓地の墓石の花活けからも蚊が生まれる。勝ちゃんと万太郎は、日が沈むと蚊(か)遣(や)り火を焚いた。暑いから窓も縁側も夜中まで全面開放しているから、蚊はいくらでも家のなかに入ってくる。それをまず撃退しなければならない。二人は野原の除虫菊を採ってきて数日干し、蚊遣り火をくゆらして蚊を追い出すことにした。「かんてき」と呼んでいた七輪に火を起こし、部屋の真ん中に置いて除虫菊をくべる。もうもうたる煙が家のなかに充満し、何も見えないほどだ。蚊を追い払うと「かんてき」を外に出し、布団を敷いて部屋いっぱいに蚊帳を吊る。就寝準備完了。だが窓が開いているから蚊はまたまた家に入ってくる。寝床に入るときは、蚊帳の外でぱたぱたとウチワであおぎ、周りの蚊を追い払ってからさっと蚊帳の裾をまくって素早くなかにもぐり込む。それでも入る奴がおり、蚊帳のなかでプーンと飛んでいる。

夜中に、クマネズミが家に侵入してくることがあった。みんなが寝静まった頃に、バリバリと音がした。万太郎はその物音に目を覚ました。ネズミだ。欄間の障子紙を歯で破いて忍び込んで来たのだ。

「ネズミや、ネズミや」

勝ちゃんを起こして、二人でネズミ退治だ。電気を点け、鴨居の上を走るネズミを棒で叩き落とす。押し入れやタンスの間に逃げ込んだネズミをヤスで刺す。二人が捕り物帳をしていても、他の家族は白河夜船だ。

中秋の名月の夕べは、東の窓にススキ、萩の花を活ける。母は里芋やおにぎりを窓辺に供えた。東の山から月が昇ってくる。河内野の秋はしんみりとする。土間でコオロギが鳴き、秋が更けていくとなんとなく寂しくなる。渡り鳥が鳴き交わしながら空を行く。

サツマイモの収穫、大きなのが入っている。これで冬までサツマイモが主食になる。

冬が来ると、やっかいなのはしもやけだ。万太郎は足の指も手の指も、耳朶(みみたぶ)までもしもやけになった。手の指は紫色になって皮膚が破れ、足の指は真っ赤に腫(は)れた。火鉢に手をかざして暖を取っても、しもやけは治らない。家の暖房は火鉢一つだ。どうしたらかゆみを減らせるか、いろいろやってみる。夕陽が早々と沈んでしまうと、勝ちゃんと万太郎はカンテキに火を起こし、豆炭か木炭が真っ赤になると、家族みんなの炬燵(こたつ)に火種を入れる。布団に入ると炬燵は暖かい。万太郎はしもやけの足の指を炬燵の熱いところにあてる。そのときはかゆみもとれ、いつのまにか寝入ってしまう。昼間、あまりにかゆいときは、火鉢の火で消毒した縫い針の先端を赤く腫れたところに突き刺し、滞っている赤い血をしぼり出す。あかぎれができると、皮膚が切れて痛い。

子どもの冬の仕事は「松葉かき」だ。松の落ち葉はよい燃料になる。御陵さんの松並木に出かけ、熊手を持って松葉と松かさをかき集めて麻袋に入れる。しもやけの素手に松葉がちくちくと痛い。枯れ松葉は火力が強く、かまどの火のなかに一つかみ入れただけで、ボッと炎が上がる。松葉は煮炊きや風呂沸かしに重宝した。松葉だけで料理したり風呂を沸かしたりするときは、入れた松葉が燃え尽きる前に次の一つかみを放りこまねばならない。

夕食の最中だった。突然母が立ち上がり、土間に飛び降り走り出た。赤い炎が上がっている。物置小屋に積んだ松葉にかまどの火が燃え移ったのだ。母は履物を履かずに、バケツに汲んであった水を炎の上からかけた。火は消え、事なきを得たが、遅れていたら火は屋根に燃え移っていたことだろう。物置の屋根は杉皮葺きだ。

墓地との境界にあるツバキの花が咲き出した。その茂みのなかにモズが毎年巣をつくる。

　冬休みに入ると、子どもらは正月に向けて準備を始めた。勝ちゃん、マアちゃん、万太郎は、羽曳山へ門松にする松の幼木を採りに行く。冬枯れの野の道をくねくね歩いて人影のない野中寺を過ぎ、野々宮の村から山に入る。戦時中にはげ山になった丘陵に松が芽生えて、子どもの膝ぐらいの背丈になっている。丘陵には乃木大将を祀る神社があった。意外な発見をした。乃木神社の近く、道から奥まった人影の見えない寂しいところに、戦災孤児の収容施設があり、ちらちらと子どもの姿が見えた。

　小さな松苗を二本採って持ち帰り、家の玄関に取りつけた。

　勝ちゃんと万太郎は、台所の板の間の一年間の垢を落とす作業をした。日頃子どもらの汚れた足で踏み歩いた床板は泥や垢がこびりついて黒くなっている。井戸水をバケツに汲んで、竹のササラで汚れをこそぎ取り、雑巾でごしごし拭く。バケツの水が真っ黒になり、板の間は木目が見えるほどになった。障子紙の破れているところはつぎをあてる。

　年の暮れの餅つきは、農家出身の母が仕切った。二十九日の九は「苦」に通じ「苦餅」になると母は言って、餅つきはしない。二十八日か三十日に餅をついた。朝早くから火をおこし、米を蒸す。父が石臼をすえた。蒸籠の餅米が蒸しあがると、臼のなかへひっくり返して入れる。熱い湯気が立ち上り、父が杵でこねる。母がうすどりをし、勝ちゃんと万太郎も、杵でついた。一臼つき終わると、ホカホカ湯気の上がっているのを母は親指と人差し指で小さくちぎり、家族みんなが掌で丸める。

　餅つきが終わると、母はお節料理づくりに忙しい。勝ちゃんと万太郎は、正月三が日のお雑煮は二人で炊こうと決めた。父と母には三が日寝正月をしてもらおう。

　大晦日の夜、母はお雑煮の準備をしてくれた。大根、にんじんを釜に入れ、母が麹をもとにつくった白味噌と、まる餅も用意した。

　お正月がやってきた。勝ちゃんと万太郎は跳び起きて竈に火をおこした。父母も弟妹もまだ寝ている。マツポックリはよく燃える。

「具が茹で上がったら、白味噌を入れるんやで」

母から言われた通り、大根が柔らかくなったのをみて餅を入れ、白味噌を入れた。母はいつも夜寝床に入るとき、「極楽、極楽」と言っていたが、正月は正味の「極楽」にしてやりたい。

お雑煮ができた頃、家族みんなが起きてくる。

正月は空気が違う。正月の空気は特別や、わくわくする。お雑煮を祝うと、子どもだけの初詣が待っている。勝ちゃんとマアちゃんと万太郎は、道明寺天満宮へ霜の降りた野道を歩く。天神さんは人も店もいっぱいだ。楽しくて楽しくて有頂天になった。天神さんから帰ってきたら、何で遊ぼ、遊びは山ほどある。コマしよか、ベッタンしよか、それともトランプ？

三が日、父母は寝正月をした。

寒さが厳しくなり、三ツ池が全面凍結するときがある。石を投げても跳ね返されるほど氷が張ったとき、氷上に小石を水平に投げて、滑らせる。石つぶては氷の上をキュンキュンと音立てながら、対岸まで滑っていく。しもやけのかゆみは相変わらずだ。万太郎はよく扁桃腺がはれた。そのときは、父が用意した家の吸入器で蒸気を吸った。父は栄養補給に、瓶に入った肝油を買ってきて、子どもらに数粒ずつ飲ませた。魚のタラの肝臓から採った油らしい。

松村先生

師範学校を出て赴任してきた松村先生は、運動場の朝礼台の上で目を光らせて赴任の挨拶をした。

「おれを兄貴と思え！」

それが松村先生の第一声だった。四年生になった万太郎の担任、松村先生は、ほんまに兄貴だ。ゴンタたちはみるみる変わっていった。先生はいろんなおもしろい話をしてくれる。話し方も講談調で抑揚があり、師範学校の寮の怪談は真に迫る。みんなは恐怖の叫び声を上げた。

「夜中に、オルガンの音が聞こえた。今頃誰が弾いているのか。音を立てないように階段を上って見にいった。誰だ、何者だ、オルガンの音が近づいてくる。そろりそろり、教室をのぞいた」

先生はそこで一息入れて目をキョロキョロさせた。みんなは固唾を呑んでいる。

「誰もいないのにオルガンのふたが開いていて、鍵盤が動いて音が出ている。おそろしさで足が震えた。部屋に逃げ帰ろうと階段を降りた。ところが段数が少なくなっているではないか。おかしい。部屋に逃げ戻り、布団に入った。ミシミシ音がする。天井を見ると、天井が少しずつ下がってくる」

松村先生は恐ろしい顔をして語る。みんなも体がゾクゾクした。

ゴンタ連は怪談が大好きだ。聞きたくて、毎日、催促するようになった。松村先生は、小川未明の『赤い蠟燭と人魚』という話を読み聞かせてくれた。独特の語り口、みんなは目をギラギラさせ、全身で聴いていた。

五月の授業中のことだった。突如先生が教卓をガタガタ揺さぶり、大声で叫んだ。

「地震だ、地震だ、避難しろー」

どきっ、地震だあ、みんな血相を変えて教室が飛び出し、階段を転ぶように駆け降りて運動場に出た。すると先生は、

「はい、整列！」

と言うと、おもむろに体操を始めた。なんや、訓練やったんか。これも松村先生の独自授業だ。

三時間目、キンモンがいなくなった。

「キンモンがおれへんぞ」

「逃げた？」

男子が騒いだ。学校の周囲にはフェンスも生け垣もない。外には田んぼが広がっている。

「さがしに行こう」、休み時間に男子は学校から外へ捜索に出た。

「あそこにいる」

キンモンが田んぼの向こうを走っている。それっ、クラスの男子は捕物帳気分になって田の畔を追いかけた。それを見たキンモンはたちまち姿を消してしまった。それ以後キンモンは学校に来なくなった。

「キンモン、シュットッカンに入ったんやて」

そんな噂が流れた。彼の家は生活が苦しい。ときどきキンモンはものを盗んだりするという噂だ。悪いことをする子は高安山の麓にある感化院に入ると聞いたことがある。子どもらは、そこを「シュットッカン」と呼んでいた。「シュットッカンて何や」、毅君に言うと、修徳学院やと言う。そこには見返りの塔というのがあって、期限が終わって学院を出るとき、塔を振り返りながら別れを告げるんやと言った。キンモンはそこに入って、勉強してるのか。

夏が来た。河内野のあちこちに農業用の溜池がある。炎暑の日盛り、ゴンタたちがあちこちの溜池で泳いだ。万太郎は勝ちゃんと、三ツ池へヒシの実を採りに行った。ヒシの実は食べられる。三ツ池の東の池、そこにヒシが水面を覆っているところがある。二人はまだ水泳がまともにできないけれど、バケツを両手に挟み、それを浮きにしてバタ足で泳げば、池のなかを進める。池の真ん中は浅くなっていて、子どもの背丈が立つ。そこまで行こう。二人は浮きのバケツを両手に持ち、バタ足で行って、ヒシを採って帰った。二人はそれから池で泳ぎの練習をして、横泳ぎが得意になった。

万太郎は、あちこちの溜池でゴンタ連と一緒に泳いだ。溜池の水はさまざまだった。

「ここは水垢がつくど」

という池がある。泳いで岸に上がると、体に水垢がくっついていて、手のひらでなでると手に茶色っぽい色がついた。これは水のなかの鉄分、カナケやなと思う。泳ぐなら、やっぱり冷たくてきれいな石川がいちばんだ。

池のなかにはいろんな虫がいた。アメンボ、ゲンゴロウ、タガメ、ミズカマキリ、ミズスマシ、タイコウチ、マツモムシ。子どもたちがフーセンと呼んでいた虫は、水中を動くときは風船そっくりだ。ユウビンヤと呼んでいた虫は、小指の爪ほどの身長で、水の上をふらふら歩く。だから郵便配達なんや。タガメは鎌が大きくて、いかにも怖そうだ。ゴンタ連が言う。

「チンポ挟まれたらあかんど」

秋、松村先生が言った。

「学校の砂場の砂が足りないから、大和川へ砂をもらいに行くことになった。明日、砂を入れる布袋を持ってきなさい」

翌日、四年生以上の子どもは袋を持ってゾロゾロ歩いて大和川に行った。白砂の河原に下りて、布袋に砂を入れると学校へ持ち帰り、砂場に入れた。

昼の休憩時間に、

「へこき、へこき」

女の子の声が背後に聞こえた。振り向くと二人の女の子が万太郎を見て言っている。授業中に屁をこく、と言うのだ。毎日サツマイモを食っているからオナラはよく出るけれど、授業中に屁はこかないぞ。ほかの誰かやろ。だが彼女らは間違いなく万太郎が屁をこいた、くさい、くさいと言う。万太郎が怒ると、キャーキャー叫んで逃げていく。その一人は成績がよくできて、村はずれの洋館に住んでいた。「ええとこの子や」とゴンタ連が言う。

冬に入った頃、キンモンが学校に戻ってきた。なんとなくおとなしくなっていた。

うちへ遊びに来ないか、万太郎が誘うと、放課後家に遊びに来た。これまで二人で遊んだことはない。二人は縁側の端と端に分かれて、将棋の駒の王様落しをした。それぞれ持ち駒を積み上げて陣地を工夫してつくり、その上に王の駒を置く。攻撃用の駒を一つ持ち、それを指で弾いて相手の陣地を崩し、王を下に落とせば勝ちだ。

試合開始。指で弾いた駒は縁側の木の床を滑っていって、相手陣地にカチーンとぶつかる。互いに攻撃を繰り返し、王を落とす。頭を使い、撃ち方を考え、スリルがあるこの遊びは万太郎の好きな遊びの一つだ。キンモンは大喜びだった。

「ここ、いいなあ、ここ、いいなあ、楽しいなあ」

キンモンはしきりに言った。日暮れまで遊んだ。それからキンモンは学校で万太郎と遊ぶようになった。

クラスの男子生徒が緊張する事件が起きた。

学校から三百メートルほど南を、東西に走る街道がある。難波から大和へつながる古代の大津道、後の長尾街道だ。町を横切るこの街道の西の町はずれから、田畑を隔てて隣の高鷲村が見える。間に藤井寺町と高鷲村との境界がある。そこでクラスのゴンタの一人が、隣村の子らと出会って口げんかをした。相手は言った。

「覚えとけよ。明日、みんなを連れてくるからな」

そのニュースが翌日クラスで男子に伝わった。

「あいつら襲撃してきよるぞ」

男子の血が騒いだ。学校が終わると、全員そろって境の田んぼへ偵察に出た。カバンをあぜ道のあちこちに隠した。畦に立つと、向こうからも子どもらがこちらに向かってくるのが見えた。五人、十人、彼らは竹の棒などを持っている。田んぼの畦を進んできた彼らは二十人ほどになった。こちらも二十人はいる。三枚の田んぼをへだてて、二つの集団はにらみあった。知らない顔ばかりだ。両者の間には、刈り取った稲わらを積み上げたワラ塚がいくつかある。

「こっらー」

棒を振り上げて彼らは叫んだ。

「こっらー」

こちらも叫んだ。

虚勢を張った声が両者から飛び交う。怒りも憎しみも何もないが、自己を顕示する二つの集団は、大声を出し合った。互いに手出しはせず、

「お前らあ、やっつけたるぞう」

「負けへんぞう」

竹棒を振り回しながら叫ぶ。彼らも息巻き、石を投げて威嚇してきたが、膠着状態のまま互いに手出しはなく、

「行こ。行こ」

誰かの声でこちらが動き出すと、相手も動き出し、両者は満足して引き揚げていった。

翌日、それを聞いた松村先生はみんなに話しかけた。

「高鷲小学校とけんかしたかあ。そこは私の出た学校やで」

「えーっ、そうかあ」

「私の母校やで。仲良くやってやあ」

授業のとき、松村先生がみんなに話しかけた。

「フィリピンのダバオから、たくさんの日本人孤児が日本に船で帰ってきたんだ。日本軍がフィリピンを占

領しているときに、たくさんの人が日本から渡っていった。農業とか商売とかするためにフィリピンに移り住んだんだ。日本軍はアメリカ軍とフィリピンでもたいへんな戦闘を繰り広げた。結局日本が負け、親たちは、戦火を逃れて子どもたちを連れて山のなかへ逃げ込んだ。山のなかは食べるものがない。親たちは死んでいき、その子どもらは長い間木の根や草を食べていたそうだ。アメリカ軍に発見されたときは、栄養失調でガリガリだった。だから帰国の船のなかでも日本に帰ってきてからも、ばたばた死んでいった。ご飯を食べても、胃が変になっているので、すぐに吐いてしまう。そういう子どもらが大阪にも帰ってきている。みんなは浮浪児を知っているだろう。大阪市内で靴磨きなんかしながら、路上で生活している子らや」

「ぼく、見た、天王寺駅の橋の上で」

万太郎が叫んだ。

「おう、見たか。だいぶ施設に収容されて減っているようだが、まだたくさんいる。ラジオで夕方、『鐘の鳴る丘』というドラマやってるな」

「やってる、やってる、ぼく聞いてる」

声が上がった。

「みどりの丘の　赤い屋根　とんがりぼうしの時計台」、浮浪児たちが施設で一緒に生活している物語だ。

松村先生は、日本はこれからどんな国にしていくのか、よく考えなければならないと言った。

松村先生は、いろんな話をしてくれた。一年間、松村先生のクラスになって、万太郎は学校が好きになり、ちょっと自分が強くなったと思う。

万太郎は五年生になった。万太郎の担任は、若い女の上田先生だ。松村先生のクラスになりたかったが、松村先生は隣のクラスの担任になった。万太郎に二人目の弟が生まれ、きょうだいは五人になった。

先生たちは戦前の教育を反省し、新しい教育を考えていた。上田先生が言った。

「研究班をつくって、自分たちで研究しましょう。何を研究したいか相談して、一学期の終わりまで研究したら、それを発表してもらいます」

先生はそう言って、後は全部子どもたちに任せた。

よく分からないが、早速研究班をつくることにした。

「研究班つくるぞう」

毅が声を上げると、万太郎、柳一、年彦、英治が集まった。

ゴンタ連は浩一の周りに集まり、がやがや相談していたが、

「おれら動物を調べる動物班や」

と宣言した。

毅の班は五人。毅は提案した。

「気象を研究せえへんか。天気とか気温とか」

年彦が提案した。

「ぼくは鉄道が好きだから、鉄道研究会にしたい」

年彦は全国の鉄道の路線をよく知っている。どちらにするか、相談の結果、気象研究をすることになった。

女子は、食べ物を研究する班と、植物を研究する班が誕生した。

最初の自由研究の時間になった。動物班は、「調べに行くぞう」と言ってぞろぞろ教室から出ていった。先生は職員室に引き上げ、あとは生徒の自主性に任せた。

気象班は、毎日の天気を記録し、気温を測ることに決めた。毅はおじいさんとおばあさんの家に住んでいる。農家だから天候がいつも気になると言った。

「ほんなら雲の形や種類、天気との関係を調べようや」

「そうしよう、そうしよう、毎日観察しよう」

自由研究の時間が終わり、次の国語の時間が来て、上田先生は教室に来た。ところが、動物班は帰ってこない。昼休みにやっと彼らは帰ってきた。浩一は、田んぼの畔道にどんな動物がいるか調べてきたと言った。

授業のなかの、自由研究の時間は週に一時間。その時間になると相変わらず浩一の動物班はぞろぞろ教室から出ていって、時間の終わりに帰ってくる。何かを調べてきたような様子がない。年彦が言った。

「あいつら遊んでくるだけや。浩一の金魚のフンや」

気象班のメンバーは、よそから移住してきたものばかりだ。年彦は中国大連からの引き揚げ。柳一は北海道の開拓村からの引き揚げ。英治と万太郎は大阪市内からの疎開。年彦の父ちゃんは印刷職人、英治の父は料理人、柳一はお父さんが亡くなってお母さんが果樹

栽培、毅は両親が死んで、祖父母と農業をしている。

　気象班は、毎日の天候、気温を記録し続けた。毅は陽気にケラケラと喉をならして笑う。自由研究の時間は楽しい。

　七月、上田先生がニコニコ笑いながら言った。

「夏休みに一泊二日の臨海学舎をします。海で泳ぎますよ」

「やったあ、海やあ」

　男子から叫び声が上がった。戦争が終わって三年目、みんな乏しいなかでの宿泊行事だ。金のかからない計画を考えたのは松村先生ら若い先生たちだった。新しい教育をつくろう、子どもたちに海という大自然を体験させよう。

　臨海学舎の目的地は、大阪のずっとずっと南部、和歌山に近い岡田浦という寂しい漁村だった。夏休み期間中、その村の小学校はからっぽ、校舎は空いている。松村先生たちは岡田浦の村に出かけて、村役場と学校に、夏休みの二日間、校舎を貸してほしいと頼んだのだ。願いは受け入れられ、すべてタダで借りられる。先生たちは計画を練った。食事は自分たちでつくる。小さな学校の木造校舎の木の床にタオルを敷いてゴロ寝する。宿泊代はいらない。電車賃は小学生の団体割引で安くなる。米は一人二合ずつ持参して、岡田浦の村の役場から大釜を借りて自分たちでご飯を炊く。

　その日がやってきた。生徒はぞろぞろ、近鉄電車で阿部野橋に出、南海電車に乗り換えて岡田浦まで行った。小学校は海のすぐ近くにあった。潮の匂いがする。海には誰も泳いでいない。

　子どもたちは海に入って喜々として遊んだ。海から上がると、大釜で飯を炊き、味噌汁をつくった。あまりに長く海につかっていたせいか、痩せっぽちの万太郎はお腹が冷えて、夕方げろげろと吐いて教室の床に横たわった。万太郎の痩せたお腹を上田先生はずっとさすってくれた。二日目は元気になって、海に入り得意の横泳ぎをして、柳一や英治と水のなかで勝負した。

　二学期に転校生がクラスに入ってきた。桑田君だ。大阪市内から来たという。桑田君は気象班に入り、気象班は六人になった。

学校給食はないが、たまに脱脂粉乳のミルクがみんなに配られる日があった。ミルクは家から持ってきたアルマイトの容器に入れてもらって飲む。栄養補給というが実にまずい。先生がピーナツの缶詰を二つ持ってきて、一人に五粒ずつ配ったことがあった。おいしかったけど、ぽりぽりと食べてそれで終わりだった。

サツマイモの収穫期を迎えた。

自由研究の時間に、桑田君が思いがけない提案を気象班のなかで出した。

「みんな、弁当に、サツマイモ持ってけえへんか」

「えっ？　サツマイモ？」

「そうや、焼き芋かふかし芋や」

ように言うてくれた、たちどころにみんなは賛成した。自分では言えなかったことを、桑田君が言うてくれた。多くの家が代用食、ふかしたり焼いたりしたサツマイモやジャガイモが主食だ。けれどサツマイモを弁当に持ってくることはなかった。弁当を持ってこれず運動場で何も食べずに過ごす子がいたり、家に食べに帰ったりする子がいた。万太郎も家に走って帰ってサツマイモを食べ、また走って学校に戻る日があった。農家の子は米飯の弁当を持ってきていたが、麦飯の上に鰹の削り節を乗せた弁当をいつも食べている子がいた。

勇気ある桑田君の提案は嬉しかった。家に帰った万太郎は言った。

「あんな、おかあちゃん、明日から弁当は焼き芋やねん。焼き芋持って行くで」

翌日、クラスの昼ごはんの時間、気象班のみんなは机を寄せて座り、意気揚々と包み紙の新聞紙を広げた。まるごとの蒸かし芋、輪切りの焼き芋、みんなはゲラゲラと笑った。団結というものを初めて感じた。かっこわるいとか、恥ずかしいとか、そんな気持ちは団結すればどっかへ飛んでいってしまう。

昼休みに職員室の前を通ったら、男の先生が小さなパンを一個食べているのが目にとまった。先生も食べるものがないんやと万太郎は思う。

松村先生は師範学校で軍国主義教育を受けてきたが、今は民主主義の新しい教育を考える先生になった。

「五年生全員、講堂に集まってフォークダンスをする」

「何？　何すんねん？」

　みんなは講堂に集まった。

「クラスごとに輪をつくれ」

曲が流れ、初めて女の子と手をつないだ。胸がドキドキした。明るいかわいい女の子がいて、万太郎と英治も、その女の子に憧れ、手をつなぎたかった。

　学校から帰ると、勝ちゃん、マアちゃんたちとで、三つ池の水際のアシ原に、二つ目の秘密基地をつくった。ススキやアシを刈り取って下に敷くと、快適な部屋になった。基地は小径からは全く見えない。そこに潜んで、冒険小説を読んだり、将棋をしたりする。目の前で牛蛙がボウボウと鳴く。カイツブリのジョーが羽ばたきながら水面を滑る。日の光がキラキラ反射して基地のなかを照らす。誰からも侵されないオレらの世界。本を読むのはおもしろい。

　万太郎は竹馬をつくった。畑のエンドウの支柱にするダテノアシを竹の代わりに使った。初めは足を乗せるところが低かったが、だんだん高くして、一メートルほどの高さになり、裸足の親指と人差し指の間にダテノアシを挟むと、自由自在に坂道も駆け上がれるようになった。

　遊びと探検の行動範囲は広がり、石川、玉手山、羽曳山、距離四キロほどの圏内が行動範囲になる。玉手山から北へ下った谷道にある凝灰岩の洞穴（ほらあな）の古墳群にはときどき行く。骸骨の眼窩のように黒々と開いている横穴はいつも昔の人の魂が潜んでいるようでスリルがある。池にモンドリと呼ぶガラスの筌（うけ）を沈めて、翌日それを引き上げると、モロコなどの小魚がたくさん獲れた。

ヒーロー登場

ヒーローが躍り出てきたのは、秋の学芸会だった。

五年生みんなから出演者を選んで劇をつくろうということになった。松村先生の提案らしい。題は『野口英世』、松村先生は主役に徐君を抜擢した。徐君はコリアン、健太郎と名乗っていた。健太郎君はがっしりした体格で腕力があり、それでいて陽気でお茶目、勉強にも運動にも積極的で、みんなから人気があった。

劇は野口英世の少年時代だ。福島県の猪苗代湖近くの貧しい農家で生を受けた野口英世は、一歳のときに囲炉裏（いろり）のなかに落ちて左手に大やけどを負う。その障害のために他の子どもたちから「てんぼう、てんぼう」といじめられた。

英世役になった健太郎君は、せりふを全部覚え、さっそうと舞台に立って、はっきりと通る声で演技をした。最後の場面になった。いじめを受ける英世役の健太郎君は観客席に向かって叫んだ。

「どうして僕をいじめるのか、どうして僕をバカにするのか」

絶叫だった。健太郎君は涙を流していた。迫真の演技に万太郎は息を呑んだ。河内のゴンタ連は言葉を失ってしまった。ただの演技ではない、ほとばしる真実の声だった。

この劇以後、健太郎君に対する子どもたちの見方はがらりと変わった。彼は我らの誇らしいヒーローになった。


藤井寺駅には、電車が止まるプラットホームの外側に、普段は使われない三番目のホームがあった。そのホームに、たくさんの牛を載せた貨車が着く日がある。牛はぞろぞろと三番目のホームに降ろされ、綱でつながれて特別な北出口から外に出る。長い紐でつながれた、数十頭の列だった。牛は先導の男に曳かれ、一列になってとことこと観音さんの門前から辛国（からくに）神社の前を歩き、仲哀天皇陵の西側を西南の方角に進んでいった。牛たちは乾いた道路を黙々と歩きながら、突如全頭が言い合わせたかのように止まって動かなくなることがあった。その姿は見る人に何かを伝えるようだった。住民はささやいた。

「殺されることが分かるんや」

「行きたくないんや、直感的に分かるんや」

曳かれていく牛たちはやがて肉になる。彼らはそれを予感して拒んでいるのか。

牛の向かう先にはいつの頃からか、牛を殺して肉にする村ができていた。周辺の町の人はその村に対して特異な思いを持っていることを万太郎も知った。ゴン夕連は、「こわい」と言って、語らない。

　万太郎と勝ちゃん二人が遠出の探検遊びをして、応神天皇陵と允恭天皇陵の間にある土師ノ里駅に来たときだった。向こうから二人の少年がやってきた。見知らぬ二人は威嚇的な態度を見せて近づいてきた。とっさに万太郎は、その村の名前を出して、自分たちはその村のものだと言った。そうするとたちまち彼らはひるんで去っていった。万太郎はそれがどういうことなのか、自分の発した言葉のはらんでいる問題に対して全く無知だった。

　毎日夕方、ラジオから「緑の丘の赤い屋根、とんがりぼうしの時計台……」という歌がハモンドオルガンの伴奏で始まる。遊んでいるみんなはその時間になると家に飛んで帰って耳を傾ける。戦災孤児たちの物語、『鐘の鳴る丘』だ。巌金四郎の語りが好きで、万太郎の胸が熱くなる。

　万太郎は六年生になって仰天した。担任は北西先生、あの「鬼軍曹」先生だ。

　教室に入って座ると、先生はやってきた。どうどうたる体に赤ら顔。みんなは硬直したように先生を見ていた。

　ところが北西先生は、とんと違って愉快な人だった。いろんなおもしろい話をしてくれる。みんなは授業が楽しみになった。

　職員室の掃除当番が万太郎と二郎に回ってきた。職員室に入っていくと、職員室の奥に戦時中の奉安殿があり、その前に故障したオルガンが置いてあった。戦時中は奉安殿には天皇皇后陛下の御真影と教育勅語が収められているからと言ってお辞儀していたが、今はその前に故障オルガンが置いてある。万太郎はオルガンのペダルを足で踏んでみた。すると鍵盤を押してもいないのに音が出た。北西先生はそれを聞いていた。

「オルガン弾いたなあ」

　近づいてきた北西先生にどやされるかと恐れていたら、先生の顔が笑っている。

「弾いてません。足で踏んだだけです」

　すると、先生は万太郎の両手を持って、ジャンガジャンガと言いながらダンスを始めた。万太郎はげらげら笑ってしまった。人が変わってしまったのか、元々のおもしろい性質が現れたからなのか、とにかくこの先生は愉快だ。授業中の雑談はおもしろい。これが本当の北西先生なんだ、あの「鬼軍曹」は戦争のときやったからや。

授業のなかで先生が言う。

「みんな、ダンスバッテン知ってるか」

「ダンスバッテン？」

「え？　それ何？」

「男と女、くっついてやってるやろ。見たことあるか？」

ジャガイモが叫んだ。

「見た、見た、ギャハハハ、それ、ダンスパーティというんや。藤井寺でもやってるで」

先生は、右腕を相手の女性の腰に回して踊る真似をする。みんな笑い転げた。

社交ダンスがこんな田舎でも流行っていた。普通の民家が社交ダンス場になって、レコードの音楽に合わせ、若い男女が抱き合って踊っている。辛国神社前の民家でやっている社交ダンスを万太郎は学校の帰りにこっそりのぞいて見たことがある。「撃ちてしやまん」と言っていた時代からまだ四年しか経っていないのに、青年たちは自由を楽しんでいた。

「ジャガイモ」というニックネームは北西先生がつけた。ジャガイモはクラスの愉快なヤンチャ。坊主頭はじゃがいもそっくりだからジャガイモ。家は荒物屋、雑貨を売っていて、店は街道の途中にある。

「おい、ジャガイモー、ジャガイモー」

北西先生は何かにつけて「ジャガイモ」の名を呼んでかわいがった。そういうときの先生の目はいつも笑っていた。

北西先生は天皇陵の話をした。

「万太郎の家は、仲哀天皇陵のそばやな。あの御陵は、『えがながのにしのみささぎ』と言うんやで。知ってるか」

「知ってる。石に書いてあった」

仲哀天皇陵の周囲をいつも走り回って遊び場にしているから、それは知っていた。陵の南側正面に、「恵我長野西陵」と彫られた石の標識があるのをいつも見ている。

「よう見てたな。この辺は、恵我長野と呼ばれていたんやな」

先生は『日本書紀』という昔の本の話をした。

「仲哀天皇を河内国長野陵に葬ったと『日本書紀』に書いてある。恵我は餌香と書いて、この地域や。石川は餌香川と言うたんや」

そう言えば藤井寺駅から電車二駅西に恵我の庄という駅がある。

北西先生は、『日本書紀』の神話の話をした。

「ヤマトタケルの子どもが仲哀天皇で、仲哀天皇の子が応神天皇で、応神天皇の子が仁徳天皇や。ヤマトタケルは、九州の熊襲を討伐し、北の蝦夷を平らげて伊勢に帰ってきたところで、死んでしまう。そして白鳥になって、この河内に飛んできた。私の家の近くに、ヤマトタケルの白鳥陵がある」

万太郎の家から見ると、東に黒々と森をなす応神天皇陵、その左手の森が、后の仲津姫皇后陵、さらに北側に仁徳天皇の皇子、允恭天皇陵がある。白鳥陵は応神陵の右手にある。

北西先生は古市の町から古自転車にデブッチョの体を乗せて、ひゅーらひゅーら、万太郎の家の前を通って通勤していた。古市の町は、応神天皇陵の南にある。

北西先生は大和川の話をした。

「大和川はなあ、昔は柏原から北西に流れていたんや。その頃大和川はよう洪水を引き起こして、被害を出していたんやな。それで江戸時代につけ替え工事をして、柏原から西の堺のほうへまっすぐ大阪湾に流れるようにした。大和川は天井川言うて、川の底が外の地面より高い。そやから堤防を高くした。そのとき洪水対策で、もし大雨が降って堤防が切れそうになったら、川の左岸のほうが切れるようにしたんや。左岸はこっち側や、南河内のほうや。下流のほうを向いて右が右岸、左が左岸。なんで左岸を低くしたか分かるか」

なんでや？　堤防は右岸も左岸も切れないようにせなあかんやんか。なんで？

「右岸の堤防が切れたら、どうなる？」

「右岸のほうへ水が流れます」

「そうやな、ほんで右岸には何がある？」

　大阪市や大きな街が右岸のほうにある。

「そうやな。人口の多いところに大被害が出る。だから人口の少ないこっち側を切れやすくつくってある」

　北西先生はそう説明した。おれら、人口の少ないほうが犠牲になるんかあ。両方とも犠牲がないようにせなあかんのんとちゃうかあ。

「みんな、これから日記を書いて持ってくるように。思うたこといろいろ書いてくるように」

　北西先生は日記を書くことを課した。万太郎は日頃思っている、藤井寺の町の真ん中を貫く街道のことを書いて提出した。この町は西国札所の葛井寺の門前町で、街道沿いに集落ができている。万太郎は毎日そこを通って通学している。街道は狭く、荷馬車がやっとすれ違うぐらいの幅しかない。万太郎は通学の途次、通りの両側がなんでこんなにゴタゴタと建て込んでいるんやろと思う。曲がりくねった道に、民家、銀行、床屋、荒物屋、駄菓子屋、石屋、地主の屋敷、料理屋などが軒を連ね、人力霊柩車の収納庫もある。それぞれの建物は形も大きさもばらばらで、道に軒を張り出している。この道をもっとすっきりできないのかな。そのことを日記に書いた。すると思いがけない返事が赤ペンで返ってきた。

「道にはみ出た家の軒やバラバラの町並みをすっきりさせるには、軒切りしなければならない。しかし軒切りをするには、住民の意見をよく聞いて、同意をもらわねばならない」

　これが先生の赤ペンの返事だ。町並みをきれいにするのは簡単なことではない。思いがけない返事に刺激を感じた。そうかあ、街道筋の住民がどう希望するかということか。「鬼軍曹」先生への見方が変わってきた。軍国主義の教師が手のひらを返したように民主主義に変貌したという批判があった。戦争協力に対する反省や責任はどうなのかと。万太郎は子どもながらに北西先生もそれに該当する人のように思っていた。しかし、時代の変化は人間を変え、北西先生も民主主義の教育をやろうとしているのだ。

その万太郎が北西先生に頬をたたかれた。

万太郎は木造校舎二階の天井裏はどうなっているのか、見てみたいと思った。掃除が終わった後、万太郎は二郎と二人で、木造校舎の二階の天井裏へ忍び込み、校舎の端から端まで、暗い天井裏を探検した。忍び込むところは教室の隅っこの天井にある。机を積んで上に椅子を置き、そこに乗って四角なふたをはずして這い上がった。天井裏は、わずかに入ってくる光だけで暗い。手探りで、複雑に組まれているたくさんの木材の障害物を避けて、そろそろと探検した。

翌日そのことがばれた。なんでばれたのか分からない。北西先生は二郎と万太郎を呼んで、一発バシッと頬をたたいた。

「危険なことをするな。天井が抜けたらどうする。落ちるぞ」

掃除の時間、二郎は頬に二回目をくらった。教室の窓ガラスを拭いていたときだ。二郎は窓枠に上り、背中を外に出してガラスを拭いていたが、窓枠を持っていた左手を離したときバランスを失い、後ろ向きに校舎の外へ落ちそうになった。幸い窓に沿って太い鉄の番線が一本、横に張ってあったから、それが落下を防いだ。二階からの落下を防ぐために張られた番線かもしれない。様子を見ていた北西先生は血相を変えて飛んできて、頬を一発たたいた。

「二階から落ちれば命はないぞ」

ジャガイモが、校舎の外壁に取りつけられた、雨水を通す上下の縦樋(たてどい)を伝って二階から地面に下りた。これは、バレなかった。万太郎は、樋のつなぎめが外れたらそれこそ命にかかわると思う。

「ジャガイモ、お前、樋がはずれたら、命はないぞ」

伊藤さんという派手な女の子が転校してきた。駅長の娘だとかいう。彼女は東京弁で、よくおしゃべりする。クラスのゴンタ連はこの子が癇にさわってイチャモンをつけた。伊藤さんは真っ向から言い返し、ゴンタに負けない。それがゴンタ連に火をつけ、いじめの様相を帯びてきた。伊藤さんは口でやり返す。クラスのガキ大将、彰一は、よほど癇に障ったようで、激しく伊藤さんをののしった。それでも伊藤さんは一人よく耐えてがんばっていた。他の女子はとばっちりがかからないように黙っている。万太郎は不愉快になり、彰一たちに腹が立ってきた。あの子はたしかにキザだけど、多数で一人をいじめるなんて卑怯だ。

昼休みのことだ。弁当を食べ終わると、運動場から声がした。

「おうい、みんな下りてこーい。遊ぶぞう」

彰一が二階を見上げて呼んでいる。

「教室に残っている男子は運動場へ下りてこーい」

万太郎、年彦、英治、柳一、二郎の五人は同盟を結んだ。五人は廊下の窓から運動場を見下ろして口々に叫んだ。

「行かへんぞー。行くかあ」

「お前の言うことは、聞かへんぞ」

この意思表示は彰一に応えた。彰一は言い返さなかった。

ゴンタ連の伊藤さんいじめは、それから収まった。五人の結束は、ゴンタ連の結束より強い。

万太郎と柳一との友情は急速に強まっていった。放課後、万太郎は柳一の家に自転車を走らせて行く。翌日は万太郎の家に柳一が来る。

柳一の一家は母と兄二人だ。長兄夫婦には五歳のかわいい女の子がいた。柳一の父が亡くなり、北海道では生活できなくなって大阪へ移ってきた。柳一のお母さんは桃の栽培をしていた。桃のできる頃に行くと、お母さんは縁側に大きな桃を二つ、皿にのせて出してくれた。柳一と万太郎は、毎月購読している少年雑誌を交換して読んだ。万太郎の購読していたのは『少年クラブ』、柳一は『少年』、毎月本が出る日が待ち遠しい。学校から帰ってくると春日丘の本屋さんへ走って行く。本屋さんの建物は洋館で、入口におばさんが座っていつも本を読んでいる。『少年クラブ』を買うと印刷の匂いがプンと鼻を刺激し、ワクワクしてくる。表紙をめくると、椛島勝一の精密なペン画だ。万太郎が何より好きだったのは、帆船のペン画だ。いつかこんな船に乗って世界の海に出ていきたい。船乗りが憧れになった。連載されている冒険小説は万太郎をとりこにした。南米アマゾンやインカの地を舞台にした南洋一郎の小説『緑のピラミッド』には、南米の秘境、マットグロッソが登場する。馬に乗って断崖絶壁の道を行くとき、危険個所の岩場で馬は立ち止まり、前足の蹄で岩を叩いて岩の状態を確かめて進んでいく。馬はすごいなあ。未知の世界が万太郎を呼んでいる。連載のサトウハチローの少年詩も好きだった。自然をよく見ている。カイツブリが水に潜るのは、「むぐっちょ　むぐっちょ　かいつぶり」と表現していた。三ッ池のカイツブリのジョーは、なるほど「むぐっちょ　むぐっちょ」だ。河目悌二の描く挿絵も好きだ。少年のほっぺたがふっくらして、万太郎はそれを真似てノートに描いた。

ペスタロッチの話が載っていた。万太郎の心にジンと響いた。コートを着たペスタロッチがうつむいて何かを拾っている挿絵、その向こうに、制服を着た警察官がいる。ペスタロッチはしゃがんで何かを拾ってポケットに入れた。警察官がそれを見とがめ、「今何をポケットに入れたのか」と質問した。ペスタロッチがポケットから取り出したのはガラスの破片だった。ペスタロッチは答えた。

「子どもたちが怪我をしてはいけないので」

ペスタロッチはスイスで、親のいない子や、貧乏な家の子を育てた人だと知った。

二人は冒険小説に夢中になり、雑誌や単行本で読んだ話を出しあった。

「船が難破し、一人無人島に流れ着いたロビンソンクルーソーは飼っているオウムと会話するんや。ヤギも飼い、小麦を栽培して生き延びるんやで。二十五年間という年月、毎日毎日、工夫して生きるんや」

「十五少年の漂流記は子どもばかりや。十五人が力を合わせて自分たちで暮らすんや」

『宝島』、『白鯨』、万太郎は海に憧れ、冒険への夢をふくらませる。『岩窟王』（モンテ・クリスト伯）は無実の罪で十四年間、島の地下牢につながれて脱走し、悪いやつに復讐する。『ああ無情（レ・ミゼラブル）』、『クオレ　愛の学校』、『ファーブル昆虫記』、『シートン動物記』、むさぼるように読んだ。

柳一の家に乗っていく自転車は、墓の北側に住んでいる溝川のおっちゃんに見つけてきてもらった中古品だ。溝川のおっちゃんは、ヒロッちゃんのお父さんだ。

「あっちゃこっちゃ探しましてな、野々宮で見つけましたんや。古おますけど、まあ、乗れまっしゃろ。この自転車に乗って帰ってきましたらな、キツネに化かされたんですわ」

おっちゃんは母に、キツネに化かされた話をした。

「野々宮から夕方遅う帰ってきましたんやが、途中で、急に辺りが暗うなりましてな。仲哀天皇陵の角まで来ましたら、一本道が二つに分かれてますんや。こんなとこ、道あったかいな。おかしいな。さてはキツネやな、そう思いましてな。タバコに火つけたんですわ。一服すうたら、道がすーっと一本に戻ったんですわ」

「そうでっかいな。キツネに化かされはりましたか」

「いやあ、まんまと化かされましたわ。ドツボにはまらんで、よかったですわ」

「キツネに化かされて、ドツボをお風呂やと思って入ったらえらいことですがな」

ドツボには下肥（しもごえ）が入っている。


おんぼろ自転車は役に立った。万太郎が柳一の家に遊びに行くと、翌日、柳一は「運搬車」に乗って、万太郎の家に遊びに来る。「運搬車」は荷台が大きく、荷物を運ぶために重心が低い。がっしりとした自転車だが回転数が多く、スピードが出ない。

学校で、万太郎と柳一はトイレへ行くのも一緒だった。小便所は用を足すところのコンクリートの台が長く、そこに並んで前面のコンクリート壁に小便を放出する。小便は足下の溝に流れ落ちる。柳一が言った。

「なんで便所をＷＣと言うか知ってるか？」

「知らん」

「ワシントン・キャバレーの略や」

「ワハハ、うそや、ほんまは何？」

「ほんまはな、ウンコとシッコや」

またまた大笑い。

柳一の履いていたゴム草履がチョッポンと小便溝のなかに落ちた。柳一はあわてて、竹棒を探してきてゴム草履を拾い上げ、水道で洗った。それから万太郎は柳一に「チョッポン」というあだ名をつけた。すると柳一は仕返しに、「おむつ」というあだ名を万太郎につけた。

「そんなケッタイなあだ名、つけんな。お前のあだ名は、オチョコや」

　万太郎が仕返しをした。

「WCの意味、先生に聞いてみよか」

　柳一がそう言って、松村先生のところへ行って聞いた。

「WCはな、ウォーター・クロゼットの略や」

　日曜日は万太郎の家の縁側で柳一と将棋をする。駒をうつ柳一の指は、爪が短く横幅がある。二人は手を見比べると、柳一の手のほうがごつごつした感じだ。果樹園で仕事を手伝っている証拠だ。

　弁論大会を先生たちが企画した。弁論大会っていったい何や。先生からは何の説明もない。各クラスから一名弁士を出すということになって、彰一たちゴンタ連は、

「万太郎がいいぞ。万太郎を弁士にしよ」

　と教室で言い回って、結局万太郎がクラス代表になった。

　先生からは弁論大会についての何の指導もない。先生は、

「自分の意見を発表するんや、言いたいことを言ったらいい」

　と言うけれど、いったい何をどのように話すのかさっぱり分からない。万太郎は柳一と年彦に相談した。

「オレ、何話したらいいねん。分からへんわ」

　二人は、思案していたが、

「浮浪児のこと言うたらどうや」

　と言ってくれた。それで、天王寺で見た浮浪児のことをしゃべることにした。天王寺公園で、落ちていたリンゴの芯を拾って食べていた子、天王寺の陸橋で靴磨きしていた少年たち、それを話そう。

　弁論大会は講堂で行われた。万太郎は、見てきたことを話し、「浮浪児を助けなければなりません」と通りいっぺんのことを言って終わった。しゃべり終えた後、なんだかむなしかった。家も親もない子がどんな生活をしているのか、実際のことはよく知らない。

健太郎君も弁士になって演説した。彼は松村先生のクラスの代表だ。健太郎君は自分のお父さんお母さんが必死になって働いている話をして、最後に叫んだ。

「光は闇から、光は闇から」

声は大きく、胸を張って叫んでいた。万太郎の胸にグサッと刺さるものがあった。そんな言葉をどこで知ったのか、弁論大会が終わってから、健太郎君に聞いてみた。

「松村センに教えてもろたんや。『聖書』のなかの言葉やと言うてたで」

『聖書』は読んだことがないが、心に温かいものが湧いてくる。

秋の運動会がやってきた。プログラムに地区対抗の競走が入っている。六年生は運動場で各地区ごとに分かれて集まり、選手を選ぶことになった。彰一は観音さんのある南地区の団長になり、話し合いを進めた。彰一と万太郎は同じ団だ。

「この地区対抗競走は、トラックを五周回るんや。距離が長いから万太郎がいいど。万太郎は、いつも御陵の周り、走っとるど」

彰一がそう言って万太郎を推した。

「走ってるのは遊びやで。オレ、足は少しも速ない」

万太郎は断った。けれど、彰一が強引に推薦して、結局代表選手に選ばれてしまった。

運動会当日、出場した万太郎は裸足で走った。足の裏がぺたぺたと音立てた。やっぱり速くない。けど、真夏でも裸足で歩くのはへっちゃらだったから、思いきり走った。

運動会が終わると、六年生の修学旅行がやってきた。行き先は京都だ。清水寺を見て旅館に入った。旅館は五条大橋の近くにあった。食事が済んで、大広間に布団が敷き詰められ、学年の男子は全員雑魚寝(ざこね)だ。「就寝」と号令をかけて先生たちは電灯を消し、もう朝まで姿を現さなかった。大広間は子どもの天下になった。

枕が一個、ドンと飛んできた。それから枕合戦が始まった。暗がりのなか、ボンボコ枕が飛び交う。途中で、

「お笑いを　いっせきー」

と大声で叫んだ者がいた。枕合戦はストップ、シー

ンとなった。魚屋のススムだ。ススムの落語が大広間に響く。ススムは体が小さく勉強は大の苦手、だが、ビー玉やベッタン、勝負事は誰にも負けない。家に帰ると魚屋を手伝っていて、魚を売るかけ声もいい。彼は落語をどこでどう憶えたのか、つるつると話が出てくる。みんなはあっけにとられ、大部屋は爆笑の渦に変わった。

「さむらいじい、さむらいじい……」

どういう意味なのか分からない。ススムは同じネタを何度も繰り返した。何のことやら分からんけれど、ただただおかしく、みんな笑い転げた。先生は全く来なかったが、いつのまにかみんなゴロゴロ、畑のスイカのように転がって眠っていた。京都の夜で、ススムは一気に人気者になった。

三学期、クラスは仲良くなった。家が材木屋の平井が、いきなり「自由だあ」と言って、万太郎の頭を叩いた。万太郎も、「自由だあ」と叩きかえした。平井は柳一の頭をポカーン、「自由だあ」。

「そんな自由があるかあ」

柳一は平井の頭をボカーン。

それを見ていた北西先生が話をした。

「それは自由の履き違えだな。自由と言っても、何をしてもよいということではないぞ。人の嫌がることをする自由はない。自由自由と言って、相手のことを考えないで自分のしたいことをするのは利己主義というんや。今の日本は利己主義がはびこっている。利己主義のことをガリガリ主義とも言う」

そう言って先生は黒板に我利我利（がりがり）主義と書いた。

万太郎は家に帰って、父の持っていた小さな冊子を手に取った。表紙に「問答体　民主主義（デモクラシー）の話」と書かれている。書いた人は大阪外事専門学校教授の森沢三郎という人で、敗戦後わずか三か月余りで出版された粗末な冊子だった。大阪市内は焦土と化している。こんな冊子をどうやってつくったのか。紙はない。インクもなく、印刷機もない。いったいどうやってつくったのか。文字は手書き原稿のまま印刷してある。文章は問答体で綴られていた。

「民主主義とはいったいどんなものでしょうか。政治の民主主義化は、ポツダム宣言受諾後のわが国にとって、もっとも重要な課題です。

ついこの間まで少しお気に召さぬことがあると、二言目には『貴様は自由主義者だ』と叱り飛ばすような先生も一人や二人ではなかった。自由主義という言葉はずいぶんとゆがめられた意味に使われていたものですね。英国人で哲学者のバートランドラッセルは、『デモクラシーとは国家が個人の自由に干渉するを防ぐ方法のうち現在までに案出された範囲では最良のものである』と言いました」

「なるほど、個人の自由に国家が干渉するのはよくない。めいめいの考えにまかせておけというのですね。すると民主主義は自由主義の兄弟分どころか、実は紙の裏表のようなものじゃありませんか」

「そうです。民主主義とは、すなわち政治的自由主義だと言っても差しつかえありますまい」

「しかし個人の自由に任せて、それでよく世の中がおさまったものですね」

「自由と言っても、自発的、自律的、自治的なものです。およそ自由主義の国家くらい、法律の厳守と秩序の維持がよく行われているものはないでしょう。めいめいがわがままを通そうとするような政治、それは自由主義でもデモクラシーでもないです。自由のないところには道徳上の責任も生じません。自由のないところには科学の進歩もなく、独自の判断のないところには人格の独立もありません」

読んでいて、何となく分かるような気もする。

町会議員の選挙があったとき、勝ちゃんの友だちの柿本君のお父さんが立候補した。その人は自転車修理を仕事にしている。柿本さんは自転車に乗って民主主義と平和を訴えて町を歩いていた。しかし投票の結果は落選だった。町の人が、「あの人はアカ」と言っていた。「アカ」って何? 柿本さん、通ったらいいのに。

卒業が近づいてきた頃、先生たちが「六年生お別れかくし芸大会」をやろうと言い出した。誰でも出場できる、何をやってもよい、ということで、講堂にみんな集まった。万太郎は何かやりたいと思うが得意芸というものが思い浮かばない。すると平井が、

「こんな手品があるで。万太郎、これをやれ」

と言って、万太郎に教えてくれた手品があった。てのひらに握った物が消えるという種を教えてくれたから、「うん、それやる」と、演壇に立って飛び入りでやったが、さっぱりおもしろくなかった。柳一は落語を演じた。座布団に座り、

「へえ、世の中には、そそっかしいのがいるもんでー」

と言ってから、右向いてものを言い、左向いてものを言い、二人が会話する様子を演じていた。うまい、うまい、万太郎は大笑いした。

続いて、桜井君が演壇に立った。

「ぼくは、草笛を吹きます」

桜井君は訳があって、一年年上の子だった。彼は用意してきた木の葉をポケットから出して下唇に指で押しあて、吹き始めた。ピー、澄んだ音は講堂に鳴り響いた。一枚の葉っぱから、どうしてそんな音が出るのか。桜井君は吹き終わると、

「こんどは、別の葉っぱで吹きます」

と言って、『ふるさと』を吹いた。吹き終わると、先生の席から、「アンコール」の声が飛んだ。桜井君は、もう一曲吹いた。

「桜井君、吹き方、教えて！」

声が生徒席から飛んだ。桜井君は、木の葉っぱを指で下唇にあて、吹き方を説明した。ようし、ぼくもやってみよう。

家に帰った万太郎は、さっそく草笛の練習を始めた。柔らかい葉、硬い葉、いろいろ吹いてみたが、なかなか音が出ない。たくさんの草の葉や木の葉を試しながら、やっと音が出るようになったとき、卒業式が来た。

卒業式で答辞を読む代表になったのは、四年生のとき万太郎を「へこき」とからかった当麻さんだった。彼女は答辞を読みながら、何度も涙にむせび、声がとぎれ、途中で号泣した。当麻さんはみんなと一緒に地元の中学校へ進学せず、大阪市内の女学校に進学した。

中学校は神社の隣

中学生になった万太郎の通う町立中学校は、校舎も

運動場も未完成だ。平屋の木造校舎がL字型になっていて、普通教室と大教室が一つ、そして職員室と小使室だけ、他は何もない。未完成の運動場の真ん中を隣村に通じる道路が横切っている。学校は辛国神社に接している。校舎に沿って神社の参道が長く伸びて、木々が茂っている。神社の筋向いは葛井寺の観音さんだ。

「辛国って何やろ。辛い国って？」

万太郎がそう言うと、近くに住む彰一が、

「千五百年ほど昔、建てられたらしいで。辛国は韓国だと聞いたことがある」

と言った。

万太郎のクラス担任は、新任の女の藤井先生と年配男性の真野先生だ。

学校が始まると、文部省発行の『新しい憲法の話』という小型の冊子が配られた。表紙の絵は国会議事堂だ。家に持って帰ってぱらぱらと読んでみた。日本国憲法は一九四七年に施行されている。

「もしみなさんの家の柱がなくなったとしたらどうでしょう。家はたちまちたおれてしまうでしょう。いま國を家にたとえると、ちょうど柱にあたるものが憲法です。

憲法とは、國でいちばん大事な規則です。そのなかには、だいたい二つのことが記されています。その一つは、國の仕事のやりかたです。もう一つは、國民のいちばん大事な権利、『基本的人権』です」

中学生にも分かりやすいように書いてある。読んでいくと、

「これからは戰争をけっしてしないという、たいせつなことがきめられています」

日本は戰争をして戰争に負けた。戰争をしてたくさんの人が死んだ。それで戰争は決してしないと決めたんだ。万太郎は、この冊子の勉強をするのかと思っていたが、結局先生からは何の説明もなかった。

授業は、教科の先生がそろわず、英語を教えてくれる先生も、音楽、社会科の先生もいない。英語の教科書は『One world』という名だったが、先生がいないから一度も英語の授業がない。

町役場と町の自治体警察が、青少年の健全育成のた

めに、観音さん近くの街道筋に開いている柔道場で柔道教室を開くという知らせを柳一が聞いてきた。

「習いに行こや。柔道着は貸してくれるそうやで」

費用はタダ。町が出してくれる。柳一と万太郎は友達五人を誘って加入した。

道場で少年柔道クラブの開式が行われた。中学生は道場の畳にチンと正座し、警察署長と師範の話を聞いた。式の最後に警察署長が師範に、居合（いあい）を生徒たちに見せてやってほしいと頼んだ。師範は、

「最近やってないんで、うまくやれるかどうか」

と言いながら、日本刀を出してきて腰に差し、正座した。居合って何や、生徒たちは興味津津見守ると、師範は片膝を立て、

「えいっ」

刀を抜いて飛び上がり、刀を横に払った。とたんに体がぐらぐらとなり、バランスをくずした。

師範はてれくさそうに刀をさやに収めた。

万太郎は、父が旧制中学時代に使っていた古い柔道着を着た。

師範は講道館の嘉納治五郎の柔道精神と技をよく口にした。

「柔よく剛を制す。力が強ければ勝つというものではない」

「力を抜き、自然体で立つ。力で倒すのではない。技で倒すのだ」

師範は説いた。技がかかると美しい。無駄な力の勝負ではない。相手の力を利用するのだ。柔道の柔は、やわらかい、柔道は道である。精神と技を磨くのだ。道は、人として守るべき条理である。追求して身につける理想である。

師範は接骨もやっていた。

道場に行くのは週に一度、稽古は受身から始まり、投げ技、寝技にはいって、いくらか練習を積んだ段階で、師範は子ども同士の試合を企画した。学校でそれを聞いたジャガイモは、興味を示して、「オレも出る、出る」と言って、受け身も習っていないのに試合当日にやってきた。

「ぼくも試合したい」

師範はジャガイモもこれまで練習してきたメンバーの一人だと思い込み、

「よし、出よ」

と言った。試合が始まった。師範は、万太郎とジャガイモを組み合わせた。万太郎は、受け身も知らないジャガイモだから油断していた。いきなりジャガイモは、見よう見まねの背負い投げを打ってきた。くるりと背中を向けると、万太郎を頭からまっさかさまに畳に落として柔道着から手を放した。みんなはひやりとした。師範は大声で、

「一本！」

と叫んだ。幸い怪我はなかった。

「あんな無茶な投げ方あるかあ」

と万太郎が抗議すると、ジャガイモは、

「すまん、すまん」

と言いながらゲラゲラ笑っている。万太郎にとっては屈辱の敗北だった。

六月二十五日、朝鮮戦争が勃発した。大戦争が終わったばかりなのにまたまた戦争だ。健太郎君の祖国は分裂し、戦場になってしまった。南の韓国軍にはアメリカ軍、北の朝鮮人民共和国軍には中国の志願軍が加わって、砲弾降り注ぐ朝鮮半島の地上戦は悲惨を極めた。

毅が言った。

「レッドパージやぞ。知ってるか。アカ狩りや」

万太郎には何のことか分からない。アメリカ軍のマッカーサーの指令で共産党員が仕事を辞めさせられているのだと言う。世の中はたちまち変化し始めた。生産が活発になって金偏（かねへん）景気と呼ばれる現象が起きてきた。クズ鉄が売れ始めた。学校から帰ると、男子は鉄クズ集めにあちこちと歩き回り出した。

「鉄、売れるんや。オレらも拾いに行こ」

勝ちゃんと万太郎もくず鉄拾いに出かけた。家にあった穴の開いた鍋、古釘、道路に落ちている金属片も見逃さない。中学校の南側、仲哀天皇陵の堤の下に、戦時中の鉄クズ捨て場があり、子どもらはそこに集まってきて鉄を掘り出した。くず鉄買いのおっさんがリヤカーを引いてきた。古鉄は売れた。

　勝ちゃんが、ぴかぴか光る不思議な金物を数本拾ってきた。形は、円盤の真ん中から二十センチほどの細い鉄の棒が出ていて、輪投げ遊びの台のような形をしている。三ツ池のススキの生い茂っているところにあったと言うが、いったい何に使うものなのか、分からない。勝ちゃんは突き出ている棒の先端に鉈の背を何度も打ち下ろして金属を折った。すると鉄棒のなかは空洞になっていて、中に白い粉末が入っていた。勝ちゃんは折れた謎の金属をそのまま家の裏にある下水溝の水溜まりに放り込んだ。するとと水のなかからブクブクとあぶくが浮き上がってきて、あぶくは水面を走り始めた。なんだ、なんだ、二人は少し後じさりした。ドッカーン、大音響を立てて水が飛び上がり、二人は腰を抜かすほど驚いて逃げた。何やねん、何やねん。被害はなかったが、音はすさまじかった。勝ちゃんはそのことを誰かに聞いていたのか分からない。一切言わなかった。

　爆発物は数本まだ残っていた。マアちゃんが遊びに来たとき、三人でその謎の物体を切断して溝の水に投げ入れて爆発させ、ハラハラドキドキを楽しんだ。最後の一本のとき、いたずら心で祖母を呼んできて、目の前でそれを投げ込んだ。すさまじい爆発音に祖母は目を剝いて驚いた。このときは三人大いに反省した。謎の物体は、三ツ池の兵舎の残存物ではないか、兵器の一種ではないかと万太郎は推測する。このイタズラは謎をはらんだままだ。

「来週、月曜日遠足です。行き先は天王寺動物園です」

　藤井先生が発表した。みんなは歓声を上げた。電車は満員、一般乗客のなかにもぐり込んで、阿部野橋駅まで行き、天王寺公園のなかをぞろぞろ歩いて天王寺動物園に着いた。大阪大空襲のとき、二千発の焼夷弾や爆弾が動物園に落とされ、たくさんの動物が命を奪われた。空襲の前に、逃げだせば危険だということで、オオカミ、クマ、ライオン、ヒョウ、ハイエナ、トラ、ホッキョクグマなど二十六頭が、薬や飢えで殺された。ゾウも飢えて死んだ。戦後になって徐々に動物は増やされ、アジアゾウが二頭やってきた。

　ジャガイモはサルの鉄格子の前で、しきりにからかっていた。

「サルの　けんけつ　まっかっかー」

サルは怒って糞を投げつけ、ジャガイモの服がウンチで汚れた。男子は大笑いだ。

万太郎の家ではニワトリを増やすことにした。ヒヨコを五十羽買ってきて、一坪ほどの広さの木箱をつくり、モミガラを三十センチの厚さに入れた。ヒヨコをそのなかに入れ、寒いときは箱の上を覆い、電球を一個灯す。そうすると、箱中は暖かい。ピヨピヨと鳴いて走り回るのを見るのはかわいい。

夏の草むらはやかましいくらいにキリギリスが鳴く。キリギリスを虫かごに数匹入れて、鳴き声を聞いていた万太郎は、キリギリスを百貨店で買ってくれないかなあと思いつき、あべのの近鉄百貨店に手紙を書いて出した。けど、返事は来なかった。

夏休み、「海に行こう」、勝ちゃんと万太郎は相談して、二人でカンカン照りの道を堺の大浜海水浴場へ行った。近鉄電車で天王寺から南海電車に乗り換え、大浜海岸に行く。海が近づいてくると、潮の香りがしてくる。二人はワクワク心が躍った。昼弁当は持ってこず、お多福豆（そら豆）の炒ったのを布の小袋に入れてきた。海岸に着くと、ふんどしを着けて、炒り豆を腰にぶら下げ、波打ち際に立って胸いっぱいに潮風を吸った。喜びがあふれてくる。波に戯れ、泳ぎ、潜る。大はしゃぎだ。お多福豆が塩水を吸い込んだ頃に、水から上がって豆を食べた。少し塩味が効いておいしい。腹が減っても、いくさはできる。

一週間ほどして、次は浜寺海水浴場に行った。大阪湾岸には和歌山に向けて、いくつもの海水浴場がある。それを順に探検だ。浜寺は大浜より水が少し澄んでいた。

数日後、電車賃を節約するために、近鉄電車の布忍駅からテクテク仁徳天皇の御陵を見ながら歩いて、南海電車に乗り、助松海水浴場で泳ぐ。また別の日、さらに南下して、高師浜、二色浜と、大阪湾岸の海水浴場を全部制覇した。大阪湾は南下するにつれ、水の透明度が増していった。海の汚染の状態がこれでよく分かった。

秋、春日丘の文具店で材料を買い、万太郎は自分で箱型の簡単な写真機をつくった。針穴写真機だ。撮ったフィルムを、春日丘の店へ持って行くと店のおっちゃんは現像して焼きつけしてくれる。結構人物も写っている。

九月三日、ジェーン台風が襲来した。高台にある万太郎の家は風あたりがきつく、家は吹き飛ばされるのではないかと、家族は恐ろしさに震えた。家はミシミシ揺れ動き、屋根瓦ははぎ取られてヒラヒラと空中を舞って、バリーンバリーンと地に落ちる。もうこの世の終わりかと思えるような恐怖だった。

「屋根が飛んだあ!」

誰かが叫んだ。それを聞いた父はカッパを着て、暴風雨のなかへ出ていった。瓦が舞い飛んで落ちてくる。万太郎たち子どもは、救いを求めて仏壇の前に正座し、御先祖様、助けてくださいと言って、お経を唱えた。

台風は過ぎ去り、幸い屋根は飛ばなかった。外へ出て屋根をみると、たくさんの瓦がなくなっていた。新聞は、死者不明者五百人、倒半壊家屋三万と書いていた。

担任の藤井先生が、「学級壁新聞をつくりませんか」とクラスで呼びかけた。万太郎と河村君、博子さんが放課後教室に残って三人で壁新聞をつくった。河村君は小学校を卒業してから藤井寺に引っ越してきて、春日丘に住んでいる。春日丘住宅は、戦前、野球場の南に区画整理されてつくられた高級住宅地だ。大きな屋敷がいくつもある。河村君のお父さんは会社の重役なのか、家は洋館建てで、いかにも金持ちの感じがする。博子さんは、隣村の野々宮に住んでいる。野中寺のある村だ。地元の中学へ行かずにこの学校に来た。体は小柄でよく笑う、陽気な子だ。数日後、新聞は完成した。五時を回った頃、藤井先生が教室にやってきた。

「ごくろうさん、よくやったわね。今、キツネうどんを店から出前でとったから職員室に来なさい」

行くと、どんぶりが三つ並んでいる。

「どうぞ食べて、遠慮なく」

三人は割り箸を割ってするすると口に入れた。こんなうまいものがこの世にあるのか、油揚げは甘くて口にとろけた。店のうどんを食べたのはこれが初めてだった。

万太郎は河村君の家に遊びに行った。彼の部屋は二階にあり、集めている趣味の切手を見せてくれた。切手帳にはスタンプの押してある外国の切手がきれいに収められている。河村君に勧められて、万太郎も切手を集めることにした。家にも、大造じいさんの集めていた古切手がたくさんある。

「切手は交換するんだよ。交換しながら増やすんだよ」

河村君はアルバムから何枚か取り出して、プレゼントしてくれた。

河村君の切手アルバムを見て、万太郎は自分でつくってみようと思い、ハトロン紙を使って手製のアルバムをつくった。祖父の古手紙の切手を水に漬けてはがし、数を増やした。柳一も切手蒐集メンバーになった。外国切手のなかに、「ネーデルランド」と、聞いたことのない名がある。柳一の家で切手を見ていたら、柳一の兄ちゃんが来て、

「ネーデルランドなんていう国ないぞ」

と言った。後で調べたらオランダだった。


庭の柿が色づき、近所の子らで信貴山探検を計画した。みんな行ったことがない信貴山は大きなお寺で、生駒連山の南端、大和平野を見下ろす山上にある。万太郎の家から東北の方角を見ると、高安山の麓を走る関西本線の気車がトンネルに入っていく、あの辺りから登っていけば信貴山寺に着けるだろうと考えた。勝ちゃん、マアちゃん、万太郎、妹の節子、マアちゃんの妹ユキちゃんの五人は、お弁当を持たずに出発した。

聖徳太子創建になる広大な信貴山朝護孫子寺を信仰した亡き祖父は、信貴山寺を「毘沙門さん」と呼んでいた。仏法を守護する毘沙門天をまつっている。祖父は、虎とムカデは毘沙門天の使いだと言って、トラの絵の掛け軸を床の間に掛け、家にムカデが出ても殺さず、外に放していた。

信貴山探検隊は応神天皇陵の前を通り、仲津媛皇后陵、允恭天皇陵をかすめ、土師ノ里から大和川を渡って、高安山麓のブドウ畑に着いた。「たぶんこっちの方向、あの辺りや」、声をかけ合いながらみんなで道なき道を登っていった。女の子たちはフーフー言いな

がら登っている。尾根上に出ると、平坦な山道が現れた。木陰の尾根道は秋の風が吹き抜ける。大好きな蛇行する細道が現れた。勘だけで寺を目指した。林を過ぎると人家が現れ、行く手に大きな堂宇が見えた。着いたぞ、やったぞ。片道十キロはあっただろうか。無一文の一行は手洗いの水で喉を潤した。本堂にお参りし東を眺めると、茫々と大和の国が広がっている。一人のお坊さんが姿を見せた。

「ぼくのおじいさんは、信貴山を信仰していました」

勝ちゃんはお坊さんに挨拶して、じいさんの名前を言うと、

「ああ、知っていますよ。よくお参りに来られましたよ」

お坊さんは笑顔で答えた。

帰りのコースは西へ、恩智の村へ下りた。じぐざぐの長い道だった。恩智は、サツマイモの苗を歩いて買いに来たことのある村だ。恩智から南へ家を目指す。みんなは空腹と疲労で無口になり、足を引きずって家に帰り着いた。水だけで歩いた信貴山探検だった。

一月、金剛山耐寒登山が全校行事として行われた。河内長野まで電車で行き、男子は河内長野駅から歩いて金剛山頂上を目指す。距離は片道二十キロメートル。帰りのルートは富田林市森谷まで歩く。森谷からバスに乗る。女子は、男子の行程の三分の一で、途中の観心寺までだった。

万太郎は父が中学生のときに使ったというゲートルを足に巻いた。靴は布靴。みんなはそれぞれ自分のペースで歩いて、楠正成の遺跡、千早城祉に来た。雪が積もっていた。ずっく靴に雪が染み、雪のなかを歩くにつれ足は凍え、痛みに涙が出てきた。戦後の粗末な服装しかなく、靴も普段履いている粗末なボロ靴だ。柳一は長靴を履いてきていたからへっちゃらだ。

「雪が深くなってきたから、引き返す」

先生から指令が出た。凍った足が痛くて、帰り道は長かった。

三学期になっても英語の授業も社会科の授業もまだない。英語の教科書も社会科の教科書『くにの歩み』も、一度も開いたことがない。万太郎は、父が昔使った鉱

石ラジオで、毎朝六時半からＮＨＫの基礎英語講座を聴いた。鉱石ラジオは電気を使わない。レシーバーを耳にあてて、小さな声を聴く。けれどもとんと英語は分からなかった。

一年の終わり、終業式は運動場で行われ、集会最後に突然担任の真野先生が朝礼台に立った。みんなは仰天した。先生は思いがけないことを言ったのだ。

「私は、学校を辞める。この学校に愛想が尽きたんだ。嫌気が差したんだ」

何のことか生徒にはさっぱり分からないが、怒りがこもっている。みんなシーンとして先生の顔を見つめて聞いていた。具体的なことは何も分からない。そんなこと生徒に言うことじゃないよ、万太郎はちらっと思った。式が終わり教室に戻ると、真野先生がまたクラスのみんなに話し出した。

「私は教師を辞める。この学校に愛想が尽きた。しかし学校を去るのは後ろ髪を引かれる思いだ。気になるのは毅のことだ。毅は親がいないのに、よくがんばっている。私は感心していた」

万太郎はとまどってしまった。聞いている毅はどう思う？　真野先生が「嫌気が差した」ということは、いったい何があったのだろう。ちらっと校長先生が関係しているかもしれないと思う。一年生に入学したとき、校長先生が、廊下にいた万太郎たち数人に話しかけたことがあった。

「小学校卒業式で答辞を読んだ女の子、あの子なあ、泣きながら読んでたなあ。それ見て、わあー、私も泣けてきたんや。あの子は藤井寺中学校に来ると思って楽しみにしていたのに、大阪市内の女学校に行ってしもたんやなあ」

万太郎はそのとき、ちょっと変な人だなと思った。普段はちょっとも姿を見せず、先生が足りないのに、いっこうに改善しない。真野先生はその校長先生に愛想が尽きたのかもしれないな。

真野先生に続いて、もう一人の担任の藤井先生が教壇に立った。

「私、学校を辞めます。一年限りだったけど、みなさん元気でね」

えーっ、藤井先生もこの学校に愛想が尽きて、辞めるのか。藤井先生の国語の授業のときはおしゃべりをする生徒が多かった。

「静粛にしなさい、静粛にしなさい」

毎時間のように先生は注意した。だから、「静粛」というニックネームがついていた。

隣の席に座っている河村君が万太郎の耳にささやいた。

「ぼくも、転校するよ」

あーあ、河村君も一年限りで転校か。教科の先生がそろわず、英語の授業も社会、理科の授業もない学校、この学校では学力がつかないと思ったのだろう。大阪市内のちゃんとした私立学校に行くという。

二年生になった万太郎の担任は滝野先生。「ドラムカン」というニックネームの、お母さん先生だ。よく太っていて貫禄があり、声も太い。生徒から「ドラムカン」と呼ばれても、先生はへっちゃらだ。庶民的な人柄で、町の八百屋のおばちゃんと口角泡を飛ばして話し合っていることがある。豪快でやさしく、ざっくばらんなおしゃべりをする。家庭科が受け持ちだ。

男子が一人転校してきた。もの静かな子だった。名前は千宗（せんしゅう）といって、健太郎君の家の近くに住んでいる在日コリアンだ。彼は休憩時間に運動場へみんなを誘った。ぞろぞろと五、六人がついていくと、千宗君は土に、一辺が五十センチほどの正方形を描き、四つの角に盃のような小穴をあけた。次に正方形の真ん中にもう一つ穴を空けた。

「これ、野球場や。この真ん中がマウンド、ここが本塁、ほんで一塁、二塁、三塁や」

そう言って小穴を指差した。

千宗君はポケットから青いビー玉を取り出した。続いていろいろ模様の違うビー玉を出して、三人の子に渡した。

千宗君は遊び方を説明し、ビー玉の打ち方の見本を見せた。一個の赤いビー玉を地面にころがすと、彼は青いビー玉を右手の親指の爪と人差し指の腹の間に挟んで、伸ばした右手小指の先を土に接触させた。みんなは息を呑んで千宗の手を見ている。狙いを定めた彼は、親指をパンと弾いた。青いビー玉は一直線に飛んでいって、パチーンと音立てて、赤いビー玉を弾き飛ばした。命中。

「ウァー、すごい」

みんなの目の色が変わった。

次に千宗君は手をホームベースの上に置き、中指の爪と親指の腹の間に玉を挟んで、掌を上に向けた。そして狙いを定め、一呼吸置いてパンと中指を弾いた。玉は弧を描いて飛び、二塁の小穴にすぽっと入った。

「ウァー、うまい」

ふたたび歓声が上がった。

「これがビー玉の打ち方や。打ち方が二つあるんや」

千宗君は遊び方とルールを説明した。

相手の玉を弾いたり、自分の玉を小穴に入れたりして、一塁、二塁、三塁と回って先にホームを踏んだものが勝ちになる。ビー玉を打つ技は、そのときどきで使い分ける。

千宗君の名人芸に河内のゴンタ連は脱帽した。

「おっしょはん」、誰かが言う。お師匠さんということだ。千宗への好奇の目は親愛の目に変わった。

男子は熱狂した。千宗君は、その遊びの名を「地獄と天国」と言い、みんなは略して、「ジー」と呼んだ。授業が終わり休憩時間になると男子はビー玉を持って運動場に走り出る。

「ジー、ジー」

叫びながらグループをつくって十分間の休み時間、「ジー」に埋没する。「ジー」は他のクラスに伝播し、全校の男子がこの遊びに熱中した。グランドのあっちでもこっちでも「ジー」をしている。呆気にとられた先生たちは、職員室の前にずらりと立って感嘆の声を上げ、こんな珍しい光景はめったに見られんぞと言っている。英語の土井先生は、今年やってきた人で、進駐軍の通訳をしていたという中年のがっちりした体格の人だったが、もう愉快でたまらんという顔で運動場を眺めていた。この先生は軍隊からの帰還兵のようだった。

男子生徒は、昼食を急いですますと教室を飛び出して「ジー」、これが何日も続いた。先生たちからは、規制とか禁止とかの野暮な指示は全く出なかった。

千宗君は一躍ヒーローになった。健太郎君に続くヒーローだ。「ジー」という文化によって「原住民」を熱中させ、友情が生まれた。

熱中度は少し落ち着いていったが、ビー玉を飛ばす技術は、ますます洗練されて、体が覚えた技は忘れることはない。万太郎の指も技を覚えた。狙いすまして、バチーン。

学校には音楽の専門の先生がいなかった。中年の女性講師が来たが、生徒が私語ばかりして歌わないから、腹を立て、ジャガイモの頭をチョーク箱でカーンと叩いて去っていった。代わってドラムカン先生が音楽の授業を受け持った。ドラムカンは、ロシア民謡のレコードを持ってきて、「ヴォルガの舟唄」を聴かせてくれた。

「ロシア人のシャリアピンという歌手が日本に来てねえ。この歌を歌ったのよ。岸辺の人に曳かれた舟が川のなかを進んできて、上流へと去っていくんやね。近づいてくると声がだんだん大きくなって、遠ざかっていくと声が小さくなっていく。リサイタルでね、シャリアピンが歌うと、舟が遠ざかっていくときのかすかな声も、大ホールのいちばん後ろの席まですーっと届いたんだよ。すごいね。帝政ロシアの時代、ヴォルガ河の舟曳きたちによって歌われた歌なんよ。その頃、ロシアには農奴制があってね。貴族は農奴たちに、船を曳かせてヴォルガ河を遡らせたんよ」

ドラムカンはピアノがいくらか弾ける。ドラムカンの好きな歌は『荒城の月』だ。音楽の時間には必ず一回、『荒城の月』を歌う。シューベルトの『魔王』もレコードで聴かせ、馬に乗った子どもが魔王に連れ去られて死んでいく様子を歌っているんだよと話してくれた。

ドラムカン先生はときどき社会科も教えてくれた。

朝鮮戦争は一進一退の激戦が続いていた。藤井寺駅前に小さな映画館ができた。

「来週月曜日は、映画鑑賞です。駅前の映画館へ行きます」

ドラムカン先生が伝えた。映画鑑賞の日、生徒たちは学校からぞろぞろ椎の木の茂る辛国神社の参道を横切って、ブクンダ池のほとりを通り、駅前の映画館に入った。映画は『蜂の巣の子どもたち』というタイトルで、戦災孤児の物語だった。初めに朝鮮戦争の戦況を報じるニュースがあった。北朝鮮軍がすごい勢いで攻めてくる。南の韓国軍とアメリカ軍が押し返していく。おー、わー、生徒席から声が上がる。生徒は全くゲームを見るような感覚だ。中国から引き揚げてきた年彦君は、興奮して叫んでいる。だが健太郎君や千宗君たちにとっては複雑な思いだ。せっかく独立した祖国が二つに割れて殺し合いをしている。それを日本人はゲームを見るように見ている。二人は声も立てずにスクリーンを見つめていた。

皮肉なことに朝鮮戦争は日本経済に特需をもたらし、これを契機に日本経済がよみがえっていった。

映画『蜂の巣の子どもたち』は、戦災孤児たちを引き取り育てた監督が脚本を書き、出演者も戦災孤児たちだった。主人公は元兵士で戦地から復員してきたが、家も家族もなく、行くあてがなかった。駅構内で男は八人の浮浪児と知り合う。子どもたちはかっぱらいなどをして生き延びていたが、裏に子どもたちを取り仕切る元締めの親分がいて、上前をピンハネしていたのだ。男は子どもたちを救うために、塩田や森林伐採の仕事に孤児たちを連れていって、働いて稼ぐ道を教えた。男は子どもらと旅に出る。野宿をしながら広島原爆の街へ行く。

映画の初めと終わりに主題歌が流れた。

ハチの子　ハチの子、ブンブンブン、
朝から晩まで田や畑
花から花へとお使いだ
ブンブンブンブンブンブンブン……

映画を見終わった生徒たちはすっかり神妙になっていた。この曲は万太郎の頭のなかに納まって離れることはない。

中学校の横の工場跡地、鉄くず拾いをした荒れ地に、テントづくりの芝居小屋が建った。お粗末な小屋だ。旅周りの劇団がやってきて『野口英世』の芝居をするという。先生たちは喜んで全校生徒を連れていった。観客席は地面にむしろが敷いてある。みんなはそこにギチギチにお尻を下ろした。ジャガイモは、嬉しくてたまらない。小学校の学芸会で英世の主役を演じた健太郎君は緊張して舞台に目を注いだ。劇は英世の少年時代、女の子役が腰を下ろす場面で白いパンツが見えた。途端にジャガイモが叫んだ。

「見えたあ、見えたあ」

　ジャガイモの喜びようを見て場内大笑いだ。

　初めて見る生の演劇、生徒たちは声の出し方や動作の演じ方にすこぶる感激した。

　夏休み前、担任のドラムカンが、ニコニコ笑いながら万太郎たち数人を呼んだ。

「夏休みに家の大掃除の手伝いに来てくれへんか」

　ドラムカンの夫は出征して戦死した。小学生の子どもが二人いて、古い農家におばあちゃんと四人で暮らしている。家は、聖徳太子の霊廟のある太子村の隣、駒が谷の大黒(おぐろ)村にある。

　夏休み、ドラムカンの家の大掃除だ。柳一、年彦、英治、万太郎、二郎の五人は電車に乗って駒が谷駅で降り、緑濃き大黒村の先生の家に行った。

「よう来てくれたねえ。ここはねえ、聖徳太子が愛馬の黒駒をつないだから駒が谷と名づけられたんやで。高麗(こま)からやってきた人が住んだからとかいう説もあるんやよ」

　村の北を飛鳥川が流れ、西に石川が流れ、古代からの丹比の道、後に竹之内街道と呼ばれる古道が大和に向かって上っている。

「この辺りも飛鳥なんよ。『近つ飛鳥』と言うて、河内の飛鳥なんよ。飛鳥は二つあるんやで。二上山を越えて東に行けば奈良の『遠つ飛鳥』やね。難波から見て、近い飛鳥と遠い飛鳥やね。この辺りは遺跡なんよ。古代に朝鮮半島からやってきた人がこの辺りにたくさん住み着いてたんやねえ。うちの家も、その子孫かもしれんね。この辺りの人はみんな海を渡ってきた人かもしれんよ。私たちの学校の隣りにある葛井寺観音もやねえ、古代に百済からやってきた渡来人の葛井氏の氏寺なんよ。ほんで学校の隣の辛国(からくに)神社も韓国(からくに)神社なんよ。百済から渡ってきた先祖をまつる神社やったんやで。千五百年も前、この竹之内街道を、難波の港からたくさんの百済人が歩いてやってきたんやね」

先生は、畳を全部日に干したいと言う。畳の数は多く、おまけに古くて重い。二人が組んで一枚一枚上げて外に運び出し、太陽に干した。万太郎の家でも毎年夏には、畳を上げて太陽に干している。

畳を全部出すと、ほうきで部屋を掃き、汗まみれ埃まみれになった。昼に、先生はそうめんとスイカを出してくれた。夕方、汗と埃にまみれた一行はドラムカンの家を後にした。

秋、校内弁論大会が開かれ、三年生の弁士の模範弁論を聞いた。講堂がないから、いちばん広い教室に二年生全員がぎっちり腰を下ろした。演説が始まった。最初の弁士は一呼吸置いて、人差し指を差し出した。

「かのー　アメリカのー　リンカーンはー　民主主義についてー」

彼はゆっくりと声を伸ばす。原稿など持っていない。全部内容をそらんじている。演説が次第に熱を帯びてくると、両腕を右左に揺らし、歌うような話し方になってきた。言葉は選りすぐられ、声に力があった。万太郎は口をあんぐり開けて聞いていた。

「世界の歴史からかんがみるとー　日本はー　民主主義の国にー　ほど遠いのです。

リンカーンはー　ゲティスバーグでの演説でー　最後に言いました。人民のー　人民によるー　人民のための政治をー　地上から決して絶滅させないために、われわれはここで固く決意すると」

小学校のときの弁論大会では万太郎はちんぷんかんぷんだった。今ぼくらの前で先輩は見本を示してくれている。

「かの福沢諭吉は言いました。天は人の上に人をつくらず、人の下に人をつくらず。万人みな同じ位にして、生まれながら貴賤上下の差別なく、天地の間にあるよろずの物をとり、もって衣食住の用を足し、自由自在、互いに人の妨げをなさずして、安楽にこの世を渡らしめ給う。されども今、広くこの人間世界を見渡すに、かしこき人あり、おろかなる人あり、貧しきもあり、富めるもあり、貴人もあり、下人もありて、その有様、雲と泥との相違あるに似たるはなんぞや。その次第はなはだ明らかなり」

最初の弁士は、そこから基本的人権の大切さを叫んで弁論を終えた。

次に立った弁士は、右手の拳を上げて、語り出した。

「日本の野球の父と呼ばれ、嘉納治五郎と共に日本体育協会を立ち上げた、キリスト教社会主義者の政治家、安部磯雄は、戦後の新憲法誕生にあたって、こう言いました。

国家というものは、国民めいめいが自由に表明した意思によって、樹立せらるべきものであり、その政府が世界に対して責任を持つものである。この意味から言って、民衆の総意を盛り、あらゆる論議を尽くして、議会が新たに憲法を制定した。そこで注意を促したいことは、我が国民の弱点が、政治的教養に欠けていることである。政治的無自覚、正しい批判力の欠如、権力への盲従である。こうした弱点を克服するには、長い政治的な教育と訓練が必要である。根本的な民主精神が徹底されたときこそ、真にわれらは解放された人間を見ることができよう。安部磯雄はこう言い残したのです。

また新憲法創設時、国務大臣を務めていた金森徳次郎はこう述べたのです。

我々は、本当の人間に目覚める時代がなかったので、いろいろな中世的な遺物をそのまま踏襲して、特権的な貴族の存在、男女の不平等、これを怪しまなかった。個人の学問や宗教が抑圧されても、長いものには巻かれろという気持ちだった。だから国の組織の根本である権力は、どこに置くか、厳密に論議して批判してこなかったのである。金森徳次郎はこのように言いました。

私たちは、もっとこの国を、この社会を勉強しなければならないのではないでしょうか。議論をすべきではないでしょうか」

弁士は日本の現状を振り返りながら、弁論を終えた。

万太郎はうなった。感心した。先生の誰かが、この弁論を指導したのだろうか。こんな内容をよくも丸暗記して言えたものだ。指導した先生は誰なのか、きっと弁論の見本を生徒たちに示そうと指導したんだ。けど手振り身振りがあまりにも大仰だ。万太郎は、尾崎士郎の小説『人生劇場』で、早稲田大学弁論会の学生が長時間滔々と演説するシーンを読んで大いに感激したことがある。尾崎士郎は、旧制中学四年の十六歳の時に校内弁論大会に出て、金メダルを獲得している。はは一ん、それを参考にしているんだな、万太郎は一人合点していた。先生たちは民主主義の教育をつくろうとしているんや。

秋の遠足がやってきた。これが突拍子もないものになった。

「姫路城へバスで行きます」

先生が言った。姫路城？　どこやねん。地図で見るとえらい遠い。

その日、近鉄の貸し切りバスが二台学校にやってきた。バスは、河内野から大阪市内を抜けて神戸を通過し、ひたすら姫路城を目指して走った。片道百キロをはるかに超える距離だ。どっかの川の堤防道路に出ると、バスはスピードを上げた。ジャガイモたちは興奮した。席を立って運転手の後ろから運転手の前の速度計を見て叫ぶ。

「おう、時速六十キロや一」

「七十キロになったぞ一」

ゴンタ連が運転席の横でわあわあ叫ぶ。万太郎は車酔いをして、元気がなくなってきた。延々走って姫路城に着いた。

真っ白な壁と壮大な城郭の美しさには河内のゴンタも圧倒された。なるほど白鷺城や。見学が終わると先生が、「海へ行こう」と言う。みんな三々五々自由に歩いて海へ向かう。戦争が終わってから、もう戦時中のような隊列を整えて歩くということはない。海岸で弁当を食べた。食べ終わると自由行動だ。四国から赴任してきた若い辻田先生が貸しボート屋からボートを借り、オールを巧みにこいだ。それを見たオテンバ娘たちが、

「センセ一、うちも乗せて一」

と叫んで、波打ち際まで走ってきたから、辻田先生は二人を乗せた。ボートは岸辺をギ一コギ一コ揺れていく。それを見たジャガイモが言い出した。

「おれらも、ここに置いてある伝馬船に乗ろや」

砂浜に伝馬船が引き揚げてある。ゴンタ連は近くにいた漁師のところへ行くと値段の交渉を始めた。金額の折り合いがついて、漁師が船を海に引き出そうとしたときだ。キャー、女の子の金切り声が響いた。見ると、辻田先生の乗っているボートが転覆して女生徒が海に投げ出されている。幸い岸辺だったから、海に落ちた女の子はずぶ濡れになって波打ち際から上がってきた。

「舟に乗るのは禁止！」

教師から、指示が出た。伝馬船に乗ろうとしていたジャガイモはわめき散らしたが、どうしようもない。

「滝野先生、この子ら、どうしよう？」

辻田先生が、服からしずくを垂れている女の子を指してドラムカンに声をかけた。

「なんとかするよ」

頼もしい。さすが滝野カツおっかさんだ。先生は二人を連れてどこかへ行った。辻田先生も、濡れた服を「なんとかする」ために、どこかへ消えた。しばらくしてドラムカン先生は、二人の女の子を連れて戻ってきた。

「なんとかしたよ」

帰途のバスはまた飛ばしに飛ばした。

「姫路往復なんてどだい無茶や。距離が遠すぎる」

毅が言う。ハチャメチャな遠足だったが、無事学校に帰り着いた。

辛国神社のシイの大木に実がなった。四、五人が木に登って実を採って食べている。

冬一月、全校行事の耐寒金剛登山がやってきた。昨年同様、河内長野駅から自由に、自分のペースで歩いていく。女子は観心寺までだ。男子の列は長く伸びた。いつのまにか万太郎と柳一は先頭の七人のなかにいた。千早城址の長い石段を登りきると、後ろの本隊は大きく引き離されていた。出発のとき、先生から一つの注意を受けていた。

「千早城祉に早く着いた者はそこから先には行かないように。全員が到着するまで待っていること」

だが先頭の七人は勢いづいていた。天気もいいし、足も快調だ。登ろう、登ろう、行け、行け、先生の指示なんか忘れてしまい、七人の勢いが勝ってしまった。

中に三年生が一人まじっていた。その三年生がいつしか兄貴分になった。

　千早城祉からは本格的な登山道だ。雨水に深くえぐられた道は粘土層が露出している。登れ、登れ、調子をつけて登っていると、はるか後ろのほうから声がする。

「下から叫んどるぞ。先生の声や」

　耳を澄ますと、

「とまれー、とまれー」

　豪雨で土のえぐられた山道で七人は立ち止まった。待っていると、息せききって登ってきた辻田先生と峰先生はえらい剣幕だ。

「千早城で待っとれと言っただろう。どうして勝手なことをするんだ。みんなが来るまで、ここを動くな!」

　叱られて七人は、神妙にそこに座り込み、本隊を待った。みんながやってくると七人は出発、登頂して弁当を食べた。下山の帰りコースは千早から富田林の森谷に向かう。いくつか眠ったような集落を過ぎ、いつのまにか万太郎たちはまたトップに立って歩いていた。森谷から富田林駅まで、乗り合いバスのピストンで、全員帰途に就いた。

　翌日、運動場で全校朝礼があった。

「名前を呼ばれたものは前に出てくるように」

　峰先生が七人の名前を呼んだ。七人は朝礼台の横にずらりと並ばされ、全校生徒の前で公開説教となった。先生は昨日の登山の顚末を話し、それがいかに危険でよくないことかを全生徒に話した。七人は神妙に頭を下げて説教を聞いていた。

　もうすぐ三年生になるが万太郎は卒業後の進路については何も考えていない。いくつかの夢はある。船乗り、小説家、医師、教員、いずれも茫洋としている。親は何も言わないし、友だちも話題にしない。

　放課後、健太郎君たちゴンタ連数人が二手に分かれ、運動場でラグビーボールを持ってゲームをした。それを見た英語の土井先生が、「血が騒ぐよ、血が騒ぐよ」と言って、彼らのなかに入って走り出した。ボールのパスを受けた先生は全力で走り、前のめりになって倒れた。痛そうにして引き揚げてきた先生は、学生時代にラグビーをしていたと言った。進駐軍の通訳をして、今は臨時の、英語時間講師、土井先生も三月に学校を去っていった。

穏やかな日が続いた。万太郎は読書にふけった。富永明夫という十四歳の少年の書いた『赤毛のリス』という小説を読んだ。よくまあ少年にしてこんな小説が書けたもんだ。赤毛のリスの森の暮らし、リスを襲うテンという動物、物語は万太郎を惹きつけた。動物の生態の描写に感嘆する。富永明夫は東京の旧制中学に通っていたが、戦争中、長野県飯田に疎開して豊かな自然に触れた。信州の森で少年時代を送った体験が、この小説になったのだという。

江戸川乱歩の推理小説や小説『怪盗ルパン』にも万太郎は夢中になった。父が購読していた月刊誌『リーダーズダイジェスト』も毎月読んだ。アメリカの日本版だ。記事のなかで「混沌、すべては混沌」という言葉に出会った。なるほど日本も世界も混沌だ。こんな短歌が新聞に載っていた。

たたかひを棄てたる国を武装せよと
海越えて遠きくにより伝ふ

新聞紙に外米ひろげ石をよる
毎夜の仕事となりて幾日

外米には石が混じっているから、ご飯を炊く前に米を調べるのを、万太郎の家でも毎日やっている。

万太郎は三年生になった。担任は峰先生だ。初めて英語専科の先生が赴任してきた。やっと英語の授業が行われる。

「これ何と読む?」

英語の時間、若い大西先生が黒板に「ＯＮＥ」と書いた。まともに英語の授業を受けたことのない万太郎だったが、「ＯＮＥ」は分かった。

「これを、オネと読んだ大学生がいたんです」

ふーん?　そんな大学生がいるんか。日本の英語教育は戦時期、敵の国の言葉だからと、ゼロだった。英語を使うことも許されなかった。戦後、英語が中学校の必須教科に入ったが、英語の教師が足りない。貧乏な藤井寺中学は、相変わらず専科の先生が足りない。体育の先生も途中で辞めて、専門でない先生が体育の時間を担当した。

「みんな、マラソンだ。走るぞ」

その先生はズルをした。男子生徒はぞろぞろ走り出し、仲哀天皇の御陵のウバメガシの並木まで走ると、

「休憩！」

怠けもの先生の声で、生徒たちはその周辺で適当に遊んで時間を過ごした。

「では、帰るぞ。しんどそうに見せて走るんだぞ」

みんなはぞろぞろ走り出した。学校に帰ってくると、いかにも長距離を走ってきたかのように息を吐きながら整理運動をした。万太郎はこのごまかしが不愉快でたまらない。

辻田先生から声をかけられた柳一、晃ら数名の男子が、生徒会をつくろうと計画していた。いったいそれが何なのかよく分からないまま、突然、生徒総会とかいうものを開くという。

「こうしたい、こうなってほしいと思っていることを意見に出したらいいんや」

と柳一が言うが、それがどういうことなのか、さっぱり分からない。

生徒総会、生徒はぎゅう詰めで座った。

柳一と晃が議長席に座り、みんなに問いかけた。

「みんなの意見で学校生活をつくっていきます。学校生活で日頃思っていることはありませんか」

誰も何も発言しない。誰か言わんかなあ。ふっと平井君が今朝、パチンと万太郎の頭を叩いて「初張り（はつは）ー」と叫んだことを思い出した。バリカンで母に散髪してもらったつるつる頭を、「初張りー」と叫んで叩くのは、男子のいつもの挨拶だ。

万太郎は手を挙げた。

「初張りというて、頭を叩く、こういうのはやめてほしいです」

後ろに座っていた健太郎君が、ワハハハと笑って、

「賛成、賛成」

と叫んだ。健太郎も散髪したばかりのつるつるの頭

だ。

「みなさん、初張りをどう思いますか」

議長が聞く。

「遊んでるんや。暴力ではない」

「けど、思い切り叩かれたら痛いです」

「そういうの、やっぱりやめたらどうですか」

健太郎君の意見で、採決となった。初張りは禁止となった。

たわいもない発言がちょろちょろ出てから、乾君が発言した。

「専科の先生がいません。なんとかしてほしいです。ぼくは進路の希望があるから、進学が心配です」

健太郎君が発言した。

「これまで辞めていった先生は、何人いますか」

座席のあちこちから声が出た。

「数学の真野先生やろ」

「国語の藤井先生に、体育の明石先生、木本先生
……」

理科の先生、音楽の先生、全部で七人じゃないか。

「町立中学校だから、町長に言わなあかんのと違いますか」

そうや、同感だ。

議長が言った。

「まずその意見は校長先生に伝えることにします。いいですか」

みんなは拍手をした。初めての総会は終わった。万太郎は生徒会の大義名分がすこし分かった。

万太郎は家に帰って、一年生のときに全生徒に配られた『新しい憲法の話』を読んでみた。

「みなさんがおゝぜいあつまって、一緒に何かするときのことを考えてごらんなさい。誰の意見で物事をきめますか。みんなの意見が同じなら、もんだいはありません。もし意見が分かれたときは、どうしますか。一人の意見できめますか。二人の意見できめますか。それともおゝぜいの意見できめますか。どれがよいでしょう。一人の意見が、正しくすぐれていて、おゝぜいの意見がまちがっておとっていることもありますす。しかし、そのはんたいのことがもっと多いでしょ

う。そこで、まずみんなが十分にじぶんの考えを話し合ったあとで、お、ぜいの意見で物事をきめてゆくのが、いちばん間違いがないということになります。そうして、あとの人は、このお、ぜいの人の意見に、すなおにしたがってゆくのがよいのです。このなるべくお、ぜいの人の意見で、物事をきめてゆくことが、民主主義のやりかたです」

なるほど生徒会も民主主義の練習や。弁論大会も民主主義をつくっていくためなんや。

死せる恋人に捧ぐる悲歌（エレジー）

秋に、映画鑑賞があった。

「阿倍野まで電車で出かけ、本格的な映画館、近映大劇場で映画を鑑賞します。『死せる恋人に捧ぐる悲歌（エレジー）』というイギリスの映画です」

峰先生が言う。どんな映画なのか何の説明もない。「恋人」とあるから大人の映画かな。先生たちは、英語の映画を生徒に見せようと考えたのか、それとも先生たちが見たいからなのか。ストーリーも何も分からない。三年生だけの行事だ。駅から自由に電車に乗り、終点阿部野橋駅まで行った。映画館は駅のすぐ横にあった。

大きな劇場だ。一般客も入っている。生徒は全員空席に収まった。

映画が始まり、どかーんと昔のヨーロッパの街が出てきた。せりふの字幕が出る。きらびやかな衣装の貴族や軍人が登場する、復活祭か謝肉祭か、仮面をつけた人々でにぎわう祭りが突如出てきて、生徒はみんなびっくりした。でも、歴史も何もさっぱり話が分からない。熱烈なキスシーンがアップで出たとたんに場内にジャガイモの声が響き渡った。

「キッスやあ、キッスやあ」

げらげら笑い声が上がった。キスシーンの度に「ジャガイモ」が叫ぶ。生徒たちと一緒に映画を楽しんでいる寛容な教師たちは、いっこうに叱ることもない。よく分からないままに映画は終わった。劇場を出ると、

「では、解散。自分自分で帰りなさい」

教師がみんなに伝えた。現地解散だ。みんなぞろぞろ映画館を出た。

「どうする？　どっか寄っていこか」

帰りの電車賃だけは持ってきていた。万太郎たち四人は、近鉄百貨店に行こうとなった。映画館の隣に百貨店がある。一階から順番に売り場を見ながら階を上がっていった。女の店員が声をかけてきた。

「あんたら、今日は学校じゃないの？」

「今日は映画鑑賞やねん。今見てきたとこ」

「何と言う映画？」

「死せる恋人に捧ぐるエレジー」

とたんに店員が叫んだ。

「えぇーっ、中学生があの映画を観に来たのお？　ひやあ、進んでる学校やねえ」

四人はほんの少し得意な気持ちになったが、ほんまにあの映画、生徒の見る映画なんかなあと思いもする。

ぶらぶら百貨店のなかを見て回って、四人は駅から電車に乗った。電車のなかで、英治がつぶやいた。

「なんであの映画、見せたんやろ」

「やっぱり先生が見たかったんや」

年彦がそう言うと、柳一が、

「いや、練習ちゃうか。ああいう本格的な劇場で見るという練習やな、社会勉強や」

「ほんならもっと別の映画を見たほうがいいのにね」

「先生らも、あの映画をよく知らなかったんと違うかな」

朝鮮戦争が休戦になった。板門店で休戦協定が成立したというニュースが新聞に出て、南北を分かつ三十八度線の軍事境界線が設定された。健太郎君や千宗君にとっては、ひとまず安心だったろう。だが戦争は終わったわけではなく、いつまた火を噴くか分からない。日本は戦争特需による景気の上昇という皮肉な現象に湧いている。

ジャガイモは昼休みになると、教室の窓を乗り越えて神社の椎の木に上り、実をかじっていた。万太郎もかじってみたら、まあまあオヤツにはなる。

中学校に学校新聞なるものが生まれた。生徒会の役をやってる柳一と晃が編集者になった。万太郎が小学

生のときに漫画を書いたことを知っている柳一が、
「万太郎、学校新聞に載せる四コマ漫画を描いてよ」と言ってきた。そこで授業の様子を描いた漫画を柳一に渡した。一コマ目、先生が教壇から「みんな目をつぶりなさい」と言っている。二コマ目、どの子も目をつむっている。三コマ目、片目を開けたA君がそっと隣のB君を見たら、B君も片目でこちらを見ている。四コマ目、「先生、B君が目を開けています」とA君が言いつける。マンガのタイトルは、『どうして分かる?』。

ガリ版印刷された学校新聞が届けられて、教室で配られた。万太郎はまっ先にマンガを見た。何これー、原画とは違う。業者が鉄筆でごりごりやった手書きはヘタッピーもいいとこだ。万太郎は不満だったが、学校新聞に載ったことから万太郎の志望は漫画家だとみんなが思うようになった。

町の道端で土方が二人、セメントをこねている。ブリキ製の大きな四角な舟型容器に、砂、砂利、セメントを加え、角スコップを握ると二人は向かい合い、息を合わせて交互に、ヨイセー、ヨイセー、声かけ合い、スコップをリズミカルに動かしている。途中で水を入れ、またヨイセーヨイセー。万太郎はそれを観察して、コンクリートのつくり方を覚えた。高台の上にある万太郎の家から下の道路までの小道は、雨が降るとどんどん土がえぐられていく。

「コンクリートの小径をつくろうや」

兄と相談して二人で工事に取りかかった。セメントと砂は、ヒロッちゃんの兄ちゃんが最近建材店を開いたから、店から届けてもらった。父はいっさい無関心で、子どもが始めた道の舗装を見ても何も言わない。距離二十メートル、幅五十センチほどのコンクリートの道、鏝はじいさんが持っていたのがある。万太郎と勝ちゃんは一丁前の土方になった気分で、「ヨイセー、ヨイセー」、声かけ合ってかっこよくスコップを交差させ、練り終えると木枠に流し込み、鏝で表面を平らにして完成。

二人の共同作業はそれからレベルが上がり、次々といろんな改善に取り組んだ。台所の土間を材木屋から木を買ってきて、床を張って広げた。

次に、手押しポンプの井戸水の汲み上げを、電気モーターで汲み上げる工事にチャレンジした。建材店で工事の方法も教えてもらった。電気ポンプがブイーンと音を立てて水を汲み上げ、流しに設置した蛇口から水が出た。やったあ。次は水道の配管を風呂、トイレまで進めた。合成樹脂製の管だからつなぎ目は接着剤を使う。トイレに水が来て、手洗いが便利で清潔になった。相変わらず父はいっさい口出しせず、子どものやるままに任せていた。

キンモクセイの花が咲く季節に、ジャガイモが恋をした。

校舎の隣から甘い香りが教室までぷーんと漂ってくる。ジャガイモは教室の窓を乗り越えて、ぽんと外に出た。フェンスも何もない学校の敷地の向こうは住宅地。一戸建ての分譲地に、和洋様々な家が立ち並んでいる。豪壮な屋敷もある。

校舎の隣の家に咲くキンモクセイ。ジャガイモはその木から花を折り取って教室に戻ってきた。

「ええ匂いやあ」

ジャガイモは大声で叫んだ。ほんまにそれはいい匂いや。ジャガイモは、一人の女の子にその花を贈りたかった。けれどそれをすると、他の男子から何を言われるか分からない。そこでジャガイモは大声でパフォーマンスをした。

「この花、教卓に置いとこっと」

オレンジの小花は授業中も教卓の上でひそやかな香りを放っていた。ジャガイモの恋は、その女の子に伝わる様子もない。

放課後、

「おーい、学校に残っている子は集まれー」

先生の声がした。行ってみると職員室前の廊下に机が置いてあり、四角な機械らしきものが載っている。

「録音機や、録音機や」

峰先生は少し興奮している。録音機なるものが学校に一台、町役場から配られたらしい。先生たちは生徒に、この素晴らしいものを見せてやろうと思い、机の上に録音機を大切そうに鎮座させた。

「みんなの声、録音してやろう」

先生は得意そうな顔をして、生徒の声を順番に録音した。再生した声を聞いてみたら、自分の声じゃないみたいだ。

三年生になってやっと始まった英語の授業は、文章を読んで訳して文法を説明するだけで一年、二年と英語は勉強していないから、三年の教科書はちんぷんかんぷんだ。先生はそんな事情はおかまいなしだ。さっぱり授業が身につかない。机三つほど向こうに座っている柳一が、万太郎の顔を見て口を動かしている。声を出さないで、何か言ってる。何だ？「オ」「ム」「ツ」？あいつ、「オムツ」と言ってるな。万太郎が柳一に「オチョコ」とあだ名をつけた仕返しに、柳一は万太郎に「オムツ」とつけ返していた。小学六年生から続いているあだ名の勝負だ。よくも言ったな、万太郎の口をついて柳一のあだ名が飛び出した。

「オチョコー」

授業中の突然の叫び声、教室がどっと沸き、先生も笑い転げた。こんな状態では、英語の力はつきそうにない。

昼休み、運動場から叫び声が聞こえた。のぞいて見ると、若い男性教員の清水先生がかんかんに怒っている。運動場で先生は手に何やら大きな紐みたいなものをぶらさげていた。

「このヘビ、殺したのは誰だあ、誰が殺したあ、出てこーい」

すごい剣幕だ。ヘビがだらりとぶらさがっている。アオダイショウのようだ。清水先生の顔は怒りと落胆と悲しみでひきつっていた。運動場にいた生徒たちは、しばらく金縛りにあったみたいに沈黙して立っていた。

「誰が殺したのか。出てこい。ひきょう者め」

清水先生は何度も叫んでいたが、殺した者は名乗り出てこなかった。

ヘビを見つけると殺したがる子がいる。つかまえて、しっぽを持って、頭上でぐるぐる回して、土に打ちつける。残酷な行為だ。その光景を見ると胸がむかむかする。なぜ殺すのか。

近鉄パールズという野球のプロ球団ができ、藤井寺球場が本拠地になった。パールズ、真珠、美しい名前。

「藤井寺球場で結団式があります。みんなで応援歌を歌うことになりました」

峰先生が朝礼でそう言った。

それから近鉄パールズの応援歌をテープレコーダーで聞いた。でも二回か三回の練習ではさっぱり覚えられず、音楽の授業もなかったからみんな大きな声で歌えない。応援歌の最後の、「パールズー　パールズ」と高らかに歌い上げるところも、みんなの声はしょぼしょぼで、こんな状態で結団式に行っていいんかな、と万太郎は思う。

結団式の日、生徒たちは学校からぞろぞろ五分ほど歩いて藤井寺球場に行った。球場はゴシック風の巨大な建物だ。スタンドに上がると、ほかに応援団らしき人もいない。藤井寺中学生徒はがらんとした一塁側の観客席に座った。結団式が始まり、白いユニフォーム姿の選手たちはグランドに横列して、観客席の藤中生を見上げている。

「藤井寺中学校の生徒が、近鉄パールズを応援して、応援歌を歌います」

アナウンスが響いた。先生の一人が指揮をした。けれども生徒の士気は上がらない。風に吹き飛ばされそうな、かよわき歌声が、しおしおと聞こえるばかり。これでは選手たちに気の毒だと思いながら、万太郎も声を少ししか出せなかった。

藤井寺球場で、南河内郡の中学校合同運動会が秋晴れのなか開催された。各学校の代表選手が競走する。百メートル競走に、われらがヒーロー、健太郎君が出場した。白い半パンツを履いて、さっそうとスタートラインに着いた。号砲鳴り響き、健太郎君が走る。太ももの筋肉がもりもり動く。すごい筋肉だ、速い、速い。みんなは声をからして応援した。健太郎君は一位だった。

万太郎は、三年になって転入してきた熊井君と親しくなり、ときどき家に遊びに行った。小柄な熊井君は上品な物言いをする。

「ぼく、大阪市の都島にある工業高校を目指してるねん。ほんで受験勉強をしててんねん」

「ええっ、受験勉強？　それ何？」

「入学試験に受かるために勉強が必要なんや」

「ふうん、受験勉強？　ぼくらの学校、みんなそんな勉強してないけどなあ」

教室でも、受験勉強というものも、進路のことも話題にならない。生徒たちは相変わらずのんきに遊び、のんびり先生の話を聞いている。

もう一人、三年になってから転入してきた子がいる。吉年君だ。彼も、熊井君と同じ工業高校へ進学するんだと言った。二年のときに転入してきた乾君は商船学校に進学するという。進学するか就職するか、進学するとしたらどこへ進むか、万太郎も多くの生徒にとっても、そんなことはてんから頭になかった。生徒の半分は家業を継いだりして仕事に就く。

二学期も終わり頃、昼休み時間に、大きな野太いおっさんの叫び声が辛国神社のほうから教室に飛び込んできた。

「やめんか。こらあ、やめんかい。せんせー、けんかやっとりまっせー」

なんや、なんや、窓を乗り越えて行ってみると、今沢と乾が、神社の木々の生い茂る参道で殴り合いをしているではないか。自転車で通りがかった八百屋の健さんが、血相を変えて二人を止めているが、いっかな二人はやめようとしない。今沢にはニックネームが「デッカン」と「オニ」の二つある。

八百屋の健さんは職員室に向かって大声で叫ぶ。先生たちはどやどや神社に走って、二人を学校に連れてきた。何が原因だったのか分からない。デッカンは河内の「こって牛」のような体格だが、ふだんは温和な男だ。二年生で転校してきた乾君はおとなしいまじめな生徒なのに、こんなはでなケンカをするとは考えられない。どうも乾はデッカンに腹立つことがあったらしい。デッカンは乾君のすました態度が気に入らなくて、けなしたか冷やかしたか、乾君はそれにカッとなった。転入生は、新しい文化を持ち込んでくるが、ときに原住民とぶつかる。

乾君が商船学校へ進学するという夢を語ったのを聞いて、万太郎は驚いた。いくつか海洋小説を読んで、オレも船乗りになりたいな、世界の海を渡って、外国へ行ってみたいなと漠然と思う。だが、将来の夢、進学については何も具体的に考えていない。受験勉強なんて考えたこともない。先生もそんなことを言ったことがない。柳一も年彦も親しい友達はみんな受験勉強なんてしていない。

三学期、担任の進路の面談があった。先生が一人ひとりから聞く。万太郎の番が来た。

「万太郎君は進学しますか。就職しますか」

「うーん、進学かな」

何もかもがぼんやりしている。親は進路のことは一言も言わない。

「どの学校へ行きたいですか。南河内には二つの府立高校があります。富田林高校と河南高校です。どっちにする？」

「分かりません」

「家で相談しておいで」

万太郎は考えたこともなかった。夜、父に聞いてみた。

「お前は身体がそんなに頑丈ではなかったからなあ。冬になったら毎年扁桃腺が真っ赤に腫れたし。どっちでもいいけど、河南高校にするか」

前身が旧制高等女学校であった河南高校。じゃあ、そこに行く。こんな調子でなんとなく受験校が決まった。友だちの誰とも相談も情報交換もしていなかった万太郎は、入試願書を出す段になって驚いた。柳一、年彦、健太郎は富田林高校、二郎、彰一、デッカンは河南高校を受験するという。親友とも、片想いの女の子とも離れることになる。愕然とした。だが、もうどうすることもできない。両親のいない英治はパン屋に住み込みで入り、毅は祖父母の農業を手伝うために定時制高校に通うことになった。ジャガイモは雑貨屋、カツミは石屋、ススムは魚屋、それぞれ家業に就く。高校に進学したのは半分ぐらいだろうか。

母がこんなことを言った。

「お父さんはな、自分が旧制中学のとき、神経衰弱になって岡山の親戚の家に一年間預けられたことがあったんや。そやから健康にはちょっと心配しすぎるんや」

第二章

憧憬

考古学との出会い

高校は富田林市、羽曳野丘陵の南端にあり、背後に雑木林があった。丘の上だから金剛連山から南河内の南部が一望できる。部活動を何にするか、万太郎は誘われて考古学研究クラブに入部した。

木造校舎の一階にある考古学研究クラブの部室に行くと、男ばかり十人ぐらいがいて、気楽な雰囲気だった。陳列戸棚にはたくさんの土器が並んでいる。先輩たちが発掘してきた出土品だ。破片をつなぎ合わせて復元した大きな壺、甕（かめ）、高坏（たかつき）、円筒埴輪、やじりなどがあった。三年生の松尾さんが、クラブの歴史を話してくれた。

「考古学研究クラブはもと旧制富田林中学にあったものでね。戦後の学制改革で新制高校になり、顧問の先生がこちらに異動したから、考古学研究クラブはこちらの河南高校に移ったんやな。だから旧制中学時代の考古学研究部の先輩は、ここにやってきて後輩を指導してくれているんや。阪大の北野耕平さんもときどき来てくれる」

松尾さんは先輩部員が発掘してきた土器の説明をしてくれた。

「割れた土器のかけらを接着するには、セルロイドを酢酸アミドで溶かして、それを接着剤にして土器の破片をくっつけるんや」

土器の発掘場所も教えてくれた。

「これはなあ、大和川の河原で発掘したものや。舟橋遺跡と言われてる、国府遺跡から少し北へ行った柏原の大和川の河原や。江戸時代、大和川は柏原から北西に流れていた。それを西に流路を変える大工事が行われて遺跡が川底になってしもたんやな。河原から土器が出てきたから、遺跡やということになってね。二年前から調査が始まったら、飛鳥・奈良時代の寺の跡、弥生時代の墓、古墳時代の住居や集落の遺構が広範囲に見つかったんや。縄文時代晩期の土器も出てきたんや」

松尾さんは筒型の土器を指して言った。

「これは円筒埴輪というんや。古墳の土盛りの流出を防ぐために、古墳を覆うように周りに埋められたものやな。これも先輩たちが掘り出したものや」

先輩たちは学者と共に遺跡の発掘にも参加した。大阪狭山に住んでいた末永雅雄博士ともつながりがあった。

「末永博士の家に遊びに行ったことがあるで。ご飯をごちそうになったこともあったよ。今も遺跡の発掘のとき考古学研究者から声がかかるんや」

松尾さんの話は誇らしげだった。

考古学クラブにやってくる先輩の話は、天馬空をゆくような、漫談を聞くような、おもしろさがあった。

「オレたちのときに、新制高校が発足したんざんす。旧制の富田林中学の生徒半分と旧制の高等女学校の生徒半分ずつが移動して、男女共学の二つの高校になったんでがんす。移動する生徒と残る生徒はそれぞれくじ引きで決めたんでがんす」

先輩はおもしろおかしく説明した。男女共学になったときのエピソードがまた愉快だった。女学生と一緒に勉強するんやからなあ。恋愛も起きるでなあ。

河内野は遺跡の宝庫だ。道明寺町の国府遺跡では、約二万年前の旧石器時代から、縄文・弥生・古墳時代の人々の生活した跡が発見されていたし、縄文・弥生時代の人骨も出土していた。旧石器は、二上山で採れるサヌカイトという石を使ってつくられていた。奈良時代には河内の国の役所である河内国府が置かれた。

「次の日曜日、土器かやじりを探しに行かへんか」

万太郎は松尾先輩に誘われて、聖徳太子の墓から南に山の腹を歩き回った。

「この辺り、王陵の谷と呼ばれてる。古市古墳群は百ぐらい古墳があるよ。あそこに見えるこんもりした森が、遣隋使の小野妹子の墓やな」

松尾さんは王陵の谷を案内して遺跡を説明してくれた。

聖徳太子の霊廟には人気はなく、村も眠ったように静まり返っている。山裾はブドウ畑だ。あてもなくさまよう二人の背後に二上山がぽこんとそびえている。北側が雄岳で標高が五百十七メートル、南側が雌岳で標高四百七十四メートルある。二上山の南肩を、難波津から大和に通う「丹比（たじひ）の道」が越えていく。後の竹之内街道だ。竹之内峠の向こうに大和の盆地が広がっている。

　地面を見ながらブドウ棚の下を歩いていると、土のなかに小さな黒っぽいものがある。指につまんで拾い上げると、三角形をしている。

「これ、なんだろう。石器と違うかな」

「どれどれ、おう、やじりや。ホンモノや」

　松尾さんはそれを手に持って、

「黒曜石や。硬い石やで。叩くとチンチンと金属性の音がするからチンチン石とも言う」

　小さなやじり、こんな石片を矢の先につけて、獲物が獲れるんかと思う。イノシシやクマなどには役に立たない。鳥でも獲ったのだろうか。

　土器の破片をいくつか拾った。

「これは祝部（いわいべ）土器や。色が青みがかった灰色している。この土器は硬いね。古墳時代に朝鮮半島から伝わった焼き物やな」

　万太郎はやじりをポケットにしまって、家に持って帰った。

　夏休みが来た。小学二年の弟を海に連れていってやろう。万太郎は自転車の後ろの荷台に弟を乗せて、家から十五キロ近く、古代の「大津道」を走った。この道は『日本書紀』の壬申の乱の記録にもある。和泉に入ると仁徳天皇の御陵が現れた。

　大浜海水浴場で弟と泳ぎ、海水に浸かったソラマメを食べて、また弟を荷台に乗せて帰る。陽に焼けた背中がひりひりする。万太郎のポケットには一本のミカン水を買うだけのコインしかない。途中に小さな店があったから、のどの乾いた弟に買ってやった。往復三十キロの道のりと空腹で、さすがに疲れた。

　二学期になり、日曜日は、松尾さんと二人で遺跡を観て回る。

　聖徳太子廟の東南四百メートルのところに太子の父の用明天皇陵がある。さらに四百メートルほど行けば推古天皇陵があり、一辺が五、六十メートルほどの方墳の森をつくっている。応神天皇の時代から二百年近くも経ってから、大化の改新で薄葬令が出され、厚葬を禁じ、墳墓の規模が大きすぎないようにと決められた。応神天皇や仁徳天皇のような巨大墳墓をつくるとしたら、いったいどれぐらいの人数が必要で、何年かかるだろうか。その労務を人民に課す。途方もない労力と資金が要る。

推古帝の陵から足を延ばし、小野妹子のこんもり茂った墓に寄った。小野妹子は六〇七年、聖徳太子に選ばれて、遣隋使になって隋に渡り、翌年隋の使いと共に帰ってきた。

「二上山の西側のこの谷を、王陵の谷にしたのは、大和の『遠つ飛鳥』から見て、太陽が二上山の向こうに沈むからなんや。日の沈むところ、そこに死者の往く黄泉の国があると信じられてたから」

夕日の沈むとき、西の二上山の空が真っ赤に焼ける夕映えの日がある。死んだ人の魂がそこに宿っているのだと信じ、王家の墓をこの谷につくったのだと松尾さんは言う。

「そうすると『遠つ飛鳥』から見て王陵の谷は日の沈むところで、逆に二上山から東の『遠つ飛鳥』は日が昇るところ。日の昇るところに宮を開いたんや」

「そういうことやねえ。低い山々と丘陵に囲まれ、清流が土を潤す、気候温暖な河内と大和が人々の安住の地になったんや。そこにたくさんの渡来人がやってきて、一緒に国づくりをしたんや。

ここから西に下ると、白鳥陵があるよ。白鳥陵を倭武の墓と言うけど、倭武は朝廷に従わない西の熊襲、東の蝦夷を征伐して帰ってきて、三重の能褒野で死んだそうや。死んだあと白鳥になって飛び立ち、『古事記』では河内の志磯に降りた。『日本書紀』では、今の奈良県御所に降りて、そこからまた葛城山を越えてここに飛んできて古市に降りた。白鳥陵は神話に基づいてつくられた墓や」

夕暮れが迫ってきたから太子町から駅までの乗合バスに乗った。数人の年配の婦人が乗り込んできて、バスの窓から外を眺めながらにぎやかに会話している。

「いい匂いするわ。わたし、この匂い好きなのよ。この匂い」

「田舎の匂いね。草の匂いじゃない？」

「ワラを燃す匂いよ」

「ワラの匂いかねえ。懐かしいねえ」

「子どもの頃、思い出す匂いやわ」

都会から来た人のようだ。

松尾さんは、大学で考古学を研究している先輩の北野耕平さんを尊敬していた。北野さんは富田林の錦織に住んでいて、たまに考古学クラブにやってきて話をしてくれた。

北野さんが縄文土器の模様をつくる実演をしてくれた。粘土をこねて板状に伸ばし、次に細い紐二本を掌で撚（よ）った。

「この撚り合わせた紐をどうしたら、粘土に縄文をつけることができると思う？」

北野さんは部員にいろいろやらせてみた。いろいろやってみたが、縄文土器のような模様にならない。

「これはね、紐を転がすんです」

北野さんは粘土の上に紐を置き、押しつけながら転がしていった。

「おう、おう、縄文やあ」

みんな喝采した。

考古学研究クラブは、「古代学研究会」に加盟していた。創立初期の先輩たちが加盟したのだ。こんな田舎の高校生のクラブが加盟しているとは驚きだ。先輩たちはそれだけの情熱を持って活動していたのだ。

ときどき「古代学研究会」から案内が来た。大阪枚方にある百済王族の遺跡、百済寺跡の見学会案内が来たとき、万太郎も加わって部員数名で出かけた。

百済寺は礎石だけが残っていた。松林や熊笹が生い茂り、忘れられたような遺跡は、平安時代の百済王（くだらのこにきし）の氏寺だった。唐と新羅の連合軍によって滅ばされた百済王は渡来して難波に住んでいたが、子孫はこの地に移り住み、朝廷から陸奥守や河内守に任ぜられもした。

昼休みになったので松林に腰を下ろして弁当箱を広げていたら、一人の研究者がやってきた。

「よう、うまそうに食べてるなあ」

ニコニコ笑いながら、史跡の説明をしてくれた。その先生が和泉の高校の教員をしている森浩一先生だった。

「『古代学研究会』の趣旨を知っていますか」

　森先生がみんなに尋ねた。いや、知りません、と万太郎が答えると、先生はこんな説明をしてくれた。

「一九四七年に、『古代学研究会』ができたんです。戦争が終わって二年目だよ。大阪府黒姫山古墳の発掘調査にたずさわった学生たちの『学生考古学研究会』が母体になってつくられたものでね。日本は『神国』という戦前の皇国史観への批判と反省が根底にあって、『古代学研究会』は、実証に基づく研究をしようと確認したんです。実証史学による真実希求の志を共にしようと、時流にくみすることなく、つねに市井にあることを目指してきたんです」

　アジア太平洋戦争後、「古代学」の提唱は時代の要請を受けて広がっていた。戦時中の誤った歴史観から、真実の歴史観へ、その実証研究が期待されていた。森浩一先生の話には熱いものが感じられた。万太郎は、自分は戦後日本の思想的な葛藤をほとんど知らないでいたと実感した。

　若き研究者の北野耕平さんから、古墳の発掘を手伝わないかと考古学研究クラブに声がかかった。場所は土師ノ里駅のすぐ上で、東高野街道沿いにある。近くに允恭天皇陵や国府遺跡がある。発掘している古墳はかなり崩壊していた。考古学部員数人で出かけて、大学生や研究者に交じり、万太郎は生まれて初めて遺跡を掘った。道具の使い方、土器などが出てきたときの掘り出し方など、丁寧な指導を受けた。刷毛を使い、土を微妙に取り除きながら、出土品を探して掘り出していく作業、繊細な注意力と観察が必要だった。地中にうずくまり、土を観察しながらもくもくと作業する。いろんな思いが頭のなかをよぎっていった。古墳からは副葬品の武具が掘り出され、発掘終了後、その古墳は道路拡張のため姿を消した。

　瓜破村から通学してくる同学年の部員、棟田と親しくなった。彼の家は瓜破村で農業を営んでいる。瓜破村は、戦争末期に万太郎の父が大八車を引いて疎開の荷物を運んだ道中にある。日曜日、棟田は学校から遠く離れた家を出て、運搬車と呼ぶ荷物運び用の自転車に乗って学校にやってきた。運搬車は、重心が低く車軸は太く、荷台も普通の自転車より大きい。ペダルの回転数が多くて、速度が上がらない。

「大和川を下るとき、ブレーキが利かなくなって、えらいスピードになったで、恐ろしかった」

棟田はそう言ってから、シュリーマンを熱っぽく語った。

「トロイアの遺跡を発掘したシュリーマンの自伝を読んだよ。ドイツのシュリーマンは子どもの頃に聞いたホメロスの叙事詩を信じて、四十代になってからトルコへ行き、トロイアはこの辺りやないかと推測して発掘したんやな。夢を追うて何度も、ここやないかと掘り続ける。それでほんまに探りあてた。彼、ドイツの片田舎に生まれて、家が貧しくて実業学校も中退してるんや。乾物屋の小僧をやって、小さな帆船の給仕に住み込んで難破して助かったこともある。それから英語を勉強し、フランス語、オランダ語、スペイン語、イタリア語、ポルトガル語もそれぞれ六週間で話せるようになったんや。すごいね。ホメロスの叙事詩を原語で読むためにギリシア語も勉強してるね。トロイアの遺跡を発見するために考古学を研究して、四十一歳のときやで、幕末に日本にも来てるんやなあ。

実際に発掘を始めるとき、ここに遺跡が埋まっているという証拠がないのに、掘っていったんや。直感なんや。直感がすごいんや。ここやというところ、ひらめくものがあったんやなあ」

「地下に眠っている黄金を掘り出すような期待感やろなあ」

「邪馬台国がどこにあるか、北九州説と畿内説とがあるやん。卑弥呼の墓もどこにあるか」

棟田との話は尽きなかった。

古代の渡来人が難波津から百舌鳥を経て、「遠つ飛鳥」まで歩くとすれば、五十キロは優にあるだろう。それでも道はほぼ平坦で、二上山の竹之内峠は標高三百メートル足らず、古代人の脚なら一日で悠々飛鳥に着ける。万太郎は、近辺の古代の街道を全部歩いた。街道を隈なく歩くにつれ、大阪も奈良も著しく変化しているのが分かる。林はなくなり、田畑を宅地化して家が建ち、開発という破壊が急激に進んでいる。

　久々に英治から手紙が来た。朝三時に起きてパンの仕込みをしている。仕事がつらい。義母は四国へ帰った、オレには誰も身寄りがない。

　万太郎は英治からの手紙にはすぐに返事を書くことにしていた。


　万太郎は二年になって、登山家の野村先生が担任になった。同級生の南口と親しくなった。彼は山岳部に入っていて、学校が休暇のときは顧問の野村先生に連れられて山に登っていた。南口の家は河内長野駅からさらに紀州寄りの三日市(みっかいち)にある。金剛山系と和泉山系の間の紀見峠に近い。金剛山南尾根は頂上から南西に伸びる長大な尾根で、尾根の南端は和歌山県に入る。そこに紀見峠がある。和泉山脈はそこから立ち上がって、岩湧山を経て西へと続く。南海高野線は、紀見峠を越えて、紀州の橋本、九度山へと走っていた。

　河内長野駅は、南海電車の駅と近鉄電車の駅が隣り合っていた。南口は河内長野駅で南海電車から近鉄電車に乗り換えて学校に通っていた。

　担任の野村先生は数学を教えていた。南口を呼ぶとき、野村先生は「ナンコウ」と呼ぶ。万太郎もそう呼んだ。楠木正成の「ナンコウ」をかけている。休み時間になると万太郎は南口に話しかけた。

「ナンコウよ、南海電車の始発駅は難波(なんば)だろ。難波から河内長野まで急行で何分かかる？」

「四十分ぐらいかな」

「じゃあ、近鉄電車やったら？」

「五十分、いや一時間かな」

「南海高野線は、仁徳天皇陵の手前で若干東に進路を振るけれどほとんど直線で走って来る。ところが近鉄南大阪線は阿部野橋駅から南に走り、布忍(ぬのせ)で直角に曲がって東進、道明寺でまた直角に曲がって南に走り、古市で吉野線と分岐する。どうしてこんなジグザグルートにしたのかな。この二か所の極端なカーブを曲がるときは電車の車体が傾いて車輪のきしむ音が聞こえるほどや」

「鉄道は人口の多い町や村を縫うからやろ」

「それもあるけれど、ぼくは天皇陵やと思う。近鉄南大阪線は、まず仁徳陵などのある百舌鳥古墳群地域に近づけて布忍駅をつくり、そこで直角に折れて東に走り、続いて応神天皇陵に参拝できるように、藤井寺駅の次に応神天皇御陵前という駅をつくった。それは終戦の年に廃駅になったけど、そこから電車は土師ノ里を過ぎて道明寺で南へ直角に曲がる。そのように線路をつけた。そして古市で河内長野行きと吉野行きに分岐し、吉野行きは神武天皇を祀る橿原神宮と『遠つ飛鳥』に駅をつくって、終点は花の吉野。そういう目的で線路を敷いた。ぼくはそう推測している」

「なるほど、そういえば南海高野線も仁徳天皇陵が影響しているかもしれん」

「地図を見るとな、応神、仲哀、仁徳の陵は東西のほぼ一直線上にあるんやわ。仲哀の子が応神、応神の子が仁徳、この三つの陵は約九キロ間隔や。それからなあ、八尾に『下の太子堂』と呼ばれる大聖勝軍寺がある。そこから南に行くと『中の太子堂』と呼ばれる野中寺がある。この距離は六キロメートル。『中の太子』から『上の太子』の聖徳太子霊廟までの距離も約六キロメートル。それからな、堺の住吉大社から真東へ約八キロ行くと『下の太子堂』。そこから信貴山寺までが七キロ、信貴山寺から法隆寺までは七キロ、この四つはぴったし東西の線上にある。四天王寺、信貴山寺、法隆寺は聖徳太子ゆかりの寺、住吉大社は、仲哀天皇の后の神功皇后ゆかりの社や」

「へえ、万ちゃん、よく調べたなあ。それにしても不思議やな」

「磁石や地図がなくても、昔の人はそういう感覚や能力を持っていたんや。広大な砂漠や海をも渡ったんやからなあ」

万太郎は古墳の規模の変遷について考えた。

和泉、河内の、仁徳天皇陵や応神天皇陵をはじめとする巨大な墳墓、なぜこのような巨大な墳墓がつくられたのか。天皇の権力性と神格化が強くなるほど墳墓も巨大化し、倭の内外へ天皇の偉大さを誇示するようになったと考えられるが、どうしてこのよう大建設が可能だったのか。

古墳は、三世紀から七世紀初めにかけて、本州、九州、四国に約十六万基つくられ、そのうち約五千二百基が前方後円墳だ。前方後円墳は三世紀、四世紀に盛んにつくられた。各地の小規模な古墳は、その地の共同体の首長の墓であったのだろう。

前方後円墳の形態は、初期は小規模なホタテ貝のような形だったが、墳墓の間の方形の部分が拡大して前に伸ばされていった。前方の入り口から羨道（せんどう）がつくられ、柩（ひつぎ）の納められた後円部の玄室へ通じる。

万太郎は仁徳、応神、二つの巨大陵墓の規模を調べた。仁徳天皇陵と言われている古墳は、墳丘の全長四百八十六メートル、後円部の高さは三十五メートル、前方部の幅は三百五メートル。応神天皇陵と称されている墳墓は、墳丘の長さが四百二十メートル、前方部の幅は三百三十メートル、後円部の高さは三十六メートルある。

巨大墳墓丘は、周囲に濠をめぐらし、それを掘った土を積み上げたのだ。墳丘の形にしていくためにはどれだけの土が必要となるか。応神陵、仁徳陵の幅、長さ、高さから、万太郎は体積を概算してみた。その結果は、約三百万立方メートルという数字が出た。その莫大な土砂を掘り上げ、積み上げるにはどれだけの労働日数がかかるか。当時はすべて手作業、木製の道具を使っての労働だ。この工事のために民が全国から集められた。その頃の国の人口は五百万人ほどだったと推定されている。いったいどれほどの人が、どのようにして集められたのだろうか。その人たちも家族を持ち、狩猟採集、農業もやっている。そういう人たちを動員する。どう考えても十年も十五年もかかるだろう。

ではなぜ、このような巨大な陵墓をつくったのか。天皇の偉大さを内外に示して、権力性を誇示し、共同体の守護神であることを示したのか。朝鮮や中国に威信を示し、国内の民を従順に従わせるためか。しかし、工事は多くの無理を生み出し、民衆の疲弊につながっていったのだ。そこで大化の改新の折、大化二年（六四六年）、薄葬令が出され、六等級の身分に応じて、墳墓の大きさ、建造日数、内部の玄室の規模、労務にたずさわる役丁（やくちょう）の数などを制限したのだ。

古代の苦役の森は、今では貴重な緑の森となって、破壊された自然の代わりとなっている。

ナンコウは読書家だ。

「万ちゃんよ、ぼくは今、中国の巴金の小説を読んでるんや。巴金は地主の子として生まれたんやが、アナーキズムに心酔し、五・四運動の影響を受けるんやな。ペンネームの由来は、自殺した友人の『巴』とロシアのクロポトキンの『キン』からとったものや」

万太郎と南口は、読書の話もよくした。

夏休み前に野村先生が、クラスのみんなに呼びかけた。

「夏休みに北アルプスの針の木岳に登らないか」

標高二千八百二十一メートルの高山で、雪渓もある。そこへ登ろうと言う。万太郎は、費用がかかるから参加できない。結局登山に参加したのは八人で、針の木岳の大雪渓を登り、山小屋で泊まってきたと、ナンコウは報告してくれた。

野村先生は、まだ二十代後半で、社会人団体の関西登高会に所属する新鋭の登山家だった。

二学期、体育大会の練習が運動場であった。三年生の男子はグランドの東隅に集合していた。野村先生は何かを見てつかつかとグランドを横切っていった。三年生の男子の集団に近づくと、野村先生は一人の上級生の前に立ち、校庭に鳴り響くほどの音を立てて頰を打った。それを見た万太郎の頭に非難の感情が走った。その上級生は、かつての弊衣破帽に憧れていたのか、冬の日に、昔の旧制高校生のようなマントを着て登校したこともあった。その姿を見た万太郎は、彼の自己顕示のなかにひそむ旧制時代の学生への憧憬を感じ、ほほえましく思った。ところが野村先生は、生意気な態度が気に障ったのか。中身のない、哲学もない、格好だけつける奴だと思ったのか。それにしても先生の鉄拳は間違っていると万太郎は思った。殴られた生徒の屈辱感を思うと気が滅入った。どんな形にせよ、高校生にはいろんな形の憧憬がある。

万太郎は近現代詩に出会い、魅かれるようになった。蒲原有明の詩「牡蠣の殻」には、自由を閉ざされている生への悲しみを思い、朗唱した。薄田泣菫の詩を読んで、大和を想った。はたまた藤村、はるかな信濃が呼びかけてくる。佐藤春夫、室生犀星、高村光太郎、近現代の詩人の作を次々読んで朗誦した。

野村先生と山

三年生になり、担任はおなじく野村先生になった。ナンコウも同級になった。右腕を肘から切断して義手をつけている鶴沢君とも親しくなった。彼は道を行くときも左手に本を持って読みながら歩いている。

五月に修学旅行があった。富士箱根から東京という常套コースだ。つまらないコースだなと思う。万太郎の感動したのはただ一つ、富士の朝霧高原だった。溶岩台地に渺渺と広がる草原は次第に高みへ、雪をいただく孤高へと、屹立していく。これまで見たことのない崇高さだった。新緑の富士の広野は万太郎の心を魅了した。河内や大和にはない景色だ。

東京では、国会議事堂という政治の器を見学した。が、なんの感慨も湧かない。半日自由行動があった。万太郎は五人の友と東京の変哲もない下町を歩いた。どこへゆくという目的もない。ブラブラ歩きだ。

「喫茶店があるぞ。入ろか」

「うん、入ろ、入ろ」

万太郎はこれまで喫茶店に入ったことがない。小さな店だ。

「何飲む？」

「おれ、ジュースにしよう」

鶴沢君は義手をはずしてテーブルの上に置き、

「おれ、コーヒー」

と言った。彼の右手が切断された理由を万太郎は聞かなかった。鶴沢君は大阪市の南の外れ、大和川に沿う矢田に住んでいる。辺鄙な田舎の高校をどうして選んだのか、その事情を彼は言わない。鶴沢は国立大学の法学部を目指していた。

「コーヒーて、うまいんかあ」

鶴沢は万太郎に、ウンと応え、

「オレら、ド田舎(いなか)からのお上(のぼ)りさんやな」

と言った。

「確かにそうや。しかし昔は違うぞ。古代では東京がド田舎やったぞ。河内野や大和へ行くのがお上りさんやった。平安時代から明治になるまでは京都へ行くのがお上りや。伊勢物語にも東下りという文章があるやろ。関東のほうへ行くのは下りや」

　万太郎はしゃべりながら、自分の河内弁がほかの客に聞こえるのがちょっと気にかかる。河内弁は泥臭く、ガラが悪い。

「たしかに河内弁はどろ臭い」

「おんどれ、ぼけー。どたま、いてもたろか」

　大阪八尾の寺で住職をしていた今東光は、中河内の風土を小説に書いた。中河内には闘鶏というものがある。喫茶店のオーナーはニコニコ笑いながら、河内の高校生の話を聞いていた。やっぱりオレらは泥臭い。

　六人はひとしきり河内弁でしゃべりまくって店を出た。街を歩きながら、万太郎はむなしかった。修学旅行に対する疑問が湧いた。こんな皮相的な観光修学旅行に何の意味がある。お仕着せじゃないか。どこへ行きたいか、何を体験したいか、何を学びたいか、どんな修学旅行にしたいかなど、予め生徒が考えるという要素が欠落している。目的を生徒が自由に決めるのであれば、オレは神田の古本街に行きたい。上野の美術館で過ごしたいという生徒もいるだろう。浅草へ行きたいという生徒もいるだろう。安全のために生徒管理をするにしても、もっと生徒が研究して自由な計画を考えられないのか、そんなことも思う。

　旅行から帰って数日後に、学校新聞の編集長をやっている林君が新聞に載せる旅行記を書いてくれと言ってきたから、万太郎は、「河内のお上りさん」という紀行文を書くことにした。

「生き馬の目を抜く江戸っ子ならぬ、コッテ牛のドキンタマを引っこ抜く河内から……」と書き出し、朝霧高原の感動に反して東京の空虚さ、そして自分たちの感じたコンプレックスについて触れ、こんな観光修学旅行に何の意味があるのかと書いた。旅行記の最後に格好つけて蕪村の句をつけておいた。

　　富士一つ埋みのこして若葉かな

おれらには河内コンプレックスがあり、もう一つ別のコンプレックスがある。高校格差のコンプレックスだ。そのことを紀行文には直接書かなかったが。

　学校新聞のトップに万太郎の旅行記が載った。

「こんなのトップに持ってきて、ええんかいな」

　万太郎が編集長の林君に言うと、

「ぼくの独断や」

と言った。これがきっかけで、林と親しくなった。林も文章を書いている。

「ぼくのエッセイを読んでくれるか」

　林は原稿用紙二十枚ほどを万太郎に手渡した。

「ぼくの故郷は吉野川を上流に遡った国栖（くず）なんや。谷崎潤一郎の小説『吉野葛』に出てくる。それで自分の故郷の吉野をテーマにして書いたんや」

　読んで感心した。吉野の風土がしみじみと伝わってくる。なかなかの出来栄えだ。

「林は吉野の出身やったんか。いい文章やなあ。こんなに文才があったとは、びっくりした。国栖と言うと、『日本書紀』に、応神天皇が吉野の宮に行ったとき、国栖の人たちが酒を献上し、歌を歌う文章があるやろ。樫の木で臼をつくり、酒を醸した国栖のお酒、味は最高、早く召し上がってくださいよ、さあ、おじさん、と」

「そうそう、国栖の人は土地のものを献上すると必ず歌い、空を仰いで笑う。性格が純朴で、山の果実を取って食い、ガマガエルを煮て食っている。吉野川の川上、山々は険しく谷は深く、道は峻嶮を極める。国栖の人たちはしばしば都に上って、栗、キノコ、アユを天皇に献上した」

　林君の話を聞いて、万太郎は谷崎の『吉野葛』を読んだ。

「私が大和の吉野の奥に遊んだのは、すでに二十年ほど前、明治の末か大正の初め頃のことであるが、今とは違って交通の不便なあの時代に、あんな山奥、近頃の言葉で言えば『大和アルプス』の地方なぞへ、何しに出かけて行く気になったか」

　と書き出し、吉野川を遡って大台ヶ原山、大杉谷、三の公（こ）谷などが登場する。

「大台ヶ原の山中にある五鬼継の部落、土地の人はあれは鬼の子孫だと言って、決してその部落とは婚姻を結ばず、彼等のほうでも自分の部落以外とは結ぶことを欲しない。そして自分たちは役の行者の前鬼の後裔だと称している」

大峰山系、大台ケ原、樹海の底に歴史を秘める山岳地帯、どんなところだろう。いつか行ってみよう。新たな万太郎の憧憬が生まれた。受験勉強とは縁のない万太郎だったが、三年になってから、大学進学を目標に勉強を始めた。中学時代の英語力欠落がこたえる。

夏休み前、数学の授業が終わると、担任の野村先生が、「万太郎、勉強なんかするな。山へ行こう」

と言った。怪訝な思いでいると、授業の終わりに野村先生は、ナンコウと万太郎を呼んで、

「剣岳へ行こう」

と言う。大学受験生は睡眠時間を削って勉強しているときに、なぜ？

「四当五落」という変な言葉が流行していた。睡眠時間を四時間にまで減らして勉強すれば大学に合格するが、五時間睡眠では不合格になると、およそ科学的ではない叱咤激励が受験生に浸透している。それなのに野村先生は、勉強するな、山へ行こうと言った。

野村先生は授業中に脱線して、「人間いかに生きるべきか」とか、「生き甲斐のない人生なんて無だ」とか、自説を論じることがよくあった。ときどき芥川龍之介の『侏儒の言葉』を引いて語った。

「芥川はこんなことを書いているんだ。

人生を幸福にするためには、日常の瑣事を愛さなければならぬ。雲の光、竹のそよぎ、むら雀の声、行人の顔、あらゆる日常の瑣事のなかに無上の甘露味を感じなければならぬ。

人生を幸福にするためには？　しかし瑣事を愛する者は瑣事に苦しまねばならぬ。古池に飛び込んだ蛙は百年の愁いを破ったであろうが、古池を飛び出した蛙は、百年の愁いを与えたかもしれない。芭蕉の一生は享楽の一生であると共に、受苦の一生である。我々も微妙に楽しむためにはやはり微妙に苦しまねばならぬ」

また、こんなことを話した。

「完全なユートピアが生まれない所以は、こういうこ

とである。人間性そのものを変えないとすれば、完全なユートピアの生まれるはずがない。人間性そのものを変えるとすれば、完全なユートピアと思ったものも、たちまち不完全に感じられてしまう」

安部次郎の『三太郎の日記』や倉田百三の『愛と認識との出発』を話題にした日もあった。中河与一の『天の夕顔』では恋愛を語った。上っ面に教科書を追い、知識の断片をしゃべるだけの、無味乾燥な授業がほとんどのなかで、野村先生は、人生について率直に語る教師だった。昨年の体育大会の練習のときにバンカラを気取る上級生の頬を打ったときの野村先生には万太郎は批判的だが、先生の授業には考えさせられることが多かった。

野村先生はなぜ万太郎を北アルプス剣岳への登山に誘ったのか。学校新聞に書いた修学旅行批判が原因ではないかと、万太郎は思う。

ナンコウは、山岳部員二人も行くから、お前も一緒に行こうやと言う。だが万太郎には先立つものがない。

ナンコウは、交通費は学生割引の乗車券を買えば格安で行けるし、山岳部の装備を持っていくから費用はたいしてかからない、ピッケルとキスリングザックも山岳部のを使うと言う。それを聞いて、万太郎は行くことにした。

では旅費をどうするか。思案していると二郎が、

「うちの父が働いている製薬会社のアルバイトがあるで」

と言う。万太郎は飛びついた。肩こりに貼る薬の試供品を、家々を訪問して配って歩くというアルバイトだ。

夏休みに入ると、万太郎と二郎は、会社の従業員一人と一緒に一週間、中河内の柏原から八尾まで歩きながら試供品を配っていった。バイト料のおかげで交通費が捻出できた。

出発の日、キスリングザックを背負って夜の大阪駅に立った。富山行きの夜行列車が煙を吐いて十一番ホームに入ってきた。ホームは登山客で埋まっている。乗り込むとたちまち満席になった。

コトコトと響くレール音、夜行列車は乗客の睡眠を

誘い、寝息も聞こえる静寂が車内を占めた。

翌朝目覚めると北陸の稲田の海を走っていた。

富山駅から電車とケーブルカー、バスを乗り継ぎ、深い樹林地帯を脱したとき、世界が開けた。燦然たる光の大草原、弥陀ヶ原だ。バスを終点で降りると山小屋が目の前にあった。弘法小屋の札がかかっている。谷のほうからウグイスのさえずりが聞こえる。草原には小さな花々が一面に咲いていた。野村先生が、小さな白い花はチングルマだと名前を教えてくれた。

こんな世界があったのか。何もかもが珍しく、衝撃的だった。

四人は弥陀ヶ原の細い登山道を、下山者と挨拶を交わしながら登っていった。どの人も挨拶をするのが驚きだ。

天狗平というところに来ると、前方に三千メートルを越す立山連峰が姿を現した。谷の残雪が白い。草原地帯を過ぎ、地獄谷と呼ばれているところに差しかかったとき、突然天候が悪化して、雷が鳴り出した。地獄谷には硫黄の匂いが漂い、足元の地下から白い蒸気が噴き出している。空は暗く、今にも雨が降りそうだ。

「ここにテントを張ろう」

野村先生の一声で、石がごろごろしていたが、アメリカ進駐軍の放出テントを張った。雪解け水で米を研ぐ。冷たくて手が切れそうだ。しばらく万太郎は残雪の山を眺めていた。先生はテントのなかで石油コンロに火をつけ、コッヘルで飯を炊いた。

「コンビーフを持ってきたぞ」

先生はコンビーフ缶を開け、少しずつみんなの食器に乗せた。万太郎は初めて味わうものだ。簡素な食事を済ませた頃、猛烈な嵐になった。だが先生はへっちゃらで恋愛論を語り出した。

「中川与一の『天の夕顔』という小説は、プラトニッククラブの物語で、主人公は学生の頃から十五年間、人妻を愛し続けているんだが、その愛はかなわない」

風がごうごう音を立て、テントがぐらぐら揺れる。

「主人公は苦悩を抱えて冬の北アルプスの山小屋にこもるんだ。そこで葛藤する。それがこの小説のテーマなんだ」

小説の発表は昭和十三年、日中戦争は本格化していた。文壇はこの小説を黙殺した。けれども読者は絶えず、戦後フランスで翻訳されると、カミュは賛辞を惜しまず、ゲーテの『若きウェルテルの悩み』に並ぶ名作だと言った。小説は、英、仏、独、中国語など六カ国語に翻訳された。野村先生の話は、悩み考え続けている自分を吐露するものだった。小説のなかに、主人公が薬師岳の雪渓をピッケルを使って滑り降りるグリセードの場面が出てくる。その場面に、愛に悩み続ける主人公の心の一端が現れる。

テントはバンバン音を立て、ゆさゆさ揺れる。万太郎はテントが吹き飛ばされないように支柱を握りしめていた。先生の話は続いた。

「フランスの作家シャルル・プリニエの『醜女(しこめ)の日記』という小説があるんだ。容貌が醜いことを心の負担とした女性サビーヌの日記なんだ。醜い自分を愛してくれる人などいるはずがない、と思い込んでいるんだな。ところが彼女を愛するハンスがいたんだ。愛されるはずがないと思い込んでいる彼女は、ハンスに心惹かれるんだが、彼の愛に気づかない。でも、やっと互いの気持ちを打ち明け合って婚約することになった。ところがそこで彼女は、美容整形をしてしまうんだ。彼にふさわしい女になるためにと思って。ところが、彼女の顔を見たハンスは、『君には、こんなことをする権利はない、君は知らない女だ、君の魂はもう僕の愛していた魂と同じではない』と言って別れてしまう。悲嘆に暮れた彼女は死を選んだ。どうしてこんな悲しい結末になってしまったのか。体と魂は一体だ。そのままの彼女を愛していたのに、彼女はもう愛する人ではなくなってしまった」

ナンコウが口を開いた。

「その女の人は、自分は醜いと思ってるんだよね。美しいとか醜いとか、その基準って、どこから出てくるのかなあ」

「美の基準も時代によって変化するよ。平安時代は、引き目、かぎ鼻、おちょぼ口、下ぶくれ、おたふくの顔が美人だったそうや」

万太郎がそう言うと、ナンコウが、

「そうすると美の感覚も相対的なんかな。しかし美人やから好きになるというもんやないよな」

と言う。野村先生がまた話し出した。

「愛するというのは、その人の自然な姿、あるがままの人間、まるごとの人間を愛することなんだ。知性や感性、心、まるごとを愛するんだ。失恋というのは自分の恋が成就しなかったことだから悲しいけれど、もう一つの失恋がある。なんやと思う？　自分が人を愛することができなくなることや。この失恋は深刻で怖いね」

嵐のなか、恋愛談は続いた。

翌日、嵐は収まり、立山の豪快な山容が眼前にせり上がっていた。

四人は雷鳥沢を登った。じぐざぐに山道を登っていくと、ぼっかの人たちがいた。山小屋まで重荷を背負い運ぶ人夫だ。五十キロから百キロの荷を背負い子にくくりつけ、地下足袋で土を踏みしめて歩いていく。途中で荷を下ろして休むことはしない。たまに杖にしている太い棒を背負い子の下にあてがって、立ったまま休んでいる。

ハイマツの大群落の間に小さな花を見つけた。先生に聞くと、ゴゼンタチバナという花だ。

剣御前の小屋から尾根を越えて剣沢に下る。岩石のガレ場を下っていくと雪渓が現れ、剣沢小屋に着いた。小屋の前にテントを張る。雪渓は谷の下のほうまで続いていて下は見えない。今日も青空が見えない。

三日目、剣沢を下る。初めてピッケルを使った。固く締まった雪の表面は小さなへこみがあってデコボコだ。剣岳頂上へは、尾根からも行けるが、先生は大雪渓から長次郎谷に入って登るという。雪の上を黒いセッケイムシがはっている。左に平蔵雪渓を過ぎ、次に剣岳頂上に突き上げている長次郎雪渓の出会いに来た。そこから長次郎谷をピッケルをつきながら登る。谷が急峻になってくると、野村先生はピッケルを使って雪渓を滑り降りるグリセードと、滑落したとき、ピッケルのピックを雪に突き刺して停止する技術を教えてくれた。登るにつれて傾斜はますます急になり、両側にそびえる岩壁が迫ってきた。雪渓が尽きたところから岩稜になる。ガスが頂上を覆い尽くした。

「引き返すぞ」

と先生が言った。登頂は断念。気温は低く寒い。習ったばかりのグリセードで長次郎の雪渓を滑り下り、剣沢テントに帰った。夕食をつくっていると、暗がりのなか、オーイ、オーイと呼ぶ声がする。雪渓の向こうの尾根の上で小さな灯りが輪を描いている。

「遭難信号だな。救助を求めとる。行ってくる」

先生はそう言うとヘッドランプを点けて出かけていった。一時間ほどして、二つのランプの灯りが戻ってきて、山小屋のなかに消えた。先生が帰ってきた。

「足をくじいて、歩けなくなっていた。小屋に入れてきたから大丈夫や」

翌日、下山。弥陀ヶ原へ下る山道はぬかるみ、全身どろんこになった。古いカッターシャツとズック靴で雪渓を登り、泥道を歩き、よくまあこんな服装でアルプスの高峰に挑んだもんだ。

家に帰ると、受験勉強だ。台所の片隅に机と椅子を置いて勉強する。

十一月の寒い朝、万太郎が新聞を開くと、大台ケ原山で高校生遭難と報じられていた。名前を見て驚いた。中学三年生のときの同級生、吉年君だ。大阪市内の都島工業高校に進学していた彼は、友人と二人、吉野川上流の入の波（しおのは）から秘境の大台ケ原を目指した。大台ケ原は台地状の原生林の山で、最高地点は千六百九十五メートルの日出ガ岳だ。彼らは山の家を目指し、途中で猛吹雪に襲われ凍死した。なんということか。胸が痛んだ。

万太郎とナンコウの親密度は増した。ナンコウは休み時間に啄木の歌一首を紙片に書いて万太郎に渡した。

人ひとり得るに過ぎざる事をもて大願とせし
若き日のあやまち

彼は片恋に悩み葛藤していた。

折り返し万太郎は、ゲーテの詩の一片を書いて渡した。

ただ憧れを知る人のみぞ
わが悩みを知りこそすれ

返信はリルケの詩の一節。

我が為に　眠らざる夜あるも
秘めて告げざる君
美しき渇きをいやすことなく
心に秘めばや
万太郎は三木露風の詩の一節を渡す。
ほろびゆく愛の胸には
悲愁の小草ぞしげれ
ナンコウから。
つれづれと空ぞ見らるる
思ふ人天くだり来むものならなくに
『天の夕顔』の冒頭にある和泉式部の和歌だった。ナンコウへの返しは有島武郎。
愛は自己への獲得、愛は惜しみなく奪ふ
恋を夢想し、しばし二人は遊びに興じていた。そこへ林君が加わってきた。林は室生犀星の詩の断片を書いてきた。
この日雪降れり
この日わが心鬱せり
この日われ出で行かんとはせり

何者かに逢はん望を持てり
何者かに、
何者かに留めがたき友情を感ず
友情的なる縹渺（ひょうびょう）を感ず
この日雪降れり
友情的なるものを痛感せり
雪のなかにわれ出で行かんとはせり。
甘酸っぱい感傷がひたひたと波打っていた。
学校から帰ってくると、観音さんの近くで彰一に出会った。彰一はいきなり破壊的現実を万太郎に伝えた。葛井寺観音の前を走る街道沿いの石垣を壊して、昔からの街道を広げるというニュースだ。万太郎は耳を疑った。西国札所である葛井寺の立派な石垣をつぶすだと？　歴史ある街道筋の石垣は高さが二メートルほどある。
彰一は、観音さんのすぐ近くに住んでいる。
「観音さんの石垣つぶす？　ほんまか？」
「そうや、商店街にするんや。寺の石垣をつぶして道路を広げ、商店街をつくるという計画や」

西国札所の葛井寺観音は、百済渡来の王族、葛井氏が創建したと伝えられている。薬師寺様式でつくられ、白鳳時代に建立された本尊の天平仏・千手観音は国宝に指定され、秘仏は年に一度だけ開扉される。寺の南大門には二体の大きな仁王像が目をむき、肩をいからせている。葛井寺の筋向いにある辛国神社は、元は韓国神社、葛井寺の守護神だ。朝鮮からの渡来人がこの地域にも居住していた証しだ。街道は寺の西門前を走り、江戸時代には旅籠も並んでいた。境内には巨木が茂り、石垣を越して枝を伸ばすイチョウやケヤキ、シイの大木は、晩秋に黄葉し、落ち葉は街道を黄色い絨毯に染めた。石垣の前の豆腐屋の親父は、毎日落ち葉を竹ぼうきで掃いた。万太郎はその黄色い落ち葉のクッションを踏みしめて歩くのが好きだった。

万太郎は彰一に計画反対を表明した。

「観音さんの歴史的な石垣をつぶしてしもうたら、寺はだいなしになる」

「そやけどこの街道はあまりに狭すぎるやろ。車が対向できん。不便極まりない。道を広げたら商店ができる。商店街ができたら地元経済が発展する」

彰一は石垣撤去、経済発展に賛成だと言う。

「しかし彰一よ、寺を守る石垣を破壊して、地元を発展させるなんて、逆立ちした考え方や」

「文化財を破壊するんちゃうで。本堂なんかは触らへん。街道側の石垣を二百メートルほど取り払って、境内を十メートルほど内側に引っ込めるだけや。そこに商店を十数軒つくって商店街にしたら人もやってきて地元が発展する」

「立派な石垣があっての寺やで。石垣がなくなれば、西国札所としての風格も風情もなくなる。寺と石垣は一体や。風格ある歴史的文化財やから、人も寄ってくるんや」

「万太郎よ、石垣で町が発展するか。こんな狭い道がメインストリートになるか。車も一台しか通れん。この石垣によって発展が妨げられてるんや。石垣がなんぼりっぱでも、金は地元に落ちて来ん。町はうるおわん」

「せやけど、歴史遺産があるから人が来るんやないか。

商店街はほかのところにつくればいい。歴史遺産はいったん破壊したらもうつくることはできん」

「破壊、破壊、言うけど、お前のような考えやったら、この町はあかんようになる。おれの家はドン百姓や。けど、おれはドン百姓を継ぐ気はない。会社で働くと思うとる。この地域を見てみい。新しい住宅がどんどん建ち始めとる。大阪のドーナツ化現象で都市化が拡大し、農地はどんどん宅地に替わっとる。不動産屋や建築業者は大忙しや。それは止められん。これは宿命や。お前みたいに言うとったら、経済は発展せん。貧乏暮らしやぞ」

　彰一は本気だった。

「オレは農業をやらん。親父で終わりや。農地もどんどん宅地になれば河内の農業は消える。人口が増えれば商業も工業も繁盛する。オレは、高校を卒業すれば商社で働く。この地は商業都市になるんや」

　確かに河内野は変化していた。細かく切り刻んだ無計画な住宅群があちこちにできていた。戦後の農地解放で農地を手に入れた農家が、この時世に農地を手放している。先祖代々信仰し親しんできた観音さんの境内を削ってでも商店街をつくる、何よりも経済発展、商売繁盛。彰一は地区住民の議論を聞いて、彼なりの開発論を持っていた。大阪市から周囲に広がる都市開発は河内全域を飲み込み、すでに大和に蚕食を始めている。

　ほどなく観音さん前の道路拡張工事が始まった。寺の境内の西側石垣と、石垣の上に建てられた寄進者の名前の彫られた石柵が撤去され、石垣沿いのイチョウやケヤキの大木は伐り倒された。そして造成された敷地に、次々と商店が建設された。南大門の横にあった落語が趣味の床屋は息子の代になって、拡張地の一区画に新しい理容店を開いた。商店街は広がり、ススムの魚屋も新店舗を出した。呉服屋、本屋もできた。競うように、電車線路の北側にも開発が始まり市場ができた。

　万太郎は、農業地帯を観察して歩いた。仲哀陵近くの陪塚（ばいちょう）が削られ、土は埋め立て用に業者がどこかへ運んでいた。無残な姿の陪塚の赤土を観察すると、土器の破片がいくつか見つかる。ほとんどの古墳は過去に盗掘にあっている。

古代の遺跡が眠っている河内野二千年の歴史的風土に、開発の荒波が襲い、大津波のような破壊が進行していった。

万太郎は藤井寺町津堂にある城山古墳を観に行った。それは河内平野に最初に出現した巨大な前方後円墳と言われ、墳丘の長さが二百メートル、周囲に二重の濠と堤をめぐらせていた。その周囲も住宅が押し寄せていた。

海を渡り来たりし人たち

年に一回、学校が発行する、教員と生徒の原稿を載せる校内誌があり、そこに考古学クラブの研究記事も載せたいという編集部からの依頼が来た。万太郎は、自分の考察を書くことにした。

考察「古代の渡来人・難民」

古代、人力と風力で海を移動する海の民は、大陸にも、朝鮮半島にも、日本列島にもいた。彼らは交易と漁を生業（なりわい）にして自由に海を行き来し、諸国の海人とつながりを持っていた。

中国の魏志倭人伝によれば、一世紀か二世紀頃、日本列島に三十ほどの国から成る邪馬台国という国があったらしい。

大阪湾は今よりももっと奥、生駒山の麓まで入り込んで、入り海になっていた。その入り海の中程に、南の陸地から北へ、天狗の鼻のような台地がにょっきり突き出ていた。そこは今、上町（うえまち）台地と呼ばれている。この台地には四天王寺、大阪城がある。古代の上町台地に立つと、朝日は生駒連山から昇り、夕陽は瀬戸内海に沈んでいった。

上町台地に難波津（なにわのつ）と呼ばれる港ができた。難波津には海を自由に移動する海の民、安曇族の入江もできた。

日本列島へは、大陸から渡って来る人たちがたくさんいた。彼らは各地に渡来人のコロニーをつくり、倭の国づくりにも参入した。

釈迦の教えは、熱砂の地を越えて中国大陸に伝わり、六世紀初めの頃、朝鮮半島から難波津に上陸した。仏教は倭に根づき、深く信心した聖徳太子は各地に寺を建立する。上町台地に建てられた四天王寺の参拝者は寺の西門に立ち、難波津の空を紅く染めて沈む夕陽を拝んで、極楽往生、平安を請い願った。

難波津から南に、大阪湾に面するもう一つの港、住吉津（すみのえのつ）があった。住吉津から船出する人は、航海の神、住吉大社に祈願をした。二港は中国、朝鮮とを結ぶ国際港になった。倭朝廷の使節や留学生、学僧らは中国を目指し、数艘（そう）の船に分乗して二港から出航した。航路は二つ、朝鮮半島の西岸に沿って行く北路と東シナ海を横断する南路。外洋は波高く、嵐に難破し、遠くまで流される船もあった。交易と漁労で生きる海人たちは、筑紫、出雲、越の日本海側にも港を持っていた。

淀川と大和川が運んでくる大量の土砂は入り海に堆積し、次第に陸地化して、北河内の野になった。紀州につながる南部は南河内、中間は中河内、かくして広大な河内野が形成された。

西暦六六〇年、唐と新羅の連合軍によって百済が滅んだ。倭朝廷は百済に援軍を送ったが、唐の水軍との白村江（はくすきのえ）の戦いで、倭の水軍は敗れた。続く六六八年には、高句麗も唐と新羅の連合軍に滅ぼされた。百済と高句麗、両国の難民の群れは海を渡り、倭に逃れ来た。

百済からの難民の群れは難波津にあった百済人コロニーに迎え入れられた。そこは後に百済郡になった。住吉津に近い百舌鳥（もず）地域にも渡来人のコロニーができ、この地には仁徳天皇の陵と呼ばれる巨大古墳と、履中天皇、反正天皇の陵墓とされる古墳群があった。

百舌鳥から東に向かって「丹比（たじひ）の道」が緑濃き河内野を突き抜けていた。「丹比の道」は「竹ノ内街道」と後に呼ばれる。渡来人の群れは「丹比の道」をたどり、羽曳野（はびきの）丘陵を越えた。前方には餌香（えが）川が南北に流れ、その背後に二上山がどんと座っている。そこに百済人のコロニー、「近つ飛鳥」ができた。「アスカ」は朝鮮語の「安宿」であり、平和な安住の地を意味した。「アスカ」の名はインド、ペルシアにも語源があると言われている。

　ホンダワケノミコト（応神天皇）の時代、王仁は、百済の国から、文字のなかった倭の国に渡ってきて、論語と千字文を倭朝廷に伝えた。王仁は「近つ飛鳥」に住んで一族をなした。朝廷は、王仁の子孫を西文氏に任じ、漢字・漢語・漢文は朝廷の公用言語とした。

　「近つ飛鳥」は「王陵の谷」とも呼ばれた。用明天皇陵、推古天皇陵、聖徳太子廟、遣隋使の小野妹子の墓所があり、その北に仲哀天皇、応神天皇、仲津媛皇后、允恭天皇の陵墓群がある。二上山から王陵の谷を流れ下る飛鳥川は餌香川（現・石川）に合流し、北に下って大和川に注ぐ。「近つ飛鳥」の南には、錦、綾を織る渡来人の村があり、錦織の地名は今も富田林に残る。

「近つ飛鳥」からさらに東へ、二上山を越えると大和盆地、葛城川と曽我川が並行して流れている。渡来人はその地にも根を下ろした。今も百済の地名と共に、百済寺が存在する。この百済野から東南の方向に歩めば、倭朝廷の根拠地「遠つ飛鳥」に到着する。

　難波と大和を結ぶ街道はいくつかあった。「丹比の道」の数百メートル北を並行して「大津道」があった。この道は現在の藤井寺市域になる餌香を通り、斑鳩と「遠つ飛鳥」につながっていた。「近つ飛鳥」に隣接する餌香には縄文時代の国府遺跡があった。東西の街道と南北の街道が交わるところには市が立ち、にぎわう。この地には餌香市が立った。

　難波津から倭へ最短で直行する街道もあった。大雨が降ると大和川が氾濫し、しばしば洪水が起きることからこの街道は危険もはらんだ。この街道は四天王寺を起点とする現代の国道二十五号線とほぼ重なる。坂上田村麻呂の子孫が荘園を開いた平野郷から、止利仏師の名が残る加美鞍作の村を抜けて、聖徳太子開基と言われる「下の太子」大聖勝軍寺を過ぎ、生駒連山の南端を大和川に沿って龍田山を越えれば法隆寺のある斑鳩にたどり着く。斑鳩から大和川を渡り、東南に足を延ばせば「遠つ飛鳥」だ。

大和の百済野から真東に八キロ進めば、三輪山がそびえ、古墳群の存在する巻向地域に至る。この巻向の地で、難波から直行してきた街道は、「遠つ飛鳥」と山城を結ぶ南北の街道と交差した。南北の街道は、「山の辺の道」、「上つ道」、「中つ道」、「下つ道」の四本があり、巻向の地には「海石榴市（椿市）」が立ち、人でにぎわった。巻向地域には崇神天皇陵や景行天皇陵があり、邪馬台国の女王・卑弥呼との関係が推測される箸墓古墳もあって、ここもまた古代の中枢地であった。『万葉集』巻十二に、「海石榴市の八十のちまた」と歌にあるように、たくさんの道が発していたのだ。

「遠つ飛鳥」は、橿原の畝傍山、耳成山、香具山に守られ、あたかも大地の懐のようであった。

「遠つ飛鳥」には、大陸から渡来した漢人たちがたくさん住み、そこに百済人や、高句麗人も加わった。渡来人は倭人と共存し、倭の社会に文明を伝え、政治にもたずさわった。飛鳥寺には、鞍作止利作、飛鳥大仏が祀られている。鞍作止利は倭に仏教を広めた司馬達等の孫にあたる。仏師鞍作止利は法隆寺の釈迦三尊もつくった。

「遠つ飛鳥」から南に二里ほど森を行くと、紀の川が流れる。上流は吉野川、紀伊山地の伯母峰峠を越えれば熊野に下る。

大陸、朝鮮につながる国際港は、若狭の敦賀、九州の筑紫、山陰の出雲、越（高志）にもあった。

敦賀には、唐・新羅の連合軍に敗れた高句麗からの難民が多く入港した。高句麗は朝鮮半島北部の国であり、北を流れる鴨緑江の流域は原始林に覆われ、川は冬に結氷する。源流には標高二千七百四十四メートルの白頭山がそびえ、ハムギョン山脈の冠帽峰は雪を頂き、ケーマ高原と長白山脈の間には深い渓谷が刻まれている。南北に連なる狼林山脈にも二千メートルを超える山々が連なる。

高句麗の難民は敦賀から琵琶湖を船で、あるいは湖岸を徒歩で南下した。東岸には高句麗僧と聖徳太子とが創建した百済寺が今もある。山城に入ると、木津川は東部から流れ下ってきて、北に向かって大きく灣曲している。その彎曲部に高句麗のコロニーが築かれた。その地は狛（こま）と呼ばれ、狛は高麗（こま）、高麗は高句麗。高麗寺も建てられた。倭朝廷の用意した迎賓館もあった。ここから木津川は北上して琵琶湖を源にする淀川に合流、大河となって西南方向の難波の海へ流れ下った。

「遠つ飛鳥」を目指す高句麗人は、狛から南へ木津川を渡り、春日野を抜けていった。

西の難波に向かった高句麗人もいて、彼らは生駒山地を越え、河内野の草香（くさか）や若江に高麗のコロニーをつくった。

倭に向かわず、甲信越地方の厳しくも豊かな大自然のなかに終の棲家を築こうとした渡来人集団もあった。日本海側の越（こし）（高志）から入った高句麗人は、姫川や信濃川を遡って信濃に向かった。糸魚川から姫川を遡った人々の前に現れたのは峩々（がが）たる飛騨の山脈（やまなみ）だった。彼らは懐かしい祖国の山河を思い出す。日が暮れると野宿し、野草や木の実を採り、昆虫、獣を狩って食料にした。途中に先住民の村もあり、助けられもした。

信濃川から上る群れもあった。彼らは、千曲川の源流から佐久平を経て甲斐に根を下ろした。甲斐に入った高句麗人たちは前方に富士の山を見た。

信濃、上野（こうずけ）、武蔵、甲斐は彼らの定住地になった。これらの地は縄文人の暮らしてきたところでもあった。北方民族ツングース系の血を引く高句麗人は、馬牧、狩猟、騎馬、農耕馬、輓馬の技術を持っていた。甲斐のコロニーは巨摩（こま）郡になり、武蔵のコロニーは武蔵の高麗（こま）郡になった。中世、甲斐の武田騎馬軍団は戦場を駆けめぐった。

海を渡る難民を助けたのは、船、航海術を持っていた海の民だった。海に生きる安曇族は各地の港に拠点を持ち、中国、朝鮮、琉球、台湾、ルソンまで出かけて交易をした。

八世紀に聖武帝は東大寺を建立し、木津川の高句麗コロニーである狛近くに、恭仁京を造営した。続いて難波津に難波京をつくった。聖武帝は難波津の安曇江も訪れている。

陸に上がった安曇族の名は各地に残る。信州安曇野にある穂高神社は、安曇族の祖神を祀る。安曇野には舟形の屋根を持つ家があり、いくつかの神社では今も船の祭りが伝わっている。

朝鮮半島からの渡来人には新羅人も多くいた。新羅人たちは、倭朝廷の財政をつかさどる職に就いたり、鋳造、鉱山開発、土木工事の推進に力を発揮したりした。上町台地に、内海と外海の間をつなぐ堀江を建設したのは新羅人だった。難波津には新羅江と呼ばれる入江もあった。武蔵には新羅人のコロニー、新羅郡があった。

百済人、高句麗人、新羅人、加羅人、漢人、多くの渡来人は、倭の国づくりを共にした。倭朝廷は大陸の文化を学び、渡来人の力も借りて国を治めた。

七〇一年、倭朝廷は中国に学び、統治の基本法典、大宝律令を制定した。統治に導入したのは身分制度であった。人民を良民と賤民に分け、賤民は五色(ごしき)の賤(せん)、「陵戸(りょうこ)」「官戸(かんこ)」「家人(けにん)」「官奴婢(かんぬひ)」「私奴婢」の五種にした。賤民は良民との結婚が許されない。陵戸は天皇・皇族の陵墓を管理し、葬儀、山陵の警備を仕事とした。官戸は家族を持つことを許された官有の奴婢で、良民と同じように口分田(くぶんでん)が割りあてられた。家人は民有の賤民で、家族を持つことができ、人身売買はされない。奴婢は家族生活が認められず、家畜扱いであった。良民と奴婢とは衣の色で区別した。

身分制度は、中央集権国家の支配を固めるためのものであった。倭政権は、渡来人を受け入れて文明化を図り、支配体制を固めて、まつろわぬ民、九州の熊襲(くまそ)、隼人(はやと)、東国の蝦夷(えみし)などを武力で平定し服属させた。

大宝律令制定の年、倭政権の遣唐使は唐に入り、則天武后に、自らを「日本国からの使者だ」と名乗った。外国に対して初めて「日本」を名乗ったのであった。

七一二年、『古事記』、七二〇年に『日本書紀』がつくられ、神話に由来する天皇制国家が成立した。

万太郎の記事を読んだ級友たちが、すごい歴史が潜んでいるなあ、と言った。考古学研究クラブの顧問、岡本先生がこんな話をした。

「古代遺跡の宝庫、河内野もあっちでもこっちでも住宅建築が盛んで、遺跡の間際まで建設が進んでいるが、陵墓には手がつけられないから、今では貴重な森になっているよ。増殖する住宅地はひどいもんだ。悪徳業者もはびこっている。宅地を増やすために、池も埋め立てて宅地にしようとして、その工事がひどい。空のドラムカンなど粗大廃棄物を池に投入して、その上から土を埋めて宅地をつくった業者がいたと新聞に出ていた」

ホタルを捕りに行った応神天皇陵近くの小川は、いつのまにか消えて、集合住宅になっていた。小さな古墳があって木々を茂らせていたカルタ池は埋め立てられ、保育園になった。駅近くのブクンダ池も埋め立てられ商店街の駐車場になった。

晩秋の夕暮れ、学校へ行く毅に万太郎は出会った。毅は定時制高校で学び、昼間は農業をしている。毅は無言でほほえむだけだった。

正月二日、万太郎は毅の家を訪れた。毅は饒舌だった。彼は後藤新平の分厚い書を持ってきて、万太郎の前にぽんと置いた。

「これ読んでるんや。後藤新平はすごいよ」

毅は後藤新平に心酔していた。

「関東大震災のときに内務大臣になって東京復興を指揮したんや。復興計画のスケールがすごいよ。後藤新平でなければ、あれだけ早い復興はできんかったやろな。名誉とか権力とか、欲得とかで動く政治家じゃない。未来を見据えて彼は行動してたんやな」

毅は友の来訪が嬉しそうだった。久しぶりの出会いだったのに、なぜか語り足りない思いがする。毅は自分の心境を一言も言わなかった。毅はあと一年間、夜間高校で学ぶことになる。

大学受験が近づき、万太郎のクラスの大学受験組は男女親しくなり、会話がよく交わされるようになった。一つのきっかけがあった。そのきっかけは、二月に学校行事の全校講演会が企画され、その内容と時期に不満を覚えたことだった。その二月の講演は、万太郎には全く興味が湧かず、オレたちはオレたちで勉強したい。そのことをクラスで言うと、万太郎に同意する者が十人ほど出てきた。万太郎は、それを野村先生に伝えると、学校側に伝えようということになり、生徒の意向は校長に伝えられた。「生徒は受験を目の前に控えており、今この時期、この講演会出席を強いることは無理」、学校側の回答を得て、講演会は行われたが、万太郎たち十数人は、教室で自習をした。女子とは会話を交わすこともなかった万太郎だが、これをきっかけに寿美子と話をするようになった。寿美子の家は野々宮にあるという。

群青深し

万太郎は教員を志し、大阪学芸大学に進学した。同じ課程に、中学時代の同級生、博子さんがいた。思いがけない出会いに驚いた。中学時代、彼女は羽曳野丘陵の麓、野中寺のある野々宮の村から通学してきて、一年生のとき、壁新聞を一緒につくったりした。陽気なおてんば、彼女は中学卒業後、大阪市内に転居し、大阪市内の有名進学高校に進んだ。

「博子さん。野々宮の寿美子さんを知っている？」

「知ってる、知っている、小学校時代、友だちやった」

これまた意外なつながりだった。寿美子さんは阪大に進んだ。

富田林高校出身のサンペイは万太郎のいちばん親しい友になった。彼の声はガラガラしゃがれていて、陽気でニヒル。

「オレは満州から引き揚げてきたんや」

サンペイは母と妹と三人、命からがら逃げて日本にたどり着き、羽曳野丘陵南端の入植地に入り、家族で開墾してきたという。

小中学校時代の友だちは、年彦も柳一も二郎も会社に就職した。阿部野橋から帰りの電車に乗った万太郎は、車内でつり革を持って立っている年彦を見つけた。彼は万太郎の顔を見るなり跳んできた。

「万太郎、知ってるか、毅が死んだぞ。農薬を飲んだらしいぞ」

万太郎の背筋を戦慄が走った。なぜ、なぜだ。逆境にあっても彼は冷静に現実を見つめて生きる男だと思っていた。後藤新平に憧れ、その生き方から自分の未来を思い描いていたはずなのに、なぜ死を選んだのか。万太郎は悔やんだ。オレは何の助けにもならなかった。

警察学校で学んでいたナンコウから連絡があったのは七月の初めだった。

「槍・穂高を縦走しないか。オレとお前と二人や。槍ヶ岳から北穂高岳まで大キレットを縦走して穂高の涸沢に下りる。涸沢に野村先生が先に行ってテントを張って待っているということや」

行こう、万太郎はキャラバンシューズを購入した。テント、寝袋、炊事用具は高校山岳部のを借りた。話を聞いたサンペイがカメラを貸してくれた。

チョッキを着るというスタイルが山男にはやっていたから、万太郎は親父の古チョッキをもらって身に着け、二人は夜行列車で松本に入り、島々からバスで上高地の土を踏んだ。穂高の山群、梓川の清流が万太郎の心を熱くした。二人は調子に乗ってどんどん飛ばし、槍沢に入ると万太郎はエネルギーが切れて疲労困憊になった。殺生小屋の近くで足が上がらない。

「よし、ここで泊まろう」

そう言うとナンコウは、コップに槍沢の水を入れて、砂糖をとかし「飲め」と言った。万太郎は砂糖水を飲み、二人で米軍放出の重いテントを張って寝袋に入り込んだ。とたんに深い眠りにおちた。

翌日元気が回復していた。砂糖水の効能は絶大だ。天気は快晴、槍に登り、穂高岳への縦走に移る。サンペイのカメラで景色を撮りまくる。南岳から尾根が深く落ち込んで再び北穂高に突き上げていく難所の岩場、大キレットの通過は緊張し、そのうち疲労で意識がもうろうとしてきた。下ばかり見て登るうちに三度ルートを間違えたが、ナンコウが修正してくれて、なんとか岩場を登りきった。

「よくまあ無事に登れたなあ」

ナンコウが安堵の声を上げた。北穂高岳の岩の頂上に立つと下方に涸沢カールの雪渓が見える。空に突き立つ巨大な岩峰は奥穂高岳と前穂高岳だ。涸沢カールに下っていくと、どこかからヨーデルが聞こえてきた。

「やっぱり穂高は日本一だあ」

という声も聞こえる。涸沢カールで野村先生と合流した。万太郎は山日記に記した。

「起床四時四十分、余裕なさすぎの感あり。肩の小屋までの苦しさ、縦走中の消耗はなはだし。キレットは緊張のうちに過ぎた。道に迷いたるは疲労のせいか」

翌日快晴、先生と三人で奥穂高岳から前穂高岳に登った。

「前穂高の頂上は、ドテッペン。この快晴は、ピーカン」

と先生が言う。なるほど天空を突き刺すドテッペンだ。岩塔の頂きは狭く、涸沢カールまで切れ落ちている。恐怖感を覚え、股ぐらがスウスウと寒かった。

その夜、星降るキャンプサイトで火を焚いた。焚火の明かりに三人が浮かび上がる。先生が言った。

「『われら、愛す』という歌を知っているか」

『君が代』に代わる国民歌にしようという声の上がっていた歌があり、それは万太郎もラジオで聞いて知っている。美しい歌だ。みんなで歌った。

我ら愛す　胸せまる熱き想いに
この国を　我ら愛す
不知火（しらぬい）の筑紫の海辺　みすずかる　信濃の山辺
我ら愛す　涙あふれて
この国の空の青さよ　この国の水の青さよ

我ら歌う　哀しみの深ければこそ
この国の遠き青春
詩ありき雲白かりき　愛ありき人直かりき
我ら歌う　幼子のごと
この国の高きロマンを　この国の人の誠を

我ら進む　輝ける明日を信じて

たじろかず　我ら進む
空に満つ平和の祈り　地に響く自由の誓い
我ら進む　かたく腕くみ
日本の清き未来よ　かぐわしき夜明けの風よ

野村先生は、戦争期であっても山への情熱が枯れなかった岳人の話をした。
「戦争の最中でも、昭和十七年には、関西登高会の新村正一、梶本徳次郎は穂高の屏風岩に挑戦して、三十六時間の苦闘の末、第三ルンゼから初登攀に成功している。昭和十八年一月には、北大パーティが日高ペテガリ岳の積雪期の初登頂を果たしている。さらに東大パーティが燕岳から槍ヶ岳に登頂した。三月には日本医科大パーティが東大谷から剣岳に登頂しているんだ。これらの山行は人間というものの輝かしさを示していると思うよ。

昭和十七年十月には、出陣学徒壮行会が明治神宮外苑競技場で行われたんだ。十二月には学徒兵が軍に入営していった。彼らは特攻隊員になり海の藻屑となった。結局そこから敗戦までは、挙国一致の体制に閉じ込められ、いっさいの自由は奪われた。

だが戦争が終わった翌年三月だよ。満を持して、立教大学パーティが鹿島槍ガ岳東尾根を登攀している。戦争時代は山に登るなんて非国民と言われた。戦争が終わると、食料も装備もろくなものがないけれど、山への憧れがほとばしり出たんだ。昭和二二年の冬から春に、関西登高会のパーティは、剣岳早月尾根から剣岳に登って、そこから立山、薬師岳、槍ヶ岳へと、延々北アルプスの大縦走をしているんだ。テントを持たず、雪洞を掘ってそこに寝ながら縦走した。すごいことだよ。栄養失調で死んでいく人も出ている時代だよ。いったい何を食べたか。どんな服装だったか」

穂高の闇の深さと、焚火の明かりを見つめながら、ナンコウと万太郎は、人間というものについてしみじみ思いを深めた。

翌日、涸沢雪渓の上でピッケルを使って雪上訓練をしているとき、恐ろしい落石に出会った。野村先生が突如、

「らくせきー！」

と叫んだ。大雪渓の上部を見上げると、ドッジボールほどの岩が雪渓上をバウンドしながらこちらに向かって落ちてくる。音もなく二十メートルほど空中をバウンドして飛んでくる。

「よく見ろ！　目を離すな！」

直撃すれば命はない。岩はブーンとうなり声を上げ、みんなの頭上を飛び越えて、岩石の堆積、モレーンにガーンとぶつかって止まった。恐ろしい経験だった。

翌日、ナンコウと万太郎は午後下山した。上高地に下ると夜道になった。ナンコウが訓練だと言うから、懐中電灯もつけず暗がりを歩いた。星が木々の間からちらちら見えた。

家に帰ると、また連絡が入った。高校山岳部で白馬岳に登る。来ないか。万太郎は再び参加した。女子部員もいる十名のパーティは大雪渓を登り、山頂小屋の横にテントを張った。翌日は白馬岳から尾根を白馬乗鞍岳へ縦走し、高山植物の大群落が花開く白馬大池の畔に幕営した。大池は白馬乗鞍岳の頂上にできた神秘的な湖水で、こんなところへどのようにして運び上げたのか、オールでこぐボートが数艘、岸に並んでいる。どう見てもこんなものを山上で組み立てられるものではない。ボートそのままを麓から担ぎ上げたとしたら、いったいどうやって運び上げたか。山小屋への物資の運搬は強力（ごうりき）が行っているが、いくらなんでも一人の強力が一艘を担ぎ、白馬乗鞍の岩場の急斜面を登ってくるなんてとても無理だと思う。何十キロ、中には百キロを超える重い荷を担ぎ、大地を踏みしめるように登る強力は、休むときは杖にしている太い棒を背負い子の下部にかまし、立ち休みだけで登ってくる。そんな重労働によってここのボートは運ばれたのだろうか。

その夜は満月だった。他に登山者はいない。鏡のような湖面に月が映り、幻の光景が浮かび上がった。オールの音がして湖面にボートを誰かがこぎ出していた。万太郎もボートに乗り込むと、女子部員が「乗せて、乗せて」と言ってボートに座った。黒々と岩塊を横たえる白馬乗鞍岳は、妖精の舞い踊る舞台を思わせ、水を打つオールの音が静寂のなかに聞こえる。ムソルグスキーの『禿山の一夜』が頭の奥で鳴っていた。翌日、栂池から信濃森上駅まで下る。わずかな乾パンとソーセージだけの粗食で、みんなよく歩いた。

お盆前に、中学、高校時代の友人で高校山岳部員だった三上君から誘いがあった。

「黒部のアルバイトに行かへんか。おれのおやじ、関西電力の技師やねん。黒部川の水温を測定するアルバイトなんや。黒四ダムができたら、川の水温がどう変わるか、ダムができる前に黒部川の水温を一週間、測定する仕事や」

万太郎は二つ返事で承諾した。

黒四ダムは、黒部渓谷の中流、平（だいら）の渡しのある辺りにつくられる。三上君と万太郎は夜行列車で富山に入り、宇奈月から黒部鉄道に乗った。小さな列車は黒部峡谷を見降ろしながら深い樹林の山肌を縫っていった。終点の欅平（けやきだいら）で降り、関西電力の事務所へ行くと、三上君のおやじさんがいた。おやじさんの説明では、地元の人と二人ペアで、それぞれ離れた個所で黒部川の水温調査をするのだという。ペアの相手は二人とも二十歳代後半ぐらいだ。三上君のおやじさんが言った。

「川の水の温度を二時間おきに測定して記録してもらいます。昼も夜中も二時間おき、二十四時間です。それを一週間続けてもらいます」

三上君ペアは欅平の下流、万太郎ペアは上流で調査することになった。事務所内の社員用の店で二人分の米をもらい、副食はそれぞれ自分で買った。金のない万太郎は、コンソメスープの素と魚の味醂干し、これで一週間暮らすことにした。

キャンプ用具を受け取り、ペアの男性と黒部川の測量地点まで登っていくと、白い岩石の累々と広がる河原に出た。太陽は容赦なく照りつけ、猛烈に暑い。アルプスの峰々から流れ出た谷水が音を立てている。ごろた石の上を歩いていくと、ワーン、不思議な音がして河原から灰色の雲のようなものが湧き上がった。雲は二人を取り囲んだ。

「アブだ」

相方の男が叫んだ。何千のアブの大群だ。音は大きくなり、二人の周りを飛び回り、刺そうとする。二人は手で払いのけながら走った。群れは追いかけてくる。やっと追撃から逃れて、一段落したところで、流れのすぐ近くにテントを張ることにした。

男は、水温調査の目的はダムが蓄えた水を放流すると、その水温が低ければ下流の富山平野の農家の稲作に影響が出るからだと言った。

初めて会ったばかりの男と一週間のテント暮らし、それは人間関係の心理実験のようだった。飯炊きは万太郎の仕事になった。万太郎は米の全量がどれだけあるかよく把握しないまま三合飯を炊いた。おかずはそれぞれ自分の持ってきたものを食べる。万太郎は湯を沸かしてコンソメスープの素を溶かし、味醂干しを一尾焼く。この繰り返し。男は野菜の漬物類や佃煮、缶詰などを用意してきていた。万太郎よりリッチだ。水温測定は時間を区切って交替した。二人の間に会話も弾まず、親近感もわかない。三日目、突如男が怒り出した。

「お前、飯食いすぎるぞ。米足りなくなるじゃないか。炊く量を減らせ」

そんなに食っているつもりはないけどなあ、万太郎は嫌な感じがした。彼は感情的に尖り出した。会話が全くなくなった。真夜中の水温測定は交替制にした。時間がくると懐中電灯を持ち、流れまで行って温度計を水に浸す。目覚まし時計はない。夜中は、眠り込まないよう気をつけてはいても睡魔が襲う。とうとう万太郎は眠ってしまって測定記録簿に空欄ができた。

「お前、忘れるな、ちゃんと起きて測れ」

男は怒った。ところが男も夜中に眠ってしまった。すると男は、これまでの測定データに合わせて書き入れていた。二人の関係はとげとげしくなった。

一週間が終わり、川から上がった。やれやれ、これで解放される。関電の事務所で、アルバイトの代金を受け取り、三上君のおやじさんにあいさつした。男はそれを見て、

「お前、あの技師、知ってるのか」

と聞いた。

「友だちのおやじさんです」

万太郎がそう答えると、男はろうばいしたような顔

をして去っていった。

　夏休みが終わり大学の学生課に行くと、申し込んでいた家庭教師のアルバイトが決まった。中学三年生の女生徒の家に行って教える。この報酬は恵みの雨になった。自信を得た万太郎は、大学山岳部に入部し、革製の登山靴、キスリングザックなどを整えた。練習は日曜日の六甲ロックガーデンで始まった。

　十月に、野村先生から声がかかって、関西登高会の御在所岳ロッククライミング合宿に参加した。このとき、岩壁と岩壁に挟まれたチムニーを登る技術を身につけた。古田さんという若い女性とザイルを組んで、藤内壁を登った。

　秋十一月、山岳部三回生の藤谷さんが、大台が原山から大峰山への山行を企画し、それに参加した。藤谷さんは高山植物を研究している。一行五人は、近鉄吉野線上市駅の待合室ベンチで一夜を明かし、夜明けと共に山に向かう。出発時刻になると、藤谷さんはどこかへ姿を消し、しばらくして帰ってきた。

「トラック、頼んできた。便乗させてもらうよ」

　山へ入る林業のトラックだ。それに便乗させてもらうために、前日から駅に来たのだった。なるほど、さすがリーダーだ。荷台に五人を乗せたトラックは、吉野川奥地へ走った。

　トラックを降りると、そこは吉野川上流の筏場だった。中学時代の同級生吉年が昨年、高校三年のときに、猛吹雪に遭遇して仲間と二人凍死した同じ道を登る。他に登山者はいない。紅葉のトンネルは燦爛と輝き、幽邃の原始林が覆いかぶさってくる。吉年が逝ったのはここだと、ささやく声を感じるところがあった。ああ、こんな山道で、あと少しがんばれば山小屋にたどり着けたのに、と無念に思う。

　晩秋の碧空、きらめく秘境の自然にみんなは感嘆の声を発し続けた。頂上近くに大台教会があったが、人の気配はなかった。

　大台ケ原は冬を迎えようとしていた。大台山の家には小屋番が一人いて、囲炉裏の火が燃えていた。他に登山者はいない。囲炉裏を囲んで食事をした。藤谷さんはザックからウイスキーとスルメを取り出し、小屋番に勧めた。喜んだ小屋番は鹿の干し肉を出してきて、みんなに勧め、秘境大台の不思議話を語り始めた。

明治二十四年、大台ケ原は神秘の森で、ニホンオオカミは森の主だった。古川崇という男がいた。木材商を営んでいたが人跡未踏の大台ケ原で行者の修行を行なおうと、一人でここに登ってきた。古川は風倒木の根下にできた洞（うろ）に入って夜を過ごし、山にあるものを食べて修行した。ある日、オオカミがやってきて仲良くなった。古川はオオカミと穴のなかで一緒に寝るようになった。九十七日間、古川は山で過ごし、自然と一体となる自然崇拝の大台教会をつくることを決意した。大台教会の建設に取りかかると、それを知った土倉庄三郎という山林地主が資金を援助し、教会を完成させた。

土倉庄三郎の名前は、吉野地方では知らぬ人はいない。川上村の、吉野川の断崖にその名が高々と刻まれている。庄三郎は、明治の廃仏毀釈の折、伐採されようとした吉野の桜を守った人でもある。

ニホンオオカミは滅んだ。まだ生き残っていると信じる人もいる。かつて日本人はオオカミを崇め尊敬した。オオカミはイノシシやシカの被害から農作物を守った。明治の終わり頃に最後の一頭が殺され、その剥製はイギリスへ渡った。だがその後も、オオカミの目撃談は、絶えることがない。今、伯母峰峠から大台ケ原への尾根道にドライブウェイをつくる計画がある。ここまで車で登ってこれるようにするという計画だ。そうなれば大台ケ原は死んでしまうだろう。

万太郎たちは、小屋番の話に深く心を打たれた。

翌朝、外の水場に氷が張っていた。天気は快晴。大台ケ原から伯母峰峠を越えて、大峰山脈へ向かう。紅や黄金色のトンネルのなかを尾根道はゆるやかに下り、歩調もさわやか、波打つ山々を見ながら玲瓏の気を吸い、陶酔感にひたりつつ歩く。このすばらしい尾根にドライブウェイをつくられればどういうことになるか、大台ケ原は神秘の山ではなくなり、俗化はすべてを汚してしまうだろう。その光景が目に見える。重機が山を破壊し、押し寄せる車が聖山の神秘を死滅させていく。

伯母峰峠は、紀州の新宮から大和の吉野へ越えていく峠。記紀神話の東征軍はここを越えていったという。藤谷リーダーは峠の街道を横切り、大峰山系の大普賢岳に突き上げるワサビ谷に分け入った。道は廃道だった。日が暮れたので、谷間にテントを張り飯盒で飯を炊いて食べ、翌日の朝食用にも飯を炊いて、テントの前にその飯盒を置いて寝袋に入った。

翌朝、藤谷さんの声で目が覚めた。

「飯盒がないぞ」

テントの前に置いた飯の入った飯盒が見あたらない。みんなで探した。どこにもない。おまけにテントの前に置いておいた食器の真ん中に直径三センチほどの穴が開けられている。いったいこれはどういうことだ。食器はプラスチック製だが、簡単に穴を開けることはできない。人の入らない谷だし、人間が食器に穴をあけるようなことは考えられない。

「動物が飯盒を持っていくなんて考えられないなあ」

「クマなら飯盒をくわえて持っていくこともできるで」

「でも、プラスチックの食器に穴を開けるかなあ」

「ひょっとしたらニホンオオカミ？」

「それはありえない」

無気味だったが、謎を棚上げし、一行はヤブをこいで大普賢岳に登った。稜線の縦走路をたどって山上（さんじょう）ヶ岳の行場に至り、そこから洞川（どろかわ）の村に下った。日が暮れつつあり、小さな学校が見えたので、校舎で泊めてもらおうと藤谷さんは学校に入っていった。校門近くでサツマイモを掘っているおじさんがいた。声をかけると、

「ここは中学校じゃ。校長はわしじゃが」

と言った。一晩の宿をお願いすると、

「学生かい。山上さんに登ってきたか。じゃあ、教室を貸そうか」

校長は、門に近い一室を貸してくれた。壁に少年消防隊の法被（はっぴ）が十着ほど吊るされている。

「山奥のこの村では、中学生も村を守る一員なんでな。消防の訓練もしているんだよ」

大台、大峰の山旅が終わった。それから数日して、

藤谷リーダーは、木曽の上松から中央アルプス登山を計画した。木曽駒ヶ岳と宝剣岳に登るという。十一月の山はもう冬だ。

昼間の列車で上松に入り、樹林地帯を行くと途中から雪が降り出した。樹林地帯を抜けたところで幕営。翌日宝剣岳をアタックする。だが吹雪は激しくなり、宝剣岳の岩峰登頂は断念した。

翌年春、野村先生から誘いがあり、雪の唐松岳から五竜岳へ登る。警察官になっていたナンコウに高校生一人、関西登高会の新人辻君が加わり、五人のパーティで豪雪の山に入った。

テントは使わず、八方尾根の雪の斜面にスコップで雪洞を掘った。五人が泊まれる雪洞、ロウソクを灯すと室内はほのぼのと明るい。吹雪の時も入口をシートで覆えば、風も来ないし音もしない。雪の中は、零度よりも下がらない。部屋の拡張も可能だ。

翌日快晴、五竜岳アタック。春の雪は硬くしまっていたから、アイゼンを着け、ピッケルを持って快調に飛ばす。唐松岳頂上から五竜岳に登った。ゴーグルをかけずにいたナンコウが下山の途中で目を開けていられなくなり、涙をぼろぼろ流す雪盲になった。万太郎は急遽盲人になったナンコウの手を引いて山を下り、夜行列車で大阪まで連れて帰った。

翌年四月、雪の富士登頂を目指す計画が四回生の奥沢先輩から出された。山岳部五人がパーティを組んだ。

一行は東海道線から御殿場線に乗り替え、富士に向かう。富士山麓には米軍の基地があるからＭＰが駅で目を光らせていた。

御殿場駅からバスに乗り、浅間神社から登山路に入る。すでに季節外れの積雪があった。雪の樹林地帯を登る。五合目、冬季無人で開放している佐藤小屋が近づくと、雪は一メートルを超え、三人がばててしまった。奥沢リーダーもへばっている。元気な北さんと万太郎は、小屋に先着して荷を下ろし、ばてた三人のところに戻ると、代わってザックを小屋まで運んだ。

小屋には先着四人の学生パーティがおり、彼らはコッヘルの蓋で分厚い肉を焼いていた。バターとステーキの匂いが小屋に漂い、たまらない。

「わあ、いい匂い」

と言うと、

「鯨の肉ですよ」

リーダーらしき人が応えた。

万太郎たちも食事にした。なんだか惨めな気持ちだ。乾パンとチーズ少々、それにコンソメスープの素を湯に溶かした飲み物だけ。あまりに貧しい。この圧倒的な差が体力に現われるのではないかと思っていたら翌日立証された。

翌朝快晴、ステーキ組は万太郎たちの起きる前に出発していた。外に出ると、雪の大斜面が頂上に向けてせり上がり、八合目付近を鯨肉ステーキパーティが黒点となって、まぶしく輝く頂上に迫っていた。万太郎たちは乾パンを口に入れて出発した。小屋周辺は樹林の限界線で、リスがたくさん枝や幹を走り回っている。アイゼンをつけ、ピッケルを突きつつ、白銀の大斜面を登る。七合目まで来たとき、ステーキ組は登頂に成功して下ってきた。彼らはアイゼンを効かせて飛ぶように万太郎たちの横を降りていった。

八合目まで来ると、雪面が氷のように固くなった。スリップすれば危険な状態だが、頂上はもうすぐだ。滑落に気をつけて登る。突然、奥沢リーダーが言った。

「ここから引き返す」

どうしてここで引き返す？　快晴だし、頂上は目と鼻の先にある。だがリーダーは指示を翻さなかった。万太郎の心に不満が残った。頂上直下で滑落した登山者が、氷上を五合目まで落ちていったというニュースは知っていたが、風はなく、慎重に歩めば頂上を踏めるという確信は万太郎にあった。しかしリーダーの命令には従わねばならない。涙を呑んで引き返した。

佐藤小屋からの下りは北さんが先頭に立った。麓に下ると北さんはなおもイノシシのように進んだ。気がつけば、五人とも駅への通りを曲がらずにそのまま直進していたのだった。北さんに万太郎は「猪突猛進」というあだ名をつけたら、北さんの干支(えと)は亥年でもあると知った。この山行から「猪突猛進」との長いつき合いが始まった。

ナンコウから手紙が来た。関西の社会人団体、関西山岳会に入って活動を始めたという。

「ぼくはもう景色を見て喜んだり、写真を撮ったりするような登山には興味がないんだ。おれは、自分が重い荷物を背負って、一歩一歩と頂上を求める、そういう自分を愛しているんだ。そこに幸福と満足を感じているんだ。おれは、山を愛する詩人ではない。山と闘う科学者におれはなりたい。自己の現在の実力を大自然にぶつけて測定し、その快味を大いに身体に吹き込む。これがおれの現在の登山に対する考え方だ。間違っていても大いに結構」

手紙は万太郎への決別宣言だった。

山岳部のコンパが学内の一室で開かれ、卒業した先輩たちも来た。酒に酔い、歌が出た。万太郎は山で聞き覚えた『安曇節(あずみぶし)』を歌った。穂高の涸沢の岩上で男が歌っていた『安曇節』、歌い継がれるうちにどんどん歌詞がつくられ増加していったという。

寄れや寄ってこい　安曇の踊り
田から町から　田から町から　野山から
〈野山から　野山から　チョコサイコラコイ〉
安曇踊りと　三日月様は
次第次第に　次第次第に　円くなる
〈円くなる　円くなる　チョコサイコラコイ〉

『安曇節』は、安曇野で古くから歌われていた仕事唄で、それをアレンジして一九二五年に、安曇野の松川村が正調安曇節として発表した。男女差別が厳しく、農村女性が女性が文芸活動に参加しにくかった時代、農村女性が歌詞づくりの主役となった。歌詞の創作は、地元住民だけでなく、全国の登山愛好者によっても行われた。

白馬(しろうま)七月残りの雪を
割りて咲き出す　割りて咲き出す花の数
〈花の数　花の数　チョコサイコラコイ〉
岩魚釣る子に山路を問えば
雲の彼方を　雲の彼方を竿で指す

〈竿で指す　竿で指す　チョコサイコラコイ〉
ザイルかついで穂高の山に
明日は男の　明日は男の度胸試し
〈度胸試し　度胸試し　チョコサイコラコイ〉

全国で生まれた歌詞の数は一千を超え、踊りも創作された。

万太郎が関心を持ったのは安曇という名前の由来だった。松本以北に広がる安曇の地、古代の海洋民であった安曇族は糸魚川から姫川を遡って安曇野に住み着いた。穂高神社はその祖神を祀り、奥穂高岳は奥の院になっている。

万太郎は、北さんと二人で、日曜日、近郊の山へ共に岩登りの練習に出かける。六甲、仁川、国鉄福知山線道場の不動岩や百畳岩へよく行った。

「万ちゃん、加藤文太郎の『単独行』読んだか？　文太郎は山へはいつも一人や。なんせ、すごい男や。冬の北アルプスを十日間、単独で縦走した。横尾から穂高へのルートで、雪の中に黒いものが横たわっていたんや。登ってきた人はてっきり人が死んでると思った。ところが、『夜が明けたか』と言ってむくむくと起き上がってきた。それが文太郎や。その単独行の文太郎が、パーティを組んで登った槍の北鎌尾根で遭難死した。昭和十一年や。生き続けていたら、戦後のヒマラヤ登山に活躍したやろなあ」

万太郎は二回生になり、山に埋没した。アルバイトの稼ぎは、すべて山の費用になった。アルバイトは、家庭教師のほかにも、老夫婦の家の大掃除手伝いや、理髪の技能コンテストのモデルなどもした。おかげで、門田のピッケルとアイゼンも購入できた。

夏の山岳部合宿は剣岳だ。ベースキャンプを剣沢雪渓の基部、真砂沢出合いに置く。

二回生の三人、万太郎と金沢、平岡は先発隊として、室堂から雷鳥沢を登り、剣沢小屋前に幕営、翌日大雪渓を下って真砂沢出合いにテントを張った。翌日、黒部川の阿曽原から仙人谷を登ってきた藤谷リーダーの本隊が合流し、メンバーがそろった。初日は剣岳の全体像の把握だ。万太郎は北さんと組んで、ザイルを担ぎ、長次郎谷、平蔵谷の雪渓を登って頂上へ登った。翌日から部員は二人ペアでロックに移る。源次郎尾根の岩峰や八ッ峰の岩壁、チンネなどを登攀する。岩肌は冷たく、紺碧の空にそそり立つ壁に向かい合い、わずかな突起に指をかけ、山靴の先端を引っ掛けてジリジリと身体を持ち上げていくときの張りつめた緊張感は心地よかった。北さんは、まるで蜘蛛が岩に張りついているようだ。壁は蒼天へ向かって屹立し、岩峰に白雲が流れる。ザイルが伸びる。一点に全神経を集中する。風が頬をなで、岩場の小花が目に入ったとき、登攀は終わった。安堵感がどっと襲いかかった。

「やったぞー」

胸に満ちてくる熱い血潮を感じながら二人は快哉を叫んだ。眼下に谷を深く埋めた氷河、雪渓があった。万太郎は一句つくった。

群青の深さ岩塊雲に揺る

その冬、白馬乗鞍岳から白馬本峰への雪嶺の縦走を計画した。北さん、平岡、万太郎の三人は、秋十月末にルートの偵察登山をした。平岡は後から来ると言うので、北さん、万太郎の二人は先発した。大糸線信濃森上駅から、稲刈りも済んだうら寂しいワラぶき農家の集落を過ぎ、樹林地帯を登る。誰一人いない。栂池高原に入ると、葉を落とした白樺や米栂の林に囲まれた池塘群、神の田圃が現れた。昨年の夏、高校山岳部でこのコースを下ったときの神の田圃は生命が輝いていたが、今、神の田圃には命の休息、静寂が漂っている。早稲田大学と成城学園のヒュッテは無人、気の遠くなるようなのどかな晩秋の日和。味わっても味わい尽くすことのできぬ美、この感動を分かち合う人のいない寂寥感が万太郎の胸を浸した。栂池から天狗っ原を経て、岩石累々と積み上がる白馬乗鞍岳を越え、白馬大池のほとりにテントを張った。すでに夏期用の山小屋は解体されていた。

夜十時頃、北さんは、遅れてやってくる平岡が迷うかもしれないからと、懐中電灯を点け乗鞍岳を越えて迎えにいった。万太郎は一人テントのなかで二人を待った。山上のこの世界に、俺はただ一人だ。外に出て星空を眺めた。妖精が現れそうだ。不思議なものが見えた。星明かりの白馬乗鞍の岩場に小さな白っぽいロウソクのようなものが見える。火が灯っているようだが、そこは人間の踏み込まないところだ。ローソクなんてありえない。なんだろう。幻覚か。鐘のような音が響いた。幻聴か。腕時計を見ると、針は十二時をさしていた。深夜十二時、謎の音、謎のローソクの灯。

北さんに導かれ平岡が到着したのは午前一時だった。平岡は、途中でクマに出会い、クマが立ち去るまで待っていたと言った。

翌日三人は小蓮華岳を越え、縦走して、白馬本峰に登り、白馬鑓ヶ岳から下った。途中で、豪雪期の雪崩から守るために小屋がたたまれた露天風呂を見つけ、湯につかってから下山した。

厳冬期登山に向けて、山岳部でウインパー型の冬山用テントを購入した。

十二月十七日、メンバーは四人、白馬岳登頂を目指して信濃森上駅を出た。すでに五十センチの雪が積もっていた。雪の中を二日かけて御殿場小屋を経由して栂池まで荷を運び、ウインパーテントを張った。金沢が激しい下痢で動けなくなった。積雪は一メートルを超えた。

登山者は他になく、猛吹雪が続く。やや吹雪が収まった二十三日、北さんと万太郎はスキーにシールを取りつけ、深い雪の中を天狗原まで登った。雪原は猛烈な地吹雪が吹きすさんでいる。広大な天狗原は一切が白の世界だ。吹雪は北方から吹きつけ、耳を打つ音がすさまじい。顔のゴーグルも曇って凍結し、前方が見えなくなった。ホワイトアウトだ。方向が分からなくなった。天も地も白一色。声も吹き飛んで聞こえない。北さんが怒鳴った。

「引き返すぞ」

しかし時すでに遅く、二人のシュプールは激流のような地吹雪に消し去られている。目印にする赤い布切れの小旗も立ててこなかったことが悔やまれた。

「方向が分からない。下りはどっちだ」

二人は顔を近づけて怒鳴る。下りのルートを必死に探る。こっちだろうと思うほうへ歩く。方向感覚も平衡感覚もなくなってしまった。まっすぐ歩いているつもりでも身体は風下のほうに傾き、進行方向がゆがんでいく。

「リングワンデルングに陥ったかもしれんぞ」

万太郎は叫んだが、その声も吹き消された。

「体力が消耗するぞ。雪洞を掘ろう」

二人はスキーを足からはずして、それを使って雪の穴を掘り始めた。しかし掘る尻から飛雪が穴を埋めていく。ここでの雪洞掘りは不可能だ。二人はあせった。

「下り口をなんとしても見つけよう」

風が息をつく瞬間があった。その時かすかに遠くの木立ちが見えた。

「あっちだ。見覚えのある木立ちだ」

北さんが言った。脱出ルートはあたっていた。天狗原の東南斜面に入ると吹雪の勢いが衰えた。二人はピンチを免れ、テントに帰り着くことができた。

二十四日、天候回復の兆しあり。メンバー交替して平岡と金沢が白馬乗鞍を目指す。が、二メートルはあるかと思われる積雪で、途中から二人も引き返してきた。

二十五日、風はやんで星が出ていた。四人は午前三時半出発。天狗っ原を見上げると雪の大斜面の上に、七つほどの光が横に移動していくのが目に入った。かすかな光はすぐに消えた。懐中電灯の明かりなのか、よく分からない。周辺には他の登山者の痕跡はない。この夜明け前の天狗原に人が登っているのか。もし上から下りてくる人たちなら途中で出会うだろう。四人はスキーにシールを貼り、登っていった。天狗原に登り着いたが、謎の光の主には出会わなかった。たぶんこの辺りと思えるところ一帯を観察してみたが、雪上になんの痕跡もない。

天狗原を横断し、白馬乗鞍岳の大斜面を前にしたとき、またもや地吹雪が強くなりだした。スキーをデポすると、四人は一列になってラッセルしながら斜面を直登していった。地吹雪は激しさを増した。頂上が近づくと傾斜はいっそう強くなった。胸までのラッセルだ。白一色に見える左の斜面を黒いものが頂上のほうへ飛ぶように走るのが見えた。カモシカだろうか。それとも目の錯覚だろうか。黒いものの走る方向は幾分ゆるやかだ。そっちのほうへ行ったほうがよい、万太郎はぼんやりそう考えていたが、ごうごうと鳴る地吹雪に思考力も鈍るように思われた。雪壁はいちだんと急峻になった。ピッケルの両端を握りしめ、それで雪を抑えて、脚を運ぶ。その一瞬だった。音は消え、上も下も何も分からなくなった。気づいたとき、万太郎の身体は雪の上にあった。雪崩だ。どれだけ流されたのか分からない。北さんの頭が雪の上に出ていた。急いで掘り起こす。額が切れて出血していたが大したことはない。数メートル離れたところから平岡が這い出してきた。尻にピッケルが突き刺さったと言う。尻を抑えている。血が出ていた。金沢はどうした、姿が見えない。北さんは平岡に、救助を求めて下山するように指示し、万太郎と二人で金沢を探した。ピッケルを雪に差し込んで手ごたえを探す。時は消えていた。どれだけの時間がたっただろう。万太郎のピッケルが何かにあたった。雪を掘ると金沢の身体が出てきた。

「かなざわー　かなざわー」

反応はない。心臓の鼓動を診ようにも呼吸の状態を診ようにも、容赦なく吹きつける風と雪で手は凍え、よく分からない。金沢の身体にみるみる雪が積もっていく。身体はまだ温かかった。

「人工呼吸をしよう！」

人工呼吸は自己流だった。胸を両手で押す。北さんと万太郎は交替しながらひたすら続けた。どれだけ時間が経ったのだろう。金沢の身体は徐々に冷えていった。吹雪の勢いは収まりつつあった。ふっと天狗原を見下ろすと、雪原に黒い点々が見えた。こちらにやってくる。猛烈なピッチで上がってきたのは七人の救助隊だった。平岡が栂池へ下っていくと、ちょうど日大医学部の山岳部パーティが登ってきていたのだ。

「人工呼吸、続けましょ、続けましょ」

救助隊リーダーはそう言いながら、救助隊のメンバーに交替させた。金沢は蘇生しなかった。

救助隊は金沢を栂池まで下ろしてくれた。北さんと万太郎は、遺体を寝袋の中に入れ、テントの横に寝かせた。平岡は臀部に負った裂傷のために救助隊の学生に伴われ下山した。

無言の一夜が過ぎ、翌日警察官と地元の救助隊が来て、遺体は木の枝を束ねてつくられた柴そりで雪の中を下ろされた。

金沢の妹が駆けつけ、遺体は大町で荼毘にふされた。

一月、大学の図書館で万太郎は一人、万葉集を読んだ。

家庭教師のアルバイトからの帰り道、万太郎は天王寺駅前で、考古学クラブの先輩研究者、北野耕平さんとばったり出会った。誘われて近くの喫茶店に入った。

「万太郎君の家は、仲哀天皇陵の近くですね。あの陵墓は仲哀天皇のだと思いますか」

耕平さんはいつも言葉づかいが丁寧だ。

「そうだと信じてきましたが」

「仲哀天皇が実在したかどうか証明できないんですよ。雄略天皇陵もです。今の雄略陵の古墳はひじょうに小さい円墳です。雄略陵から千五百メートルほど西に行った恵我の庄にもっと大きな、大塚山古墳があって、これは仲哀天皇陵よりも大きい。形も前方後円墳です。こっちが雄略陵ではないかと考古学者は推測しています」

「へえ、そうですか。仲哀天皇陵の正面には、恵我長野西陵と彫られた石の標識がありますね。恵我長野という地名は古代からの地名で」

「そうです。『日本書紀』に仲哀天皇は出てくるけれど、実在したかも分からない。仲哀天皇が、九州の先住民、熊襲を討とうとしたとき、神功皇后の体に神が宿ってお告げがあった。新羅はそなたのお腹の子が統べる国だと。仲哀天皇はそれを信じなかった。それで神の怒りに触れて死んでしまった。そう『古事記』にあります。仲哀天皇の皇后は神功皇后です。皇后の祖先はアメノヒボコという新羅の皇子だった。天皇が死んだので、神功皇后は仲哀天皇の子を宿しながら、神のお告げに従って軍船を率いて新羅を攻略した。これは架空の物語です」

「そうすると今の仲哀天皇の御陵は誰の？」

「それも分からない。謎はいっぱいありますよ。宮内庁管轄の天皇陵は考古学者も発掘できない。だから資料を得ることができないんです。

縄文・弥生の時代では、九州は古代朝鮮と環対馬海峡文化圏に属して、緊密な交流をしていたんですね。古墳時代になると、畿内・中部日本が東アジア沿海文化圏のなかに入るんです。三国時代の朝鮮と、古墳時代の日本とを比べてみると、文化的に共通した要素が目につくんですよ。この東アジア沿海文化圏は六世紀になると、仏教文化の連帯を持つようになります。高句麗から百済、新羅へと広がった仏教文化は、百済から日本へ入って強い影響を及ぼしましたね。百済式の屋根瓦で葺いたお寺が建てられています。古代朝鮮と日本とは、彼岸の世界を同じくする思想の紐帯を持って結ばれていたんですよ」

「日本神話の高天原神話は朝鮮だという説がありますね。日本人混血民族説とかがあったとか」

「考古学者でもあり人類学者でもあった鳥居竜蔵は日本と朝鮮は同一民族であると、同祖論をとなえていたんです。その説は、本人はそのつもりはなかったけど、皇国史観の軍国主義によって利用されて、韓国併合をやってしまったんですがね。

鳥居竜蔵は中国の燕京大学の教授でした。明治から昭和にかけて、鳥居竜蔵は中国、台湾・朝鮮・シベリア・モンゴル・樺太等、東アジア各地をくまなく歩いて調査研究したという、すごい人です。国粋主義者は、日本は神の国で、我が民族は特別な民族だと吹聴しましたが、先祖をたどれば、渡来人だった、ハッハッハ」

「耕平さん、弥生時代、縄文時代へと、歴史を遡れば、大陸を移動し、島々を移動してきた人がこの列島に住み着いたんですから、日本人のもとはと言えば渡来人ですよねえ」

「そうですよ。人類は移動の歴史です。先祖はすべて渡来人。旧石器時代、縄文時代、弥生時代にも渡来した。古墳時代にも、大挙朝鮮半島から移住し、河内と大和にはたくさんの渡来人が安住の地として住み着いた。私の家は『近つ飛鳥』から西南四キロのところで、錦や綾を織った渡来人、錦織部の住んだ地域ですから、私もその渡来人の子孫ですよ、ハッハッハ。

朝鮮と倭国との関係はひじょうに近かったんです。おびただしい数の朝鮮からの渡来があったようですね。

当時、国家意識は薄いし、国境というものもなかったし。航海術は案外発達してたんです。

百済や高句麗が滅んだときは、倭へ難民でやってきた人たちが多かった。そういう戦争の難民だけでなく、飢饉や自然災害のために朝鮮から倭に来た人も多かったと思いますよ。逆に倭が飢饉のときに朝鮮へ渡った人たちも多くいたんです。今のような国境というものがなかったんですからね。生き延びるためには北へも南へも行く。

『古事記』の応神天皇の項にこうあるんですねえ。漁業に従事する海部（あまべ）、山林に従事する山部（やまべ）と山守部、伊勢部という職務をつくった。渡来人が増えて、新たな職務が生まれるんですね。新羅から渡来した人々を、築堤、港、運河、池を造る仕事につかせた。百済に対して、賢人がいたらその人たちを寄こしてほしいと要請もしている。要請でやってきたのが王仁（わに）で、論語十巻と千字文一巻を天皇に献上した。王仁の子孫は文（ふみ）の首（おびと）となって、河内の古市に住んだ。いろんな技術工芸の熟練者を朝鮮から呼んでるんですね。鍛冶も、機織りも、酒の醸造も」

「酒づくりの須須許理（すすこり）のことを詠った歌が『古事記』にありますね。

須須許理が　醸（か）みし御酒（みき）に
われ酔ひにけり
ことな酒（ぐし）　咲酒（えぐし）に　われ酔ひにけり

須須許理も渡来人だったんでしょう？」

「『ことな酒』は災厄をはらい、平安無事をもたらす酒ですね。『咲酒』は飲むと楽しくなって笑いも出る酒。気分良く酔える酒でしょうね。『醸む』というのは『醸（かも）す』ということで、口で噛んで醸しました。原始的な醸造です。

それからね、允恭天皇のときに、新羅の国から八十一艘の船がやってきて贈り物をしたとあります。その船団を統率していた人が医薬の造詣が深く、病気がちの天皇の病気を治した、そう『古事記』にあります。『日本書紀』の雄略天皇の条には、百済から陶部（すえべ）、馬具をつくる鞍部、絵を描く画部、織物をつくる錦部、などの技術者を連れてきた、とあります。これらの人は新しく渡ってきた技術者なので、『今来の才伎』と書かれています。五世紀では、渡来系の人が倭の記録を担当しているんですね。外交も渡来系の人が活躍しています。ということは、日本語も、朝鮮語も、中国語も話せた人が渡来人にいたということです」

「へえー、どうやって外国語を習ったんでしょうかね」

「『日本書紀』には、高句麗からの使節が持参した国書を朝廷の人たちが読めず、渡来系の船史の祖、王辰爾がそれを解読し、称賛されたという話が載っています。史は大和朝廷の書記官です。日本の政府のなかには渡来人がたくさんいたんですよ。

桓武天皇の生母である光仁天皇の后・高野新笠は百済の武寧王の子孫であると『続日本記』にあります。桓武天皇は渡来人を重用したようですね。桓武天皇は平安京へ都を移して平安時代が始まり、京都には機織り技術を伝えた秦氏をはじめ、渡来系の氏族が多く住んでいたようです。

人類史というのはまさに移動の歴史。もっと住みやすいところ、もっと平和なところ、もっと食べ物が手に入るところ、災害の少ないところを求めて自由に広がって、長い年月のなかでいろんな種族が世界中にできた。日本列島にもいくつもの種族が移動してきて住み着き、後の世に、力を持つものが現れて、それらを平定して国家が生まれた。倭王権も、南の熊襲や北の蝦夷を平定してできていったでしょう」

「倭武伝説は平定伝説ですね。信濃と越も倭に従おうとしなかったから、信濃へ進撃したけれど、山は高く谷は深く、峰の数は幾千と知れず、険しかったと書いていますね。違う種族がぶつかると、争いや戦いになって支配関係が起きる場合と、融和して共存関係が生まれる場合とがありますね」

「『新撰姓氏録』によると、摂津、河内、和泉の国に、百十五の渡来系氏族が住み着いていると記されています。六〇〇年代、天智天皇は東国へ技術者を送り込んでいますが、その中心は渡来人なんですね。渡来人を移住させて、開発している。

中国の南北が統一され、隋の国が生まれると、高句麗と隋の対立が起きる。このとき、高句麗は背後の新羅と正面の隋との戦いを警戒して倭と連携した。このとき、日本にたくさんの高句麗人がやってきたんですよ。そのなかに仏教僧侶と技術者が多く含まれていた。隋は高句麗と戦端を開き、一度隋軍が敗れています。

　その後、隋が滅んで唐の国が興る。唐は新羅と協力し策を立てた。六六〇年、唐・新羅の連合軍は百済を撃つ。唐は十万の軍を率いて海を渡り、新羅は陸路百済へ軍を進め、唐の軍と共に総攻撃をかけた。百済は滅ぶ。百済から救援を求められた倭朝廷は、五万の水軍を白村江に派遣したが、待ち受けていた唐軍は百七十艘の軍船で倭の水軍を挟み撃ち、倭は大敗を喫した。船四百艘が消失、死者多数。百済の王族は唐へ連行された。唐は続けて高句麗に軍を進め、王都ピョンヤンを攻めた。その間隙に百済の遺民が各地で決起する。倭朝廷は、次に備えるために渡来していた百済王子を帰らせ、倭にとどまった百済王族の余善光に、百済王という氏を与えた。法隆寺に伝わる『造像記銅板』には『百済の王族が倭国で王姓を与えられている』旨の記述がある　倭朝廷は、余善光の本拠を難波に置かせ、そこを百済郡にした。とまあ、こういう歴史なんですよ」

「ぼくは、その難波の百済で生まれたんですよ。ぼくの生まれた家の近くに国鉄百済駅があったし、南百済小学校もあったんです。百済川の支流も流れていました」

「百済川の上流に加美鞍作という地がありますね。鞍作部は馬の鞍をなど馬具をつくっていた百済系の部族の住んでいたところですね。仏師、鞍作鳥（止利）の出たところです。飛鳥寺の本尊、法隆寺の釈迦三尊も鞍作止利の作ですね。

　加美鞍作の近くには杭全（くまた）神社があるでしょう。あの辺り、杭全郷（くまたごう）です。中世は坂上田村麻呂の子、広野麻呂の荘園でね。坂上家の祖は東漢（やまとのあや）と称していた。西漢（かわちのあや）は河内に住み、東漢は大和に住んだんです。西漢は工芸、文筆で朝廷に仕え、東漢は財務、外交に尽くした。朝鮮半島の楽浪郡に住んでいた漢人の子孫だということです」

「戦争による国の滅亡、災害による安住の地の喪失などがあって、新天地を求めた人たちが倭の国で自分を活かそうと、技術、学識、文化をたずさえて日本に来たということは、倭への信頼とか希望とかがあっての行動ですねえ」

「倭王権にとっても必要な人材だったんです。日本に定住して、政治を援助し、日本の文化をつくっていく先導的な役割も果たしてもらった。東大寺の大仏を鋳造した現場のリーダーは、日本に亡命した百済の官人だった国骨富の孫の国中連公麻呂でした。

当時の大仏は、高さ五丈三尺五寸だったそうですよ。メートル法に直せば、十五メートルです。顔の長さは四メートル八十センチです。こんな巨大な仏像を、どうやって鋳造したか。奇跡的ですね。聖武天皇は、百済王の余善光の孫、敬福を東北の、陸奥守・上総守に任じたのですが、そのとき、敬服は大仏建立のために黄金九百両を献上したということです。敬福が任官していた土地から黄金が出たんですね。

新羅からの渡来人も多いですよ。秦(はた)氏という氏族です。新羅の古碑に『波旦』という地名が残っているんです。新羅の渡来人が住み着いた北河内から京都にかけては秦氏の勢力です。京都右京区の太秦という地名はそうですね。聖徳太子のころ、ここに太秦寺が建てられています。広隆寺という寺です。八世紀半ば、武蔵の国に新羅郡もつくられています。

渡来のもたらすものは古代にとどまらず、近現代に至るまで共通するものがあるでしょう。明治の日本人は海を渡って欧米の文化を猛烈な勢いで取り入れた。これはもう革命的です。明治革命ですよ。明治人は希望、情熱、技能、知性を持って、文化、文明を取り入れようと海を渡った。そして先進文明を日本に猛烈な勢いで消化した。ちょんまげを切り、洋服を着、ダンスをし、ワインを飲み、あの変化の激しさ速さは、まさに明治革命です。

それから忘れてはならないことは、明治、大正、昭和にかけて、日本は国策として、海外移民を行うでしょう。ブラジルなどの中南米への移民が大規模ですが、移住した土地が不毛の地だったりして、たいへんな苦労だったようです。満蒙開拓は傀儡国家の満州国を建てるという植民地政策で、日本からの移民は現住民の土地や生活を奪い、戦力として利用された。

明治革命は、その後の大国主義におちいって、侵略国家へと変わっていった。だから戦争に敗北して大量の難民が生まれ、命を落とした。ひどいものです。国による棄民です。

津田左右吉が『古事記及び日本書紀の研究』を著しています。津田は早稲田大学の教授だったんですが、昭和十五年に、著書の『神代史の研究』、『古事記及び日本書紀の研究』、『日本上代史研究』、『上代日本の社会及び思想』が発禁になるんです。皇室の尊厳を冒涜したということでね。昭和十七年に判決が出て、禁固三か月で執行猶予がついた。結局日本敗戦で、免訴になりましたが。津田左右吉はこんなことを書いているんです。

『古事記』、『日本書紀』の皇室の由来を語る神代の物語は、朝廷においてつくられたもので、建国の歴史的事実ではない。同じ物語も、『古事記』と『日本書紀』で違っていたり、一方にあってもう一方にはない物語がある。かなりいろんな人の手が入って書き加えられている。推古朝の頃に、重要な潤色が施されたのではないか。だから神武天皇から仲哀天皇までの物語は歴史的事実の記録であるよりも思想上の構成として見るにふさわしい。

津田左右吉は、天皇が神に代わって神の政治を行ったとか、天皇の政治は神の権威によって行われたとか、そういうものではないと書いた。その考えが時の軍部の怒りをかった」

「よく殺されなかったものですねえ。哲学者の三木清は左翼思想の人を家に泊めただけで拘置所に入れられ、戦争が終わった後も解放されず、獄死しましたが」

万太郎は耕平さんの熱弁から、戦後の歴史学や考古学が事実に基づく実証を重視し、戦前の轍を踏むまいとする情熱をひしひしと感じた。

学生生活

サンペイは学生自治会の運動にのめり込んだ。

阿倍野のバーで万太郎とサンペイは飲んだ。

「ソ連軍の侵攻が始まって、開拓団のみんなで逃げたんや。子どもを先頭にしてよ。雨が降ると悲惨やった。生米をかじって夜も歩いた。消化不良で下痢をして死んでいった子もいる。川を渡るときがあって、小さな子どもは、泳げなくて流されていった。年寄りも幼い子も、弱いものはどんどん置いていかれ、赤子は捨てられた。関東軍は、その前にとっとと前線から逃亡しとった。

ソ連軍に襲撃されて全員死んだ開拓団がある。集団自決して死んだ団もある。満州はなあ、中国のもとからの農民の住んでいたところよ。だから、中国人からの襲撃も頻繁にあった。満蒙開拓団は、一軒に一丁、銃が与えられていた。日本の侵略の片棒を担がされていたからよ。

結局オレらは収容所に入れられ、十五歳以上の男子はシベリアに送られた。オレのおやじもシベリア送りになって帰ってこんかった。

満洲国は日本の傀儡国家よ。日本人と満人と漢人、蒙古人、韓人の五族協和の王道楽土の国をつくるとか言って。二百町歩の大農地を持てるとか宣伝してよ。夢を抱かせてよ。何のためによ。何のために日本から百数十万人を送り込んで、巨大農場の植民地をつくろうとしたか。開拓民の半分が北満国境付近に入植させられた。ソ連軍に対する防波堤にしようとしたんや」

怒りがくすぶっていた。サンペイ一家は羽曳野の開拓地に入ったが、満州からの引き揚げ者百四十万人のうちかなりの人が、全国の開拓地に散った。着の身着のままで、全財産を失った難民の困苦は計り知れない。

サンペイは学生自治会の役員になった。

「教育の国家統制がまた始まってる。去年、公選制教育委員を任命制に変えよったやろ。授業で教科書以外の教材を使うときは、教育委員会の承認を得なければならんというのも決めよったやろ。

全国地方教育委員会連絡協議会は任命制に反対した。大学の学長たちも共同で反対した。日教組も、日本子どもを守る会も、反対した。その悪法を警官隊を動員して暁の国会で強行採決して決めよった。またまた教育を支配しようとしとる。教育の国家統制をもくろんどる」

　戦後、民主的な国づくりを目指して、教育委員会法を制定した。そこでは、地方分権、一般行政からの独立、民主公選制という原則が定められた。戦前の国家主義教育への反省からの改革だった。ところが戦後十一年で、首長による任命制に変えられた。県教育長の選任は文部大臣の承認を必要とされた。

「そこへもって勤務評定の実施ときた。教師の評定を校長にやらせる。戦時中は教師の思想を評定して首を斬ったり地方へ飛ばしたりして弾圧しよった」

　石川達三の小説『人間の壁』が朝日新聞に連載され、反響を呼んでいた。全国を取材したこの小説を万太郎も読んでいた。理不尽な退職勧告が出されたことに教職員組合が激しく反発し、組合運動に目覚めていく教師と、出世のために第二組合に走る教師と、分断が起きていた。

　佐賀県教組の「三・三・四闘争」が、小説『人間の壁』の下敷きになっていた。教員の大幅削減、定期昇給の十年間凍結など、えげつない合理化案が出され、佐賀教組は三日間続けて、一日目は全組合員の三割、二日目も三割、三日目は四割の休暇を指令し、抗議集会への参加を呼びかけた。しかし休暇戦術は違法とされ、逮捕者や大量の処分者を出した。

　石川達三は事件を現地で克明に追い、日教組教育研究集会の五千近いレポートに目を通した。小学校一クラスに五十人以上の子ども。そういう実態があるにもかかわらず、四百人の教員の首切りがなされた。サンペイのだみ声が怒りで震えた。

「これが戦後日本の民主教育か。民主教育とは何なんや。自主性をやしない、批判力を育て、何が本当かを考える子どもを育てることやないか。平和と平等、人権を尊ぶ人間を育てることやないか。これでは軍国主義時代と同じやないか」

　甘い言葉で満州の開拓地に送り込まれ、死んでいった農民や青少年義勇兵、そしてシベリアの土になった父をサンペイは思う。

　サンペイに刺激された万太郎は、一緒にデモに加わり、御堂筋を練りながらシュプレヒコールを上げた。

日本戦没学生記念会「わだつみ会」によって出版された『きけ　わだつみのこえ』は、万太郎に強い衝撃を与えた。戦場に散っていった数多の学生たちの慟哭が聞こえてくる。

フランス文学者の渡辺一夫はこの本の序文に書いた。「人間は追いつめられると獣や機械になる。『きけわだつみのこえ』は、人間らしい感情、人間として磨き上げねばならぬ理性を持っている青年が、かくのごとき状態に無理やりに置かれ、もはや逃れ出る望みがなくなったときのうめき声や絶叫である」

フランスのレジスタンスに参加した詩人、ジャン・タルジューの詩を、渡辺は非業の死をとげた学徒たちに献げた。

死んだ人々は　還ってこない以上
生き残った人々は　何が判ればいい？
死んだ人々には　慨くすべもない以上
生き残った人々は　誰のこと　何を慨いたらいい？
死んだ人々は　もはや黙ってはいられぬ以上
生き残った人々は　沈黙を守るべきなのか

一九四五年、学徒出陣し、中国江西省で戦死した川島正は日記に記していた。彼は、東京農業大学の出身だった。

「五時半、凍てつく寒夜を、残雪を踏んで討伐に出動。中沢隊の一兵が一支那人を岩石で殴打し、頭蓋骨が割れて鮮血にまみれて倒れた。それを足蹴にし、また石を投げつける。見るに忍びない。将校も冷然と見ている。高木少尉の指図らしい。冷血漢。罪なき民の身の上を思い、あのときなぜおくればせでもよい、あの農夫を助けなかったのか。自責の念が起こる。女房であろう、血にまみれた男にとりついて泣いていた。男は死ななかった。女房に支えられてトボトボ歩き去った。俺の子どもはもう軍人にはしない。軍人にだけは……」

山岳部員だった学生の手記もあった。東京大学から出征した中村徳郎はフィリピンで行方不明になった。彼は穂高岳への登攀の思い出を日記に書き、遺書もしたためていた。

「父上、母上に。長い間あらゆる苦難と戦って私をこれまで育んでくださった御恩はいつまでも忘れません。私は何も御恩返しをしませんでした。思えば思うほど慙愧に堪えません。南極の氷のなかか、ヒマラヤの氷河の底か氷壁の上か、でなければトルキスタンの砂漠のなかに埋もれて私の生涯を閉じたかったと思います。すべては悲劇でした。

私は祖国の将来のことが案ぜられてなりません。いかに日本が特殊の国だからと自ら信じても、歴史の規定性から免れることはできないと思います。……いよいよというときは自ら命を絶つことを肯定して自らの手で果たすつもりでいます」

〝Devote yourself to Science.〟「君自身を科学に捧げよ」、懊悩し呻吟する出陣学徒中村の気持ちを万太郎は想う。この戦争は間違っていると思いつつ、祖国のため、愛する家族のために死を決しなければならなかった中村。

厳然たる事実がある。にもかかわらず小学校時代から現在に至るまで、万太郎の出会った教師たちは誰一人自己の戦争を生徒に語らなかった。

「教師たちのなかには軍隊経験や戦災体験を持っている人もいた。なぜその体験を生徒に語らなかったのか」

万太郎のこの問いにサンペイは言った。

「語れないいんや。語る気力が出てこないいんや。自分は被害者であるし、加害者としての罪もある。心のなかで整理できて、語ることが自分の使命やと思えたときに語れるんや」

万太郎の受けた高校の世界史の授業は、「いつ、どこで、何があったか」という知識の断片だった。それは歴史教育ではない。日本史の授業も明治維新で終わった。近現代の重要な歴史は吹っ飛ばした。これが戦後民主主義教育なのか。意図的なのか怠慢なのか、近現代史の「Why」と「How」は完全に欠落していた。戦争の真実を欠落させた授業だった。

敗戦の三月前、慶応大学の学徒兵、上原良司は、鹿児島知覧より特別攻撃隊員として出撃し、沖縄嘉手納湾においてアメリカ機動部隊に突入して戦死した。二十二歳だった。上原の手記は『きけ　わだつみのこえ』冒頭に掲載されていた。

「権力主義の国家は、一時的に隆盛であろうとも、必ずや最後には敗れることは明白な事実です。我々はその真理を、今次世界大戦の枢軸国家において見ることができると思います。ファシズムのイタリアは如何、ナチズムのドイツもまたすでに敗れ、今の権力主義国家は土台石の壊れた建築物のごとく、次から次へと滅亡しつつあります。真理の普遍さは今、現実によって証明されつつ、過去において歴史が示したごとく未来永久に自由の偉大さを証明してゆくと思われます」

出撃に意味を持たせたい。深い葛藤と絶望を抱えて上原は戦死した。

なぜ日本はそういう戦争をしたのだろう。どうしてそんな戦い方をしたのだろう。青春を奪われた彼らの苦悩、『きけ　わだつみのこえ』は学生に必読の書だと万太郎は主張した。

大学の多くの講義は一方通行で、学生と対話することがない。講義の質を変えようとする学生もいない。必須科目の憲法学はひどかった。老教授は、自分の講義録を購入するようにと学生に言った。万太郎もサンペイも高い金を出して買うのはばかばかしいから買わなかった。その講義たるや、下を向いてボソボソ講義録を読んでいくだけだ。こんな憲法講義は講義に値しない。教授に熱意は感じられず講義に出席する意味がない。しかし法学の単位取得は必須になっている。

サンペイと万太郎は、一計を案じた。

単位取得を決める考査の問題は講義録のなかから出題される。だから試験のときは、教室に講義録を持ち込んでもよいというのが老教授のやり方だ。それならおれらで索引をつくって販売し、金を稼いでやろう。「次の項目について述べよ」という問題が出たら、その項目がどこに書かれているか、すぐに調べられるように索引をつくるのだ。

サンペイはどこかから講義録を二冊調達してきた。二人はそれを読みながら、ポイントになる項目や言葉を引っ張り出してはそのページ数を記し、五十音順に並べて索引をつくった。それを百部ほど学生自治会の謄写版で印刷してもらい、講義の終わったあと廊下に立って販売した。結局売れたのは三十冊ほどで、アルバイトの代金にしてはささやかなものだった。

珍しく万太郎の心に伝わる講義があった。それは一般教養の体育の講義で、いかにもスポーツマンらしい若い講師は話の翼を広げ、戦後出版されて評判になった池田潔の著作『自由と規律』を取り上げた。内容はイギリスのパブリック・スクールの話だ。スポーツマンシップに通じる自由と規律、それを彼は情熱的に語りかけた。

戦後四年目に、池田潔の『自由と規律』は出版された。慶応大学総長の小泉信三の強い勧めがあって、同大学の教授だった池田潔は筆を執った。池田は大正時代の初期から昭和の初めにかけて、中学を終えないままにイギリスに留学し、中等学校のパブリックスクールからケンブリッジ大学、続いてドイツのハイデルベルグ大学と、十一年間学生時代を送っている。池田潔はその仕組みと教員の意識について書いている。

パブリックスクールは私立の中等学校で、寮生活を行う。ここから生徒はケンブリッジやオックスフォードに進学していく。パブリックスクールの下に、小学校にあたる私立のプレパレートリー・スクールがある。官公立の小学校はエレメンタリー・スクールで、この構造はイギリス伝統の階級制によって、維持されてきた。

オックスフォードやケンブリッジの卒業生の多くはプレパレートリー・スクールの教員になった。それも優秀な成績の者が多い。プレパレートリー・スクールの教員の地位が社会的に優位にあるからでもあるが、彼らは、プレパレートリー・スクールで少年たちと起居を共にし、そこでの訓育を一生の天職と心得て生活を送っている。彼らは、パブリック・スクールや大学の教員に昇進することもなく、一つの学校で職に就いたらまず一生そこを動かない。出世のために便宜的にそこに一時いて、そこから昇進しようとか考えることはない。なぜか、それは彼らの使命があまりにも厳粛な意義を持っていることを自覚しているからだ。物質的に報いられるところは薄い。しかし彼らには他に待つものがある。それは、幼い魂に生命を吹き込み、そこに眠る善なるもの、尊いものを目覚めさせる歓びなのだ。その歓びは、学校教師の胸に強く相通ずる信念だ。

万太郎は、この体育の講師の講義を前の席に座って聞いた。スポーツマン講師は、イギリスでも日本でも重視されるスポーツマンシップについて、池田潔のこんな一節を紹介した。

「パブリックスクール間ではあらゆる種目の対抗競技が行われる。そこでは応援歌の合唱はなく、ブラスバンドも、やじもない。旗も立たず、寂しいまでにもの静かである。敵味方の美技に堪能して、ウームという唸り声と、一斉に送られる拍手。イギリス人にとってスポーツは真剣であり、神聖でさえある。俗悪にレヴュー化された集団応援のごときは、聖きものに対する冒涜であり、愛校心に藉口された自己露出以外の何物でもない。イギリスの学生、もとより人に負けない愛校心は持っている。握りしめた拳の拇の爪が青く掌に食い込むまで母校の勝利を希う気持ちは強い。ただ彼らはこの感情を内に抑え、スポーツそのものを客観的に鑑賞し、敵味方の立場を越えた拍手によってのみ、その評価を表現することを教える」

教壇の上で講師は学生の顔を直視し、拳を持ち上げ堅く握りしめ、ゆっくり下ろしながら、再び、「握りしめた拳の拇の爪が青く掌に食い込むまで」と、この文学的な表現を感に堪えないように繰り返した。

「民主主義国となった日本の教育の大いに学ばねばならないことは、自分の考えを率直に表明しながらも異なる考えを尊重する議論の在り方です」

そう言って、『自由と規律』のなかの一つのエピソードを彼は紹介した。

ピアノは上手だが数学は苦手な学生に、ピアノの練習時間を割いて数学にあてるようにと叱った数学の教師がいた。十三、四歳の学生は凛然と答えた。

「数学の勉強が足りないとおっしゃるのならごもっとものことであり謹んでお受けする。しかしピアノが正当な科目として許され、自分が数学の時間にピアノを弾いていたような不都合がない限り、自分のピアノの練習はピアノの教師と自分だけに関する問題であって、数学の教師たる貴下の関知するところではない。筋の通らぬ指図を受ける心算はなく、無用の干渉は迷惑と心得るからお控え願いたい」

教師はただちに謝った。少年がこのような態度をとれたのは、教師が自らの誤りに気がつけば釈然とそれを認めるであろうことを知っていたからであり、抗議によって己が不利をこうむることがないと分かっているからであるとも言える。

池田潔はこの話を日本の教育者の集まりの席で持ち出した。ところが爆笑が起こった。池田潔はこの国の学校を支配する雰囲気との著しい相違に激しく胸を突かれたという。

万太郎は『自由と規律』を読み、教師たちと学生たちの潔い紳士道に瞠目し、格調高いその文章の妙に胸が熱くなった。最後を飾るいたずらのエピソードは壮大なユーモアだった。

ある朝、学内にある礼拝堂の美しい尖塔の頂点に白い便器が掛かっていた。誰がどうして切り立つ塔のそんなところに便器を持ち上げて掛けたのか。人々はそれを見上げて笑い、怪しみ、憤った。面白半分に新聞が書き立て、下院で緊急質問が行われた。

掲示が出た。

「礼拝堂に新奇な装飾を添えた紳士に告ぐ。当局は貴下と、審美観念とユーモアの解釈に僅少の相違を持つものであるが、貴下の学内美化の努力に対しては充分の敬意を持つものである。ただ、いかに優れたユーモアも時間的限度があり、これを越えるとあくどい悪ふざけに堕する恐れがある。名優は舞台を退く潮どきに配慮するものであることを記憶されたい」

しかし事態に変化はなかった。青空に依然白点が一つ、鳩がとまっているようだった。五日目にまた掲示が出た。

「今夜中、陶器が取り除かれない場合、当局は校僕に命じてそれを行わせるであろう。その校僕は家族系累のないものから選ばれるであろうが、この高塔に登る技術を持つものがいるかどうか疑問とされる。ケンブリッジ大学が貴下のスポーツマンシップに呼びかける所存である」

　翌朝、塔から白い鳩が飛び去っていたという、ただそれだけの話。心憎いほどさわやかで愉快な解決ではないか。

『自由と規律』は、さわやかで熱烈な感動を万太郎にもたらした。

　学生を惹きつける教員は数少ない。万太郎が選択したドイツ語の平井講師も、静かな情熱を学生に注いだ。彼はドイツ国歌の歴史について語った。

「第二次世界大戦までのドイツの国歌は、こんな歌でした」

　そう言って、彼は歌詞を黒板に書き、静かに歌った。

「ドイッチュランド　ドイッチュランド　イーバーアーレス……」

　そして語った。

「ドイツよ、ドイツ、世界に冠たる偉大な国よ。この曲は、元はハイドンの弦楽曲でした。だがこの曲は、ナチズムの世界制覇と人種差別、極端な国家主義に利用されました。戦後ドイツは東西に分断され、もとのドイツ国歌は連合軍に禁止されました。国民もドイツの悲惨な過去から、国歌として認めませんでした。いくつか新しい歌がつくられもしましたが、国民に受け入れられませんでした。そこでドイツは国歌の代わりに、ベートーベンの交響曲第九を用いたりしました。その後、西ドイツでは、もとのドイツの歌の三番の歌詞をカムバックしたいという人が増えています。それはこんな歌詞です。

統一と正義と自由を　祖国ドイツに！
友よ　求めて進まん　心合わせて手を結び！
統一と正義と自由は　幸せの証
この幸せの輝きのなか　栄えあれ、祖国ドイツ！

　ドイツの悲願は東西ドイツが一つの平和国家になることです」

　平井講師はある日また、ナチスがつくったユダヤ人強制収容所での体験を記した『夜と霧』について話をした。

『『夜と霧』は、ユダヤ人心理学者のフランクルが書いたものです。絶望的な状況にあって、生きようとする力がどのように人に作用するか。『絶望との闘い』という章があります。収容所の生活は、絶対的な死に向かう日々でした。このようななかで未来を予想することができるか。フランクルは言います、『人間は未来の視点からのみ存在し得るのです。未来を信ずることのできなかった人は、収容所で滅亡していきました。』と。

未来を失うと、寄りどころを失い、精神も肉体も滅びていくのです。

収容所のなかに、有名な作曲家であり脚本家である人がいました。彼は、フランクルにこんな体験を話しました。

自分は奇妙な夢を見た。声が聞こえて、何か聞きたいことがあるかというから、戦争はいつ終わるのか、いつ自分はこの収容所から解放されるのかと問うた。すると、夢の中の声は、五月三十日と答えた。

彼は、それを確信し希望を持ち、元気になった。ところが戦争は終わらなかった。五月二十九日、彼は突然高熱を発し、三十日に意識を失い、翌日チフスで死んでしまったのです。

人間の心の状態と体の抵抗力とは関係しており、急激な失望と落胆は致命的な結果をもたらしたと、フランクルは書いています。収容所では、一九四四年のクリスマスの後、大量の死者が出ました。死の原因は、絶望でした。クリスマスには解放され、家に帰れるだろうという希望が裏切られ、それが生きる力を滅ぼしてしまい、たくさんの人たちが死んでいったのです。どんなに過酷な状態であっても未来を想い続ける、生きるための目的を意識して生活する、目的をもった意識生活が人間を生き延びさせるのです。

人生から何をわれわれは期待できるかが問題なのではなくて、むしろ人生が何をわれわれに期待しているかが問題なのです。

フランクルはそう言っているのです。そして『苦悩もわれわれの業績であるという性質を持っている。苦悩しぬくこと、苦悩の極みによってたかめられうることは充分ある。必要なのはそれを直視することだ。もちろんひそかに涙を流したりすることもあるだろう。しかしこの涙を恥じることはない』と。

収容所では自殺も頻発しました。自殺したいと漏らした人に、フランクルは話しました。

『あなたを待っている人はいるか。』

一人は、子どもが待っていると答え、もう一人は、科学者としての仕事が待っていると答えました。フランクルは二人に、待っているものを意識させました。人にはかけがえのないものがある。生き続けることによって、自分を待っているものに応えねばならない。二人は、それに応えて、生き残ったのです。

収容所に若い女性がいました。その人は近いうちに死ぬであろうことを知っていました。

最後の日、彼女は言いました。

『あの樹は一人ぽっちの私です。あの樹とよくお話しますす。』

そう言って窓の外の一本のカスタニエンの樹を指差しました。樹はちょうど花盛りでした。

フランクルは彼女に尋ねました。

『樹はあなたに何か言いましたか。』

彼女は応えました。

『私はここにいる。私はここにいる。私はいるのだ、永遠の命だ。』

結局その女性は死にましたが、この木によって命を長らえることができたことを感謝して逝ったのです。その顔は晴れやかだったと言います」

講師の話に、万太郎は深い感銘を受けた。それは授業の脱線談ではなく、むしろそこにこそ講義の本質を置いていたのだ。

ある日また、平井講師はドイツの学生は歌を歌うのが好きだという話をした。

「百年以上も前、ドイツには学生組合があり、学生の自由主義は旺盛を極めました。ところが学生の起こした一つの殺人事件によって、学生組合は解散させられてしまいました。往時の学生生活の黄金時代を偲んで歌われたという歌は、『おお、その上(かみ)の学生の栄光よ』

という歌です」

　そして講師は録音した歌を聞かせた。

その上（かみ）の学生の栄光、お前はどこへ行ったのか
あんなにも楽しく、束縛のなかった黄金の時代は
もう返らない
真正の若者の心は　いかなるときも冷えることは
ない
まじめなときも　戯れのときも
いつも正しい思念が働いている
友よ　君らの手を差し出せ
友情のきずなが　誠実のきずなが　新たになるた
めに
盃を高く掲げよ　その上（かみ）の学生は今も生きている

　このような魂に響く講義は、極めて希少だった。
国文学の近現代文学の講義をしている助教授は、石川啄木の詩を声震わせて朗読し、啄木の思念を語った。
詩は「はてしなき議論の後」だった。

われらの且つ読み　且つ議論すること
しかして　われらの眼の輝けること
五十年前のロシアの青年に劣らず
われらは何をなすべきかを議論す
されど誰一人　握りしめたる拳に卓をたたきて
V NAROD!　と叫び出づるものなし

われらはわれらの求むるものの何たるかを知る
また　民衆の求むるものの何たるかを知る
しかして　われらの何を為すべきかを知る
実に五十年前の　ロシアの青年よりも多く知れり
されど誰一人　握りしめたる拳に卓をたたきて
V NAROD!　と叫び出づるものなし

　心に響く講義と無味乾燥な講義、その違いは、教員の人間性なのだと万太郎は思う。

万葉集

万太郎は『万葉集』全巻を読み始めた。新羅の国から渡来した尼、理願の死を悲しんで、大伴坂上郎女(おおともさかのうえいらつめ)がつくった長歌に出会った。大伴坂上郎女は大伴家持の叔母になる。

たくづのの　新羅の国ゆ　人言を　よしと聞こして　問ひさくる　うからはらから　なき国に　渡り来まして……　（巻三）

〈理願は新羅の国から、倭の国はよいところだという噂を聞いて、相談したりする親兄弟もいないこの国に、天皇の治められるこの国にやってこられました。あなたはどう思われたのか、私たちの住んでいるこの寂しい佐保の山辺を慕ってこられ、家を造り、長く住んでおられました。だが、生きている者はいつかは死ぬもの、頼みにしていた人がみんな旅に出ている間に、あなたは佐保川を朝のうちに渡って、春日野を後ろに見て、山のほうへとぼとぼとものさびしげに隠れてしまわれました。何と言い、どうしたらいいか分からず、うろうろして、流れる涙は衣の袖を濡らしますが、それを乾かすこともなく、涙はそちらの有馬山に雲となってたなびき、雨となって降っているのではありませんか〉

大伴坂上郎女は理願の死を嘆き悲しんだ。理願は新羅の国からやってきて、坂上郎女の父である大伴安麿の家に寄寓し、数十年暮らしていたが、病にかかってあの世へ旅立ってしまった。坂上郎女の母、石川命婦(みょうぶ)らは病の治療で有馬温泉に行っていたために最期を看取ることができなかった。理願の最期を見届けたのは坂上郎女一人だった。

大伴家持の「陸奥(みちのく)の国から黄金を出した詔書をことほぐ歌」（巻十八）も万太郎の心を引いた。その反歌に曲がつけられ、戦時中にラジオからしばしば流れてきた。

海行かば　水漬(みづ)く屍(かばね)　山行かば　くさむす屍
大君の 辺にこそ死なめ　かへりみはせじ

明治神宮外苑競技場における学徒出陣壮行会で、この歌は悲壮な大合唱になった。学生たちはペンを銃に持ち替えて戦場に散っていった。

学生よ、国のために散華せよ、東条首相は演説した。元の『海ゆかば』の長歌は、東北の陸奥で掘り出した黄金を、渡来人の百済王子息、陸奥の守の敬福(きょうふく)が大仏に献上したことに関連して、天皇を讃えた歌だった。『万葉集』を読み進めるうち、万太郎の心に大和への想いが募った。山岳部員の彰子さんは奈良出身、彼女は万太郎を大和に誘った。

「新薬師寺の十二神将を見に行きませんか。案内します」

初めて二人で奈良を歩いた。秋も深まり柿の実が赤く色づいていた。馬酔木の森を抜け、土塀の続く白毫寺に連なる小道を行くと、ひっそりと新薬師寺はあった。簡素な堂内に入ると、十二神将が薬師如来を守るように、等身大の立ち姿で威容を示していた。奈良時代につくられた造形の見事さ、天平の時代の芸術性に感嘆する。それが万太郎の古寺巡礼の始まりだった。

我が宿の萩の花咲けり見に来ませ
今二日ばかりあらば散りなむ　（巻八）

自然と共に、人と共にある日常の暮らし。万太郎とサンペイは万葉談義をした。

「サンちゃん、万葉集には、人をからかうような愉快な歌もあるで。巻八に、『お前さんのために、春の野で休まずに抜いた茅花(つばな)ですよ、これを食べてお太りなさいませ』と、奥さんの素朴な愛情を歌ってる。しみじみと、いいね。茅花はチガヤの花穂で、強壮剤やな。ウナギを食え、という歌もある。

石麿に我もの申す
夏やせによしいふ物ぞ鰻取り食(め)せ

石麿（いわまろ）さん、夏痩せによいから鰻を召し上がりなさいよ。石麿は儒教の君子人と言われていたそうな。生まれつきひどく身体が痩せていて、たくさん食べても飢えた人のようやった。

　やすやすも生けらばあらむを
　はたやはた鰻をとると川に流るな

石麿さん、それでも生きられるでしょうけれど、そんなに痩せていたら川に流されてしまうから、川に入りなさんなよ。この二首は大伴家持作や。傑作は、『わけのわからない歌二首』やな。

　我妹子（わぎもこ）が額に生ひける双六の
　ことひの牛の鞍の上の瘡（かさ）

『我妹子』というのは『かわいこちゃん』や。『ことひの牛』というのは、重い荷を背負う『こって牛』や。こって牛は頑健で、少々のことでは音を上げない奴という意味やな。そうすると、『私のかわいこちゃんの、額に生えている双六の、コッテ牛の鞍の上のカサブタ』。なんのこっちゃ、訳が分からん。そこがおもしろい。双六遊びは、奈良時代以前にインドから中国を経て日本に伝わっていたそうや。

謎の歌があるで。

　我が背子（せこ）がたふさぎにする円石（つぶれし）の
　吉野の山に氷魚（ひお）ぞさがれる

『背子』は、女性が兄弟や恋人や夫を親しんで言う言葉で、『たふさぎ』は、ふんどし、『円石（つぶれし）』は円い石や。

訳してみると、

『うちの旦那のふんどしにする円い石の、吉野の山に氷魚がぶらさがっている。』

訳が分からん。けど、なんとなくハハーン、円い石は睾丸、氷魚はペニスを連想するで」

ワッハッハ、サンペイは大笑いした。

「この二首の歌は、舎人親王が『訳の分からない歌をつくったら、銭と絹をやろう』と言われたのでつくられたんやな。千三百年昔も、ユーモアを楽しんでいた」

　サンペイは、河内野を詠んだ歌がないのか、と聞いた。万太郎は、河内や百済野を詠んだ歌を紹介した。

　　河内女（かわちめ）の手染めの糸を繰り返し
　　　片糸にあれど絶えむと思へや

　河内の女たちが手で染めた糸を繰り返し撚（よ）っていくように、片想いであるけれど、私はその人を想い続ける。これ、恋歌やな。河内の木綿生産が盛んになるのは江戸時代で、河内木綿は丈夫だったから全国に売れた。飛鳥時代に渡来した百済人のもたらした織物の技術が河内に定着したんやな。富田林には錦織の地名が今も残っているし、錦織神社もある。

　　百済野の萩の古枝に春待つと
　　　居りし鶯鳴きにけむかも

　これは山部赤人の歌で、この百済野は大和の広陵町の辺り。聖徳太子が飛鳥と斑鳩の間を愛馬の黒駒に乗って通った太子道もこの百済野を通っている。南北に流れる曽我川は、かつては百済川と呼ばれていた。

　万太郎は朝鮮北部の高句麗の話をした。

「サンちゃんが子どもの頃暮らした満州の一部も、かつては高句麗の国土やった。高句麗、すなわち高麗（こま）は、満州の東部から朝鮮北部にあった満州系の国家で、東を狼林（ランリム）山脈が南北に走り、山脈の北から東にケーマ高原が広がる。高句麗は白頭山に源を発する鴨緑江の流域に広がり、集安に都があったが、五世紀に平壌に都を移した。五八一年に中国を隋が統一し、五九八年に隋と高句麗の戦争が起きたときは高句麗が勝っている。この頃、高句麗から倭への渡来が多かった。その後、中国は唐になり、唐は新羅と連合を組んで、六六〇年に百済、続いて六六八年に、高句麗を滅ぼした。その難民が倭に渡来し、遺民は後に渤海国を建てる。渤海は中国東北部からシベリアの沿海州、朝鮮北部を治めたんや。渤海国の版図を調べてみると、満州帝国の地および朝鮮の北部と重なる大きさや。ツングース系民族の国で、唐の律令制度を敷いて、仏教文化が栄えた。渤海は倭王朝と交流が深く、遣唐使と共に遣渤海使を渤海に送っている。渤海からの使節も三十四回倭にやってきた。そのうち二十五回は出雲、隠岐、越から日本列島に上陸している。

高句麗の渡来人は、敦賀から琵琶湖を経て山城に入った。

近江の海　港は八十　いづくにか
君が船泊て　草結びけむ　（巻七）

近江の海には港が多くあった。古代の船はどんな船だったのか。『大船に　ま梶しじぬき　こぎ出にし』と巻七にある。『ま梶』は船の両舷側につけた梶（櫓）で、水夫が調子を揃えてこいだんやな。風力と人力を使って、当時の航海術は相当進んでいたらしい。

琵琶湖から山城南部の地に入ると、木津川べりに高麗人のコミュニティ、巨麻（狛）郷がある。難民は巨麻郷に受け入れられた。平安時代の『和名類聚抄』には、この地にかなり広範囲に高麗人が居住していたと伝えている。

巨麻郷は、河内の若江郡にもあった。現在、若江に巨麻橋という名が残っている。

一方百済は、難波の百済、枚方の百済寺、奈良市大安寺の百済大寺、奈良広陵の百済、滋賀東近江の百済寺と、現代も名を残し、存在感を示しているね」

「なるほど、すごいね。千数百年前の古代日本と古代朝鮮とは、ひじょうに近い関係だったんやなあ」

「山上憶良の『病気になって自分をいたむ文』には驚嘆するよ。要旨はこんな内容や。

〈病気になってから長い年月がたった。私は七十四歳、白髪まじりで筋肉衰え、病気になった。手足が動かず、節々が痛く、世間の苦労で穴があき、心も苦労で縛られている。禍のもとはどこにある？　たたりはどこに隠れている？　占い者にも巫女にも聞いた。ほんとのことも、でたらめのことも。教えられた通りに神に供え物をし、祈祷もした。それなのに苦しみは増すばか

り、少しもよくならない。聞くところでは昔はよい医者がたくさんいた〉

そこから憶良は七人の医師の名を挙げている。陶隠語、張仲景、任徴君……、すべて漢人か韓人だ。そうして長歌はこう続くんや。

〈これらの医師は手術などして、治さない病気はなかった。しかしそんな名医をほしいと思っても、今ではとてもいない。もしすぐれた医者や、よい薬に出会えるならば、できたら内臓を割き、いろいろな病気を探し出して、膏肓（こうこう）の奥深いところまで、病気の逃げ込んでいるのを見つけ出したいと思う。任徴君が言った。病は口から入る、飲み食いを正しくすることだ、人が病気になるのは魔物のせいではない。飲食などをつつしめという教えはよく聞き、分かっているのだが、いかんともしがたい〉

この山上憶良のリアリズム、現代の話かと思うほどだ。貧窮問答歌と言い、病気の自分を悼む歌と言い、万葉人の精神レベルはほんまに高かったんやのう。

『立山の歌』という大伴家持の歌が万葉集巻十七にある。家持は越中の守にも任ぜられていた。富山から、北アルプス立山は東の空に遠く屹立していてよく見える。大伴家持の『立山の歌』に唱和して大伴池主が同じく『立山の歌』長歌一首と短歌二首を詠んで応えている。

まず家持が詠う。

〈都に遠いこの地方に、立山、すなわち屹立する山と呼ばれる山がある。この立山には夏にも雪が降り、川には朝も夕べも霧が立ち、忘れることのできない山だ。毎年やってきて振り仰ぎ、万代までの語り草にしていこう〉

これに応じて大伴池主が詠う。

〈神の名を持つ、重なる雲を押し分けて天にそそり立つ立山、冬夏の区別なく真っ白に雪をいただき、古（いにしえ）からそびえる、険しい岩稜の神々しさよ、幾時代を経たことか、立って見、座って見ても尋常ではない、峰高く谷深く、激流が落ち、霧立ち、雲たなびく立山、万代まで言い伝えていこう〉

万葉の時代、あの立山に感動し歌った人がいたんやなあ。『谷深く、激流が落ち』、これは常願寺川のことか、それとも黒部峡谷のことか」

「なるほど、すごいなあ、万ちゃん。和歌の文化は古代から現代まで続いているんや。

オレが満州にいたとき、ソ連軍の侵攻で開拓村の女と子どもと老人は悲惨極まりない逃避行になった。この逃避行を短歌に詠んでいる人が何人もいるんや。オレはそれを集めている。昭和の万葉集や。

異国(ことくに)のあかき土中(どちゅう)に子を埋(うず)め
還(かえ)らむとする母泣き叫ぶ

幾夜さを野宿続けば　末の子を
背負ひて眠ることにも馴るる

子と共に　やうやく乗りし無蓋車の
人群れにまじり　雨に濡れをり

一昼夜に十五里あまり　歩みけり
六歳の子も七歳の子も

十五里は約六十キロになる。幼い子らも、昼も夜も歩いたんだ。逃避行だから食べ物もろくにない。途中で何人も幼い子らが死んでいった。

引き揚げの人混む中を　わが腰に
紐つけつなぎ　子らひきゐゐぬ

我が子が離れ離れにならないように、紐でつないでいた。コロ島や大連港から日本への引き揚げ船が出る。けれどなかなか来ない。何千何万の避難民。ＬＳＴという米軍の上陸用舟艇もやってきた。ぎっしり船に詰め込まれて、途中で何人もの人が死ぬ。死んだ人はみんな水葬、海に葬られた。乳幼児がまっさきに死に、海に沈んだ。

水葬を告ぐるドラの鳴る時刻
送還船の日課の十時

水葬の水泡消えたる海の面を
　船笛ひきつつ離れきたりぬ

遺体を海に流すときは、ドラや汽笛が鳴らされたんだよ。

アカシアの花こそ散らめ
　大連の土に埋め来しわが子が上に

満蒙開拓団の末路の歌や。歌は魂の叫びだよ。だから言霊(ことだま)。歌は祈りでもある。深い悲しみや嘆きを歌に詠む。祈りだよ。それによって魂が救われもする。万太郎よ。この歌は知っているか。

三人の子　国に捧げて哭(な)かざりし
　母とふ人の号泣を聞く

息子三人を戦地に送った人の歌よ。八月十五日、敗戦を知って一気に悲しみが吹き上げてきたんや。息子が戦死したとき、戦時では泣けなかった。自己を縛っているものから解放された人たちの魂の発露が、短歌という表現形式に表れている。

罪あらぬもののみ罪の自責あり
　この行く群衆の従順を見よ

戦争を推進した連中が、戦後またぞろ国を動かしている。この国は大丈夫だと、自信を持って言えるか」

確かにそうだ、戦犯容疑者だった男が首相になる国だ、日本は。

山に歌う

ナイロンザイルの切断による前穂高岳東壁での遭難をテーマにした井上靖の小説『氷壁』が朝日新聞に連載されたのは、石川達三『人間の壁』の前年だった。『氷壁』を、万太郎は毎朝待ちかねたように読んだ。そくそくと冬山の厳しさが伝わってくる。当時マニラアサのザイルをクライマーは使っていたが、軽くて強いと評価されたナイロンザイルが登場し、その強度を信じて使ったクライマーがザイル切断によって死亡し、事故は法廷闘争に発展したのだった。

朝、新聞を開いた万太郎の目に遭難の記事が飛び込んできた。前穂高岳四峰東壁の新村ルート第二登を目指し、凍死したというニュースだ。記事横の写真を見ると辻君ではないか。辻は関西登高会のベテラン二人に加えられ、氷壁に挑んだのだ。だが寒さと疲労のために岩棚で、ザイルをつけたまま辻だけが死んだ。雪の五竜岳に一緒に登った彼、御在所岳藤内壁で岩登り練習を共にしたこともあった。高知県から出てきて、第二阪神国道の工事事務所で働き、山に登っていた。

夕方、万太郎は野村先生の家を訪れた。野村先生は応神天皇陵の近くの住宅地に建てられた、二軒が一棟の二階建ての家に引っ越していた。万太郎の家から歩いて五分ほどだ。万太郎が訪れるといつもクラシックの曲が聞こえてくる。多くがピアノやバイオリンの協奏曲だった。その日はラフマニノフのコンチェルトが聞こえた。

野村先生は遭難のてんまつを話してくれた。

「難場はほとんど切り抜け、二日目、雪のなかでビヴァークをした。猛吹雪のなか、あと一か所難場を切り抜けたら成功という段階まで来ていた。ところが、力は尽き、体温は奪われ、ビヴァークの岩棚の上で、辻は突然着ている服を脱いでいった。気が狂ったんだ」

万太郎はむさぼるように山の書を読み始めた。モーリス・エルゾーグのアンナプルナ登攀の記録やルイ・ラシュナルの登攀記、加藤文太郎の『単独行』、冠松次郎の『山渓記』、大島亮吉の『山——随想』。

大島亮吉は、槇有恒らによって創立された慶応義塾山岳会に入り、山に憧れ、穂高を熱愛した。涸沢の岩小屋に何日も一人で暮らして穂高山群を渉猟した。昭和三年三月、亮吉は前穂高岳の尾根から転落死した。二十九歳だった。亮吉は、山の奥深くから沈痛に響いてくる運命の問いかけを聞き、それに応える生き方であったと、三田博雄は書いた。亮吉の死んだ夏、前穂高の夜空に、大きな星が光っていた。山人たちはそれを「大島星」と呼んだ。

亮吉は峠越えの山旅も愛した。古くからドイツの芸術家たちは、暗く寒い冬のドイツから、陽光輝く芸術の国イタリアを憧れてアルプスの峠を越えた。亮吉はドイツの詩人の詩を愛し、随想のなかに書き遺す。ベルニナの峠をイタリアへ越えてイタリアの小村「ラ・レーゼ」に入った。馬車はごろごろと行く。馬上の革ズボンの男はトテテテとラッパを吹いた。イタリアの像、ラ・レーゼ。ラ・レーゼはブドウのつるを身にまとって岩の荒地に薔薇と咲いている。

こんにちは、イタリア、光り、喜び！
私も運のいい男さね！
イタリアは私たちの地球のチョッキにつけた薔薇だ、
イタリア、薔薇だよ！

三回生になった万太郎は山岳部のリーダーになり、白馬乗鞍岳の山頂の岩塊に、金沢の遭難碑を取りつける計画を進めた。三十センチ角ぐらいの花崗岩の板に、金沢の持っていた手帳に書かれていた語句を碑文にして、石屋さんに彫ってもらった。『聖書』のなかにある語句だった。

「山に登る者　それは心の清いもの」

遭難碑は、白馬乗鞍岳の頂上にある岩に取りつける。大小の岩石がごろごろと広がる、迷いやすい丘状の頂上だから、道しるべの役目も果たすだろう。

遭難碑建立登山合宿は五月の連休に実施した。栂池小屋の近くに十六人が一度に泊まれる大型テントを入手して、それを雪の上に張った。このテントは、生地も厚く、重量が二十キロもあった。朝鮮戦争で使った米軍の放出品で、形は六角錐、アメリカ先住民のティーピーそっくりだ。雪は一メートル近くあった。

工事の日、交替で碑を担ぎ、春の堅雪を踏んで頂上まで運んだ。鉄のチスを使って、岩を少しばかり削り、ボルトで碑を取りつけると、セメントと砂を水で練って周囲を固めた。天候に恵まれ、白馬連峰から鹿島槍までくっきりと美しい。道標碑は金沢が雪崩で死んだ位置から百メートルほど離れているところだった。

山岳部員は二十名を超え、女性部員も四人入ってきた。音楽部で活動してきた武田が入部して、山岳部に合唱が誕生した。街では歌声喫茶が若者たちでにぎわっている。各国の民謡、日本で生まれた山の歌も歌われていた。山岳部の合宿では、山の歌や諸民族の歌を武田の指導で歌い始めた。二部合唱、三部合唱、アカペラで歌う。レパートリーは増え、山岳部の歌集もつくった。吹雪の日のテントのなかで、夏山の焚き火を囲み、みんなで歌う。ハーモニーは連帯感を生み、陶然としてくる。

夏山合宿がやってきた。山岳部員は特大のキスリングザックを担ぎ、ピッケルを持って夜行の普通列車に乗り込む。蒸気機関車は汽笛を鳴らして、ゴトリと動き出す。車内は混んでいて暑く、すべての窓が開かれ、名古屋駅には列車を待つおびただしい登山客がホームにあふれていた。どよめきのなかから歌声が湧き起こった。

「何ーくそ、熊ほりさー、男の仁義だよー」

名古屋の山岳会の連中がスクラムを組んで歌っている。山への情熱がむんむん発散していた。座席に座れない人は床に腰を下ろし、座席の下に潜り込む人もいた。夜汽車はコトリコトリ、鉄輪がリズムを刻み、木曽路に入る。トンネルに近づく度、汽笛が鳴る。窓際の人は目を覚まして窓を閉めた。眠りこけて開けっぱなしの窓から煤煙が車内に入ってくる。トンネルが過ぎ窓を開けると、木曽の冷気と共に虫の声や山ユリの花の香が入ってきた。山の水が飲める木曽福島駅がやってきた。ホームに水場があり、御嶽山の湧き水がもくもく噴き上げている。目を覚ました万太郎は列車から飛び降りて水を飲みに走る。冷たい湧き水の甘露は乾いた喉に染みた。

夜明け、信州松本に着く。松本電鉄の島々駅から、万太郎たちのパーティはバスには乗らずに、かつて上高地が神河内であったとき、日本のアルピニズムを築いた人々がたどったルート、徳本峠を越えて上高地に入る。山道を二日かけ、重量四十キロ、五十キロを担ぐ。荷は肩に食い込んだ。途中、徳本峠イワナ留(どめ)で幕営し、翌日、峠を越え、徳沢園、横尾を経て、ゴール穂高涸沢まで、新人は上り道にあえいだ。ベースキャンプ涸沢カールに到着したときは夕暮れが近かった。

合宿の朝、奥穂高、前穂高岳はモルゲンロートに浮かび上がった。穂高山群、岩場に挑む日々の始まりだ。

合宿の日々には歌があった。一日の登攀を終え、食後の涸沢の夜は星空の下で歌った。声はよく出て、ハーモニーも美しくなり、歌は谷間に響いた。竹山道雄の小説『ビルマの竪琴』に登場する「歌う部隊」になぞらえ、「おれらは歌う山岳部」と称した。

ある朝　目覚めて　さらばさらば恋人よ
目覚めて　我は見ぬ　攻め入る敵を
戦(いくさ)に　果てなば　さらばさらば恋人よ
戦に　果てなば　山に埋めてや
埋めてや　かの山に　さらばさらば恋人よ
埋めてや　かの山に　花咲くもとに……

イタリア・パルチザンの歌だ。雨の日はテントに沈殿、雨音を聴きながらドイツ民謡『山の一日』を歌う。

明るい楽しい　山の一日
朝日と一緒に　歩きだし
あの山この峰　よじ登り
夜はみんなで　歌おうよ

暗い寂しい　山の一日
そぼ降る雨に　濡れながら
あの沢この谷　薮をこぎ
それでもみんなで　歌おうよ

北原白秋の歌「守れ権現」は、北さんが持ち込んだ。

守れ権現　夜明けよ霧よ
山は男の　みそぎ場所

馬子は追分　きこりは木やり
酒のさかなにゃ　やまくじら……

なにを奥山　道こそなけれ
水も流れる　鳥も鳴く
雨よ降れ降れ　笠吹き飛ばせ
肩の着ござはダテじゃない……

合唱の最後は、おきまりロシア民謡『ともしび』の二部合唱、それを歌い終わってみんなはシュラフザックにもぐり込んだ。

一週間の涸沢合宿が終わると、縦走組は剣岳まで八日間の山旅に移る。槍ヶ岳から尾根道を三俣蓮華、そこから分岐し、天と地の境、はい松の海を行く。双六の乗越しで幕営、翌日はイワツバメ飛ぶ黒部五郎岳の秘境から花咲く草原太郎平に至る。薬師岳頂上に腰を下ろせば、雲海は日本海に静まり、茜色の夕日が沈んでゆく。夕映えは中天にまで広がっていた。北にそびえる剣岳の岩塊は火と燃え、やがて夕闇が山巓を支配し、全天降る星。翌日、縦走路はなおも連綿と続く。五色が原ではお花畑に歌い、立山を越え剣岳に登頂したのは八日目だった。

八月終わり近く、柿の実が色づいてきた。北さんが、鹿島槍ヶ岳東尾根の三ノ沢を登攀しようと万太郎に伝えてきた。未だ無雪期の登攀記録がない沢、そこを二人でチャレンジしよう。

鹿島部落の狩野さんの家に一泊、おばばの温かいもてなしを受けて、山に入った。大谷原を遡り、東尾根三ノ沢の出会いに来て見上げると、谷はいかにも陰険だ。重いザックを背負ったまま、登攀に取り掛かる。沢の幅は狭く、岩はぼろぼろと崩れる。絶え間なく落石が上部から襲ってくる。えらいところへ来てしもうた。徐々に高度を上げ、東尾根の稜線まで半分ぐらい来たとき、岸壁が行く手を阻んだ。登れるルートを目で判断しながらなんとか岸壁を越えたところで夕暮れになった。一晩ザイルで身の安全を固定してツェルトをかぶって一夜をあかす。翌日尾根の上にたどり着き、第二岩峰を登りきったときに、失敗が起きた。万太郎の担いでいたキスリングザックを岩峰上に置いた。置き方が悪かった。ぐらりとザックは動いて、あっという間に、今まで登ってきた三ノ沢めがけてバウンドしながら落下していったのだ。愕然とし、意気消沈に陥りそうだったが、気持ちを叱咤して、もと来たルートを下降しなければならなかった。

たいへんな時間のロスをしてザックを取り戻し、また東尾根に登って、鹿島槍ヶ岳北峰に立ったときは、もう夕暮れが迫っていた。

二人は山小屋を通り越して、稜線上のハイマツの間にテントを張った。体力は限界に達していた。天候がくずれ、雨が降り始めていた。簡単に夕食を食べ、寝袋に入って寝ようとすると、第二の試練がやってきた。突如、テントがバサバサと揺さぶられ、男の声がした。寝袋から出て外をのぞくと、

「ここにテントを張るな。即刻テントをたため」

山小屋の番人のようだった。北さんと万太郎が事情を話したが、男は高圧的だった。

「ダメなものはダメだ。規則だ。テント張るなら指定されたところに張れ。文句を言うなら、すぐに下山せよ。オレは命令する権限を持っているんだ」

「力尽きて、ここにやむを得ずテントを張った。登山者の安全を守ることより、規則を強制することのほうが重要なのか、それが山小屋の管理人の務めなのか」

反論すると、男はますます居丈高になった。言っても無駄だ、二人はテントをたたみ、しぶしぶ雨の中を下山することにした。すっかり暗くなっていた。ヘッドランプを点けて歩き出すと、体力はまだ残っていた。バカ尾根と呼ばれている下山ルートを途中まで下ったところでテントを張って一晩を明かした。

鹿島のおばばは、二人の無事を涙をこぼさんばかりに喜んでくれた。

九月、大学に行くと、同級のイーさんと枝ヤンが俳句会を立ち上げ、万太郎に入らないかと誘ってきた。イーさんは、『十七音詩』を創刊した前衛俳句運動の堀葦男に師事し、枝ヤンは「天狼」の橋本多佳子に学んでいた。イーさんはいかにも文学青年という感じで、俳句も抒情性が香っている。枝ヤンは合理主義者

で、俳句も巧者のテクニックが際立っていた。二人は結核療養という共通した過去を持っており、年齢も万太郎より二年か三年、年上だった。句会には十数人が集まってきた。
入会した万太郎は初めてつくった句を句会に投じた。

鉄路油雲低迷し煙低迷す

発起人の二人はこの句をえらくほめてくれた。定期的に開かれる句会は楽しみになり、万太郎は山での感慨を句にした。

舞い降りて駅夫ばかりに雪とまる
群青の深さ岩塊雲に揺る
アルプスの峰から峰に虹かかる

イーさんの句は万太郎の心をとらえた。

羽子をつく屋根より下は昏れており
枯野見し日は枯れ色のなかに睡き
初蝶のよぎる白さや麦畑
毬つきの祈りの如くなりゆきし
指から先の少女の銀河たどりえず
虹といふ美しきもの世にありぬ

イーさんの感性に感心する。「一句が勝負」、イーさんは桑原武夫の第二芸術論に対して伝統俳句を乗越える創作を唱えた。
「前衛俳句運動の堀葦男はね、俳句というより十七音詩と言って、季語とかにもとらわれないんだよ」

沖へ急ぐ花束はたらく岸を残し

港で働く沖仲仕は危険な仕事でよく死ぬことがある。その弔いの花束が沖へ流れていく。イーさんは金子兜太の影響も受けていた。
「兜太はね、戦時中南方戦線に送られ、昭和二十年トラック島で飢餓状態のなかで敗戦を迎えたんよ。それで米軍の捕虜になって生き延び、戦後、前衛俳句、社会性俳句を詠んだんや。戦を憎み、戦争に加担する一切を拒否する、それが彼の生き方なんや。実にきっぱりした生き方や」

　彎曲し火傷し爆心地のマラソン

「この兜太の句、八月六日を走る。何を感じる？」

　イーさんが問う。

　イーさんには恋人がいた。万太郎にこんなことを言った。

「ほんまに可憐な子でねえ。その子が、犬の交尾を見て、性交してると言ったときは、びっくりしたよ」

「ハッハッハ、河内のワンパクの遊びに、『犬のさかり』という遊びがあってね。二人が背中合わせに立っておけ尻をくっつけ、それから身体を前に折り曲げて頭を下げ、両手を股の間から後へ伸ばし、相手の子の両手を股の下で握るんや。そうして引っ張りっこする。引っ張られて動いたら負けや」

「ハハハハ、さすが河内や」

　イーさんは何を思ったのか、驚くような誘いをした。

「万さん、ストリップ見に行けへんか」

「えーっ、そんなんええわ」

「まあ、いっぺん見とってもええで。社会勉強や。おっさんら、いっぱい来とるで」

「ロマンチストのイーさんがストリップ見に行くのか」

「まあ、行こうや。新世界や」

　イーさんに連れられ、怖いもの見たさで万太郎は新世界へ行った。

「ここがジャンジャン横町というところや」

「空襲で全部焼かれたところやなあ」

「闇市がいっぱいあったとこや。まだ一部残ってるで」

　道の向こうに通天閣がすくっと立っている。飲食店やら衣服の店やら、あちこちから音楽が聞こえ、人があふれ、目も心もぎらぎらする。

　ストリップ小屋は粗末な建て方で、客はほぼ満員、二人は立って見ることにした。こんなところを誰かに見られたりすると困る、そんな思いがちらりと万太郎の頭をよぎる。胸がどきどきする。ステージに女が出てきた。日雇い労働者、職探し中のおっちゃんらの、にぎやかな声が飛ぶ。曲が鳴り、女はゆっくり身体をくねらせ、観客をじらし、挑発するように踊りながら着物を脱いでいく。全裸になったかなと思った瞬間、舞台下のかぶりつきに集まってきた男たちは歓声を上げた。とたんに女はすぐ衣をまとい、舞台裏に引っ込んでいった。

「男の性がみなぎっとるな」

イーさんは笑う。

「けども、いじらしいな」

「孤独な男たちの一時の娯楽なんやなあ」

ストリップ小屋を出て、二人はジャンジャン横町を歩いた。

「女性の美の表現という芸術性とはほど遠いな」

「芸術性はほど遠いかもしれんなあ。観客は、一時の性欲の発散をここに来てやっている。貧しく、わびしい生活を毎日送っているものたちのささやかな生きる慰めなんやなあ」

「イーさんは、なんでここにときどき来るんや」

「そやなあ。助べなおっさんたちやけど、慰めを求めとるんやなあ。職も家族も何もかも失い、わびしくその日暮らしのおっさんたちが、生きる力を求めてる。見栄も外聞も関係ない。ぼくは、俳句をつくっていて、こういう命のるつぼのようなところも詠みたいと思うんや」

「ここには生身の人間の姿があるわな」

「ストリッパーにとっては、生きるためにやってるんやけれど、わびしいな。客が熱狂してくれたら慰めかもしれないけど」

「彼女たちは生きるためや。割りきっているよ」

「天照大神（あまてらすおおみかみ）は、弟のスサノオノミコトの乱暴狼藉があまりにひどいので、天の岩屋の奥にこもってしまうた。日の神が隠れたので、高天原は闇の世界になった。暗闇のなかで、悪い神たちは、ここぞとばかり騒ぎ始め、禍（わざわい）が一時に起こった。この重大事態に、八百万（やおよろず）の神々は、天照大神を岩屋から外に出てくるようにするにはどうしたらいいか、天の河原で会議を開いた。そこで出てきた意見に基づき、実行に移した。それが女神アメノウズメノミコトの踊りやった。女神は、天の香具山に生えるヒカゲカズラを採って襷（たすき）にかけ、マサキカズラを採って頭に巻き、さやさやと鳴るササの葉を手に持って、天の岩屋の前に立ち、足拍子おもしろく、音もとどろくばかりに踊った。踊るうちに胸がはだけ、乳房が現れ、下腹まで露わになった。その踊りのおもしろさに、神々は声を合わせて笑った。天照大神は神々の笑い興じる声を岩屋の奥で聞き、不審に思って岩屋の入口に来て岩屋の戸を細めに開け、外の神々に事情を尋ねた。その機を逃さず、他の神々は天照大神を外に引き出した。ハッハッハ、これがストリップの始まりや。天照大神もアメノウズメノミコトも女性や。女の性は生命の象徴や」

「『古事記』の神話。やっぱり性が原初やな」

　二人は天王寺公園を抜け、阿倍野の中華料理店に入った。豚饅を食べながら、万太郎はふと頭に浮かんだ詩を朗誦した。

　　あの影は渡り鳥、
　　あの輝きは雪、
　　遠ければ遠いほど空は青うて、
　　高ければ高いほど脈（なみ）立つ山々よ。
　　ああ、乗鞍（のりくら）岳、
　　あの影は渡り鳥。

「それは誰の詩？」

「北原白秋や。梓川の谷の奥にそびえている乗鞍は神秘的だよ」

「あの影は渡り鳥、か。柿本さんが朗誦した渡り鳥の歌があったなあ」

　大学の講義は淡々と文学の一端を語るだけで、心を惹きつけるものがないが、源氏物語の講義で、柿本助教授がめずらしく自分の好きな和歌を朗読した。教師の感情が講義のなかでちらりと表れるときは、惹きつけるものがある。

北へ行く雁ぞ鳴くなる
連れてこし数は足らでぞ
帰るべらなる

日本で冬を過ごした雁が列をなして北のシベリアに帰っていく。「かぎになれ、さおになれ」、と昔の子どもたちが空を見上げて叫んだ雁。日本に連れだって渡ってきたときの数よりも帰る雁の数が足りない。どうしたのか。家族を失った雁たちは北へ帰っていく。学生たちはその歌にしんみりとした。

この歌は、『古今和歌集』に「よみ人しらず」として収められている。詞書きに、「ある人が言った。男と女が一緒に京を離れて地方へおもむいた。ところが男は着くとすぐに死んでしまった。女は一人京へ帰る道で、帰雁の鳴くのを聞き、この歌を詠んだ」とある。

イーさんは津軽に伝わる民話を万太郎に話した。

「雁風呂の民話があるんや。雁風呂というのは、浜辺の流木を拾ってきて薪にして風呂をわかすんや。この風習が青森県外ヶ浜に伝わっている。雁が津軽海峡を渡ってくるとき、木切れを持って飛び、途中疲れると羽を休めるために木片を海に浮かべ、その木片に下りて休む。津軽の浜に着くと木片を浜辺に落とし、日本の各地に移っていく。雁たちは春になって北に帰るとき、津軽の浜に残しておいた木片を再び持って津軽海峡を渡り北の国へと帰っていった。雁が去ったあと、浜辺に残されたままの木片は、この国で命を落とした雁のものだろうと、外ヶ浜の人たちはその木を拾って、それで風呂をわかし、雁を供養した。

美しい雁風呂の民話だよ。『雁風呂』も『帰る雁』も季語になっているんや」。

イーさんも、帰雁の句をつくっていた。

雁ひとつ迷へり北へ首突き出し

イーさんの優しさ。雁一羽が迷う。イーさんも迷う。
イーさんはこんな句もつくっていた。

胸病める人らし車窓には枯野

以前イーさんは胸を病み、療養生活をしていた。同じ列車に乗り合わせている人を見て、同病らしいと思い、この句をつくったんだろう。

イーさんの療養生活時代の句。

　吐血後の秋の灯を点けとおす
　看護婦が菊に触れ　香をたたしめぬ
　どこへゆくにも冬日まとへり　看護婦は
　療庭の菊　死者へまた剪らるる音
　寒星おもければ　すぐ病舎へ戻る

万太郎が冬山に入るとき、イーさんは大阪駅のプラットフォームまで見送りに来てくれたことがあった。

秋天の下、万太郎は一人で大和路を歩いた。大規模な奈良ドリームランド建設が始まっていた。

奈良ドリームランド、その地はもともと日本陸軍の練兵場だった。敗戦後、アメリカ進駐軍が駐屯し、米軍の接収が解除された後、ドリームランドが計画された。アメリカのディズニーランドの日本版だという。だが、敷地の東には般若寺がある。高句麗の僧・慧灌の創建とされ、天平時代、聖武天皇が伽藍を建立した。西には不退寺がある。在原業平が聖観音像を刻んで寺を開基し、別名「業平寺」と呼ばれる。南には庭園の美しい尼寺・興福院(こんぶいん)がある。北側には元明天皇陵、東南の佐保山には聖武天皇陵がある。北へ奈良坂を下れば木津川が流れ、木津川を渡れば高句麗人の狛の郷だ。

若草山からも見えるドリームランド。古都の自然と風致を台無しにするこんな計画がなぜ認可されるのだろう。

万太郎は奈良公園から浄瑠璃寺へ道なき道を歩いた。車道は荒廃しとても歩く気になれない。おぼろに往古の大和が残っている道を探しながら浄瑠璃寺に向かう。

教育実習

四回生の春は、教育実習だ。教員になるための実地の訓練だ。万太郎の希望した実習校は、我が家からもっとも近い、藤井寺町の隣村にある高鷲中学校だった。大学の代用付属校に指定されたひなびた田舎の学校で、木造平屋の質素な校舎が村はずれに建っている。

陽光降り注ぐ五月、この学校を希望した十人の学生は五週間の教育実習に集まってきた。サンペイも一緒だった。受け入れてくれた教員たちは、全く気楽な感じだ。のんびりやってください、と言わんばかり。この学校に、万太郎が中学三年時の担任、峰先生が勤めていた。万太郎は一年生のクラスで実習することになった。学級担任は美術の教員で、初めに万太郎にこう言った。

「自由に学級づくりをしてください。好きなようにやりたいように、やってください」

それから五週間、公開研究授業のとき以外、担任教員は一度も教室へ姿を現わさなかった。彼は、教育実習これ幸いと、どこか遠くへ、絵を描きにいってるのだろうか。学級運営はまるごと万太郎に任された。国語科担当の女性教員も、万太郎に授業を任せて姿を消し、たまに授業を観に来た。どうもこれが、この学校の方針なのかもしれない。万太郎は、正規の国語科の教員のように、そして正規の学級担任であるかのように、五週間を自由に遊んで学んで暮らした。

学生自治会の役員であるサンペイは、多忙な日々を送ってきた。民主教育を守れと、教師への弾圧処分に抗議する闘争生活の続くなかに、この教育実習が入ったから、サンペイにとってはしばしの安らぎと憩いだった。万太郎にとっては夢見るような日々になった。のどかな春、ひねもす子どもたちと遊び、万太郎も子ども時代に戻った。

一つの部屋が控室に用意され、十人の実習生はそこで話を交わしながら教材研究や指導法の研究をする。放課後、万太郎は自分の担当クラスで子どもたちとおしゃべりをし、一緒に遊んだり壁新聞をつくったりした。ときどき中庭でサンペイと硬式テニスをした。高校時代、サンペイは硬式テニス部だったこともあり、手ほどきしてくれた。

「硬式はな、ボールを押すように打つんや」

子どもたちがその様子を面白そうに見ている。夕方五時が過ぎると帰宅の途に就く。学校に残って万太郎と過ごしたクラスの生徒たちはぞろぞろ最寄りの駅まで万太郎を見送りがてらついてきた。それが毎日続いた。雄略天皇陵のこんもり盛り上がった森を左に見、野の道をおしゃべりしながら帰っていくときの楽しい会話は、これまで味わったことのないものだった。

　クラスに、食肉業を生業（なりわい）としている村の子らが何人かいた。万太郎が小学生だったとき、藤井寺駅で貨車から下ろされた牛の群れが列をつくって歩いていった村の子らだろうか。その男の子らは実に人なつこく朴訥で、かわいかった。

　実習が始まって何日か経ったとき、実習生控室で、英語科の実習生がみんなに言った。

「ここの英語のM先生の授業がおもしろいよ。参観する価値があるよ。目からウロコだよ」

　その先生、いったいどんな授業だ？　万太郎が中学一年二年のときは英語の先生がおらず、授業はなかったから興味が湧いた。万太郎とサンペイは参観に行った。

　M先生は女性で、授業は一年生のクラスだった。

「ペンソー」、手に持った鉛筆を示しながら先生が発音する。生徒は一斉に、「ペンソー」と発音し、繰り返す。ペンシルではなくペンソーと聞こえる。ふーん、それが本来の発音か。先生は次から次へと物を持ち換え、あるいは指でさし、名前を英語で言う。あふれるように英単語、英文が発せられ繰り返され、生徒は復唱する。日本語は全く出てこない。意欲と緊張感が教室にみなぎる。万太郎は圧倒された。これが英語の授業なのか。女性教師は気持ちよいリズムとテンポを持って学習を展開した。万太郎の背中がぞくぞくした。生徒たちは英語を声に発し、声は心身に沁み込んでいく。教科書を読んで訳して、文法を説明して終わりとする授業を三年生のときにわずかに体験しただけの万太郎のなかで、何かがごとりと変わる感じがした。

　夢のように楽しい実習生活が過ぎていき、最終段階に、実習生一人ひとりが公開授業を行う日がやってきた。大学の指導教官柿本助教授もやってきた。実習校の指導教員や、他の実習生も参観に来た。終わると別室で授業への講評がある。万太郎はこれも遊びのように楽しんだ。

姿を消していた正規の学級担任がふらりと姿を現し、万太郎に求めた。

「五週間の生活で、生徒観察をした記録を書いて提出してください」

用紙が渡され、万太郎はクラスの生徒全員について、観察し体験したこと、集団のなかでの子どもたちの関係や働き、性格などを主観的なものだけれど書いて提出した。担任の指導教員はそれを読んで言った。

「全員、よくまあこれだけ観察しましたねえ」

子どもたちと遊び、語り合い、自由に過ごした楽しい生活の記録だった。

教育実習最後の日に、担任教師は生徒とのお別れ会を催してくれた。別れを惜しみ、鼻水を垂らして泣く子がいた。

この田舎の学校での教育実習で得たものは、生徒と共に自由に暮らす、かけがえのない楽しさだった。教育実習とは何であろうか、教育実習とは、教育の原点、子どもを体感することにあるのだ。子どもは好奇心の塊、素の感情で生きる、かわいい、おもしろい、教育は楽しい、やりがいがある、それを存分に感じることがこの学校の教育実習の狙いであった。何よりも「教育は楽しい、やりがいがある」を感動的に味わったことが宝だと万太郎は思う。授業の方法や技術はその後からついてくる。この学校の五週間の教育実習は、教壇に立つ日に向けて、学生の魂に点火し、発火させることに目的があったのだ。

大学に戻った万太郎は、ひととき天王寺の飲み屋でサンペイと飲んだ。飲めばサンペイのガラガラ声は饒舌になる。

「万太郎よ、阿川弘之の『雲の墓標』を読んだか。主人公吉野は京大から学徒出陣して土浦海軍航空隊に入る。特攻隊よ。吉野が出陣する前に、最後の万葉集のゼミがあって、その後学生たちは野球をした。学生時代との別れの野球よ。それから、図書館の裏の大きな樫の木の下で、みんなでしゃべるんだな。そのとき、鹿島という男が歌を詠む。

　真幸（まさき）くて逢わん日あれや
　　荒樫（あらかし）の下に別れし君にも君にも

　この荒樫の下で再会することができるだろうかと。学生たちは学問の道を断たれて、戦場に向かう。彼らの多くが海の藻屑になった。藤倉という男がおった。彼は戦争に批判的だった。藤倉は土浦航空隊にいるとき、母校の万葉集のゼミを担当していた教授に手紙を出した。そこにこんなことを書いている。
『この戦争に日本が勝てる素因はすでに全くなくなっていると思います。サイパンが陥ち、フィリピンが駄目になり、何百万の日本軍は死駒になりました。敵の包囲網はほとんど完成してしまっています。先生、敗戦の様相というものはどんなものでしょうか。国土は分割され、餓死者は続出し、暴動が起こり、占領軍は横暴を極め、京都も大和も荒廃して、もう学園に戻ることは一片の夢かもしれません』

　そう手紙に書いた。特攻隊にあてがわれるのは、質の悪い危険な燃料で、温度が少し下がるとプロペラが空中で止まるそうや。そういう飛行機で出撃せよという。生還の望みはない。そこで藤倉は、自分だけの非常手段を考えるんやな。そういうことを恩師に全部書いてる。非常手段というのはどうしたら生き残れるかということや。一つは、事故を起こして飛行機に乗れない程度に負傷する、けれどそれはへたをすれば死ぬ。二つ目は、飛行機ごと敵基地に着陸して捕虜になる、しかしこれは敵地に着くまでに撃墜されるだろう。海に着水して無人島に泳ぎ着き、ロビンソンクルーソーのように生きる。こんな空想を抱き続けるんやな。
　上官が事前に、『特攻出撃を志願する者は手を挙げてくれ』と聞くんだ。そのとき、藤倉は鉛の入ったような重い手を挙げた。そのときの葛藤を書いている。自分だけでも生き残る方法はないか。どれも不可能だ。何もかもむなしい。結局、死んだほうが楽かもしれないと思う。そして彼は飛び立ち、死んでいった。藤倉の乗った飛行機がどうなったか、それは知るよしもない。海に突っ込んだか、無人島で生き延びたか」
「サンちゃん。それにしてもそれだけのことを藤倉は手紙によくも書いたなあ。何のために死ななければならんのか。何のために戦わねばならんのか。『討ちてしやまん』の大号令。苦悶し自爆していったんやな。戦後につくられた斎藤茂吉の、こんな歌があるんや。

沈黙のわれに見よとぞ
百房の黒き葡萄に雨ふりそそぐ

この『沈黙』とは何なのか。茂吉も聖戦を信じ、戦中は戦意高揚に加担した。戦後、そうした自己の罪への意識が、『沈黙』となったんや。『百房の黒き葡萄』とは何か？　分かるだろう、暗示だ。

書(ふみ)よみて賢くなれと
戦場のわが兄は銭を呉れたまひたり

茂吉の兄は日露戦争に出征した。お前は書を読んでもっと賢くなれと兄はお金を送ってくれた。オレはその思いに反戦をかぎとる」
「高村光太郎も戦争を鼓舞する詩を書いたな。だから、戦後彼は自己の罪を意識して岩手の山村に小屋を建てて移り住み、七年間一人で暮らした。自らを暗愚と称して。
歌人の土岐善麿は、戦後こんな歌を詠んでいる。

あなたは勝つものとおもってゐましたかと
老いたる妻のさびしげにいふ

子らみたり召されて征きしたたかひを
敗れよとしも祈るべかりしか

この妻の問いかけはすごい。妻自身が自分に対して何度も何度も問いかけてきたんや。善麿は朝日新聞の記者をしていたけど、自由主義者だとして批判もされ、戦時中は隠遁状態やった。彼の三人の子どもは召集されて逝ってしまった。抗うことのできなかった弱さ、無力の自覚。そこから戦後は始まったんや」

「万太郎よ、日本教職員組合が結成されたのは戦後二年目よ。一九四七年や。奈良橿原の建国野外スタジアムで結成大会が開かれた。食べる物の乏しい頃やったから、参加代議員の八百数十人は全国からみんな米とか食料を持参してきた。その結成大会で宣言を採択した。新しい民主的秩序の建設と新しい日本文化の創造に、全国五十万人の希望と意志と力を結集しよう、と。

驚嘆するのは、敗戦から四か月後の十二月に、全日本教員組合を結成したことよ。焼け野原の東京だよ。それが全国組織になっていった。どうしてそんなに早くできたのか驚くよ。中核になったのは戦前から、教員組合運動や民間教育運動を推し進めてきた人たちだった。あの強烈な軍国主義の吹き荒れるなかで、種火は深く潜行して、心ある人の胸のなかに燃え続けていたんや」

「その志、すごいね。戦争の初期に与謝野寛は、中国で目撃した情景を見てこんな歌をつくっている。

わが兵士きて鹿砦（ろくさい）を立つるなり
人の国なる瀋陽の市

若くして異国を恐れ遠く来て
今日この頃は故国を恐る

日本軍兵士が中国瀋陽市のなかに、敵の侵入を防ぐ砦をつくっている。ここは日本ではなく人の国だぞと寛は思う。日本軍のこのありさま、日本はいったいどういう国なのかと、故国を恐れているんだ。与謝野寛は十五年戦争開始直後に、有名な『爆弾三勇士の歌』を作詞して賞をもらっている。愛国者として戦争を鼓舞してきたが、中国で見たのは日本軍の非道だった」

「万ちゃん、日教組が『教え子をふたたび戦場に送るな』というスローガンを決めたのを知っているか。不滅のスローガンと言われている、それが決定されたのは、一九五一年のことよ。戦後六年目だ。

高知の中学教員だった竹本源治が一九五二年に高知県教職員組合の機関誌に発表した『戦死せる教え児よ』

は、教師自身の戦争責任を厳しく打つ。これは日教組の原点だ」
サンペイはそう言って、詩を朗誦した。

逝いて還らぬ教え児よ
私の手は血まみれだ！
君を縊(くび)ったその綱の
端を私も持っていた
しかも人の子の師の名において
嗚呼(ああ)！　お互いだまされていたの言訳が
なんでできよう
慙愧(ざんき)、悔恨、懺悔(ざんげ)を重ねても
それが何の償いになろう
逝った君はもう帰らない
今ぞ私は汚濁の手をすすぎ
涙をはらって君の墓標に誓う
繰り返さぬぞ絶対に！

途中からサンペイの声は引きつり、嗚咽がまじった。

「岸信介は、戦時中は東条内閣の大臣を務め、戦後Ａ級戦犯容疑者として逮捕された。ところが三年後に釈放され、衆議院議員に復帰した。不思議なことだ。石橋湛山が病気で倒れると岸は首相になった。その挙句が日米安保条約改定だ。石橋湛山と岸とは、思想的にも人間性でも全く異なる。石橋は『靖国神社廃止の儀、難きを忍んであえて提言す』という文章を書いている。どう言っているか。
『靖国神社の主なる祭神は、明治維新以来の戦没者にして、その大多数は日清日露、および大東亜戦争の従軍者である。しかるに、その大東亜戦争は万代に拭う能わざる汚辱の戦争として、国家をほとんど亡国の危機に導き、日清日露両戦役の戦果もまた一物も残さず減失した。
わが国民は、今回の戦争がどうしてかかる悲惨の結果をもたらせたるかを、あくまでも深く掘り下げて検討し、その経験を生かさねばならない。我々は全く心を新たにし、真に無武装の平和日本を実現すると共に、その功徳を世界に及ぼすの大悲願を立てるを要する。

この際、長くうらみを残すがごとき記念物は、たといいかに大切なものと言えども、これを一掃し去ることが必要であろう』と、暗に靖国神社の廃止を訴えているんや。ここまで言っているんや」

サンペイはひとしきりしゃべると、席を立った。

「安保闘争、これから激しくなるよ」

秋空の晴れ渡った日、万太郎のもとに一通の手紙が届いた。

「秋の運動会があります。先生、見に来てください」

教育実習のときのクラスの子からだった。懐かしさで胸がいっぱいになった。万太郎はその日、朝から出かけた。河内野は秋の野の香りに満ちていた。校庭に入っていくと、目ざとく見つけた子どもたちが走り寄ってくる。その日一日、万太郎はクラスの子どもたちの席に用意された椅子に座って、子どもたちを応援した。

サンペイと万太郎の卒業論文は同じ平安文学で、指導教官は柿本助教授だった。もともと万太郎は万葉集を卒論にしたかったが、万葉集研究の助教授に魅力が感じられなかったため、平安時代の『落窪物語』研究をした。『落窪物語』の文体を調べていくと、どうも途中で文体が変化している。それはどういう変化なのか、それはなぜなのか、卒論はその推理がテーマだった。

大学卒業後の進路を決めるときが来た。サンペイ、イーさんは高校教員、万太郎は中学校教員の道を進むことになった。日米安全保障条約締結をめぐって、熾烈な反対運動が起きている。

学生集会が開かれ、学生自治会がチラシを配った。そこにガリ版で印刷された一つの詩があった。ナチスと戦ったフランスの詩人、ルイ・アラゴンの詩だった。アラゴンは、ナチスによって教授や学生が銃殺され、逮捕され、クレルモンの地に疎開したフランスのストラスブール大学の学生たちを励まして、「ストラスブール大学の歌」という詩をつくった。その一節が学生自治会のビラに書かれていた。

　教えるとは、希望を心にいだくこと
　学ぶとは、誠実を胸に刻むこと

かれらはなおも苦難のなかで
その大学をふたたび開いた
フランスの真ん中クレルモンに

卒業が近づき、進路指導担当の教官が、大阪市内の中学校から万太郎に面接要請が来ていると伝えた。その学校は大阪市の南端、瓜破中学校だった。矢田駅から野原のなかを歩いて行くと、校長が待っていて、「ぜひ我が校に来てください。内定します」と告げられた。万太郎は一安心して卒業を迎えた。

夕暮れ、村の墓地まで帰ってくると、岡家には誰の姿もない。トシ子ちゃんもフーちゃんもいない。おじさん、おばさんはいつのまにか亡くなり、近所の誰もそれを知らなかった。一人タモッさんだけが残っていて、ただ一つの仕事、墓地を管理しているらしい。

就職先も決まった。それ、春山だ。現役山岳部員の鹿島槍ヶ岳東尾根登攀に合流しよう。

北さんと鹿島部落の民宿、狩野さんの家に行くと、二人が心底敬愛しているおばばは、大喜びで迎えてくれた。我が子を迎えるように喜び、囲炉裏火に掛けた熱い味噌汁と温かいご飯、山盛りの野沢菜漬けを出してくれる。「もっと食べてください」、「もっと食べてください」、何度もうながす。

この日、おばばは奥からこれまで宿泊した登山者の書き入れた記念帳を持ってきた。

「ここに何か書いてください」

ページを繰ると槙有恒をはじめ有名登山家の墨書もある。渡された毛筆に墨をつけて万太郎は、「おれたち二人はヤジキタ登山」と書き、二人の姿をマンガに描いた。

翌朝出発、

「生きて帰ってきてください、生きて帰ってきてください」

おばばは泣くような声で言った。家の前に立って手を振るおばばに、二人は何度も何度も後ろを振り向き、手を振った。途中で休憩してザックを下ろすと、ザックのポケットに赤いリンゴが二つ入っていた。おばばがこっそり入れてくれていたのだ。

　鹿島槍東尾根の雪は深かった。途中で雪洞を掘って一晩を過ごした。

「加藤文太郎もこんな感じやったんやろな」

　雪をこいで、学生の連中がテントを張っている第一岩峰下のベースキャンプに到着、後輩たちは吹雪が続いてまだ頂上アタックができていなかった。

　翌日は快晴だった。北さん、万太郎と、後輩の竹村はザイルをつなぎ、第一岩峰のスラブを登攀、第二岩峰の壁も乗り越えて、群青の空に屹立する頂上に立った。

第三章　希望を胸に

淀川中学教壇に立つ

紫外線に焼かれボロボロと皮のむけた真っ黒な顔で家に着くと、母が待ってましたとばかり万太郎に言った。

「淀川中学校とかいう学校から面接の連絡が来たんやで。山に登っていますと言うと、そりゃどういうことですか、帰り次第連絡してほしいと言うてはった」

もう内定して赴任校は決まっているはず、訳が分からないまま万太郎は淀川中学校へ行った。なんとも遠い。近鉄から国電に乗り換え、天満から大阪市電に乗って長柄橋南詰で降りる。淀川が流れていた。対岸ははるか向こうに見える。これじゃ大阪市内の縦断だ。通勤するには遠すぎる。

春風に吹かれて堤防を上流へ歩いていった。河川敷はアシ原だ。毛馬の閘門（こうもん）というのがあった。淀川はそこで、旧淀川と新淀川に分岐し、旧淀川へは大きな鉄の堰を機械で上下させ、一定の水量を調節して流している。この下流に中之島がある。

閘門下の橋を越えると堤防沿いに小さな公園があり、青草のなかに石の碑が建っていた。

春風や堤（つつみ）長うして家遠し

与謝蕪村の句碑だ。江戸時代、毛馬村がそこにあり、与謝蕪村が生まれた。今は毛馬町となり、淀川堤の下に家並がひしめく。淀川堤の近くに中学校はあった。

ぼろぼろ皮膚の焼かれた万太郎が入っていくと、校長は憤怒の形相で座っていた。横にでっぷり肥った教頭が、穏やかな顔で立っている。

「面接があるというのに、山に登っとる。どういうことや」

「いや面接は済んでいると思うてました」

「何を言うとる。何も決まっとらん。卒業前に内定するというやり方はやってはいけないと、教育委員会で決めとる」

ではあの学校の校長面談は何だったのか。

「四月一日には新学期が始まるのだぞ、あと何日あると思うとる」

校長は苦りきっていた。

なぜこういうことが起きたのか合点がいかない。瓜破中学の校長は大学と直接コンタクトを取って、新卒教員を先に確保しようとした。だが、そこに何らかの規制が入ったのだ。この年、戦後すぐのベビーブームの子らが中学生になるという背景があった。

校長にとって万太郎の第一印象は悪かった。

淀川中学校は創立二年目、三年生はいない。この学校ができるまでは、この地区の子どもらは距離の離れた高倉中学に通っていた。この新設校ができて便利になった。入学してくる新一年生は敗戦後二年目に生まれた子どもたちだ。一学年に八学級ができる。施設は未完成で、最低限必要な教室だけあり、体育館もプールも特別教室もまだない。図書室はできていた。

万太郎は一年の担任となった。入学式前日、誰もいない教室に行った。教室の入口の上に掲げられた自分の名前の入った学級標識を見た瞬間、胸に熱いものが込み上げた。ぼくは社会から使命を託された。この札はその証だ。

明日子どもたちを迎える。万太郎は一人、がらんとした教室に入って、机や椅子を拭き清め、花を活け、黒板に「迎える言葉」を書いた。

入学式は青空の下、運動場で行われた。式の後、子どもたちを引率して教室に入る。

教壇に立って子ども一人ひとりの名前を呼ぶ。名前を覚える、これは真っ先にしなければならない仕事。子どもたち一人ひとりと交わすコミュニケーションの最初の一歩は、毎朝、始業のとき、子どもたちの名前を呼ぶこと。一人ひとりの子を尊重し、その子が生きて育つことに直接かかわっていく責務の始まりだ。

一クラス五十人。子どもたちが教室に座ると、いちばん後ろの席は、背中が壁にくっつく。なんと窮屈なことか。

不思議な指示が校長から出ていた。クラス人数を減らした名簿をもう一つつくり、それを市の教育委員会に提出するという。校長は二重名簿の理由を説明した。

この学校の生徒数からすると、市の基準で一学年九クラスになり、一クラスの在籍は四十五名になる。したがって九クラスに見合った教員数が市から配置される。うちは、そうやって教員数を確保して、こちらの裁量で学級数を八にした。そうすると、教員の授業時間数を若干減らすことができる。

校長はこのやり方を「圧縮」と言い、これは秘密だと告げた。

万太郎は、同じ新任の萩さんにどう思うか聞いてみた。萩さんは大分出身で、広島大学を出て赴任してきた。彼は学校近くの下宿に住んでいる。

「これは他の学校でも行われている工作かもしれないよ。この学校単独でやって、バレたら校長処分になると思う」

「校長間や市教委内では、暗黙の了解ということなんかもしれないいね」

「表向きの話と裏の話と、社会にはいろいろあるからね」

「校長としては、教員の負担を減らしたいという思いからの策かもしれないが」

「五十人を超えるクラスでは、ぎゅう詰めやないか。一人ひとりを見ることはできないよ」

萩さんは学生結婚をしていて、彼女は別の学校の音楽の教員になったという。

万太郎はかねてからの計画通り、生徒会のクラブ活動に登山部をつくろうと考え、校長に話した。校長は渋い顔をした。

「危険なクラブをつくるわけにはいかん」

「近郊の山に登るだけです」

「近郊であっても危険だ」

「子どもたちを自然のなかに入れて鍛えたいんです」

「山へ行かんでもスポーツはいくらでもある」

「大自然のなかに入ることが大切なんです」

「すぐ横を淀川が流れとる。アシも生えとる。とにかく危険なクラブは認められん」

らちが明かない。なんという頑固おやじだ。翌日、また交渉する。どうも校長は万太郎の山岳部遭難事故を知っているようだ。この男は危険な登山をやっとる。

生徒を危険にさらすわけにはいかん。だが万太郎はしぶとくねばった。校長は条件をつけた。

「つくるなら条件がある。一つ、親の入部許可書をとること、二つ、コースの下見をして山へ行くこと、三つ、引率は一人ではだめだ、二人にすること」

「分かりました。そうします」

かくして正式に生徒を募集したら十五人が集まった。初めての登山は、五月の日曜日、快晴の六甲山だ。万太郎は早起きし、一時間半かけて学校に来た。もう一人の引率教員には、萩さんが応援に来てくれた。二人は十五人の生徒を引率して淀川堤を歩き、電車を乗り継いで阪急芦屋川駅から六甲山に向かった。谷に入っていくと高座の滝があり、祠の石に「金玉大明神」と彫られている。「キンタマ、キンタマ」と生徒たちが面白がった。ロックガーデンの中央尾根を登る。奇怪な岩また岩。風化した岩の尾根道を登る。

「まるで月世界のようやあ」

「船が見えるぞー」

下界に大阪湾が広がる。船が行く。雄大な海を見ながらみんなで弁当を食べた。登山部活動はここから始まった。

万太郎は夢を画いた。無着成恭の「山びこ学校」のような実践をやりたい。

生活綴方運動の教員たちは戦時中に激しい弾圧を受けた。子どもたちが自分たちの生活現実を見つめ、どうしてそうなっているのか考える教育に対して政治権力者が危険を感じたからだ。それでも心ある教師たちは、飢餓や貧困、封建的な因襲に苦しむ人々の怨嗟のうめき声に耳を傾け、子どもたちを押しひしぐ現実から子どもたちを解放しようとした。欠食児童や学校を休んで働く子どもが増え、娘の身売りが行われた。生活綴方運動の教師たちは、子どもたちに生活現実を直視させ、それを綴らせ、子どもたちで考え、話し合い、社会を認識していく力を育てようとした。その運動の機関紙が、一九二九年に生まれた『綴方生活』であり、『北方教育』であった。

運動は全国に広がっていった。だが、酷烈な弾圧のなかでそれはつぶされ、特高警察によって逮捕された教師は四百人を超えた。さらに若者たちは戦争に駆り出され、戦場に散った。

敗戦後、教育は民衆の手に戻った。生活経験主義、デューイの教育論が盛んに取り上げられた。学校そのものが社会生活でなければならない。社会的認識や関心は、真に社会的な環境において発達させることができる。学校における学習と学校外での学習とを連続させ、両者の間の自由な相互作用を大切にしよう。

日本は、明治維新以後、富国強兵政策を掲げ、専制国家への道をたどったがために破滅の坂を転げ落ちた。戦後、廃墟から再び立ち上がったが、新たな危険が胚胎した。教育への希望と理想を胸に秘めた教師たちは、全国各地で数多の民間教育運動を立ち上げた。「山びこ学校」はその一つだった。「山びこ学校」の中学一年生、川合義憲は作文に書いた。

「無著先生はにこにこしながらこんなことを言いました。

『みなさんが利こう者になろうとか、物知りになろうとか、頭がよくなるためとか、試験の点数がよくなろうとして学校に来ているとすれば大ばか者です。学校は物知りをつくるため、あるいは立派な人間をつくるためになどといわなければならないほど難しいところではなくて、いつどんなことが起こっても、それを正しく理解できるように、理屈にあった解決ができるように、勉強し合うところなのです。とにかく愉快に楽しく暮らしましょう。』

ぼくはなんだか愉快になって笑ってしまいました。この先生がぼくたちの先生だったのです。ぼくは毎日学校に来るのがゆかいでたまりません。それに一番嬉しいことは先生が『みんなが卒業するまで受け持ちでいよう』と言ったことでした」

「みんなが卒業するまで受け持ちでいよう」、それは、それまで教員が確保できず、学校に先生が定着しなかったからだ。山形県山元村中学校、当時一年生は一九三五年生まれだから万太郎より二つ年上だ。東北の大冷害大凶作の年に母親の胎内にはらまれたこの子らは、六人きょうだい以上が二十九人、八人きょうだい以上が二十人いた。そのうち戦死や病死によって父を失ったもの八人。作文集『山びこ学校』に無着成恭は書いた。

「どうしてこのような綴方が生まれてきたか、それはほんものの教育をしたいという願いが動機だったと思います。学校に地図一枚なく、理科の実験道具一かけらもなく、かやぶき校舎で教室は暗く、破れた障子から吹雪が入ってくる。ここで私は初めて、社会科は、『教科書で勉強するものではない』『社会の進歩に尽くす能力を持った子どもにしなければならない』という文部省の考えに驚いたのでした。つまり、社会科の勉強とは、教育するための施設が整えられていなければ、『整えるための能力を持った子どもにする』学科なのでした。そのことが教科書のまえがきに書かれてあったのです。つまり『この教科書は、わが国のいなかの生活がどのように営まれてきたか、その生活に改善を要する面はどんなことかを学習するに役立つように書かれたものである』のであり、だから、いなかに住む生徒は、改めて自分たちの村の生活を振り返ってその欠点を除き、新しいいなかの社会をつくり上げるように努力することがたいせつであったのです」

無着先生は、黒板の下に釘を打ち、数々の雑誌をひもでぶらさげた。だが、子どもたちにはあまり本を読むことがこれまでなかったから積極的ではない。本のおもしろさを教えよう、無着先生は昼休みに本の読み聞かせをした。無着先生の実践は他の先生に広がり、学校全体で読み聞かせが展開された。

生徒自治会の生活部が学校内に理髪店を開いた。バリカンを持って生徒同士で頭を刈り合う。無着先生も生徒の頭を刈ったり、先生も刈ってもらったりした。刈り終わった人は川の水に頭をつけて石鹸で洗った。バリカンも石鹸も、百四十名の生徒たちがワラビを採ってきて売り、稼いだ金で買った。学校文庫の本も買った。学校新聞のガリ版印刷と紙代にもなった。バスケットボール、バレーボール、卓球用具も購入した。科学研究の器具や材料、木工用具もそろえ、廊下の修繕、掃除用具にも使った。

本の購入のときは無着先生も一緒に街へ徒歩で行った。帰りは本をみんなで背負って帰ってきた。

「山びこ学校」は生活共同体になった。

　弾圧をくぐり抜け教育の道を生き抜いてきた国分一太郎は、『君、人の子の師であれば』を著し、教員たちに呼びかけた。

「子どもには、相手がどんなに幼くても、一人の人間、一市民としてあつかう態度を持つように、あなた自身は、一市民であることの誇りを持ち、一市民であることの権利を高く掲げ、その身体的精神的自由を追求し、それを保持するように努力しなければなりません。子どもを、自分の目で見、自分のコトバで自由に意見を言い、自分の頭で考え、自分の判断に基づいて行動する人間に育てねばならないのなら、この仕事に従事する教師も、そうでなくてはいけないのです」

　大関松三郎の詩集『山芋』の感動も大きかった。新潟県黒条村の小作農の家に十人の子どもが生まれた。松三郎はその三番目だった。松三郎は小学校で寒川道夫の指導を受けて生活詩を書いた。

　松三郎は弟の子守りをし、田畑を耕し、必死で働く。米が盗まれていく夢を見た。「どろぼうが米を盗んでいく」と怒鳴ったら目が覚めた。収穫した米は半分年貢で取られてしまう現実があったのだ。

ああ　いやいや
いやな歌だ
「どかたころすにゃ　はものはいらぬ
雨の十日もふればよい」
町の運送屋でおぼえてきた歌を
兄はいねかけしながら歌っているのだ
なんという　やけくそな
ひとをこばかにした歌なんだろう
「そんつら歌　やめれ」
と　おれは稲たばをなげながらどなった
「へっへっへ　おおきに
やめれったって　やめられっか
ほんとのことが　やめられっか」
兄はふざけて
かえって大きなこえで歌いだす
おれはくやしくて　稲をぎゅっとつかみ

力いっぱい　なげつけながら
どなりかえす
「うそでも　ほんとでも
そんつら歌　やめれ」
「おおっ　そおっか
百姓ころすにゃ　はものはいらぬ」
「ちきしょう　ちきしょう」
おれは兄をはしごからたたきおとすように
稲をどんどんぶっつけた

寒川は、治安維持法によって特高警察に捕らえられ、二年半牢獄につながれた。松三郎は、高等小学校卒業後、機関助手として勤務した後、海軍通信隊員としてマニラに赴任し、その途次、乗っていた輸送船は、魚雷攻撃を受けて沈没した。松三郎は戦死、十八歳だった。寒川の教え子は、二十三名が戦争で死んだ。

寒川は、一九五一年、官憲に没収されていた大関の遺稿詩集を出版した。それが『山芋』であった。

これらの実践を読んで万太郎は理想に燃えた。だがたちまち現実問題にぶつかった。クラスに、授業を静かに聞くことができず絶えずしゃべる子がいる。万太郎が話していると、そのときそのとき頭に浮かぶ思いをすぐさま大声で発言するから、話が遮られ、万太郎はいらいらして注意する。しかしその生徒は聞かない。再び叱責する。その子は意図的に授業を妨害しているのではないにしても、学習の集中を妨げてしまう。万太郎は悩んだ。万太郎はその生徒の行為ばかりに気を取られ、その子の何がそういう反応になるのかという思考が浮かばなかった。大学では、児童の育ち方に現れるさまざまな問題や障害について学ぶことはなかった。万太郎は現象面にいらだち、叱って黙らせようとした。しかし彼は反抗し、より激しく大声でわめいた。万太郎に笑顔が消えた。いったいどうしたらいいのか。教育実習のときの楽しいクラスが頭に浮かんだ。

万太郎はついに、「お前は病気か」と怒鳴ってしまった。

翌日、その子の母親とＰＴＡ学級委員が学校にやってきた。母親は万太郎の発言について抗議した。だが万太郎はその発言の重大な問題性を認識できなかった。人間の育ちにおける障害や心の病気についての知識、偏見や差別についての認識、それらの欠如があらわになり、万太郎は暗い穴に落ち込んでいった。

数日して、親は、子どもの転校を決意し実行した。万太郎は愕然とした。そんな重大事になるとは思いもしなかった。考えてみれば、その子の状態についてもっと知ることができたはずだった。その子が小学校のとき、どのようだったのか、小学校の担任の先生から聞くこともできた。何よりも何よりも、その子自身とじっくり話をすることが必要だった。その子の思いを聞くこと。だが万太郎は、現象だけを見て、「やっかいな子」だと決めつけて抑えようとした。同僚や先輩教員に相談し、助言を受けることも考え及ばなかった。万太郎は苦悩し、大学の指導教官柿本助教授に手紙を書いた。柿本助教授は学校に飛んできて、校長と面談し、万太郎から話を聞いて助言をくれた。

「教育実習のときのあの元気を取り戻しましょう。あの元気はどこへ行ったのですか。子どもの声に耳を傾けること、その子の奥に潜んでいるものを聴きとること、それができる教員になるため、今はその試練です。子どもは発達に差異があり、障害のある子もいる。コミュニケーション能力が不充分な子もいる。その子は先生に聞いてほしくて、授業のなかでたびたび声をあげたんではないですか」

あの子は先生に聞いてほしかった。話したかった。そういう発想が万太郎になかった。逆にその声を邪魔なものと思って困惑した。子どもは自分の思いを拒絶され、余計に声を上げていたのか。

柿本助教授は、最後にあの和歌を口ずさんだ。

北へ行く雁ぞ鳴くなる
連れてこし数は足らでぞ
帰るべらなる

その子は転校した。万太郎の頭に、「罪」という文字が刻まれた。

五十余人のすし詰め教室。まるごと新卒教員の自分一人に委ねられている。教室は閉ざされた空間だ。外からは何も分からない。自由に教えることは価値の高い宝だが、危険性もはらむ重大な責務なのだ。この職場のなかで、教員の人間性が子どもたちの心や体に関係していく。自分はその使命に耐えられるか。そのような力量を持っているか。楽しい授業、楽しいクラス、それを創るのは畢竟自分自身なのだ。子どもたちを前にして、何を語り、何を教え、何をするか。

元気をよみがえらせたのは、登山部だった。

夏休み、一泊の金剛登山を計画し、テント、飯盒、大鍋などを生徒会予算で購入した。夏休みに入ると、校庭にテントを張る練習をして、出発の前日は生徒たちと市場へ食料を買い出しに行った。

登山の日、助っ人に生活指導部長の横山先生が来てくれた。十人の生徒と一緒に学校を出発、富田林駅からバスで千早村に入った。テントは昇が担いだ。昇の家は淀川堤防の下にあり、牛飼いをして牛乳を販売している。昇に「牛」というニックネームがついた。「ピーナツ」というあだ名の小柄な司郎は、アルマイトの大鍋をザックにくくりつけ、歩く姿はそっくり亀だ。頂上に着くと、ブナ林にある国見城址にテントを張った。グランドシートを敷くと、清潔好きの生徒はシートの上のほんの小さな草の葉も取り除いている。

「今晩気持ちよく寝るところだからね」

シートの下にはクッションの草を敷いた。たったの一夜でも快適に眠れるようにしよう。飯ごうで飯を炊き、カレーをつくる。夏の遅い夕闇が迫ってくるとキャンプファイアーだ。

「きもだめしをしよう。一人ずつ、懐中電灯を持って、暗闇の向こうの大木まで行って帰ってくるんや」

横山先生はお化けになり、やってくる生徒を隠れて待ち受けた。生徒たちは恐る恐る出発し、腰をぬかさんばかりに逃げ帰ってきた。ブナ林の闇は深い。自然界の底知れぬ深さを感じる。

寝袋は予算不足でまだ購入できない。生徒たちは、タオルケットをかぶり、体をくっつけて寝た。笑い声が遅くまで続いていた。

テントに忍び込む冷気で目が覚める。うっすら明けてくると小鳥が鳴き出す。生徒たちは薪を集め、朝飯の用意だ。東に広がる大和の青垣山から日が昇ってきた。その日、山頂から南へ延びる長大な南尾根を、紀州の山並みを眺めながら紀見峠に下った。ポポポポポポ、ツツドリがひねもす鳴いていた。

夏休み期間中に、教育キャンプ指導者連盟の講習会と、野外活動教育指導者連盟の講習合宿が開かれ、万太郎は二つの講習会に参加した。前者は信太山、後者は能勢のキャンプ場が舞台、両合宿はまさに歓喜の体験だった。一日は歌で始まり、歌で終わる。朝から夕方まで、歌が登場する。いつでも口ずさめる短い歌を指導者が歌うと、すぐさま参加者は覚えて歌う。夜明けの歌、夕べの歌。

朝霧ついて　カッコウが鳴く
かなたの森に　カッコウの声
カッコウ　カッコウ　カッコウ　カッコウ

夕もやこめて　フクロウが鳴く
梢の月に　フクロウの声
ホッホー　ホッホー　ホッホー　ホッホー

短いが、暮れなずむ夕べの歌は美しい。

夕べ　峰に訪れて
あかね空に　陽は入りぬ
流れる雲は紫に
あしたを告げる　星月夜

昼間は、各種のゲーム、自然観察、幕営技術の実習があり、フォークダンスを習った。夜には壮大なキャンプファイアーが行われた。キャンプファイアーは火の儀式であり、芸術であった。点火の儀式から始まり、歌、遊戯、寸劇と多彩に展開する。途中で、沈黙の夕イムがあり、静寂のなかみんなで星空を眺める。古代ギリシアの野外劇場さながら、夜気に包まれ満天の星のもとに繰り広げられる祝祭であった。

自然界のなかで繰り広げる、火の祭りが、教育活動として創造されていることに万太郎の驚嘆は大きかった。歌い、遊び、学び、生活をつくっていく。助け合い、仲良くなっていく。とにかく楽しい。自己を解放する楽しさが合宿生活にあふれていた。

万太郎は、さらに淀川地域のボーイスカウトの団から誘いがあって、少年団の主催する指導者講習会にも参加した。学校という枠の外の社会教育活動であるボーイスカウトの歴史や理念、世界的に積み上げられてきた活動の持つ奥深い価値を知る。万太郎が特に驚嘆したゲームは、淀川の右岸と左岸を舞台にした広域ゲームだった。淀川の流れと堤防の間には広大なアシのジャングルが広がる。両岸の堤防ははるかに離れ、十八門鉄橋が架っている。この舞台のなかで物語を描き、二つのグループに分かれて探索、追跡を展開する壮大なゲームだった。ボーイスカウトの講習会からも新たな感動と認識を得、夏休みは発見と学びの連続になった。

戦後澎湃として興ってきた豊かな教育創造、何も知らなかった万太郎の体験と認識は未来につながっていくだろう。期待が万太郎の胸に満ちた。

萩さんは万太郎のよき仲間となった。彼は大学の管弦楽団でコントラバスを弾いていたと言った。

学校には宿直制度があった。管理職以外の男性教員には宿直が割り振られる。家庭を持っている教員は宿直を若い独身教員に頼んで代わってもらっていた。萩さんも万太郎も月に数回宿直を引き受け、いくらかの宿直手当が収入になった。

安保闘争は激烈を極め、六月の全学連の国会突入デモで東大生の樺美智子が殺された。それにもかかわらず、学校の組合員は、分会委員長の横山さん以外は闘争に参加していなかった。サンペイはたぶん活動しているだろうと万太郎は思うが、この学校にはその動きはなかった。万太郎が授業の休憩時に廊下を歩いていると、一つの教室から「アンポ」「ハンタイ」という数人の男の子の声が聞こえ、続いて「ハンタイ」という数人の男の子の声がした。のぞくと、ホウキを横にして持った三人の男子が足を揃え、

「アンポ　ハンタイ　アンポ　ハンタイ」

と叫びながらデモのまねをして遊んでいた。

夏休みに入る前、万太郎は、日本教職員組合発行の『教育新聞』を開いて驚いた。夏休みに開催されるさまざまな民間教育研究会が一覧表になって数ページに渡って特集されていたのだ。教科指導、生活指導、作文、同和教育、外国人教育、障害児教育、演劇教育、カウンセリング、野外活動、合唱、民舞などなど、全国津津浦浦で開かれるあまたの研究会の紹介だ。戦後、民主教育を創造しようと、民間の教育研究団体が全国に澎湃（ほうはい）と立ち上がり、夏の研究会には各地からはせ参じる教師たちの熱気があふれていたのだ。ああ、こんなにも、こんなにも、教員たちは動いている。今年は野外活動とキャンプの講習会だが、来年は教科の研究集会に参加しなければならない。万太郎は固く思った。

十月十三日の朝、衝撃のニュースをテレビが伝えた。浅沼稲次郎が刺殺された。社会党委員長の浅沼稲次郎が日比谷公会堂の演壇において、十七歳の右翼少年に殺された。


ただごとではない。万太郎の胸がざわめき、いてもたってもいられなくなった。学校へ行くと横山先生から、抗議の集会が午後大阪城で開かれると聞いた。此の期に及んで、お前はまだ動かないのか、お前は何に引きづられているのか、先輩後輩の関係にしばられているのか。万太郎は萩さんに声をかけた。すると彼も同じ思いにあり、二人は生徒の下校を見届けると学校を出た。上町台地の大阪城が夕陽に輝いている。西の丸広場に近づいていくと、ぞくぞくと会場に向かう人たちの姿があった。広場は参加者で埋め尽くされていた。教組の旗、自治労の旗、民間労組の旗がなびく。ステージに設置されたスピーカーから流れる鎮魂の歌声は会場に響き渡り、歌を聞くにつれ悲嘆の空気が会場に満ちた。歌詞が配られ、目を落とすと、『同志は倒れぬ』とあった。

正義に燃ゆるたたかいに
雄々しき君は倒れぬ
血に汚れたる敵の手に

君はたたかい倒れぬ
プロレタリアの旗のため
プロレタリアの旗のため
踏みにじられし民衆に
君は命を捧げぬ

重く沈んだ調べに怒りと悲壮感が込み上げた。萩さんはペンをポケットから取り出し、配られた歌詞の紙の裏に五線を引いた。歌詞は三番まであった、繰り返される曲を聞きながら、萩さんは音符を書き入れていった。さすが音楽の教師だと、万太郎は感心した。歌は万太郎の頭に深く記憶された。

敗戦後十五年、日本の民主主義はどうなっているんだろう。またまた戦前のような暗殺だ。オレたちは、何をしているのか。お前はこの学校で何をなすべきか。

子どもたちが意見を出し、討議を進めながら、クラスや学校、社会をつくっていく、そんな教育を本気で考えよう。

秋も深まったころ、万太郎はクラスで大根を育てようと思い、タネを買ってきて、生徒たちと校舎の西側に畑をつくった。これから寒くなるから、防風対策をしておこう、淀川の河川敷からアシを刈り取ってきて、畑の周りに壁をつくり、淀川堤防から吹き降りてくる風を防ぐようにして種を蒔いた。だが、蒔く時季が遅すぎた。冬が駆け足でやってきて、種は芽を出さなかった。温かさ、水分など条件がそろわないと芽を出さず、育ちには肥料分も必要とする。育つ環境、育つための条件がそろって植物は育つ。教育も、子どもたちが育つための条件が必要だ。

万太郎は宿直当番の日、生徒に「今晩宿直や」と言って飯盒で飯を炊く。いつも何人か生徒が遊びにやってきて、一緒に飯を食った。

教員の世界にはいくつかの学閥があった。これがなかなかしぶとい問題であることが分かってきた。旧制の大阪の男子系師範学校は天王寺と池田に二校あり、それが別々の同窓会をつくっていた。戦後の制度改革によって師範学校は統合されて大阪学芸大学になったにもかかわらず、師範学校時代の同窓会は統合せず、大阪の教育界で依然として組織を保持し、現場の学校に影響を及ぼしていた。力を持ち続けるために新たな卒業生を自分たちの同窓会に入会させ、学閥としての存在を強化してきた。学閥が力を持つのは、管理職登用に役立つからであった。師範学校系に対して、他の一般大学の卒業生は対抗して組織をつくっていた。学閥と学閥は隠然と対立した。

単なる同窓会なら問題はないが、学閥が人事に影響を与え、管理職や教育委員会などのポストを握るということであれば、教育への影響が出る。職場には、先輩後輩の縦のつながりができていた。万太郎は、大学の先輩との関係を保ちながらも、学閥を超越しようと、他県の大学出身者とも親しくした。年配の美術の教員、コンちゃんはひょうひょうとして、いつもニコニコ笑っている。学校内のごたごたからは超然として、放課後は宿直室で誰かと囲碁を打っていた。英語教師、アラーキーさんは、戦時中陸軍の特務機関で諜報活動をしていたという怖い前歴の持ち主で、柔道は黒帯、容貌から「ゴリラ」のニックネームを生徒たちはつけていたが、怒ったことがない。いつも生徒とふざけて遊んでいる。家は、奈良の耳成山の麓。耳成山には不思議なたたりがあり、頂の石を麓に下した地元の人が何人か死んでしまったという話をしてくれた。

戦前の軍人や教員が多用した頬をたたく行為は生き残っていた。万太郎の一年先輩のイケさんは、ときどき頬をたたく。彼は後輩である万太郎に親しい感情を抱き、万太郎を誘ってバーでおごってくれる。柔道の有段者だったが、猛烈な読書家で、通勤の道でも学校の廊下を歩くときも本を手にして読んでいる。万太郎が、黒島伝治の「渦巻ける烏の群れ」を読んでいるのを見た彼は、たちまち黒島伝治論を語り始める。

「それは黒島が召集されてシベリアに出兵したときの体験に基づいた小説や。雪のシベリアに駐屯する日本軍の大隊長が、誤った命令を下したばかりに、中隊は全員凍死してしまうんや。伝治は文芸戦線に入っていたために、特高警察に常に監視されていたんや」

イケさんの話は思いがけないものだった。そういう人がなぜ生徒の頬をたたくのか。目に余る行為があると、彼は腕に唸りをつけた一発を見舞う。生徒は恐怖し、彼が教壇に立っているとき生徒はコトリとも音を立てない。それがイケさんにとって快感なのか、そこから生徒に何かを生み出そうとしているのか、分からない。彼がなぜプロレタリア文学を読んでいるのか不思議だ。文学論になると、あふれるように情熱的な言葉が出てきて、万太郎がふとゲーテとベートーヴェンについて口にすると、彼はとうとうと語った。確かに彼は博識であった。

　万太郎が、岐阜の八開中学校で実践されている「バズ学習」の記録を読んでいると、イケさんはあきれたような顔をした。生徒たちが小グループをつくって討論をするバズ・セッションは、蜜蜂がブンブン羽音を立てることからきている。グループでガヤガヤと意見を交わしながら究明していくこの学習方式を、万太郎は授業や学級活動に取り入れたが、それはイケさんの理想とする授業の対極にあるようだった。それではプロレタリア文学の思想とは矛盾するではないかと万太郎は思う。

　ある日、彼はこんなことを言った。

「ルソーの『エミール』が教育の原点だよ」

『エミール』だって？　早速万太郎は『エミール』を読んだ。序文にこんな文章があった。

「われわれには、子どもというものが全く分かっていない。子どもについて持っている観念が間違っているのだから、進めば進むほど、正道をそれていく。最も賢明な人たちでさえ、子どもがどれだけのことを学びうるかということを考えもせずに、大人が、何を学ぶべきであるかを一生懸命考えている。彼らは常に子どものなかに大人を求め、大人になる前に、子どもがまずどんなものであるかということは考えもしない。それこそ、私が精魂を傾けて研究したことなのだ」

『エミール』が完成したのは一七六〇年、ルソーが四十八歳のとき、二百年も昔だ。

「現在を不確かな未来のために犠牲にし、子どもにあらゆる種類の枷（かせ）をはめ、訳の分からない幸福と称するものを遠い将来に用意するために、まず子どもをみじめにすることから始める野蛮な教育を、どう考えたらいいのか。不幸な子どもたちが徒刑囚のように苦役に従事させられ、どうして憤慨せずにいられれよう。どれだけの子どもが、父親や教師の、途方もない知恵の犠牲となって死んでいったことか」

　エミールという子どもを通して、ルソーは教育を語る。幼児期について、こんな記述があった。

「転んでも、頭にこぶをつくっても、鼻血を出しても、指を切っても、私は驚いて子どものそばに駆け寄ったりしないで、しばらくの間は、じっとしているだろう。子どもがそれをがまんするのは、一つの必然である。いかに私があわてふためいても、子どもをいっそうこわがらせ、その痛みを増すだけである。けがをしたとき、われわれを苦しませるのは、傷そのものよりも、恐れの気持ちなのだ。私はせめて、この二番目の苦しみだけはさせないでおく。私がそのけがをどう判断しているかを見て、彼は自分のけがの程度を判断するに違いないのであるから。私が冷静を保っているのを見れば、やがて彼も落ち着きを取り戻し、痛みを感じなくなれば、もう傷は治ったと思うことだろう。この年頃にこそ、人は初めて勇気を持つことを覚えるのだ。そして、おろおろせずに軽い苦痛を忍ぶことによって、だんだん大きな苦痛に耐えることを学ぶのだ」

　ルソーは、幼少時期の子どもの五感、すなわち視覚、聴覚、嗅覚、触覚、味覚を鍛えることを重視した。五感を鍛えるには、体験して機能を敏感にする必要がある。

「夜の暗い部屋のなかに子どもがいる。手を叩いてごらん。その反響によって、そこが広いところか狭いところか、自分が真ん中にいるのか隅っこにいるのかが分かるだろう。もしどこか戸が開いていれば、空気のかすかな流れによって分かるだろう。夜の遊びをたくさんさせることだ。夜が人間をおびえさせるのは自然なことだ。……

　チェロの胴に手を置いてみれば、目の助けも耳の助けも借りずに、木の胴の振動の仕方によって、発している音が低いか高いか、第一弦が鳴っているのか、第四弦が鳴っているのか判別できる。触覚を訓練すれば、だんだんに敏感になって、そのうち一曲全部を指で聞くことができるまでになる」

ルソーは音楽家でもあった。指で音楽を聞く。もしそれが可能だとすれば、聴覚障害者に音楽で話しかけられるのではないかと、ルソーは考えた。

どうして生徒はいつも牛の皮の靴を履いていなければならないのか。

「冬の真夜中に、街のなかに入ってきた敵に目を覚まされたジュネーブの人たちは、靴より先に銃を取り上げた。もし市民たちが裸足で歩けなかったら、ジュネーブは占領されたかもしれない。常に不慮の事故から守れるように、エミールには毎朝裸足で、どんな季節でも走り回れるようにしたい。肉体の発育を助けるあらゆる運動をし、どのような姿勢のときも安定した体位をとれること、遠く高く飛び上がったり、木によじ登ったり、塀を乗り越えたりできて、いつでも体の平衡を保てる力をエミールにつけたい。……

わたしは、生徒を岩山の麓に連れて行く。そそり立つ、でこぼこの道を軽々と歩いていくためには、どんな姿勢をとらなければならないか教える」

万太郎は共感した。日本の学校も家庭もこれとは逆の道を歩んでいると思う。だが、それでは、なぜイケさんは『エミール』を教育の原点とするのか。自分のやっていることとルソーの『エミール』は矛盾するではないか。あるいはイケさんは、自分なりの論理を持っているのだろうか。

ルソーは九歳のとき、イギリスのデフォー作『ロビンソン・クルーソー』を読み、その後この小説を読むことを推奨していた。万太郎は我が意を得たりと思う。

無人島に漂着したクルーソーは、島で一人生活する。難破船に残されていた小麦を蒔き、山羊を飼い、オウムと会話し、二十八年間自然生活をした。万太郎はこの小説によって冒険への憧れを掻き立てられた。ルソーは言う。

「ロビンソンは島のなかでたった一人、同胞の助けもなく、いかなる技術の道具もなく、それでも生き長らえ、生命を守り、そして一種の幸福さえも手に入れた。この物語はエミールの遊びともなり、勉強ともなる物語であろう。わたしは彼が、それに熱中して、絶えず彼の城や、山羊や、農場のことを考えるようであってほしい。実地に即して、知らなければならないあらゆることを学び、自らロビンソンになったような気になってほしい。ものがなくなり欠乏した場合、どんな手段を講ずるべきか、うまいやり方はないかどうか。失敗を見つめ、轍を踏まないように、過失を利用するようであってほしい」

万太郎は、男の子たちに勧めたい本のなかに、この『ロビンソン・クルーソー』と『十五少年漂流記』があった。『十五少年漂流記』は、少年たちが知恵と力を合わせて共同で生き抜いていく。

『エミール』は万太郎の胸に落ちる。

「生徒の注意を自然の諸現象に向けさせるのだ。そうすれば、やがて彼は好奇心を示すようになる。不毛の平原を歩き回ったことがなければ、灼熱の砂に足を焼かれたことがなければ、直射日光を受けた岩の、むせかえるような反射に胸苦しさを感じたことがなければ、どうして美しい朝の新鮮な空気を味わうことができよう。どうして花々の香り、緑の美しさ、朝露のうるおい、やわらかい芝生の優しい踏みごこちが、彼の感覚を魅了できよう」

学者であり登山家でもあった桑原武夫は、ルソーを研究し、紹介した。ルソーは、「自然の教育」と「事物の教育」、そして「人間の教育」の三つを考えた。この三つが一致して同じ目的に向かっている場合だけ、よい教育が可能になる。エミールの教育は「自然の教育」を中心に行われる。自然を観察するがいい。自然が示してくれる道を行くがいい。自然の法則に逆らうな。自然の発育に応じて教育せよ。子どもは教師の弟子ではない。自然の弟子だ。「自然の教育」は、子どもの自由を尊重することを原則とする。したがって自発性が尊重され、詰め込み主義は排斥される。教師の役目は生徒にものを教え込むことではなく、知りたいという欲望を起こさせることにある。真理を教えるのでなく、子ども自らが真理を発見し、自ら誤りを改める方法を示すことである。子どもが、してはならないことをしたり、しなくてはならないことをしない場合にも、罰したり強制したりしてはならない。

「ルソー」に学ぶことを桑原武夫は称揚した。

閉鎖社会の権力性の最たるものは軍隊だ。戦前の日本の学校は強い兵士を育てるために軍隊式教育を行った。それが戦後もなお残り続けている。

野間宏の小説『真空地帯』は野間の体験をもとに日本の軍隊の構造をつぶさに描いていた。

曽田という兵士が登場する。曽田は大学を卒業して教員になった。そして召集されて軍隊に入った。曽田は自分という人間を分析する。軍服を着た自分の内側に、経済学と歴史学を勉強してきた元の自分がいる。しかし軍服を着た自分は、軍隊によって、本来の自分とをへだてられている。自分はここにいるにもかかわらず自分は遠い世界へやられ、うめき声を上げている。

「兵営ハ苦楽ヲ共ニシ　死生ヲ同ウスル軍人ノ家庭ニシテ　兵営ノ要ハ　起居ノ間　軍人精神ヲ涵養シ　軍紀ニ慣熟セシメ　鞏固ナル団結ヲ完成スルニアリ」

この綱領を初年兵のときに叩き込まれ、暗唱させられた。曽田はそれを頭のなかで置き換えた。

「兵営ハ　条文ト柵ニトリマカレタ一町四方ノ空間ニシテ　強力ナ圧力ニヨリツクラレタ抽象的社会デアル。人間ハコノナカニアッテ　人間ノ要素ヲ取リ去ラレテ兵隊ニナル」

曽田は思う。兵営には空気がない。強力な力による真空地帯だ。人は、自然と社会を奪い取られて、ついには兵隊になる。

兵営の消灯ラッパが鳴ると、曽田の耳にはこう聞こえた。

ヘイタイサンハ、カワイソウダネ
マタネテナクノカヨ

軍隊は上下の階級構造によって固められた異常な暴力装置であり、極端な閉鎖集団だった。敗戦によって軍は滅んだが、学校という閉鎖集団に権力性をはらむ体罰が生き残った。

秋の遠足の計画を、万太郎は任された。目的地は奈良公園だ。万太郎は下見に出かけ、この大きな歴史遺跡公園でどのような遠足にするか考えた。観光バスは使わないというのが学校の方針だ。学校から奈良まで市電、国電、近鉄電車、すなわち市民と同じ手段を利用する。地理を知り社会を学ぶことになるからだ。奈良公園でのコースは、観光客のあまり来ない、大和の歴史と秋を感じることのできるルートを探した。興福寺、東大寺裏、二月堂、春日大社、あしびの森……。クラス単位に、人の少ないルートで味わう奈良公園だ。遠足のテーマは、

「大和の秋を発見せよ。コースのなかで謎を見つけよ」

　遠足はのんびりと楽しい探索となった。

滅びゆくもの

　万太郎に、学校新聞部の顧問になってくれないかと声がかかり、初めて体験する仕事だけれど引き受けた。学校新聞部員募集に入部してきた生徒たちも全く初めての体験であるから、どんな記事を載せようかという相談から始まった。まず自分たちの校区を知ろうということになり、足で歩いて探索し取材することにした。

「昔の毛馬村はどういうところだったのか、古老を探して話を聞こう。それを記事にしよう」

　江戸時代、毛馬村で生まれた与謝蕪村は「春風馬堤曲」という詩をつくっている。「馬堤」は、毛馬の堤だ。まずそれを読んだ。

　蕪村は一日、ふるさとに老いたる友を訪ね、淀川を渡り、毛馬堤を歩いていった。堤の上で若い娘さんに出会った。娘さんはやぶ入りで、実家に帰るところだというから一緒に行った。

　　やぶ入や浪花を出て長柄川

　菜の花が咲き、ヒバリが鳴いている江戸時代の毛馬村。

「きれいな景色やったやろね」

「昔の毛馬を知っているお年寄りはいるかな」

　もう毛馬町は集合住宅や工場、官舎などが建て込み、昔からの古い家はわずかしか残っていない。正明、海三郎、隆夫は毛馬の古老を訪ね歩き、薬師如来の石仏を発見してきた。佑子、安子、光子の訪問した一軒の老夫婦は、内職に忙しく、年輪を刻み込んだ顔に光る涙を見て、みんなの胸が詰まり、あまり話が聞けなかった。

「西川さんのおじいちゃんは、昔から毛馬に住んでいる人よ」

光子は級友のおじいちゃんを提案した。西川さんのおじいちゃんの家は、淀川堤からそんなに離れてはいなかった。おじいちゃんは、座敷に座って、元気に話してくれた。

「昔はのう、毛馬はおいしい大根の産地やった。毛馬大根と呼ばれて有名やった。毛馬村には水路がめぐらされていてな、水路は旧淀川につながっとったから、難波(なんば)まで伝馬船で作物を運ぶことができたんじゃ。豊かな自然が残っていて、タヌキやキツネも住んどった。春はレンゲの花や菜の花が咲き、うっとりするほどやったな」

おじいちゃんは、毛馬に伝わる子守唄があると言った。みんなはびっくりした。

「歌ってみよか」、おじいちゃんは歌い出した。

ねんねころいち天満の市や
大根そろえて舟に積む
舟に積んだらどこまで行きゃる
木津や難波の橋の下

歌は二番もあり、おじいちゃんはいい声で歌った。

「毛馬の子守唄、大発見。これはすごい」

みんなは興奮し、録音機を学校へ取りに帰って歌を録音した。毛馬の子守唄発見、学校新聞トップ記事だ。

「先生の少年時代」は連載記事だ。コンちゃんがトップ。コンちゃんは京都の美術学校で学んでいたときの話をしてくれた。ハスの花が朝早く開花する瞬間にポンと音を立てるということを聞いて、その話が本当か、コンちゃんは夜明け前に寮を出て、大沢の池に行って耳を傾けていた。けれどなんの音もしなかった。コンちゃんはそう言って、ウッフッフと笑った。

記事はそろった。タブロイド版の活版印刷にするから、専門的な紙面への割付の仕方などは森之宮の丸石印刷の親方に親切な手ほどきをしてもらった。

新聞は完成、印刷インキの匂う学校新聞が学校に届けられた。階段踊り場下の倉庫を使った新聞部の室に集まってきた部員たちの顔に、喜びと誇らしさがあふれていた。

この新聞を大阪市の学校新聞コンクールに応募した。二月の朝、正明が新聞を持って職員室に飛び込んできた。

「先生、やったー、この記事見て！」

見ると。学校新聞『よどがわ』がコンクール銀賞になっている。部員は大喜びだ。

毛馬の子守唄をもっと調べてみよう。万太郎は部員を連れて中之島図書館に行って資料にあたってみた。すると、作家の住井すゑさんのエッセイのなかに同じ子守唄が出ていた。万太郎は住井すゑさんに手紙を出した。返事が来た。

「この子守唄は大阪で聞きましたが、詳しいことは分かりません」

住井すゑさん、ありがとう。

登山部と学校新聞部は、万太郎に力を呼び戻した。

祖母ヒデが脳溢血で倒れた。学校から飛んで帰ると祖母はすでに息を引き取っていた。祖母は外で洗濯していて、突然倒れたという。万太郎は葬儀の手続きをした。タモツさんに連絡すると、タモツさんは黙礼をして、遺体を着せ替え、納棺してくれた。タモツさんの手つきは厳粛で礼儀正しく、見事なものだった。この村の人たちは、これまでみんな岡さんのお世話になってきた。

葬儀が済み、棺は祖父のときと同じように近所の人たちに担がれ、火葬場でタモツさんによって荼毘にふされた。見慣れた白い煙が煙突から上がり、夕闇に消えていく。父は複雑な思いで煙を見ていた。父と祖母とは、同じ家に住みながら心は断絶し、ほとんど会話がなかった。万太郎が山へ出発するとき、祖母はいつも、

「変わった子が生まれてきたもんや」

と漏らしていたが、その言葉は万太郎の心に強く残る。祖母は一人っ子の父を育てることができなかった。父は旧制中学に入ったものの、心を病んで、岡山の親戚の家に預けられ、姓も変えられた。中学は退学、父は親もとに帰ったが、親子の心のつながりは淡く、農

家の長女であった母と結婚して自立したのだった。

家族を養うという使命感だけで生きる父は、隣近所の人たちとも交際せず、自分の殻に閉じこもり、本を読んでいた。毎月父は『リーダーズダイジェスト』を購読し、万太郎は読み終わったその雑誌を読んでいた。

父に精神的な症状が出たのは万太郎が高校生になった頃だった。手がぶるぶると震え、字が書けない。父は毎日字を書く練習をした。症状が治まると、父はときどき外で酒を飲んで帰るようになった。泥酔して仕事から帰ってくる日は、ウォー、ウォーと大声で吠える声が下の道から家まで聞こえた。母は迎えに出て、父を支えて家に入れた。家族はおびえた。ろれつの回らない口で父が言った。旧制中学時代、同姓同名の同級生がいた。今その男は大学の教授になっている。その言葉を聞いて万太郎は、父の心の闇を知った。それから数日後、母が悲壮な顔で言った。父が駅のフォームから飛び降りようとしたというのだ。危うく踏みとどまり、危機を回避させたのは、五人の子どもを養うという使命感だったのだろう。戦後の食糧危機の時代、父は、サツマイモの苗を買いに、高安山の麓の恩智まで、子どもを連れて二時間かけて歩き、苗を買ってきたことがあった。米づくりも試み失敗した。父はただただ食料確保と、家族を養うことに必死で生きてきた。

万太郎が高校生のとき、父が一本の木の苗を持って帰ってきたことがあった。

「これはモクマオウという樹や。木の魔王や」

大きくなる木らしい。父は苗を子どもに任せた。調べてみると「木魔王」ではなく「木麻黄」だった。万太郎は苗を植えたが、そのあとの世話を怠り、モクマオウは干天の夏に枯れてしまった。

父の症状はその後回復したが、父は自分の世界に生きている。

墓地の岡家の変化は大きかった。軍隊がえりの健さんはとっくに姿を消し、どこかで暮らしている。仲の良かった優しいトシ子ちゃんも消えてしまっていた。フーちゃんの行方は誰も知らない。悪いことをして捕まったのではないかと万太郎は想像する。猟が生き甲斐だったおじさん、心優しいおばさんは、いつのまにか亡くなり、タモツさんが荼毘にふした。残ったのはタモツさん一人、火葬と墓地の管理を黙々と行っていた。結婚できず、友なく、孤独感が表情に滲み出ていた。

　風に吹かれて一つの噂が万太郎の耳に入った。健さんとトシ子ちゃんは三里ほど西にあるムラに住んでいる。少年時代、牛たちが列をつくって向かった屠場のあるムラ。教育実習のとき、クラスを和ませてくれた三人の朴訥な子どもたちのムラ。そのムラは二人の安住の地になっているのだろう。

　お盆が近づいた頃、話し声が墓地から聞こえた。誰かが万太郎の家と墓地の間にある生け垣の向こうにいる。見ると三人の姿が見えた。そのなかの若い女性が小さな女の子を連れていた。トシ子さんではないか。万太郎が家を出て声をかけると、女性はニッコリ笑った。トシ子さんだった。若さの香る彼女は、女の子を指して、

「私の子」

　と言った。彼女は結婚し、母親になっていたのだ。

「お墓参りに来たの」

　そうか、そうだったのか、岡家の墓が、この村の墓地の片隅に設けることができていた。よかった。墓まで差別はされていなかった。

「マンちゃん、学校の先生になってるんやって？」

「うん」

「この子、学校に行けるよ」

「ああ、よかった」

　墓参りを済ませたトシ子さんたちは帰っていった。どこに住んでいるのか、それを聞き逃した。

　新しい町営の火葬場が、柳一の家から目と鼻の先にある雄略天皇陵近くの墓地につくられた。柳一の言うには、そこは最新設備を備え、棺を炉に納めるとき、笙シチリキの雅楽の音が鳴るそうだ。柩は重油バーナーで焼かれる。町営の火葬場はここだけになり、自動車の霊柩車が町で購入された。

　技術は進歩し、文化も変化する。だがそれはタモツさんの仕事がなくなることであった。岡家が先祖代々世襲で続けてきた火葬場は壊されて姿を消した。タモツさんは、墓地のあばら家に一人暮らしていた。仕事

もなく心が荒れて、ヒロポンを打っているという噂が流れた。覚醒剤ヒロポンは、戦時中には戦闘意欲向上や疲労回復、眠気を飛ばす効果があるとされ、兵士に与えられ、特攻隊員もそれを打って出撃した。終戦後、軍のヒロポンが街に流れ、暴力団がこれを手に入れ資金源にした。

　ヒロポンを打つタモツさんの表情は険しくなった。近寄るのが怖くなるような、退廃的な雰囲気を漂わせるようになった。タモツさんが青年の頃、村の演芸会でサルのまねをして登場したとき、万太郎は、タモツさんは村の人たちに受け入れられていると、安堵感を持ったものだが、実はあのときタモツさんは、サルを演じることしかできない身分の哀しみを、サルを通して表していたのかもしれないと思ったりもする。村の盆踊りの輪のなかに入ることもできず、他の仕事に就くことも、結婚もできなかった。今はこれまでの墓地の管理清掃だけが仕事だ。特別な呼称で呼ばれたこの「賤民」身分はいったいいつ頃から続いてきたのだろうか。天皇という身分の巨大な墳墓が横にあり、その隣に墓守、火葬、埋葬を仕事とする岡家が世襲で生きてきた。タモツさんは長い歴史の最後の一人になっている。

　応神天皇陵の南に、倭武(やまとたける)を祀った白鳥陵がある。小学校六年生のときの担任、北西先生の家はこの近くにある。『古事記』、『日本書紀』の神話のなかで、倭武は景行天皇の皇子とされている。倭武は天皇の命令によって、全国支配の旅に出た。九州でまつろわぬ熊襲を討ち、次いで出雲を討ち、大和に帰ってくるや、天皇からすぐさま東国十二国の平定を命じられる。倭武は泣きながら叔母に、天皇は自分に死ねばいいと思っておられるのかと訴えつつも命令に従い、北上川の日高見の蝦夷を撃ち、東国を平定し、命の危機を経て帰ってきた。

　倭武は鈴鹿で望郷の歌を歌った。

大和は　国のまほろば
たたなづく　青垣
山こもれる　大和しうるはし

歌い終えて倭武は死んだ。その魂はたちまち八尋(ひろ)もある巨大な白鳥になって飛び立ち、大和を越え河内に降り立った。『古事記』はその地を志磯と記した。『日本書紀』は、大和の葛城山の麓に一旦降り立って、再び飛翔し山を越え古市の地に舞い降りたと記す。河内に降り立った白鳥はまたも飛び立ち、天に昇っていった。古市の地に白鳥陵がつくられ、今は緑の木々がうっそうと茂っている。その古墳は考古学上では軽里大塚古墳と呼ばれている。

倭武は垂仁天皇の娘と結ばれ、その第二王子が仲哀天皇になり、仲哀の子が応神天皇、応神の子が仁徳天皇になったと、記紀は記す。

夏の日盛り、古市の白鳥陵の木立ちの間から一台の古ぼけたバイクが音立てて現れた。バイクに乗った男は、真昼の太陽の下、東高野街道を猛スピードで北の応神陵の方角に向かって飛ばしていた。バイクの乾いたエンジン音が辺りに響いていた。男の前面に応神陵の巨大な森が迫ってくる。運転する男は白シャツの前をはだけて日焼けした肌身に風を受け、背後にひらひらなびかせている。異常なスピードだった。他に車も人の姿もない。応神天皇陵の森が近づいてきたとき、男は何かを叫んだ。そのときだった。すさまじい音が響いた。バイクの男の身体は宙を跳んで応神天皇陵の森に落下した。

タモツさんの最期だった。

タモツさんの遺体は新しくできた火葬場で焼かれた。どこからか現れた兄の健さんと妹のトシ子さんがお骨を持ち帰った。

墓地にあった火葬場も岡家の住居だったあばら家も解体されてなくなり、岡家は亡びた。

ハフリという言葉が古代にあった。ハフリにあたる漢字は三字あった。一つは「祝」の字のハフリ、二つ目は「屠」の字のハフリ、三つ目は「葬」の字のハフリであった。

ハフリの動詞は「ハフル」、「ほうる」とも発音された。三つのハフリは、いずれも祭祀をつかさどる神職だった。「祝・斎」のハフリは祝事をつかさどるハフリ、「屠」

のハフリは祭祀に牛をいけにえに供える屠殺のハフリ、「葬」のハフリは、葬送、弔いの神事を行うハフリであった。この三つの神事にたずさわるシャーマン的な人は特別な人、一般の人から遠ざかった存在として見られた。

その後、「祝」のハフリにたずさわる天皇は畏怖すべき、特別な人となった。そして、屠殺のハフリと葬送のハフリにたずさわる人は「賤民」として位置づけられた。なぜそうなっていったのか、万太郎は考える。天皇の神格化と支配権力の絶対化が進むにつれ、死を恐れる人々の意識が、屠殺と葬送にかかわる人を忌避するようになっていったのではないだろうか。『古事記』、『日本書紀』もそれに影響を与えていた。

全国水平社のメンバーから戦後の部落解放同盟の初代の委員長になり、国会議員ともなった参議院副議長松本治一郎は、天皇に「拝謁」するときの「カニの横ばい」という歩き方を拒否した。戦後人間宣言を行ってもなお神格化を残しているではないかと。「尊族あれば賤民あり」、尊属を生み出す社会は賤民を生み出すのだと、松本治一郎は言った。

学校ごとに組織される教職員組合の最小単位は学校分会だ。分会委員長で生活指導部長も務める横山さんは、情熱あふれる教師で、淀川中学校内では唯一の熱心な組合活動家だった。分会会議のときは横山さんが一人演説をしている。学閥意識の強い先輩はささやく。

「校長になろうと思えば、組合活動はしないほうがいいよ」

戦後五年、占領軍司令官マッカーサーの指示によるレッドパージがあった。一万を超える人々が失職した。群馬県教組は三十八名が首を切られた。教組の文化部長を務めた斎藤喜博は、一九五二年、教組から推されて僻地の島小学校の校長となった。万太郎が中学生のころだ。その頃は教組推薦で管理職になる人もいたのだ。

島小教員たちによる、目を見張るような教育実践は、一九五八年に国土社から『学校づくりの記』として出版された。そこに表された子どもたちの生き生きとした美しい姿は、多くの国民に感動を与えた。島村は、戸数四百、人口二千四百ばかりの小さな村で、斎藤が赴任したとき、目にした教師と子どもたちは、生きて動いているように見えなかった。校庭で先生と子どもが遊ぶ姿は皆無。斎藤は背筋が冷たくなるようで、息苦しくなった。

「この学校の先生は、島村出身の人が多く、村の有力者と縁故関係になっている、それにあぐらをかいているから気をつけたほうがいい」と、忠告してくれる村人がいた。

学校の設備は極端に貧弱で、校舎の柱も壁もぼろぼろだ。ガラスの割れている窓があちこちにあった。職員室には砂ぼこりがいっぱい溜まっている、学校予算は備品をそろえることもできないほど少ない。

斎藤喜博の学校づくりは環境整備から出発した。職員会で話し合って村長と掛け合い、徐々に学校の予算を増やしてもらった。学級全部に水槽、昆虫飼育箱、三角定規、コンパス、小黒板を購入して配ったときは、子どもたちは手を叩いて喜んだ。廊下の隅に図書室をつくった。職員室に定期購読の雑誌を置いた。『世界』『中央公論』『小説新潮』『婦人公論』、分校に『改造』『婦人公論』『文芸春秋』。

次に職員室の先生たちの古い椅子を、座り心地のよい椅子に換えた。校長室と来客用の椅子は古いままにした。

斎藤は分析した。村の支配層は広い田地持ちの富裕層だ。村には、持つものと、持たざるもの、四つの階層がある。村出身の教師たちはその第三のランク出身で、支配層から軽蔑され、卑屈になっている。斎藤は、その実態をあらいざらい出してみんなで考え、力を集めて、村の学校教育を公的なものにしようと考えた。斎藤は、担任と一緒に子どもの可能性を引き出し、持っている力を発揮する授業を創造した。事務を能率化し、職場の民主化を進める。教師たちは職場を「管弦楽団」と呼んだ。一人ひとり自分を発揮することによって、ハーモニーを生み出すのだ。自分たちを解放して仕事のできる人間になり、創造的な生き甲斐のある職場をつくるのだ。

教師たちは自信を持ち始めた。詩、短歌、作曲、脚本、童話などの創作活動も始まった。

歌う教師がいて、歌う子どもたちが生まれる。教師たちは歌い、全員で合唱するようになった。職員会のときは合唱がつきものになった。

「私の学校の先生は、みんな輝くように美しい」

と斎藤喜博は感嘆する。

こういう教師たちによって、子どもたちの学びと創造が花開いていった。職場づくりの実践は教師集団づくりの理論へと発展していったのだ。斎藤は学校長でありながら組合の分会長でもあった。県教組の闘争に教師たちはこぞって参加した。

島小教員たちの目を見張るような教育実践、なんという違いだろう。万太郎は憧れる。

教育創造

登山部員の宏はキャラバンシューズをお母さんに買ってもらって嬉しくてたまらない。

「淀川の堤防をキャラバンシューズ履いて歩いています」

お母さんから報告があった。二年になって宏は万太郎のクラスの学級委員長に選ばれた。音楽の好きな宏はアコーデオンの弾き方を萩さんに教えてもらって練習し、弾けるようになっていた。万太郎はクラスで、いろんな山の歌を生徒たちに教えた。

八時半始業で始まるホームルームタイムは二十分間だ。その間、職員室で教職員の朝礼がある。職員朝礼が終わると担任は教室に行く。多くのクラスの生徒はガヤガヤおしゃべりしながら担任を待っているが、万太郎はこの時間を重視した。担任がいなくても、自分たちで自主的に学級活動をしよう。その提案に宏は飛びつき、みんなで歌うことを始めた。日本の唱歌、外国民謡、山の歌など、万太郎はガリ版刷りで歌集をつくった。担任は来なくても、宏はアコーデオンを弾き、みんなで歌う。職員朝礼が終わって階段を上り、教室へ向かう万太郎の耳に歌声が聞こえてくる。やってる、やってる、みんな元気だ。顔がほころんでくる。朝のホームルーム以外に、週に一時間、自由に使ってよい学級活動の時間がある。その時間にはいろんなゲームをして遊ぶ。

万太郎は「弁論大会ゲーム」というのを発案した。「春夏秋冬、どの季節が好き？」、生徒たちは好きな季節を選び、四派に分かれる。そして各グループは好きな理由を考え、意見を主張し合うゲームだ。勝敗はないが、弁のたつ子はとうとうと論じる。

演題は変化する。「下駄がいいか、靴がいいか」という演題のとき、下駄派と靴派は火花の散る論戦を繰り広げた。

「下駄は夏涼しいし、気持ちがよい。カランコロン、音もいい。日本の最高の伝統です。木でつくるから、いくらでもつくれます」

「靴は、靴下を履けますが、下駄は履けません。下駄は足が汚れますが靴は足が汚れません。それに靴は夏も冬も履けます」

「下駄はねえ、足袋を履くんです。ぼくは下駄をケンカのとき、手に持って、相手の頭をカッコーンと叩きました」

大爆笑。

こんな調子で、テーマを変えて論戦する。「遠足は京都へ行きたい、奈良へ行きたい」、「蒸気機関車がいい、電車がいい」、「米飯がいい、パン食がいい」。誰でも意見を出せるから、弁論大会ゲームは実に盛り上がる。普段の授業では、じっと黙ったままの子も、このときは主役になった。

夏、教育キャンプ指導者連盟と野外教育指導者連盟の講習会およびボーイスカウトの指導者講習会で学んできたことを活かす場がやってきた。

夏休みに学年別の林間学舎を行う。万太郎はその全企画が任された。場所は吉野山だ。ちょうどその年、大学山岳部の先輩、藤やんが転勤してきていたから、二人で下見して計画を練った。「中の千本桜」にある修験者の歴史的な宿坊を宿舎に契約した。林間学舎一日目は、昼は歴史の宝庫を探索し、森の気を胸いっぱい吸いながら動植物を研究観察する。夜は大キャンプファイアを行い、生徒たちは山の子、森の子になるのだ。

近鉄電車に揺られて吉野山に着くと、子どもたちは班単位で自由に散策し、樹木、昆虫、歴史などを観察・研究した。夕食後、日が落ちる。キャンプファイアーの場所は尾根上にある森の広場。生徒たちは広場に大きな円い輪をつくって腰を下ろした。日が沈み、闇が広がってきた。

営火が始まる。ドボルザークの『遠きは山に日は落ちて』をみんなで歌い始めると、森のなかから松明（たいまつ）が入場してきた。万太郎が合図すると、火はクラス代表の持つ十六本の松明（トーチ）に順に分火され、全クラスのトーチに火が灯った。生徒たちの顔がトーチの灯にぼんやり浮かび上がる。

「点火」

万太郎が叫ぶ。トーチの火は真ん中に組まれた薪のなかに入れられ、パチパチ音を立てて炎が上がった。厳粛な空気に包まれるトーチサービスのなか、営火長の校長が火にまつわる人類の歴史を語る。続いて火の詩の朗読が代表生徒によって行われ、終わると全員合唱が湧き起こった。

燃えろよ　燃えろよ　炎よ　燃えろ
火の粉を　巻き上げ　天まで焦がせ

火は勢いを増し始めた。

儀式が済むと、ここから歌と踊りとゲームの展開だ。各クラスが準備してきた寸劇、歌、踊りの発表だ。万太郎のクラスは、ネイティブアメリカンに扮して舞い踊る。教員たちも面白い踊りを繰り広げた。アラーキー先生はゴリラ踊りをし、爆笑が渦巻いた。炎が高く立ち上る。

営火の終わり、火守役は炎を小さくした。

「星空を見上げましょう」

夏の星座の観察のひとときは静寂がキャンプ場を支配した。吉野山は原始の闇だ。営火は次第に弱くなり、終わりを迎える。生徒たちはトーチを先頭に、宿に帰っていった。

翌日は、クラスごとに「奥の千本」まで登った。源義経の史跡、西行法師が三年間暮らしたという庵（いおり）を訪れた。萩さんのクラスは、西行庵の林のなかで宝探しのゲームをしていた。動物のグループに分かれ、鳴き声だけでコミュニケーションをはかりながら宝を探す。言葉は使わない。鳴き声で情報を交換する実に愉快な光景だった。

二年生の林間学舎が終わると三年生、続いて一年生の林間学舎だ。この企画も万太郎が進めた。万太郎の心に希望が生まれた。

登山部の夏山は、レベルアップして大峰山脈の主峰である標高千七百十九メートルの山上ヶ岳と、大峰奥駆け道にある竜ヶ岳、および稲村ヶ岳の登山だ。山上ヶ岳は修験道の山、大阪や奈良では、男子十五歳になれば、「山上さん」に登って修行をするものと言われている。登山部員は二十人になり、生徒会予算でテント、キスリングザックをそろえた。

前日に、生徒たちと食料の買い出しに行き、荷物を整え、当日、学校をみんなで出発、奈良の下市口からバスで峠を越えて登山口の洞川へ入った。麓で幕営し、二日目頂上を目指す。ザックを背負った二十人の生徒の隊列はなかなか壮観だ。白装束で登る修行者たちに追い抜かれながら、岩場を登って頂上に立った。絶壁の上から身を乗り出して修行をする人たちの「西の覗き」を過ぎ、登山部はさらに奥へ深い森林に覆われた修験道奥駆け道をたどった。他に登山者はいない。「小笹の宿」という無人小屋まで来ると夕暮れが近づき、尾根にテントを張った。深山の気が濃く漂う。昇がガマガエルを手でつかんで持ってきた。さすが牧場の息子だ。

三日目も快晴、稲村ガ岳へ縦走して洞川に下った。アオバトが鳴いている。アーオー、アーオーと、山の精が叫んでいるような不思議な声だ。海三郎が途中で、

「ダニが腹に食い込んでるー」

と言う。見ると、大きなダニがへその横の皮膚に頭を埋めて食い込んでいる。指でつまんで引っ張っても取れない。無理に引くと胴体がちぎれて頭が皮膚のなかに残ってしまった。洞川の村で出会ったオヤジに海三郎のお腹を見せて聞くと、

「引っ張ったらあかん。ちぎれてしまう。タバコの火を近づけるんじゃ。ダニは熱いから口を放す」

洞川の村は、修験者の白装束が音もなく歩いていた。

淀川中学校の教職員は、夏休み中に交替で一人一回、淀川巡視活動を行うことになっていた。淀川での水難事故を防ぐためのパトロールだ。水泳して溺れた人がいたことから行われるようになった。全クラスにも巡視当番日があてられ、教員一人と生徒数人の巡視班が、淀川で水泳したり遊んだりしている子がいないか、アシ原の河川敷にできた小道を通って見て回る。

万太郎は生徒数人と、ガンガラ照りつける日差しのなかアシ原を通り抜けていった。アシの根方にニョロっと動くものがあった。驚いたことにマムシだ。五十センチほどの長さ、不気味な模様は間違いない。こんなところにマムシがいる。どうも上流から流されてきたらしい。万太郎は走って学校に帰り、金属製の火ばさみを持ってきて、マムシの頭をつかんでバケツのなかに入れて持ち帰った。マムシは弱っていたからホルマリン漬けにし、理科の教員に標本として渡した。

八月下旬、万太郎の心はまだ見ぬ幽邃の地に向かった。北アルプスのいちばん奥に、夢のような秘境がある。北さんと万太郎は憑かれたように、北アルプスの中央部に向かった。雲の平と黒部川上流部。雑誌『岳人』に載った黒部川「上の廊下」の完全遡行の記録は二人をとりこにした。「廊下」というのは、黒部渓谷の、両岸に絶壁がそそり立ち、あたかも廊下のようになっているところを指す。人を拒む、未だ人の入らないところ、そこへ行こう。秘境探検だ。

万太郎は、黒部を愛した冠松次郎の『山渓記』を読んだ。彼は黒部峡谷をくまなく歩いていた。詩人・室生犀星は、昭和初期に、冠松次郎に贈る詩をつくった。

粉ダイヤと星　凍った藍の山々
冠松　ヤホー　ヤホー
廊下を下がる蜘蛛と人間
冠松は廊下のヒダで自分のシワをつくった
冠松の皮膚、皮膚にしみる絶壁のシワ
冠松の手、手は巌をひっかく
冠松は行く
黒部の上の廊下、下の廊下、奥の廊下
鉄でつくったカンジキをはいて

鉄できたえた友情をかついで

黒部の上の廊下、奥の廊下は、黒部峡谷の中央に位置する「平の渡し」より上流であり、下の廊下は下流である。平は黒部峡谷の中央部に広びろと開けたところで、別天地の趣がある。昔、信濃から針ノ木峠を越え、黒部川を渡り、立山を越えて越中に下る難路があった。安土桃山時代、武将の佐々成政は、この難路を越えている。

現代の電源開発の波はこの秘境におよび、平に黒部ダム建設が始まっていた。冠松次郎は開発による秘境破壊に憤りを感じ、告発の詩を書いた。

美しい渓が　つぎつぎにこぼたれて行く
かけがえのない美渓や雄峡が
ありし日の面影を変えて
まんさんと　みすぼらしい姿を横たえて
私の前に慟哭している
これが文化の恩沢であろうか
開発の恵みなのか
廊下が真髄であった黒部峡谷
トロが生命であった北山峡
もはや昔日の面影はない
風景日本は　自然美を誇るわが国は
その中心地帯で破壊されつつある

御前谷の瀑布の深邃も今はない
平の静かな川瀬
かつての籠渡しを思い出す
平から上流の東沢の清流
岸辺まで枝葉をのばした闊葉林
川風に揺れる榛、楊、唐松、白樺の林……

冠は、日本には心ある政治家がいないのかと嘆いた。この神秘の自然が保護されていたならば百年千年後の日本の風景に家宝のような光彩を放つであろうにと嘆いた。

万太郎は北さんと、満を持して黒部川の奥を目指した。飛騨高山から入り、地下足袋を履いて双六の乗越しから鷲羽岳と雲の平の間に湧く水が流れとなって落ちていく黒部源流を探索した。

「このチョロチョロ水が、支流の水を集めて、大峡谷をつくっていくんやなあ」

　二人は流れに沿って奥の廊下を下っていった。誰一人出会う人がいない。水量は増え、川は次第に大きくなり、トロも現れた。トロとは渕、水が深くゆったり流れている。次第に谷は広がり、深くなっていった。急峻な沢が雲ノ平のほうから下りていた。地図にも名前がない。この沢を登り詰めれば雲の平最奥に至るはずだ。この谷を登ってみよう。日が暮れてきたから二人は谷の出会いに幕営した。漂う芳しい香りは針葉樹のものだ。イワナがゆうゆうと泳いでいる。手づかみしようと、浅瀬に逃げ込んだ大きな一匹を岩の合間からつかんで引き出し、夕食のおかずに焼いて食べた。翌日、大きな石がごろごろと堆積する沢を登る。人の入った形跡は全くない。前方に威圧するような岩壁が現れた。壁のところどころから水が噴き出ている。壁の左端にルートを取り、猛烈なブッシュをこいで登っていくと、ぽかっと天空が広がった。雲の平の最奥部だ。点在する池塘に高山植物が花開く。踏み跡をたどると、日本庭園、スイス庭園、ギリシャ庭園、アラスカ庭園と呼ばれるところがある。満天の星空を眺めながら一晩の眠りについた。

　次の日、雲の平の北側の岩苔小谷を下った。廃道のような道。シラビソ、ツガの樹林地帯を下っていくと、いきなり空が開け、別天地に出た。高天原（たかまがはら）だ。誰が名づけたのか、天上の神の国が目前に展開する。樹林に囲まれた草原、点々と池塘があり、ニッコウキスゲの黄色い花が一面に咲いている。樹林の上に薬師岳がデンと腰を下ろしている。なおも下ると、壊れた小屋が現れた。その前に小さな露天風呂があり、ヘビの抜け殻が浮いている。指をつけたら温かい。温泉だ。二人は露天風呂につかった。まさか、こんなところで温泉にありつけるとは思いもしなかった。

　この谷をさらに下れば、黒部川に出る。こんな秘境まで、明治の頃か大正の頃か、資源を探して入り込んだ人がいたのだ。二人の黒部探検第一回はここで終わった。

　二学期が始まる。二学年の若い教員たちは仲がいい。勤務が終わるとうちそろって淀川堤防をとことこ歩き、行くは天満の立ち飲み屋か、餃子屋だ。ジョッキを傾けて語るは生徒の話題ばかり、さまざまなエピソードは尽きることがない。教員たちは生徒たちをおもしろがり、生徒たちは教員をおもしろいと感じている。学年教員の気風は、生徒たちにも伝わって、

「先生たちは仲がいい」

と言う。万太郎は宿直の日、飯盒で四合の飯を炊く。何人かの男子生徒が遊びに来る。おかずを適当につくり、一緒に食べる。

　昼休み、事件が起きた。

「マチ子さんが、催眠術をかけてるよ」

　職員室の入り口から首だけ差し入れた生徒が万太郎に言った。

「催眠術？　どこで？」

「屋上に出る階段」

　行ってみると、いつもはヤンチャで元気な男子が二人、階段に腰を下ろして動かない。横にマチ子と二人の女の子が立っている。男子は瞬きせず、じっと座ったまま、開いた目から涙がツーと頬を伝っている。こりゃ、ほんとに催眠術にかかってる。初めて見る催眠術に万太郎は驚いた。

「マチ子がかけたの？」

「はい、かけられるもんならかけてみい、と言うからかけました」

　他の先生たちも駆けつけてきた。

「すぐに催眠術を解きなさい」

　と言われてマチ子は催眠術を解いた。

「マチ子、君はこんな方法どうして知ってるの？」

「催眠術の本を読んで、やってみたら、かかったの」

　マチ子は不思議な力を持っていた。マチ子が入学してきたとき、学級担任の女性教員井上先生が、

「すごい女の子がいますよ。大きくて美女なの。一年生とは思えないわよ」

　と言った。同年齢の子どもたちより、体も精神面も

成長が進んでいた。ヤンチャどもはマチ子に見つめられ、耳元でささやかれて、まんまと催眠術にかけられてしまったようだ。

マチ子は『旧約聖書』、『古事記』や『日本書紀』も読み、漫画の手塚治虫に強い憧れを抱いていた。マチ子は将来オオモノになるぞ、教員たちはうなずき合う。

秋の運動会で、二年生全員のフォークダンスをしよう、二学年の教師たちは一致した。担任八人中六人が独身、全員乗り気だ。練習に入った。運動場に八クラス四百人の生徒が出て、クラスごとに輪になる。生徒にとっては、男女で手をつなぐのは照れくさい。万太郎は女性の若い教師と手をつなぎ曲に合わせて踊ってみせる。生徒たちは声をあげて笑う。

「みんなも、手をつなげえ」

いっかな手をつながないが、何度も強く言って、やっとつないで踊るようになった。

運動会の日は秋空だった。八クラスの踊りの輪が華麗に舞った。ダンスの楽しさを味わった生徒たちはそれ以後変身した。

「先生、フォークダンスをやろうや」

職員室に来て希望を出す子が出てきた。そこで昼休みにグラウンドのスピーカーでダンス曲を流すことにした。すると、集まってきた子らの踊りの輪が生まれた。輪は日を追うにつれて大きくなった。一つの学校文化の誕生だった。

学校新聞次の号は「私の悩み」を特集した。全校生徒にアンケートを取り、そのデータを記事にした。また「自分や家族、身の周りの人の交通事故調査」という特集も行った。「学級会に議論はあるか」という特集は各クラスを調査して記事にした。この新聞も大阪市のコンクールで入賞した。

一月、生徒の耐寒遠足の計画が万太郎に任され、阪急電鉄甲陽園駅から六甲山地の甲山(かぶとやま)に登り、仁川駅まで歩くコースを見つけてきた。生徒は阪急梅田駅に集合し、電車に乗って甲陽園駅で降り、駅からクラスごとに歩いて山頂に至る。長蛇の列だ。形そのまま甲山、標高は低いが眺望はすばらしい。頂に平和塔がある。万太郎のクラスは、甲山の清掃を行うことを計画した。

塔にはいくつも落書きがあり、捨てられたゴミも多いことを下見のときに万太郎は見ていた。落書きを消し、紙くず、空き缶を拾う。学級委員長の宏は、担いできたスコップで穴を掘ってゴミを埋めた。清掃が済むと下山して、仁川駅まで歩いた。

三月、第一期生の卒業式がやってきた。淀川中学初めての卒業式だ。講堂がないから、運動場に椅子を並べて、青空の下で卒業式を行う。送辞は二年生を代表して、高君が述べる。在日コリアンの高君はマイクの前に緊張して立ち、少し上ずった声で送辞を述べた。内容は、新しい学校をつくっていくために第一期生が実践してきた功績を称えるものだった。

「無からの学校づくりだったのです。一期生は生徒会を立ち上げ、役員立候補者の立ち合い演説会を運動場で開催しました。選挙で選ばれたクラス代表の集まる代議員会で話し合い、運動場で生徒総会を開き、活動方針を討論して、どんな学校をつくっていくのかと、努力を重ねてきました。第一期生は頼もしい存在でした。自分たちはそれを受け継いでいくのです」

高君の送辞は感銘深いものだった。「生徒会をつくる」、この実践を支えたのは、教職員組合分会長の横山さんだった。

式が終わり、最後のホームルームを終えて、校門を出ていく卒業生を見送るために在校生は校門に集まった。

「歌おう、若いちからあー！」

万太郎は叫び、萩さんがアコーデオンを弾く。在校生の歌声「若い力」が湧き上がった。校門前は感動のるつぼとなった。卒業生は、在校生の声援を受けて、出発していった。

「高君の送辞、よかったよ」

教員仲間やＰＴＡの人たちからの声が届いた。

四月、教員三年目、万太郎は三年生の担任になった。クラス編成替えをして、生徒の顔ぶれが変わった。万太郎は教室にポケットマネーで、値段の安い印刷機を買ってきて置いた。謄写版印刷機だ。金属やすりの上に蠟原紙を置き、鉄筆で文字を書くと、文字の部分に細かい穴が空く。インクをつけたローラーを原紙の上を転がすと、穴を通って出てくるインクによって紙に文字が印刷される。試験問題も文集も、教師たちは一枚一枚謄写版で刷っていた。ガリ版を切るのが得意な教員は「ミスターガリ版」と呼ばれていた。

万太郎のクラスは、学級班でそれぞれの新聞をつくることにした。印刷機はいつでも自由に使ってよい。高君とお辰の班は待ってましたとばかり新聞づくりを開始した。それに負けじと、仁科と成定の新聞社が競う。二つの新聞社はクラスの問題を取り上げ、おもしろい読み物を掲載した。高君の新聞には一面下に「パーキング」と名づけたコラム欄があり、味のある短評を載せていた。女子の班も新聞をつくり始めた。

万太郎が職員朝礼を終えて教室に歩いてくると、新聞の配られた日はすぐに分かる。教室がしーんと静まりかえっているからだ。教室に入ると、クラスの子らは頭も上げずに読んでいる。静けさのなかに子どもたちの発する「気」を感じる。

万太郎は学級弁論大会を企画した。万太郎にとって最初の弁論大会体験は小学生のときだった。万太郎は弁士に選ばれたが、先生の指導は全くなく、訳の分からないままだった。そうならないように弁論大会とはどんなものかをまず説明した。

学級弁論大会は、各班から弁士が一名出て、意見を発表する。

その日が来た。司会進行は委員長の高君と貞子さんが務める。

弁士の演題は、一班「男女差別」。二班「学校の美化」。三班「勉強の目的」。四班「民族差別」。五班「真の学生」。六班「よいクラスをつくろう」。七班「責任を持て」。八班「私」。

弁論の内容はすべて生徒に任せた。何が飛び出すか、何が話されるか分からない。万太郎は楽しみいっぱいで演説全部を録音することにした。弁士たちはそれなりにまっとうなことを演説し、四番目になった。演題は「民族差別」、弁士は敏子だ。その演説はみんなの度肝（どぎも）を抜いた。

「私がなぜこんな話をするか、分からない人がいると思います」

敏子はこう切り出した。

「でも、うすうす知っているでしょう。私は朝鮮人です。正真正銘の朝鮮人です。私は朝鮮人であることに誇りを持っています。でも、疑問に思います。なぜ朝鮮人はバカにされるんでしょう。私はそれが不思議でなりません。私は日本で生まれ、日本で育ち、日本の学校へ行く。どこが違うのでしょう。国籍が違います。でも、日本の子どもと同じように暮らしてきたのです。日本の子どもと同じ体を持って暮らしてきたのです。私の脚は、三本ではありません。二本です。同じ体なのです。同じ人間なのです。

私は小さいときから、よくからかわれてきました。私自身は慣れているつもりですが、やはり朝鮮人と言って、からかわれると、腹が煮えくりかえりそうになり、涙が流れます。私は小さいときから、こんなに反抗的で不まじめではありませんでした。七年間もいじめられ、バカにされてきたら、誰でもおもしろいはずはありません。だんだん反抗的になり、不まじめになってきたのです。朝鮮人と言われると、努力するのがあほらしくなり、ばからしくなるのです。そんな気持ちが続き、家でも暗い気持ちで過ごしました。兄たちも苦労したと思います。

でもなぜ朝鮮人はバカにされるのでしょう。何も悪いことはやっていないのに、なぜでしょうか。同じ人間なのにバカにしたりバカにされたり、面白半分にからかう、そんなことはやめてください。朝鮮人をからかうことがそんなにおもしろいことですか。

私も一回でもいいから、人をバカにしてみたい。朝鮮人だとからかっていた人を、ののしってやったら、どんなに心がスーッとすることでしょう。

同じ人間なのに、なんと愚かな、ひきょうな人たちでしょう。

そういう人も、人間だから良心はあると思います。からかわれバカにされている人の気持ちになってください。恥ずかしさと悔しさとで、体が震えるのです。その人の顔を見る度に、いやらしさを感じるようになるのです。侮辱と羞恥を負わせた人は一生憎まれるでしょう。そして卑怯な人間だとさげすまれるでしょう。

その人の罪なのです。人間が人間をけなすなら、けなす方もけなされなければならないのです。天は人の上に人をつくらず、人間は人種が違うからと言って、人をバカにする権利はないのです。

ほんとにこの国は民主主義の国なのですか。疑いたくなります。

私たち朝鮮人はバカにされるようなことはしていません。私たちは地球全体の人たちと同じ人間なのです。お願いです。日本人には日本人としての誇りがあるように、朝鮮人には朝鮮人としての誇りがあるのです。朝鮮人としての誇りを奪わないでください。日本人も朝鮮人も、へだたりなく遊べる国にしたいのです。金持ち貧乏のへだたりのない、楽しい国にしてほしいと思います。みんな協力してくれれば、そんなクラスをつくることはたやすいと思います。お願いします。へだたりをつくらないでください」

悲壮な弁論は終わった。敏子の声は途中から震えだし、次第に涙声になった。進行役の高君の顔は青ざめていた。同じ民族の彼にとってその心中は如何ばかりであったか。

高君は、感情を飲み込みながら、

「次は五班の『真の学生の姿』です。弁士は」

と進めたが、声がひきつっていた。続く三人の弁論が終わって最後の弁論になった。進行係の貞子さんが、和代の名前を呼んだ。演題は「私」。だが和代は返事せず、うつむいたまま動かない。二度貞子さんが声をかけたが和代は黙ったまま弁論を拒んだ。彼女には父母がいない。叔母に養ってもらっていた。その生い立ちが彼女の心を圧迫していた。和代が語るとなれば、生い立ちの苦悩を語ることになる。彼女の心は重圧に揺れ動き、ついにチャレンジする力を生みだせず、学級弁論大会は終了した。

敏子は自己の尊厳をかけて、自らのアイデンティティを宣言し、日本と日本人を告発した。葛藤をよくぞ乗り越えたと思う。それができたのは、このクラスだから、この仲間だからできたのかもしれない。彼女の悲願、それをどう受け止めればいいのか。どのようにしていけばいいのか。告発を受けた未熟な万太郎は、そこからの道筋が分からない。在日コリアンがなぜ本名を名乗れず日本名にしているのか、なぜ日本にたくさん在住しているのか、差別はなぜ生まれたのか、その歴史を生徒と共に考え学ぶことは、敏子にとっても高君にとっても日本人にとっても欠かせない。だが、敏子の弁論を受け継ぎ、学びへと発展させる絶好のチャンスを万太郎は活かすことができなかった。

万太郎は、生徒一人ひとりが生活ノートを書くことを促した。生活ノートは、教員と生徒との交換日記だ。ホンネも書かれる。前の年、二年生の在日コリアンのハルミは、生活ノートに万太郎への鋭い意見をせっせと書いた。今思えば、彼女の場合も意識の根底に差別への告発があったのではないか。敏子のようにストレートに出せず、満たされない思いや批判を別な問題で万太郎に突きつけていたのだ。万太郎はそこに隠された思いを汲み取ることができず、万太郎への反抗とみなして返事を書いていたのだ。

万太郎は生活ノートを読むのが楽しかった。エイ子の生活ノートは、毎日がファンタジーだ。

「今、上まぶたと下まぶたが、ラブシーンをしています。もうすぐ二人はしっかり抱擁するでしょう」

万太郎は返事を書き、終わりの学級活動の時間にノートを返す。生活ノートを開いて万太郎の返事に目を落とす子どもたちの姿を見るのは楽しい。

万太郎オリジナルの「伝言ゲーム」をクラスでやった。教室前列の一番右の子の耳に、万太郎は口をつけてささやく。

「山田さんの家のネコが五匹の赤ちゃんを産んだんだよ。黒二匹と白一匹と白と黒の混じったのが二匹、母ネコは白だった。だからお父さんネコは黒に違いない。ところが家に現れたのオスは茶色のネコだった」

耳打ちされた生徒は次の子にその伝聞をひそひそと伝える。こうして教室に座っている全員に話が伝えられていき、最後の子に伝えられ、その子が発表する。さあ、どんな伝言だった?

最後の子が、発表した。

「山田さんのネコは四匹子を産みました。白が二匹、白黒二匹です。お父さんは黒ネコでした」

みんな大笑い。

万太郎は真剣な顔になった。

「大正時代一九二三年、関東大震災が起きたとき、大災害の最中に東京でデマが流されました。

『井戸に毒を投げ込んでいる奴がおる』

これを聞いた人々はそれを信じて自警団をつくり、逃げてくる人々をつかまえて詰問しました。その返事に訛りがあると、こいつは怪しい、こいつが毒を投げ入れたのだと、その人を殺害してしまいました。そうして、たくさんの在日コリアンが犠牲になりました。殺された人のなかには中国人や、日本の東北地方の人や沖縄出身者もいました。東京弁とは全く違う方言や発音を見つけ出して、命を奪ったのです。どうしてこんなデマが流れ、どうしてこんなデマを信じたのか。

この大災害の十三年前、日本は韓国を併合し、植民地にしました。韓国には怒りと嘆きの声が満ち、一九一九年には遂に二百万人以上の人が独立を取り戻そうと立ち上がったのですが、それを日本の軍隊、憲兵隊、警察隊が弾圧しました。そういうことがあったから、関東大震災のときも彼らが暴動が起こすんじゃないかと恐れ、デマを流した軍人がいたようです。

では、なぜ人々は簡単にデマを信じてしまったのか。日清戦争、日露戦争、第一次世界大戦での勝利で、日本人は、日本は一等国になったと思い込み、日本に従わない韓国人や中国人を差別する気持ちが生まれていたのでしょう。社会が不安定になり、危険な状態になったとき、こういうデマを飛ばす者が出てくる。そしてそれを信じる者が出てくる。危険なことです。デマに流されない、噂に左右されない。何が本当なのかと、考えることが大切です」


アラーキー先生の英語の授業はますますにぎやかになってきた。教室からいつも生徒の笑い声が聞こえる。紀夫を先頭に、生徒たちはアラーキー先生の授業を楽しみにし、勉強なんかそっちのけで、いたずらをする。彼らは英語の授業の前に作戦を練る。古典的ないたずら、床にロウを塗って、教室に入ってきた先生が滑って転ぶのを待ち受ける。シゲキボウと名づけた短い竹の棒を持ち教科書を抱えてドアを開けて入ってきた先生の頭上から黒板消しを落とす。毎時間、爆笑の渦だ。アラーキー先生は、「コラー」と叫んで「シゲキボウ」を振り上げ、主犯の頭を叩きに行き、ツルッと足を滑らせて、ドッカーンとひっくり返る。またもや大爆笑。次第にいたずらは工夫を凝らし、創造的になっていった。教室の後ろ隅に掃除用具入れがある。そこに小柄な男の子が隠れ潜んで、先生が出席をとったら返事は聞こえて姿が見えない。何回も名前を読んで先生は探し回る。生徒は椅子から転げ落ちて笑う。こんな調子だから、英語の学力がつくはずがない。どうもアラーキー先生は、わざとひっくり返っているようだ。生徒のいたずらを楽しんでいるらしい。

アラーキー先生は、柔道は黒帯で、軍隊にいたときは特務機関で諜報活動をしていたというが、とてもそんなイメージはない。シゲキボウでポンと生徒の頭に刺激を与えることはあるが、それは体罰でもない。校務分掌の役職は健康教育部長。職員朝礼でときどき教師たちに訓示を垂れる。

「最近、フウジャがはやっているにより、みなさん、お気をつけめされよ」

職員室に爆笑が起きる。「フウジャ」は「風邪」のことだ。かくしてアラーキー先生は教員間でも人気者だ。昼休みの時間、万太郎は生徒が持ってきたゴム製のムカデのおもちゃを借りて、アラーキー先生が弁当を食べ終わったときに机の前にそっと置いてみた。それを見たアラーキー先生は、ギャハーと叫んで跳び上がった。万太郎も生徒並みだ。

教員と生徒との距離、それはコミュニケーションの重要なポイントになる。先生なんか大嫌い、と思っている子もいる。先生の顔を見ると元気になる子もいる。子どもたちの心のなかの先生は、離れたり、近くなったり、何かのきっかけで好きになり、何かのきっかけで嫌いになり、尊敬もすれば軽蔑もする。教員のほうも、生徒への思いが近くなったり遠くなったり、心に生起するさまざまな感情によって、教師と生徒の距離が変わる。遠ざかれば、言葉は届かず、心は通じず、先生と生徒の間の信頼関係は薄れてしまう。教員三年目の万太郎と生徒との距離は最も近くなっていた。

万太郎はクラスのハイキングを呼びかけ、休日、六甲山のロックガーデンに行って遊び、登山部を連れて日曜日に近郊の山を歩いた。

夏休み、登山部は、近畿の秘境、大台ケ原から大杉谷の上流部を目指す。工事が進む有料道路「大台ヶ原ドライブウェイ」は山を削り、大台ヶ原の自然は危機寸前にあった。今のうちに大台ケ原と大杉谷の神秘の自然を生徒たちに体験させておきたい。気候変動の生き証人であるトウヒ林やブナ林、ナラ、ウラジロモミの深い原生林の空気を生徒たちに吸わせたい。大台山系は年間降水量が四千ミリを超え、屋久島と共に日本一雨が多い。大杉谷は黒部峡谷に劣らない大峡谷だ。冠松次郎は、黒部と共に大杉谷を絶賛した。

「大台ヶ原ドライブウェイ」工事は、吉野川上流の大迫から、伯母峰峠を越えて紀州をつなぐ街道にトンネルをつくり、峠から大台ケ原の日出ガ岳に至る尾根を削って新規の自動車道を建設した。ごうごうたる批判が出た。ドライブウェイを秘境のなかまで入り込ませるとは何事か。大台ケ原山は台地状になっている。自動車道路がそこまで入ると、大規模な駐車場がつくられ、店や宿泊施設も建てられる。樹は伐られ、ゴミは捨てられ、排気ガスが流れる。自然の宝庫は壊滅的な打撃を受けることは必定だ。

実際にブルドーザーが削った土石は谷に投げ落とされていた。それによって道路に沿った自然樹林の枯死が始まった。ニホンオオカミ最後の生息地域は滅びの道をたどっている。

淀川中学校登山部生徒二十名を連れて万太郎は、バスで吉野川を遡り、入之波（しおのは）から吉野川源流の道を登った。筏場からは原生林の道だ。青みを帯びた深い渕、万太郎が大学山岳部のときに登った道、そこを中学生たちはキスリングザックを背負って黙々と登る。ドライブウェイが開通してからこの道を登る人はほとんどいない。日が西に傾いてきた頃、大台ケ原にたどり着いた。その瞬間、視界が広がり、息をのんだ。かつての自然樹林は広大な駐車場に変わっているではないか。胸に痛みが走った。テントをどこに張るか、駐車場の脇に張るしかなかった。

翌日、牛石が原から大蛇嵓の岩壁まで、大台ケ原の残された秘境を探検してから、樹林帯を大杉谷に下る。ここには手つかずの自然が残っている。大杉峡谷を完全に下まで下るのは危険が多いから、堂倉小屋でストップすることにして小屋前の広場にテントをはった。堂倉の滝へはここから降りていく。

夕飯の支度を始めると、孝男や紀夫、昇が入れ替わり立ち替わり小屋のほうへ行って、帰ってくる。何やらこそこそ話している。どうも動きが怪しい。気になった万太郎は小屋へ行ってみた。すると、一人の少女がひょいと小屋の敷居をまたいで出てきた。白い夏のセーターを着た少女は、妖精のように清楚で美しい。おおっ、そういうことか、この可憐な少女を一目見て、生徒たちは魅了されたのだ。白いセーターの少女は、小屋を営むおやじさんと一緒に登ってきた中学三年生だった。心を奪われた登山部の男子は、少女となんとか話をしてみたい。こそこそ相談しては何度も小屋へ行く。が会話をする勇気は出ず、テントに帰ってくる。

「お前たち、あの子が気になってるな。そんなら、キャンプファイアに誘ってみたらどうや」

万太郎は笑いながら言った。けれど誰もその勇気はなかった。

夜、星を眺めながら火を焚き、みんなで歌った。

翌朝、女の子を心に残して、下山に移った。登山者が通らない隠れ林道をたどって筏場に下ると、日はかんかん照りつけてきた。

「泳ごや、泳ごや」

楽しみにしていた水泳だ。ザックを投げ出し、服を脱ぎ素っ裸になって、歓声を上げて澄みきって冷たい水のなかへ飛び込む。生まれたままの姿で生徒たちは清流と戯れた。日の光は川底の小石に揺らぐ。万太郎も泳いだ。泳ぎながら水を飲む。この体験こそ必要なのだ。子どもたちにとって、全身で味わう清冽な体験こそが、心と身体に沁み込み、生きる力となるのだ。

登山部の山行が終わると、次は北さんと二度目の黒部「上の廊下」遡行にチャレンジだ。信州から針の木峠を越えて黒部川に下った。平の渡しのあったところは黒四ダムに沈み、水が蓄えられていた。工費総額五百十三億円、延べ千万人の労力を投じられた巨大工事によって、秘境はすっかり変わっていた。二人は黒部川の上流、「上の廊下」に向かう。そこにはまだ開発の手は及んでいない。河原を歩き、急流を徒渉し、岩壁をつたう。「廊下」と呼ばれるところは、川幅が狭く、そそり立つ岩壁の間を激流が岩を噛む。服を着たまま渕を泳ぎ、岩を攀じる。最初の難所は「下の黒ビンガ」、底知れぬトロ。透明な水の底も見えない不気味さ。難所を乗りきって河原で日を浴び、次の難所「上の黒ビンガ」を目指す。

「上の黒ビンガ」は、川幅二十メートルほどの深いトロで両岸は絶壁、トロの上部は低い滝になっている。この滝をどうすれば越えられるか。『岳人』に載っていた京大隊の記録では、トロを滝まで泳ぎ、一人が滝の下に潜り込んで、もう一人がその身体を踏み台にして滝の上によじ登っている。

よし、それをやってみよう。二人は滝をめがけて泳いだ。だが水流に押し流され滝までたどり着けない。ほかに方法はないか、岩壁をへつろうか、だが岩はつるつる、ホールドも足場もない。とうとうお手上げの状態になった。やむをえず河原に戻り荷物を背負って右岸の高捲きを企てた。難所を避けて、岸辺の上部を移動して難所の上流部に降り立つという一種の逃げだ。だがそれは猛烈なクマザサとの闘いだった。背丈ほどのクマザサが急峻な山腹に密生していて、身体の入る隙間もない。手でかき分け、足を一歩進めて身体を押し込む。その繰り返し。遅々として進まない。赤牛岳に至るはずだと、カタツムリのように斜面を這い上がっていったが、とうとうクマザサの密林に埋もれ、位置も方角も分からなくなった。前進はあきらめ撤退だ。なんとか日が暮れる頃に「上の黒ビンガ」の入口に戻ることができた。万策尽きた。出直そう。二人は翌日薬師岳支沢を登って、薬師岳から下山した。

日をおいて八月下旬の渇水期、再びチャレンジした。秋の風が吹き始め、黒部は異なる姿を見せている。水量も違う。二人は「黒ビンガ」の通過対策を研究し、厚手のビニールの大袋をつくり、ザックをまるごとそこに入れて防水、浮き袋にする方法を思いつき、実行に移した。トロは一人が空身（からみ）で泳いで先行し、ザイルで荷物を引っ張り上げる。しかし、水のなかに立ってザックを引き上げるのは困難だった。この方法も失敗。三度目のチャレンジは、ザックをビニール袋に入れるのではなく、ザックの中身をビニール袋で防水して入れ、ザックを担いで泳ぐという案を考えた。これだと地下足袋を履いてトロを泳ぐことができる。二人は「ビンガ」のトロをキスリングザックを担いだまま泳いだ。ザックが浮き袋になり、スイスイ泳げる。手の切れるような冷たい水、イワナの棲む深い淵。難所を次々通過できた。濡れた服も河原を歩くうちに日に乾く。夜は流木で火を焚き、星空を眺めながら歌う。

上の廊下の真ん中辺りまで来たときだった。恐ろしい台風が接近してきた。大雨が降れば峡谷の水量は一日で十メートル以上は上がる。危険だ。急いで薬師岳頂上に突き上げている金作谷の急峻な雪渓をキックステップで上がり富山に逃げた。

二学期、クラスの生徒たちはみんな元気だ。生徒たちはクラスが大好きになった。放課後も残って何かしている。学級新聞班は編集会議をしている。

三年の学年会議で、秋の体育大会の三年独自の競技をどうするかというのが出た。万太郎は、男子による「エッサカホイ、駕籠かき競走」を提案した。駕籠を各クラスで自作し、そこに担任の先生を乗せて走る。この案が採用され、体育大会までにオリジナル駕籠をつくり上げた。

運動会の日が来た。

クラス対抗の徒競走が続き、間に学年独自のオリジナル演技が入る。今年も三年生全員によるフォークダンスがグランドに華やかな輪を描いた。「エッサカホイ、駕籠かき競走」には変装した担任教員が乗って、観衆の笑いを誘った。

万太郎が驚いたのは学級対抗の千五百メートル走だ。登山部の克好がクラス代表で出場した。まさか彼がそんなに走れるとは万太郎は予想もしていなかった。彼は最初からぐんぐん飛ばし、余裕の笑顔でVサインをして一位でゴールインした。いったいこの力はどこから出てきたのか？　彼には吃音があった。

「本で読んだんやけど、まずウンと言ってから話すと、吃音にならないらしいで」

万太郎はそんなアドバイスをした。まずウンと言うと緊張がほぐれ、その後がすらりと出る。彼はそれを実行したら、吃音が少なくなり、おしゃべりが大好きになった。クラスの仲良し度が深まってくると、発言が気にならず、いつのまにか吃音は消えていた。

静馬の変化もめざましい。二年生のときの静馬は毎日のように遅刻する「遅刻の王者」だった。家が校舎のすぐ横にあるから、まだ大丈夫と思っている間に始業時間になって、あわてて家を飛び出してくる。その「遅刻の王者」の遅刻がピタッと止まった。八時半に始まる学級会で発言したい、遅れるわけにいかない。かくして「遅刻の王者」は「発言王」になった。学級会になると、挙手して立ち上がり、演説する。自信満々だ。

進路指導が始まった。万太郎は全く予備知識がない。進学するか、就職するか、生徒たちは家で相談してきて万太郎に伝えた。十月頃から就職生を求める企業からの求人情報が学校に届くようになった。「金の卵」と呼ばれ、全国的に中学卒業生を求める企業が増えており、東北地方からの集団就職のニュースも報じられている。日本の経済成長はめざましい。就職生徒たちは、企業の底を支える労働力となる。万太郎もいくつかの企業を訪問し、どんな企業なのかを下見をしてから、就職希望生に企業を紹介した。就職希望の生徒は、選んだ企業へ出かけていって面接を行い、家族と相談して就職先を決定していった。

冬休み、淀川中学登山部にとっては初めての雪山チャレンジだ。来年受験を目指す三年生の部員も参加した。十二月二十五日、琵琶湖西岸の比良山系の武奈ガ岳を目指す。引率応援に体育の新任教師、喜昌さんが来てくれた。鳥取出身で、水泳は国体選手、スキーは一級だ。二人はスキー板を担いできた。琵琶湖に沿って走る江若鉄道で山に入ると、積雪は三十センチほどあった。宿は、「比良・山の家」に素泊まりした。

翌日、雪のなかを登る。いちばんの難所は金糞（かなくそ）峠の急斜面、みんなで一列になって直登した。天気は晴れず、八雲が原で雪がまた降り出した。武奈ガ岳まで登るのは無理と判断して、万太郎は生徒たちを八雲小屋で待機させ、スキーを担いだ喜昌さんと武奈ガ岳に登頂し、二人はスキーで滑り下りた。八雲の小屋が近づくと、歓声が聞こえた。見ると雪原を生徒たちが駆け回っている。

「何をしてるんやあ」

「ラグビー」

彼らはタオルをくるくる丸め、ひもで縛ってボールをつくり、二チームに分かれて吹雪のなかで試合をしていたのだ。

「寒いからラグビーをしてた」

じっとしているより運動したほうが温かい。全く彼らのバイタリティには驚嘆する。

三学期、高校進学の志望校決定に向けて、三年の担任と進路指導担当による会議が行われた。オニガワラ校長はこのときとばかり大張り切りだ。成績データをにらみつつ、受験校を検討する。不合格者を出さないように受験校を探り、合格可能校を割り出す。万太郎は、会議の結果を受けて、個別面談に入り、受験校を相談して決めていた。

進路相談が終わり、卒業式が近づいてきた。三年担当の青年教師たちはみんな初めて卒業生を送り出すことになる。学年主任の木下さんがこんな提案をした。

「卒業式に、担任みんなモーニングを着ませんか。初めての卒業生を送り出すのだから」

「えーっ、そんな高価なもの」

「いや、新品を買うんじゃないよ。質流れを安く買ってくるんや。知ってる質屋があるから」

「背広も一着しかないのに、モーニングかあ」

「グッドアイデアや。全員モーニング姿で式場に並んで、生徒らをびっくりさせてやろう」

担任八人は質屋へ行った。質屋の主人は、みんなの身長と胴周りを測ってから言った。

「よろしおま、そろえまっさ」

数日してそろったということで、みんなで質屋に行った。戦争のなかを生き残り、タケノコ生活で生き伸びた人の質流れ、買う人もないモーニングが卒業式での若い教師の晴れ衣装となる。ほぼみんなの体のサイズに合った。痩せている坂やんだけが、足が二本入りそうなズボンだ。かくしてジャイアントペンギンが卒業式にずらりと並ぶことになった。

萩さんは音楽担当、式場に流すバックグランウンドミュージックに、ベートーベンの交響曲『田園』を選んだ。万太郎は、答辞指導の担当になった。生徒たちの三割ほどが就職するから、進学する子と就職する子の両方から答辞代表を選びたい。その提案が通り、進学組の信高君と就職組の一広君が、別れの言葉の代表になった。

三月十五日、卒業式がやってきた。青空式場は、運動場に椅子を教室から運んできて並べ、紅白の幔幕をその周りに張りめぐらす。

三年の担任たちはモーニングに着替えた。ドアを閉めたら万太郎のモーニングの後ろの裾がドアに挟まった。岡ちゃんがそれを見て、

「ワッハッハ、ペンギンの旦那」

と大笑いした。

「岡ちゃんのほうがペンギンの旦那や」

岡ちゃんは高知大出身の熱心なクリスチャンで、中勘助の「銀の匙」をわが人生の一冊だと推奨している。

快晴、紅白の幔幕を張りめぐらした運動場に生徒たちは椅子を持ち出して定位置に並べ、腰を下ろした。まだ風は冷たい。教員席は生徒席の向かいのテントの下にある。八羽のペンギンの旦那は生徒席の前に整列した。

『田園交響曲』が校庭に響きわたり、式が始まった。

「卒業証書を授与される者」

担任は一組から順にマイクの前に立ち、生徒の名を呼ぶ。冷気をふくんだ春風のなかを『田園』は流れ続けた。

在校生代表の送辞に続いて答辞、いがぐり頭二人が並んだ。就職組の代表、一広君の答辞が心に沁みる。彼は四月から労働者なのだ。進学組の代表は信高君だ。

萩さんのピアノ伴奏で式歌斉唱、万太郎は胸が詰ま

り、涙があふれた。生徒席からすすり泣きの声が聞こえた。高君の顔がゆがみ、涙をこらえていた。

式が終わり、椅子を抱えて教室に戻った生徒たちと最後のホームルームタイム、万太郎は教室に入った。今朝早く登校して生徒全員が書いたのだろう、別れの言葉が黒板を埋め尽くしていた。

万太郎は別れの言葉を述べた。

「山本有三の小説に『路傍の石』というのがあります。吾一少年の物語です。主人公吾一は家が貧しく、中学へ進学できない。進学できない吾一はくやしかった。ある日、友だちと張り合い、意地を出した吾一は、鉄橋のレールの下の枕木にぶらさがるという無茶な冒険をやるはめになった。

吾一は枕木にぶら下がりました。そこへ汽車が来たのです。危ない、幸い機関士が気づいて、止まってくれたから命が助かりました。

そのとき、吾一の担任の次野先生はこんな話をしました。

吾一という名は、われはこの世に一人しかいない、という意味だ。世界に何億人いるかしれないが、お前という人間は、世界中にたった一人しかいない。死んでしまって中学へ行けるか。鉄橋にぶらさがるなんて、勇ましいことでも大胆なことでもない。そんなのは匹夫の勇というのだ。たった一度しかない一生を、輝かさなかったら、人間生まれてきた甲斐がないじゃないか。

次野先生は吾一にそう話したのです。私はこの話をみんなに贈りたい。みんな吾一なんだ。われは一人、吾一なんだ」

黒板を埋めている別れの言葉を見つめながら、万太郎は涙をぬぐった。

「この黒板、誰も消すべからず」

端っこに書かれたチョークの文字は、えい子の字だ。

万太郎のクラスのホームルームタイムはいつも長い。生徒たちも教員もそれを知っている。校門では、ほかのクラスの卒業生がみんな出発していったのに、万太郎のクラスだけが来ないから、見送る在校生と教員たちが待ってくれている。万太郎は生徒たちを引率して校門に向かった。拍手と歓声に包まれ、生徒たちは涙にむせびながら出発していった。

　生徒たちを送り出した万太郎は一人教室に戻った。がらんと静まる教室の黒板に、みんなの一言がぎっしりと残っている。わずかなすき間に万太郎が書いた「吾は一人」の文字がある。そのかたわらに、「この黒板、消すべからず」。

　春休み、卒業した万太郎のクラスの子らが連れだって、はるばる河内野の万太郎の家まで遊びに来た、墓地の隣、三ツ池の前にある万太郎の家。発言王の静馬は、万太郎の部屋でドボルザークの『新世界より』のレコードを見つけ、

「バーンスタインの指揮や、すごい」

と、感激して聴き始めた。書棚にマルタン・デュ・ガールの『チボー家の人々』十巻が並んでいる。第一次世界大戦前後、三人の少年の人生が描かれていく物語、青春の墓標だ。静馬は自分も読みたいと言って、十巻を持って帰った。

　河内野の環境はさらに変化し、三ッ池は釣り池になった。町のあちこちにあった、ゴンタ連の泳ぎ回った農業用溜め池は次々埋められていった。もう農業用水の必要がなくなっている。家の前のアシ原のイタチは姿を消し、カイツブリのジョーもいなくなった。

雪嶺

　春休み、登山部の卒業生八人を連れて、万太郎は雪の唐松岳に登った。高校入学までの休日、彼らは解放感のなかにいる。テントは持たずアルミ製角スコップを携行した。積雪は二メートル以上ある八方尾根を登り、第一ケルン近くの斜面にスコップを使って雪洞を掘った。雪は絞まっていて掘りやすく、雪の大部屋をつくった。昇は雪洞の壁にロウソクを立てる小棚を、雪を削ってつくり、火を灯した。それだけで雪の室内は明るい。床に防水シートを敷き、入口を小さなシートで覆う。風が出て新雪が降ってきたが、外が氷点下十度以下になっても雪洞内は暖かく、零度以下にはならない。おとぎの国のような雪洞で、食事をつくり、

団らんが終わると寝袋に入る。

　翌朝、頂上アタック。快晴だ。彼らの使うピッケルとアイゼンは万太郎が大学山岳部の連中から借りてきた。アイゼンをつけピッケルを持って、雪の尾根を行く。彼らはいっぱしのアルピニストだ。

　頂上近くに来たとき、雪の上に輪かんじきを見つけた。

「こんなところに、おかしいな。ちょっと調べてみよう」

　みんなで辺りを探すと、北側斜面にスキーのストックが見つかった。

「この辺り、掘ってみよう」

　みんなで雪をかいていくと、小さな穴が現れた。

「雪洞だ！」

　万太郎は雪洞の穴に口を近づけ、「おーい」と呼んでみた。すると、かすかに返事があった。

「生きとる、生きとる」

　生徒たちも叫んだ。

「大丈夫ですかあ。埋まってますよー」

「掘ってくださーい」

　声は元気だ。みんなで穴を広げていったら、二人の男性が現れた。

「眠っていて気づかなかったです。生き埋めにならなくてよかった」

　稜線の雪庇を越えて、雪の北アルプス、唐松岳に登頂した生徒たちは白馬連峰の西にそびえ立つ立山・剣岳の連峰を眺めた。生まれて初めて見る雪の峻険、彼らはしばらく言葉を失って見とれていた。

　唐松岳から帰阪した万太郎は、続けて北さんと穂高岳登攀に向かった。穂高岳の涸沢に、後輩山岳部員たちが春山合宿をしている。そこに合流するためだ。島々から上高地まで、冬期はバスの運行はない。

　島々から梓川沿いに雪道を歩いた。釜トンネルのなかはつるつるに凍りつき、懐中電灯を点けて歩く。トンネルの出口は雪崩のデブリがふさいでいた。穴を開けて抜け出た。

　雪の上高地では、「上高地の大将」こと木村殖さんの山小屋に一晩泊めてもらった。帝国ホテルの管理をしている木村殖さんは、二十歳のとき軍隊に入り、兵役を終えて昭和二年から上高地に住んでいる山男だ。

囲炉裏の端で大将の話を聞いた。

「猟も遭難救助もさんざんやったのう。昭和六年に小梨平事件というのがあってのう。上高地の小梨平キャンプ場で若い連中が、ジャズ・レコードをかけたり、ダンスをしたり、派手な服装で騒ぎまくりよった。それを見た大学山岳部の連中が怒って襲撃し、テントなんかを梓川に放り込みよった」

「昭和六年にすでにそんな若者がいたんですか。現代と同じじゃないですか」

「軍国主義が激化していく前でよ、大正デモクラシーの後、あの事件はまあ言うなら軟派と硬派の衝突だな。エログロナンセンスというの、知ってるかね。昭和の初め頃だで、社会不安が深刻化してのう。多くの人が刹那的になって、エロサービスするカフェーやバーが増えたんじゃな。踊り子が脚を振り上げ、ズロースを落としてみせたりしよった。ひどい不況で、倒産続出、失業増加、農村は凶作、一家心中に娘の身売りが増えてたいへんなことだったで」

「そういう時代でしたか。今なら、なんでジャズやダンスがあかんのか、ということになりますね」

「学習院大パーティと立教大パーティの競争、知っとるか。

学習院と立教が、積雪期の槍穂高初縦走を争ったのは昭和七年じゃった。それから日中戦争が勃発して、軍国主義が深刻化していったが、山岳部は競争を続けた。すごいもんじゃった。昭和十五年の冬、早稲田大の明神東稜登攀、法政大の槍ヶ岳北鎌尾根登攀、旧制松本高校の前穂高東壁の登攀。これらが最後の登攀じゃった。その後はもう学生らは山へ行けず、戦場へ行った。ずいぶん死んだわな」

囲炉裏談義は尽きなかった。

翌朝、おやじと別れ、二人は涸沢に向かった。梓川は結氷し、雪が積もって雪原になっているから、川の上を歩いていった。午後、涸沢に上り、先行していた後輩山岳部員たちのベースキャンプに入った。奥穂高岳登攀の日は快晴だった。稜線の氷雪は硬く、アイゼンの爪は突き刺さらない。スリップしないように、力いっぱいアイゼンの爪を立てて登攀した。

登頂後、学生たちと別れて二人は下山した。夕暮れ明神池の嘉門次小屋近くに下りてきて養鱒場の空き小屋を見つけ、そこで一夜を過ごすことにした。上條嘉門次は日本近代登山の父と呼ばれ、W・ウエストンの山案内人もしている。嘉門次は明神池のそばに自分の小屋を持った。

養鱒小屋の囲炉裏に薪を入れ火を点け、暖を取りながら二人が夕食を食べ終わったとき、小屋の戸がガタガタと鳴った。ギョッとして見ると、にゅうっと入ってきたのは背の高い赤ら顔の男だ。誰もいないはずの上高地、いったい何者だ？

「明かりが見えたんで、やってきただ」

男は囲炉裏のそばにあぐらをかいた。

「すぐそこに、『飛騨の山や』というヒュッテがあるずら。そこの冬の番をしているだで、安心すっぺ。冬じゅう、雪のなかで一人で暮らしてきたで、人が恋しゅうてね。火が見えたで来ただ」

男は酔っているようだった。厳冬期の上高地で一人暮らしている。

男は、上高地の不思議について次々と話し、あげくは柳田国男の『遠野物語』からポーの小説『黒猫』にまで及んだ。

「『黒猫』はな、ネコ好きだった男が飼ってるネコを虐待して殺して、最後に奥さんまで殺して、地下室の煉瓦の壁に遺体を塗り込めて警察の目を誤魔化そうとしただ。じゃが警察が来たとき、壁からすすり泣きのような奇妙な声が聞こえたんじゃな。怪しんだ警察が壁を取り壊してみると、直立した妻の遺体と、黒猫が現れた。

お前さんたちは明日帰るずら。大正池の下の、釜トンネルは途中で『くの字』に曲がっているところあったずら。その曲がり角のところに明り取りの穴がある。梓川のほうに開けられた穴でよ。その穴の左の壁を注意して見るだ。釜トンネルは岩をくり抜いてある。ところがその左の壁だけコンクリートになってるだ。そこをよく見るだ。人の形に水が染み出てる。それはな、あのトンネルは難工事だったで、事故で人夫も死んだ。それを隠そうと、死体をあの壁のなかに埋めたんじゃ。上からコンクリートで固めたんじゃが、長い年月の間に、そこに水が溜まって、人形(ひとがた)が現れてきた。明日、釜トンネルを通るとき、気をつけなされ」

赤ら顔の男はそう言って、

「ヒュッテに来るかい。コーヒーいれるだ」

誘われた二人は、ヒュッテに入ると、彼の部屋は万年布団。男はコーヒーをいれてくれて、また話をした。

「上高地には六百山という山がある。そこから流れてくる沢が六百沢という。穂高で遭難死したら、そこで荼毘にふされるんじゃ。今もそこへ行くと遺骨が見つかる」

翌朝、北さんは後から下山してくる後輩たちを待つと言うから、一足先に万太郎だけ下山することにした。壮麗な穂高の峰を何度も立ち止まって眺めては、雪のなかを下っていった。大正池を過ぎ、いよいよ釜トンネルだ。万太郎は谷沿いに開けられた雪穴から潜り込んだ。凍結したトンネル内は漆黒の闇。ヘッドランプを点けて行く。足音はトンネル内にこだまして不気味に反響し、次第に後ろから追いかけてくるように聞こえる。トンネルの真ん中がやってきた。この右手に明り取りの窓、人形(ひとがた)があるのか。だが万太郎は、ランプの光をあてて壁を見ることもせずにまっしぐらに出口へ急いだ。冷や汗が出た。

島々まで歩き、電車で松本に出ると、春は真っ盛りだ。

新学期になった。万太郎は再び一年生の担任だ。夕方、高校に入学した静馬が学校に来た。

「『チボー家の人々』、読みましたよ」

静馬は、持ち帰った十巻を万太郎に返し、感想を聞かせてくれた。静馬にとって、この十巻の読破は大きな進歩だ。

休日、万太郎は春風に乗って、「山の辺の道」を同僚の岡ちゃんと二人で歩いた。岡ちゃんは「山の辺の道」を歩きたいと、かねてから言っていた。平城京から飛鳥へ通じる最古の道「山の辺の道」は、奈良市内から桜井まで続く。二人は天理市内から東に鎮まる峰々の麓を、小さな標識を頼りに田の畔を通り、雑木林を抜け、名もなき古墳のほとりを歩いていった。二人の会話は、卒業していった生徒が話題だった。途中でどれが「山の辺の道」なのか分からないところもあったが、方向だけ定めて歩けば、いつしか道は「山の辺の道」になっていた。ところどころに万葉の歌碑があった。

あしひきの山川の瀬の鳴るなべに
弓月岳に雲立ち渡る

柿本人麻呂の歌だ。あれが弓月岳（ゆづきがだけ）か、地味な山だ。西を見ると、秩序も調和もない住宅開発の波が近くまで押し寄せていた。岡ちゃんとの一日は笑いの連続だった。

日をおいて、万太郎は一人で斑鳩の里を逍遥した。田圃が切り売りされて、建売住宅の建設が進み、大和は無秩序な住宅建設のなかに埋もれていきつつあった。万太郎は法隆寺の裏へ回って法輪寺へ向かった。そこにかろうじて「まほろば」がいくらか残っていた。大きな溜め池にアシやススキが茂っている。池の堤に座って斑鳩の三塔を眺めた。薄田泣菫の詠った美はもうどこにもない。万太郎はさらに薬師寺と唐招提寺のある西の京まで歩いた。旧村にかろうじて古民家が残っていて、大和棟の切妻屋根が白い清楚な漆喰壁と調和している。旧村の旧道には、懐かしい香りが漂っていた。だが、旧村を出ると、新興の不調和な建売住宅のひしめきだ。

ゴルフ場も建設ラッシュだ。大和盆地の東に広がる大和高原の山林はブルドーザーで削られ、ゴルフ場と化している。奈良県に三十四か所もゴルフ場ができた。大和は関西の産業経済圏を支える格好のベッドタウンになり、野放図な開発に蚕食されて見る影もなくなりつつある。

古代の大和がどれほど美しかったか。

奈良の都は　かぎろひの　春にしなれば
春日山　三笠の野辺に　桜花　木（こ）のくれごもり

顔鳥は間なくしば鳴き　露霜の　秋さり来れば
生駒山飛火が丘に　萩の枝を　しがらみ散らし
さお鹿は　妻呼びとよめ　山見れば
山も見が欲し　里見れば　里も住みよし

夏来にし奈良の都の荒れゆけば
出で立つごとに嘆きしまさる

作者不明のこの歌は『万葉集』巻六、「奈良のふるさとを悲しんでつくった歌」と題されている。奈良の都は万世まで永久に栄えるだろうと思っていた。それなのに都が変わると、春の花の移り変わるように荒れてしまった。顔鳥は、カーオーと鳴くからカッコウのことだ。

『万葉集』巻八には大原真人の「奈良の古里を悲しみ惜しんだ歌」がある。

秋されば春日の山の紅葉見る
奈良の都の荒れまく惜しも

遷都によって人が去り、さびれ荒れていく万葉の時代の荒れと現代の荒れとは全く質が異なる。

『万葉集』には、ホトトギスを詠った歌が驚くほどたくさんある。初夏になると必ずホトトギスがやってきて空をよぎりながら鳴く。巻九にホトトギスの托卵の愉快な歌がある。

鶯の　かこひの中に　ほととぎす　ひとり生まれて　己が父に　似ては鳴かず　己が母に　似ては鳴かず　卯の花の　咲ける野べより　跳び帰り　来鳴きとよもし　橘の　花を居散らし　ひねもすに　鳴けど聞きよし　まひはせむ　遠くな行きそ　我が宿の　花橘に　住み渡れ鳥

ウグイスの巣のなかに、ホトトギスのヒナが一羽生まれ、その鳥は育ての親のウグイスのように鳴かず、卯の花の咲いている野辺から飛び帰ってきては鳴き騒ぎ、タチバナの花を踏み散らし、一日中鳴く声を聞くのはいいな。贈り物をしよう。遠くへ行くなよ。我が家の花橘に住んでおれよ。

新学期、万太郎のクラスに小柄なかわいい男の子がいた。アットンというニックネームの後山君だ。
「ぼく、三木清の『哲学入門』を読みました」
「えーっ、小学生のときに？」
万太郎は絶句した。

三木清は、西田幾多郎に師事したマルクス主義の哲学者だった。一九四五年、左翼の運動家高倉テルを家に泊め、服や金を与えたことから、治安維持法違反の罪で逮捕され牢獄に入れられた。八月十五日、日本は降伏し戦争は終わったが、三木清は解放されることなく九月、全身汚物にまみれて独房に倒れていた。占領軍総司令部ＧＨＱは三木の死を知りショックを受けた。未だ政治犯が獄中で過酷な抑圧を受け続けている。ＧＨＱは指令を出し、治安維持法の撤廃が急遽行われた。

アットンは、小学校で北西先生に習ったという。淀川中学校に隣接して淀川小学校がある。そこに北西という先生がいる。えっ、まさか、あの北西先生？　万太郎が小学六年生だったときの担任の先生？

驚いて電話を入れると、ドンピシャ、キタニッセンではないか。懐かしのキタニッセン、放課後会いに行った。児童も他の教員もみんな帰った学校、キタニッセンはぽつんと一人職員室の端っこの席に座っていた。万太郎が小学生のときは、貫禄と威厳に満ちた人だったキタニッセンは、孤独と寂寥感が滲み出ていた。
「まさか、こんなところでお会いできるとは」
「いやあ、久しぶりだね。とうとうこんな僻地に来てしもうたよ」

戦時中、一人校門の一段高いところに立って、集団登校を睥睨していたキタニッセン、小学六年生のとき、社会や歴史の面白い話をしてくれた担任のキタニッセン、すっかり変わっていた。先生の家は南河内の古市、ヤマトタケルの白鳥陵の近くにある。そこからここまで、通勤に一時間半はかかる。なぜ定年退職も近くなった教員を、こんな遠いところへ転勤させたのだろう。

キタニッセンは藤井寺小学校から古市の小学校に転

勤になった。そのとき事件が起きた。子どもたち数人が校庭で「ドッテン」と呼ぶ遊びをしていた。友達の名前を呼んで校舎の壁にゴムボールをあて、跳ね返ってくるボールを、呼ばれた子が取りに行く遊びがドッテン。キタニッセンは「校舎にボールをあてるな」と注意した。けれど子どもたちはやめなかった。キタニッセンはガキ大将と思われる子の頬をたたいた。これが問題になり、教育委員会はキタニッセンを処分し、それが新聞に載った。万太郎はその新聞を読んでいた。その後の経過は分からないが、キタニッセンはついにこの遠隔地に飛ばされてきたのか。

二人の話題は、春に淀川中学校を卒業していった生徒に及んだ。キタニッセンも淀川小学校で教えていたから話が弾んだ。

「宏がいただろう。建設省の毛馬の官舎に住んでいた」

「宏は二年生のとき、ぼくのクラスで学級委員長でしたよ。毎朝アコーデオンを弾いてクラスみんなで合唱していました。登山部員で山にも連れていきました」

「宏の父は奈良の十津川村から出てきたんだよ。先祖は十津川郷士や。十津川郷は尊王攘夷の討幕軍、天誅組が決起したところでね。幕末に、十津川郷士千人が討幕に動いたが、鎮圧されたんだよ」

十津川郷は和歌山県と接する奈良県の最南端、紀伊山地の山また山のなかにある。林業を営む家が多く、山肌にくっつくように家が建てられている。明治二十二年八月、吉野郡一帯をとてつもない集中豪雨が襲った。「鳥も通わぬ十津川の里」と『太平記』に書かれた十津川村は、山は崩れ、川の氾濫で壊滅的な被害を受け、たくさんの死者も出た。もうここでは生活できない。移住しよう、村人二千五百人ほどが北海道へ移住し、新村をつくった。それが北海道の十津川村だ。

「十津川という名は、遠つ川からきてるんやな。遠つ飛鳥は遠い飛鳥、遠つ川は遠い川なんやな。太平洋に注ぐ熊野川の上流にある」

話は弾む。それにしても孤独感が漂うキタニッセンよ。夕暮れが近づき、二人は帰途に就いた。酒は飲まず、甘党でキンツバが大好物のキタニッセンは糖尿病を患っていた。

一年生のアットンは学習意欲旺盛、よく手を挙げて発言する。将棋が得意で大人の有段者とも勝負した。五十歳を過ぎた美術の教師コンちゃんはアットンと宿直室の畳の間で対決した。座布団に座って、おじいさんと孫の勝負だ。コンちゃんは面目を保った。

クラスのひょうきん者は森村君。彼は家族で九州の炭鉱街から移住してきた。小柄な体で声がハスキー、落語がうまかった。ときどきクラスで落語独演会をやった。宿直室から座布団を借りてきて教卓の上に置き、そこを高座にした彼は、右を見、左を見、身振り手振り表情豊かに落語の一席を演じた。クラスのみんなはやんやの喝采(かっさい)だ。

万太郎は、生徒会の顧問になった。そこでまず生徒代議員会を重視し、学級会の討議を活発にしようともくろんだ。けれども、担任教員の意識は、意見を出し合えるクラスにするということよりも、まじめに聞くということを重視していた。活発な討議は道遠しだった。

コンちゃんが病気になって休職した。美術科の教師が足りなくなったから、万太郎にピンチヒッターの要請がきた。万太郎は国語の教員だが、美術科の免許も持っている。大学のとき、美術科の講義を受け、彫塑をつくり裸婦の油絵も描き、必要単位を取得していた。

コンちゃんのピンチヒッターを引き受けた万太郎は、自由奔放な授業をしてやろうと、いそいそと二年生の美術の授業に出かけていった。個性あふれる自由な創作は、紙のクラフトから始めた。紙で何ができるか。野菜、昆虫、鳥、花、抽象作品、生徒たちは折り曲げたり切ったりしながら、紙の芸術を考える。数時間の授業のなかで次第に何かが現れてきて、中には感嘆するようなものができあがってきた。あまりにも見事な作品は、授業のなかだけで終わりにするのは惜しい。他の教員や多くの生徒に見てほしい。そこで作品を展示するガラスのウインドウを設置してほしいと教頭に頼むと、教頭は二つ返事で業者を呼んで設置してくれた。打てば響くように対応してくれる人だと万太郎はひそかに感激していた。

淀川中学校登山部四年目の夏が来た。万太郎は大峰山脈の最高峰、仏経ガ岳と弥山（みせん）を目指す計画を立てた。仏経ガ岳は標高千九百十五メートル、別名は八経ヶ岳。弥山はそれより二十メートル低い。今春卒業した生徒たちも加わってメンバーは三十人になった。

　夏盛り、下市口からバスで天川村に入り、弥山から西に伸びる弥山尾根に卒業生を含む三十人の生徒の列が取りついた。天川村からの尾根の登りは長かった。夕方近く、へたばるものが出てきた。

「もうバテコのウサギやあ」

「まだかあ、まだかあ。もうあかん」

　卒業生の孝男も弱音を吐く。ほとんどのものがアゴを出した。やっと着いた弥山直下の狼平（おおかみだいら）は森のなかに開けた草原、昔はオオカミがたくさんいたところだ。草地に全員ごろんとひっくり返って、しばらく空を見ていた。草地の真ん中を小川が流れる。この小川が弥山谷の源流になる。小川は森に入って急峻な谷となり、両岸険しく、絶壁の間を巨大な双門の滝となって落下する。

　翌日、狼平から弥山に登り、大峰山脈の修験道の道を南に足を延ばして標高千九百十五メートルの仏経ガ岳頂上に立った。青空の下、山はぼうぼうと連なる緑の海だ。東に大台ケ原山が横たわっている。全員の記念写真を撮って、そこから北へ大峰奥駆け道を、行者還（がえり）岳まで縦走した。深山の趣深く、原生林の緑陰にオオヤマレンゲの群落があった。行者還岳から川迫（こうせい）川渓谷へと下る。渓谷で二泊目のテントを張った。夕食は、大鍋でカレーをつくり、もう一品、万太郎は高野豆腐の煮物に腕を振るった。

「高野豆腐、おいしい」

　高君が言ってくれたから、嬉しかった。

　三日目、渓谷沿いの長い林道を天川村目指して下る。川迫川は天ノ川という名になって十津川と合流し、十津川村を突っ切って太平洋に注ぐ。途中で林業のトラックが下りてきた。運転していた若者が、

「後ろに乗らんか」

　と声を掛けてきたから、みんな歓声を上げた。三十人ぎっしり荷台に尻を下ろし、万太郎は運転席の助手席に座った。トラックはゆっくり谷川沿いに下ってい

く。若者は運転しながら、ちらちらと谷川のほうに目をやっていたが、突然トラックを止め、水中眼鏡とヤスを手に持って川のなかに飛び込んでいった。孝男は身を乗り出して若者を見ている。若者は透明な淵をもぐり、数秒してヤスに一匹の魚を刺して上がってきた。天魚（あまご）だ。

「すげえ、すげえ」

「どうして魚がいると分かったんですか」

昇が聞くと、

「魚の影が見えた」

たいした眼力だ。

「おれらも泳ぎたい」

孝男の希望で、トラックに別れを告げ、みんなで泳ぐことにした。高校で水泳部に入り、高飛び込みを練習している孝男は、川岸の岩塔から深い淵に飛び込み、その爽快感に有頂天になった。吉野地方では集落を流れる谷川はいずこも子どもたちの水泳場になっていて、集落ごとに指定した水泳場がある。かつて多くの日本水泳選手が吉野川下流の紀の川で誕生したというのも、川が子どもたちの遊び場であり水泳場であったからでもある。

地の霊がささやく大台・大杉・大峰の豊かさは心を惹きつけてやまない。

帰途の電車のなかで、孝男が万太郎のところに来て言った。

「先生、もう一度大杉谷の堂倉へ行きたい」

昨年行った堂倉だ。

「えーっ、また行くのか？」

「うん、堂倉小屋へ行きたい」

ははーん、あの少女やな、去年の少女に会いたいんやな。合点がいった。少女がまた山に来るかどうかは分からないが、よし、行こう。今度は大杉谷を完全に下降することにしよう。冠松次郎が黒部峡谷と共に絶賛した大杉峡谷だ。

日をおいて卒業生六人、昇、紀雄、清、孝男、克好、海三郎と万太郎は、大杉谷探検登山に出た。恋しい彼女に会えることを願う山行だ。吉野川源流から林道を登って、夕方堂倉小屋へ到着、五人は小屋にすっ飛んでいった。

「来てへんわあ」

がっかりする声が戻ってきた。麗しの乙女はいなかった。

翌日、本格的な渓谷の下降を行う。大台ケ原は本州でももっとも雨の多いところだから、川の水量多く、谷は深い。両岸絶壁、いくつもの大滝がかかる。原生林も深い。スリルを感じる下降だった。一行は絶壁につけられた桟道をつたい、揺れ動く細い吊橋を渡り、隠滝、光滝、七ッ釜滝、ニコニコ滝を過ぎていった。河原が大きく広がったところで夕暮れになり、幕営する。深い滝つぼが眼前にあった。早速みんなは滝つぼに飛び込んで泳ぎ出した。

「ごっつい、冷たいぞー」

「水飲むと、うまいぞー」

長くは水につかっておれない。ぶるぶる震えて河原に上がってきた。冷えた体を昼の熱射を蓄えた河原に横たえると温かくて気持ちがよい。飯を焚いて夕食が済むと、河原に並んで寝そべり、峡谷の空を見上げた。星空を、人工衛星が光りながらツーっと移動していくのが見えた。

「UFOを呼ぼう」

克好が言い出した。

「テレパシーで呼べるんや。精神を集中して、UFOがやってくると念ずるんや。そうしたらUFOが夜空に現れる」

「ほんまか?」

「本気になって念ずるんやで。疑っていたら、UFOは現れん」

「あっ、流れ星や」

万太郎は西丸震哉のテレパシー体験談を思い出した。

「西丸震哉の『未知への足入れ』という本があるんや。西丸震哉は探検家で、南極越冬隊の食料担当をしたことがある。そのとき、鯨の肉をラードで炒めて固めた『西丸ぺミカン』というのをつくった。ぼくも大学山岳部の冬山食糧につくったことがある。食べると、なかなかいける。ところが、南極越冬隊員は『いろはカルタ』をつくって、いの一番が、『犬も食わない西丸ペミカン』やった。

西丸はテレパシーの実験をした。高いビルの屋上から下を見ると、たくさんの人が下を歩いているのが見えるやろ。そのなかの一人を選んで、テレパシーを掛けた。するとその人はフッとこちらを見上げたというんや。

それからこんな実験をした。友だちを頭に浮かべて、夜中の十二時、友だちにテレパシーをかけた。友だちを頭に浮かべて、そいつがトイレに行きたくなると念じ続けるんや。ほんで翌日、友だちに、お前、夜中にトイレに行かなかったかと聞いたら、行ったと答えたんやて。まあテレパシーというのはそういうもんや。UFO現れると念じ続けたら、ひょとしたら現れるかもしれん」

七人は河原に寝転んで星空を見上げ、本気になって「UFO、UFO現れる」と念じ続けた。

「あっ、また流れ星」

「あれは白鳥座や」

「南のあれはサソリ」

夜中まで、テレパシーを掛け続けたが、UFOはいっこうに現れず、ついに睡魔に襲われた。銀河は流れていた。

翌日も大杉谷を下り続け、無事に宮川ダムにたどり着き、帰途に就いた。

次に待っていたのは、同僚との富士登山だ。

一学期末、学年の教員みんなで仕事の帰り、ギョウザ店に入り、一杯飲みながら盛り上がったとき、藤やんが、

「富士スバルラインが開通したから、みんなで富士山に登ろうや」

と、提案した。ほろ酔い気分のみんなは、行こう行こうと大乗りに乗って、計画が生まれた。この学年はなにかにつけて意気投合し連帯する教師集団だった。

その日が来て、学年主任の木下先生をはじめ、男性教員七人はザックを背負って大阪を出発、列車を乗り継いで、富士スバルラインをバスで上がり、五合目でバスを降りた。荒涼とした石と砂の斜面が前面に広がる。天気は快晴、藤やんを先頭に登る。若い七人は元気だ。下界を眺め山頂を見つめ、標高三千メートルを

過ぎた頃、高山病の兆候が現れた。岡ちゃんが、頭が痛いと言う。坂やんが、フラフラすると言う。

「八合目で泊まろう」

小屋に入ると夕食を簡単に済ませ、すぐ就寝する。小屋の男が寝るところを指定した。横になる空間だけが一人の寝場所、ぎっしり身体をくっつけ、まるで目刺しの干物だ。寝返りを打つスペースもない。

一晩休んで高山病の兆候はなくなり、全員元気に出発、頂上を踏んだ。木下さんは頂上の石に腰を下ろし、ザックから何やら取り出した。

「ちょっと一杯やろか」

ウイスキーの角瓶だ。この高山でアルコールを飲むとどうなる、よくない。万太郎はそう思ったが、みんなは一口グイと飲んだ。

「効く、効くう」

気圧のせいか、何だか分からないが酔いの回るのは速く、みるみるみんなは酔っ払った。足がふらつく。

「南極越冬隊の隊長をした、西堀栄三郎は富士山頂で昼寝をした」

万太郎が言うと、

「西堀はさすがの豪傑。我らは富士頂上でウイスキー飲んで酩酊」

ワハハハ、酔っ払い七人組は気象の測候所へ行った。木下さんは角ビンを職員に差し出し、

「ウィスキーをどうぞ」

「いやあ、これはこれは、ありがたき幸せ」

まだ半分ほど残っているウィスキーを提供した。

下りは須走りを行こう、藤やんの提案で、火山の砂礫ばかりの斜面を走り下りることにした。藤やんと万太郎は、足を踏み下ろすごとに流れ落ちる砂に乗って飛ぶように下りていった。もうもうと砂煙が背後に舞い上がった。

「これは富士山を削り取っているんやで」

「この調子でたくさんの人が走り下れば、富士がますます痩せていく」

「やめたほうがいいなあ。ひょっとしたら禁止令が出ていたのかもしれない」

二人は大いに反省した。

万太郎は五合目から、一人旧道を歩いて下った。歩く人がいなくなった樹林の道に、石の標識や地蔵尊が苔むしている。やはり歴史の香る道はいい。スバルラインは邪道だと思う。富士の俗化がこれでまた進むことは間違いない。

二学期になった。万太郎は二年生の美術の授業で何をするかを考えた。生徒たちの創造性を引き出し、もっと感性を豊かにするものは何だろう。人形劇の創作をやってみようか。二年生の全クラスで、人形劇を創作する。出来上がったら発表し合う。どのようにつくるかは生徒たちにすべて任せる。その計画を生徒たちに伝えると、歓声と戸惑い、両方の声が上がった。

生徒たちはグループをつくり、人形劇を研究してオリジナルの人形劇創作に取り組んだ。まず物語を考える。次に人形をつくる。そして劇にしあげて発表する。人形劇は、生徒にとっても万太郎にとっても全く未経験で、遠い世界のことだったが、生徒たちのアイデアと研究に任せた。生徒たちのわいわいと相談している姿は愉快だ。八学級で人形劇団は三十ほどできた。九月の終わりには、家から持ってきた布で人形らしいものをつくり始めた。万太郎は不思議でたまらない。何も教えていないのに、人形劇が生まれつつある。

秋の遠足がやってきた。一年生の行き先は奈良公園だ。計画は万太郎に任され、観光コースを避けて「秋の古都、歴史のなかの秋を発見」というテーマの遠足を立案した。万太郎は丹念に下見をしてコースを案出、観光バスは使わないのは学校方針だから電車を乗り継いで奈良に行く。

奈良駅から三条通をぞろぞろ歩き、奈良公園に入る。そこから秋を発見しながら歩く。東大寺には入らず、寺の裏に出て石畳の道をたどって、二月堂界隈から若草山の麓を通って春日大社へ回った。キンモクセイの香りが漂う。馬酔木の森を抜けると旧柳生街道に入った。旧街道は森のなかの石畳の道だ。小さな谷川沿いの道は牛車の轍のへこみが残っており、磨崖仏があった。荒木又右エ門の首切り地蔵があった。柳生に至る峠の手前、森に囲まれた池の畔で弁当を食べた。春日原始林の一角、秋風に吹かれながら古都の晩秋に浸った。

　このとき、奈良公園の国宝館で、天平仏、阿修羅像が公開されていることを知って、次の日曜日、万太郎は一人、阿修羅に会いに行った。

　誰もいない部屋で阿修羅と対面する。ほーっと息をつく。少年のような顔と姿には、長い歴史を超越して、今に生きる魂を感じる。どうしてこれほどの芸術性の高い像が創れたのだろう。意志をもった少年の姿のようだ。阿修羅は千数百年の年月を、ただただ人の世の救済を祈り続けているのだ。

　戦後、婦人運動の指導者、苅田アサノが、詩「阿修羅」を詠んだ。

うぶげもみえそうな
子どもらしいくちびるが
歔欷（すすりなき）をおさえて
かみしめられている
このかなしみはいたましく切ない
あこがれ　もだえ
人間の永遠に幼いすがたをもって
阿修羅はここに立っている
……

折口信夫は言った。

「日本人の心の神の姿は、阿修羅の少年のような浄き怒りのまなじりに、滲（にじ）み出ているんじゃないか」

　その怒りは、殺し合い、破壊し合う人間界に対する怒りのようにも思う。

　奈良の古都は、アメリカ軍の空襲を免れたが、終戦間近、古都でも仏像の疎開があった。昭和十八年から二十年にかけて、市街地にある寺の国宝仏や建物の疎開が行われた。薬師寺聖観音、興福寺の仏、正倉院の宝物も山間の寺や民家に疎開した。三月堂の仏像を牛車に寝かせて山中の正暦寺まで運んでいるとき、仏像が破損したりもした。古都の南部の柳本には予科練の飛行場があったことから、そこを狙ってアメリカ軍の艦載機が襲来し、牛車を銃撃した。寺を爆撃されたら仏像と運命を共にする覚悟という僧侶の悲壮な思いも万太郎は知った。

　明治の初めにアメリカから来て、東京大学で哲学を講義していたフェノロサは、仏像や浮世絵など日本美術の美しさに心を奪われた。日本人は、枝に止まる小鳥にも美を見出し、山水や花を愛でている。日本人の感性と日本の文化をもっと知りたい。フェノロサは全国の古寺を旅した。そのとき、意外な事実を発見した。感性豊かな日本人が日本の文化を破壊しているではないか。日本人は、自分の国の文化を顧みないのか。これが文明開化なのか。日本人は西洋文明を崇拝し、浮世絵や屏風を二束三文、タダ同然で売り払っていた。最悪だったのが仏像・仏画だった。神仏分離令というとんでもない政策を下した政府は廃仏毀釈（はいぶつきしゃく）を進め、仏教に関するものは政府の圧力によって破壊した。八年間続いた神仏分離令は各地の寺院、仏像を次々と壊し、全国十万の寺は半数になり、貴重な文化財は数知れず失われた。奈良興福寺は寺領を没収されて、僧たちは神官に転職させられた。興福寺伽藍は破壊され、三重塔や五重塔は二百五十円で売りに出された。挙句の果て五重塔が焼かれようとした。このとき、地元住民が火災の延焼を恐れて阻止した。これによって阿修羅像は奇跡的に生き残った。

　阿修羅よ、よくぞ生き残ってくれた。

　衝撃を受けたフェノロサは、日本美術の保護に立ち上がり、自らの文化を低く評価する日本人、日本の画家たちに言った。

「日本にしかない芸術があるのです！」

　フェノロサは文部省に掛け合って美術取調委員となり、岡倉天心と共に京都・奈良の古美術の調査を開始する。創建時から絶対秘仏とされていた法隆寺・夢殿の救世観音像の厨子の開扉はこのとき実現した。観音像は布でグルグル巻きにされていた。それは等身大の聖徳太子像だった。世界に比類のない救世観音は穏やかにフェノロサに微笑んでいた。

　近鉄桜井駅から多武峰（とうのみね）に上っていく途中に聖林寺という寺がある。その十一面観音菩薩像もまたフェノロサゆかりの仏像だった。観音菩薩像を見たフェノロサは感極まり、天平彫刻の最高傑作を守ってほしいと、寄付金を出して像の厨子をつくってくれるように願った。

十一面観音に会いたい。万太郎は桜井駅から四キロの道を歩いた。聖林寺のお堂にそっと足を踏み入れると、観世音菩薩は眼前にひっそりとお立ちになっていた。しばらく声が出なかった。豊満で柔らかな堂々たる肢体の美しさ、お顔は瞼を閉じて、思いにふけっておられるような、衆生の苦悩を飲み込み祈っておられるような、不思議な力が伝わってくる。奈良時代、このような仏像を仏師はどのようにしてつくることができたのだろうか。

聖林寺を参観してから一時間余り山道を登り、多武峰の談山神社に参拝した。六四五年、中大兄皇子と中臣鎌足は多武峰に登り、「大化改新」の談合を行ったことから、「談山」の名がついたらしい。ここはもと寺だった。僧定恵が唐からの帰国後に十三重塔を造立したのが始まりで、妙楽寺と号した。この寺も神仏分離令の廃仏毀釈によって談山神社と改称されたのだ。

峠を越えて飛鳥の石舞台への下りは棚田がつながり、素朴な飛鳥が残っている。冬野という集落がある。冬野から南に竜在峠を越えて行く道は吉野に向かう。本居宣長や松尾芭蕉が通った峠道。冬野は飛鳥の秘境。

ひばりより空にやすらう峠かな　　芭蕉

万太郎は飛鳥川源流に出た。万葉の気を吸いながら飛鳥川に沿って下ると、石舞台に着いた。

「日本の根は何か？　大和の根は何か？　日本人の根幹を支える美術とは何か？」

岡倉天心は問うた。

古美術、仏教美術は日本の心、美術は歴史と文化の象徴。それが日本では暴力的に破壊されている。岡倉天心は、己が国の文化を知らない日本の政府を厳しく批判した。

万太郎は思う。大和は全環境が歴史であり、美の世界なのだ。古代からの遺跡、文化財の残っているところだけを部分的に保存するだけでは、歴史的文化遺産の保存にはならない。地域の自然環境、風土も共に、トータルに保存されなければ、結果として全破壊となる。すでに破壊は始まっており、取り返しのつかないときがやってきつつある。

秋も終わりに近づき、二年生の各班の人形劇は完成を迎えていた。いよいよクラスごとの人形劇の発表会だ。

黒板の前に舞台をつくり発表開始。二学年の各組で発表会を開いていった。しっちゃかめっちゃかの班がある。なるほどなるほどと感心する班もある。そのなかで、なんと「ビートルズ日本公演　ヘルプ」が登場したのだ。万太郎は感嘆した。見事だ。これはクラス内で終わらせることはできない。各クラスの代表作を発表する学年人形劇大会を開催しよう。

八クラスの代表作による人形劇大会は、十二月に入った土曜日の放課後に催した。二つの特別教室の間のしきりをはずして合体した会場に、手づくりの舞台をつくった。代表たちは劇に磨きをかけてきた。

一九六二年にイギリスでデビューしたビートルズは六四年の全米ツアーを経て大旋風を巻き起こし、日本でも熱狂的なファンが生まれていた。そのビートルズが、淀川中学男子ヤンチャグループの人形劇「ビートルズ日本公演」に再び登場した。

ビートルズの『HELP』の曲が録音テープから流れた。エレキギターを弾く人形、ドラムを叩く人形が動く。声を高く上げるところで、人形も高く伸び上がる。人形を操る生徒も、観客席の生徒たちも酔っていた。湧き上がる喝采（かっさい）。アンコールの声が上がった。

万太郎はあっけにとられ、深い感動に揺さぶられた。子どもというものは、実に思いもかけない創造性と自由度を発揮するものだ。このときほど感じ入ったことはなかった。

後になって万太郎は「しまった」と思う。この人形劇大会を他の教員にも父母にも知らせていなかった。二年生の生徒だけで終わってしまった。惜しい。

愉快な一年が終わりに近づいた二月に、次年度の教員体制のことで、イケさんから話があった。

「万ちゃん、来年度は三年生を受け持ってくれないか」

万太郎は今の一年生を来年も持ち上がって教えたい

になった。

と思っていたから難色を示すと、イケさんは真剣な顔

「人生意気に感ずじゃないか。受け持ってくれよ」

先輩の言うことに逆らうのもどうかなと思い、しぶしぶ了承した。イケさんは口笛を吹いた。ブラームスの交響曲第一番の、あの美しいメロディ。野村先生の家でよく聞いた、胸が熱くなる旋律。

春休みが来た。万太郎は一人雪の御嶽山に向かった。木曽福島から王滝に入る。春なのに雪が深かった。登山者もスキーをする人も見あたらない。たどり着いた五合目の山小屋は屋根まで雪に埋もれていた。雪に開けられた穴から潜り、無人の山小屋に入ると、炉があった。煙突は雪の上に出ていた。パンをかじりながら薪を燃し、暖を取る。たった一人、火を見ながら大声で歌を歌う。山岳部で歌ってきた歌の数々、雪の布団に包まれた小屋は暖かい。炉の火を落とさず、寝袋なし、ごろりとそのまま横になって眠った。翌日、快晴のなかスキーを担いで頂上に登った。下りは、重いベタ雪、滑っているのか転んでいるのか分からなかった。

オリジナル授業

四月、万太郎は三年のクラス担任になった。生徒は五十一人。エベッサンというあだ名の酒井君は、体が大きくて愛嬌があり、みんなから愛されていた。万太郎の話に積極的に反応する小柄な千代は知識が豊富で、万太郎が間違ったことを言うとすかさず反応する。千代は自分の意見を持っていた。休みになるとボーイスカウトの団に入って活動している小嶺君は、富士山麓の朝霧高原でジャンボリーに参加した話をしてくれた。クラスには個性のある子らが、たくさんいた。

万太郎は国語の時間、戦没学徒の手記『きけ　わだつみのこえ』の読み聞かせをした。この歴史的遺産を素通りすることはできない。学びたくても学べず、生きたくても生きることができなかった学生たちの歴史を生徒たちに伝えておかねばならない。

戦没学徒の手記、学生たちのうめき声が聞こえてくる。もっともっと学びたい、自由に生きたい、その願

いは抹殺された。山に憧れた中村徳郎、その手記を読む。

「穂高の岩場で、すんでに死ぬべかりし命、それは結局、四年ともたなかった。学問の広さと、困難さ、それに対する限りなき希望を感ずる。『見ていてごらん。今に私の時代が来る』」。

今日も生きていた。単に生きていただけにすぎなかったのではなかろうか。限りない無意味さ。

学生時代を回想する。ストーヴが紅く燃えていた。くすんだ窓ガラスを通して、静かなランプの灯が、雪の舞うのを映していた。食膳に上ったパインアップルと紅茶が、舌をこよなく楽しませた。快い疲れ！　かくして四年前の今宵が暮れていったのを、限りない懐かしさを持って、黄金の夢のように憶い出す。三本槍の登攀の終わったあの日のことを」

中村徳郎は父母への遺書を書いた。

「長い間あらゆる苦難とたたかって私をこれまでに育んでくださった御恩はいつまでも忘れません。私は何も御恩返しをしませんでした。数々の不孝を御赦しください。思えば思うほど慙愧（ざんぎ）にたえません。南極の氷のなかか、ヒマラヤの氷河の底か、トルキスタンの砂漠のなかに埋もれて私の生涯を閉じたかったと思います。すべては悲劇でした。芥川も言っているように、親子となったときにすでに人生の悲劇が始まったのだということとは、いみじくも本当だと思いました」

彼はフィリピンで戦死した。

オリジナル授業第二弾、タイトルは「川と文明」。ナイル川流域で栄えたエジプト文明、チグリス・ユーフラテス川流域で栄えたメソポタミア文明、インダス川流域で栄えたインダス文明、黄河流域で黄河文明。文明発祥に必要なものは何？

「水」、「川」。人間が生きていく上で必要なものは、水と食べ物。

「デフォーの小説『ロビンソン・クルーソー』を読んだことのある人？」

八人が手を挙げた。

「ロビンソンは、船が嵐に巻き込まれて難破、一人無人島に漂着した。自分がそういう目にあったらどうする？」

まず水場を探す、食べ物を探す、住む小屋をつくる。

「食べ物が足りなかったらどうする？」

「栽培する」

「ロビンソンもそうしました」

　難破船に残っていた小麦を取ってきて、それを蒔(ま)いて栽培した。島にいたヤギをつかまえて飼った。ヤギのミルクを絞り、バターやチーズをつくり、小麦でパンをつくり、そうして二十八年間も無人島で暮らした。

「では人類の祖先はどう生きたか、想像しよう。人類の祖先はアフリカから世界中に広がっていった。どこを目指して？」

「川のあるところ」

「気候が温暖なところ」

「木の実や草の実のあるところ。鳥や獣や魚の豊富なところ」

「狩猟の次の段階は？」

「農業」

「農耕で食料をつくる。それじゃ、私たちの住んでいるところの遠い昔を考えてみよう。地図を開きます。淀川を遡るとどこへ行きますか」

　宇治川と桂川と木津川に分かれている。宇治川の上流は琵琶湖。じゃあ、木津川の上流は？

「木津川がZの字に曲がったところに、狛(こま)というところがあるよ。川の東に上狛、川の西に下狛がある」

「そう、狛は高麗(こま)です。古代朝鮮の高句麗です。高句麗からやってきた人たちが住み着いたところです。狛から木津川を渡り、南へ七キロほど行けば何がある？」

「東大寺。その西に平城京がある」

「そう、聖武天皇は東大寺を建て、大仏をつくりました。遣唐使を出して、唐の文化を取り入れています。

　東大寺建立では、巨木を大量に使った。この材木をどこから、どうして運んだと思う？」

「東大寺は高さが五十メートルほどもあった。ごっつい大木が使われた。この木材はどこから、どうして運んだのだろう」

「山で伐採して木津川を筏(いかだ)にして流してきたんかなあ？」

「そんな巨木を陸に揚げてからはどうやって？　人間

が綱をつけて引っ張る？」

「コロを使ったんや。丸太を横に並べて」

万太郎は修羅を紹介した。

「修羅は巨大なそりみたいなもんです。大きな材木や石は修羅で運んだようです」

東大寺はその後兵火に焼かれ、今の東大寺の建物は江戸時代の初めに再建された。最初につくられた東大寺はもっと大きかった。研究者の計算では、建設に二百六十万人がかかわっただろうと言う。

「奈良時代の日本の人口が、五百万人ぐらいと考えられている時代ですよ」

「それじゃあ、人口の半分やんか」

「大仏をつくるには九十万人が関係したと言われています。金属を熱で溶かして型にはめてつくるんです。そのなかに朝鮮半島から技術を持ってやってきた人たちがたくさん加わっていました」

仏教を熱烈に信仰する聖武天皇は、唐から鑑真和上を招いた。唐招提寺、恭仁京、紫香楽京（しがらき）、難波宮をつくった。次から次へと建設した。だから財政がたいへんだった。それに動員され使役された国民がいちばん苦しかった。

「次は大和川を調べます。地図で大和川を堺から遡ってみましょう。生駒山から南に延びた山際に柏原というところがある。ここから山を越えると大和です。古代の大和川は、柏原で進路を西北西に変えて、難波の海に注いでいました。大和川はよく氾濫（はんらん）しました。それで、大和川は柏原から西の堺へまっすぐ、江戸時代につけ替えられました。

万葉集にね。『河内の大橋をひとりで行く娘さんを見た歌』というのが載っています。赤く塗った大橋の上を、赤いもすそを引いて渡っていく娘さんには夫がいるんだろうか。それとも独身なんだろうか。訪ねてみたい。そんな内容の歌でね。大和川の柏原の辺りに、そんな大橋がかかっていたんだね」

「大橋をつくる技術もあったんや」

「大橋があったということは、人間の往来が多かったということやね」

「柏原で石川が南からやってきて大和川に合流してい

ます。古代、百済から渡来してきた人たちは、この合流点の近くと、石川上流の『近つ飛鳥』にたくさん住んでいました。

大和川をもっと東に遡ってみましょう。奈良に入って、大和川の支流は？」

「北から龍田川が入ってきて、南から曽我川と葛城川、飛鳥川が合流している」

「小さな川が次々合流してくるね。曽我川と葛城川を上っていくと広陵町というところがあります。その辺り、地図で何か気がつく地名がありませんか」

「あ、百済と書いてある」

「そう、ここは百済野と呼ばれていたところです。百済寺というお寺もある。曽我川は、昔は百済川と呼ばれていました。万葉集に、この百済野が出てきます。山部赤人の歌です。

百済野の　萩の古枝に　春待つと
居りし鶯鳴きにけむかも

この百済野もたくさんの百済からやってきた人たちが住み着いたところです。次に支流の飛鳥川を遡ります。どこへ行きますか」

「明日香村」

「そうです。飛鳥です。『遠つ飛鳥』です。ここに飛鳥寺があって、飛鳥大仏がある。百済からやってきた鞍作止利という仏師がつくった大仏です。法隆寺の釈迦三尊も鞍作止利の作です。災害のない安住の地になるように祈りを込められた土地です。では、また大和川に戻ります。さらに上流はどうなりますか」

「初瀬川と佐保川に分岐するよ」

「佐保川を上がっていくと平城京や。やっぱり平城京も川のそばや」

「そう、都は川の近くにつくられる。人々が集まるところには川が必要です。文明は川のほとり。農業が営めて食料が確保できるところ。川を使って運搬できるし、人の往来もできる」

では、さっきの大和川にかかる河内の大橋、これは何を意味するか。たくさんの人が往来していた。この交通の要衝に餌香市と呼ばれる市が立って、交易が行われた。

「餌香市は、今の藤井寺市の国府遺跡の辺りです。国府遺跡は縄文・弥生時代の遺跡です。国府は中央政府から派遣された役人が政治を行う官庁が置かれたところです。街道が東西南北に交わり、市が立つ。もっとも大きな市は、難波の市であったと思います」

大和の商業の中心が桜井の海石榴市だった。そこから東西南北に街道が延びていた。

「次に大阪と和歌山の間の紀ノ川を海から遡ってみよう。どこに行く?」

明日香村のすぐ近くを流れている。明日香村から紀ノ川まで距離十キロほどだ。そう、紀の川上流部の吉野川流域にも縄文時代から人が住んでいた。飛鳥時代、奈良時代の人たちは、吉野川の自然を愛で、歌を詠んだ。吉野川の水は現代も奈良県南部に供給され、大和盆地に住む人々の水道水になっている。

吉野川の上流から峠を越えて、和歌山に下れば熊野川。新宮で太平洋に注いでる。

「熊野川も船が往来し、木材は筏によって運ばれた。万葉集に山部赤人のこんな歌があります。

　島隠り我がこぎ来れば乏しかも
　大和へ上る真熊野の船

島陰を、舟をこいでやってくると、珍しいなあ、あれは大和へ上っていく熊野の船だよ。飛鳥時代、奈良時代の水運はかなり活発で、レベルも高かったようです。淀川も大和川も、船を利用していたようです。朝鮮半島や中国とは、人や物の盛んな往来があった。渡来人がたくさん日本にやってきた。ということは、造船の技術、航海術もあったということです。

海を生活の舞台にしている海人がいました。彼らは中国、朝鮮、琉球、台湾、東南アジアをまたにかけて、交易していた。日本はその時代時代に、遣隋使、遣唐使、遣新羅使、遣渤海使を送って交流し、文化を取り入れました。渤海という国は、高句麗が滅びた後、高句麗の遺民が建てた国です。

アフリカから世界へ広がっていった人類の祖先、日本列島へもやってきて石器時代から縄文、弥生時代、古墳時代を経てきた。昔は国境なんかありません。飢饉、過酷な自然災害、侵略、戦争などがあると、安全で平和に暮らせる地を求めます。

日本海側には大陸との交流を担った港がいくつもあります。福井県の三国湊、九頭竜川の河港、若狭の敦賀、小浜、舞鶴、出雲の港、山口県の北長門、九州は対馬を経てつながっていました。遺跡もいくつもあります。大きな寺や、金銅仏をつくるには、一人や二人ではできません。鉄で刀をつくるにしても、鉄鉱石を探す、溶鉱炉を造る、鉄を溶かす、鉄を鍛える、いろんな工程があります。その工程の技術を持つものが集団で実際にやってみせた。技術の伝達は、集団によって可能なのです。

彫刻、建築、航海・造船、織物、陶器、多くの技術を、渡来人が日本に持ち込み、日本人はそれを受け入れ、自分たちの新たな技術を創造していった。政治や外交、文書の記録でも渡来人は重要な働きをしました。中国、朝鮮、日本の、知恵と技術が溶け合って、古代の日本文化はつくられていったのです。海も川も、文明の誕生をもたらすものでした」

夏休み、淀川中学登山部はついに信州の山へチャレンジだ。御嶽山に登ろう。引率は藤やんと万太郎の二人。三千六十七メートル峰の御嶽山は、奈良の大峰山と同じ修験道の山、山岳宗教の山だ。一般登山道は王滝コースになっているが、万太郎は登山者のいない北側の開田高原から樹林地帯を登るルートをとることにした。

生徒は十八人、テントや炊事用具を整え、食料を買い、早朝の淀川堤を出発した。朝の鈍行列車で大阪を発ち、名古屋で中央線に乗り換えて木曽路を上った。列車のなかで万太郎はヘマをやった。自分のキスリングザックを列車の連結部分に置いたのが失敗のもとだった。列車の連結部分は、二枚の鉄板でつながれている。そこに置かれたキスリングザックは列車の振動によって横に倒れ、ザックのポケットに突っ込んでおいた紙封筒が連結部分の床に落ちた。万太郎はそれに気づかなかった。運の悪いことに、連結部を覆う幌に穴が開いていた。落ちた封筒はその穴から線路上に落下した。木曽福島駅に着いて、万太郎は紙封筒のないことに気づき、愕然とした。紙封筒には、全員の旅費が入っている。万太郎は青くなった。木曽福島の駅員に事情を話し、遺失物届けを出して開田高原行きのバスに乗った。

　バスはウンウンうなりながら蛇行を繰り返して山道を登り、高原の開田村に入った。

　開田高原は木曽馬の産地で、牧場に馬の姿があった。木曽馬の最古の記録は、安閑天皇の時代まで遡るというが、安閑天皇といえば『古事記』『日本書紀』に出てくる古代の神話上の天皇で、陵墓とされているところは「近つ飛鳥」にある。古代、高句麗から移ってきた人々は信濃と甲斐に入って馬牧場を開いた。中世、武田信玄など騎馬軍団が活躍したのも馬牧文化が基礎にあったからではないかと万太郎は思う。甲信では現代も、馬肉の刺し身、馬刺しを食べる。馬は、農耕だけでなく、山また山のこの地域の、豊かな森林資源の運搬に欠かせなかった。馬頭観音の石碑を村のなかに多く見るのも、生活のなかでの馬の存在の大きかったことを示している。

　開田村は、ひっそりと静まり返っていた。村を抜けて御嶽登山口でテントを張った。登山者は誰もおらず、小雨降る。

　翌日雨が上がり、生徒たちと樹林地帯の道を登る。みんなよく歩いた。標高二千メートルを過ぎると、開けた視界に火山の山塊が全容を現した。三千六十七メートルの高峰だ。

　頂上が近づくと、青い水をたたえた池があった。高山植物が咲いている。ここまで来ると御嶽教信者の白装束が数人見えた。バテ組を残して頂上アタック、岩峰の先端に立った。

「オレの頭は、三千六十七メートルに身長を足して、三千六十八・六メートルだあ」

　誰かが叫んでいる。

登頂を終え、池まで下りてくると、バテ組が神妙な顔をしている。

「えらい叱られたあ」

「追いかけられて逃げたあ」

聞けば、彼らは池に石を投げ込んで遊んでいた。すると白装束の人たちが飛んできた。

「こらー、神様の池に石を放り込むとは何事じゃあ」

どえらい剣幕で怒鳴られ、逃げた。

「ワッハッハ、この山は信仰の山で、山全体が神さんなんや」

下り道は、雨でぬかるんだ山道にすべって転ぶ生徒が続出し、その度に歓声が上がる。

「大あたりー」

尻もちをつく度に叫び声が上がる。みんな泥だらけになった。

三日目、テントを撤収して木曽福島に戻り、例の交通費の遺失物について駅舎で問い合わせた。

「見つかりましたよ。保線作業の人たちが拾ってくれました」

遺失金を取りに保線区へ行き、厚く礼を言って無事全員大阪に帰った。

御嶽山から帰ると、万太郎は同僚の誉(たかし)さんと二人、カウンセリングの夏の講習会に参加した。講習会は、和歌山の高野山大学で一週間行われる。万太郎も誉さんもカウンセリングの知識はない。全く白紙で講習会に参加した。高野山というところも初めてだ。山上の壮大な仏教寺院と墓地遺跡には驚嘆した。宿坊で泊まり、高野山大学で合宿講習会が始まる。会長の友田不二男氏は国学院大学の教授で、日本のカウンセリングの草分けだと知った。全国から集まってきた人は百人ほど。開講式は畳の大広間に円く輪になって座る。講師陣も輪のなかに入った。高野山の大気は涼しく、静寂のなかにセミの声が聞こえる。

「会長あいさつ」、司会者が言った。参加者は友田氏を見つめた。友田氏は黙ったまま座っている。みんなは友田氏が口を開くのを待った。だが何も言わない。みんなはじっと待つ。が、友田氏は無言。時が過ぎる。参加者の表情が変わってきた。たまりかねた一人の教師が声を上げた。

「何を待ってるんですか」

友田氏が応えた。

「待っていると思われるんですね」

そう言っただけでまた沈黙。

「なぜ黙ってるんですか」

声が飛んだ。万太郎はなんだか謎をかけられているような気がした。

「どうしたんですか。何か話してくださいよ」

別の参加者が発言した。友田氏が応えた。

「何か話してほしいということですね」

そこでまた沈黙。参加者の訝る声。何これ？　どういうこと？　受講者のひそひそ声。

「私はカウンセリングを習おうと、はるばる富山からやってきたんですよ。ちゃんと教えてください」

「私は青森から来ました。全くカウンセリングについては知らないです。学ぶことを楽しみにしています。講義を始めてください」

「そうですか。富山や青森からはるばる来てくださったんですねえ。教えてもらおうと」

暖簾に腕押しのようなやり取りに腹を立てる人が出てきた。

「いったいどうなってんですか。講義を始めてください」

「こんなことをしに来たんではないですよ。遠いところから時間と金を使ってやってきたんです。どういうことですか」

友田氏が応じる。

「こんなことをしに来たのではないと思われるんですね」

「ふざけないでください。私はもう帰ります」

とうとうその人は席を立っていった。

そのとき一人の参加者がみんなを見渡して発言した。

「どうもこれは、カウンセリングじゃないですか。もうカウンセリングが始まってるんですよ」

別の参加者が言う。

「これはノンディレクティブ・カウンセリングというものじゃないですか」

「そんな感じがします」

何人かがそう言うとみんなの目がきらりと光った。受け身そこから参加者同士の対話が始まっていった。受け身の講習会が参加者の主体的な研究会に変わっていったのだった。

それを見た友田氏は意見を述べ始めた。数人の大学の学者・研究家も混じっていて、その人たちからも話が出てきた。

友田氏は、アメリカで、カール・ロジャーズに出会い、その理論に共鳴してカウンセリングを研究した。人間には自己実現する力が自然に備わっていて成長していくものであり、自己の可能性の実現に向けて生きるものである。それは人間の持っている性質であり本能である。カウンセリングは、この成長と可能性の実現を促す環境をつくることを使命としている。

友田氏は、日本カウンセリングセンターを創立して、来談者すなわちクライアントの心理療法を行うと共に、カウンセリング理論の研究と普及に努めていた。

受講者の能動性が引き出され、好奇心や学ぶ意欲が光り始めると、実際のカウンセリングの事例に基づく記録が紹介され、講義の展開となった。

友田氏は「受容・傾聴」ということを強調した。カウンセラーは、クライアントを無条件に受容し尊重する。それによってクライアントも自分自身を受容し、尊重する。カウンセラーは徹底した包容力を持ってクライアントの話を傾聴しなければならない。

万太郎の心に「傾聴」という言葉が響いた。自分は生徒に自分の価値観で助言や忠告をし、あるときは叱責し説教をして生徒を変えようとした。そこには「受容と傾聴」という視点はなかった。

カウンセラーは、人間の潜在的な能力である自己実現の力を信頼する。知識や技術によって意図的にクライアントの心を変化させるのではない。クライアントが自分自身で心を洞察して変容していく。カウンセラーはそれを期待するのだ。人間はあるがままの自然な傾向として、潜在的な回復の可能性を持っている。あるがままの一人の人間としてお互いが向き合い対話を重ねることによって人間的な変容を実現していくのだ。その理論は万太郎の心に響く。

高野山大学の講習会は毎日午前九時に始まり、昼休みはたっぷり二時間休む。夕方五時に研究会が終わる。そのあとは宿坊に戻り、食事と入浴、団欒、散策の時間となる。連日、理論と実際のカウンセリングの事例紹介があった。

昼休み、誉さんと万太郎はスケッチに出かけた。高野山の西門から出ると、南に護摩壇山が見える。東の大きな谷は十津川村か。連なる紀州の山々を万太郎は水彩絵の具で描いた。

講習会の最後に、カウンセリング理論が教育実践に活かされている学校が紹介された。大阪の一小学校と、広島竹原市の賀茂川中学校が教育に理論を活かしている。講師の一人、大阪市立大学助教授が見学を奨励したから、万太郎の心が動いた。よし、見学、研修に行こう。

最後の夜は、参加者全員による懇親会となった。銚子が一本ついた。誉さんと万太郎は、友田さんの隣に座り、誉さんは先生に酒をつぎながら言った。

「友田先生、大いに気に入りました。この研究会は目から鱗でした。相手を受容するということは、相手の言葉を受け止めることだけでなく、心を受け止めるということですね。愛なくしてはできないことですね」

誉さんは交際している女性との結婚に悩んでいた。その悩みに響くものがあったのだ。万太郎は自分のやっている「教える」ということの不確かさを友田先生に述べた。宴会は解放感に満ち、ほろ酔いの友田先生は立ち上がると、朗々と論語の一節を吟じた。

「賢なるかな　回や。一箪の食、一瓢の飲、陋巷に在り。人　其の憂いに堪えず、回や　其の楽しみを改めず。賢なるかな　回や」

賢明な回よ。わりご一杯のめしと、ひさご一杯の飲物で、狭い路地の家に住んでいる。他の者ならその憂いに堪えられないだろうが、回はその楽しみを改めない。

高野山を下り、二学期に入る。万太郎は、カウンセリングの理念を活かした教育実践を実施している学校を見学する計画を立てることにした。

十月十日、東京オリンピックが開幕した。国内の雰囲気はオリンピックで高揚し、そこへもって秋の校内体育大会、生徒たちは大いに盛り上がった。閉会式が終わり、全クラスの男子だけが運動場に輪になって座り込んでいる。万太郎が、「教室に戻るぞー」と言って近づいていくと、

「先生、このなかに入って」

と言う。万太郎は円陣のなかに座った。と同時に男子全員立ち上がり、万太郎の体の上に覆いかぶさってきた。

「ウォー、なんだあ、苦しいぞー。ダイコン漬けかあ」

万太郎の小学時代、男子生徒の冬の遊びだった「ダイコン漬け」は、ぽかぽか温かくなるための遊びだった。今中学男子三年生の大きな体が万太郎の上に乗っかってきた。

ウォー、ウォー、万太郎は叫ぶ。圧迫感はすごいけれど、彼らは手加減をしていた。密着する生徒の汗の匂いが鼻をつく。そのうち、チクチクと腕や太ももが痛い。つねっているようだ。

「おーい、痛いぞー」

ゲラゲラ笑い声が起きて、「ダイコン漬け」が終わった。

男子の乱暴なイタズラだった。万太郎のクラスの男子がそんなことをするとは意外、万太郎にとっては思いがけない出来事だった。彼等が三年生になってから万太郎がこの学年担当になり、もう一つ生徒との関係で湧いてくるものが乏しかったが、生徒たちはこの体育大会で、乱暴だが親愛の情をこんなやり方で示してくれた。それは、生徒の解放感の表出であったのかもしれない。

秋天、東京オリンピック。開催期間の二週間、男子生徒はやいのやいの万太郎に言いに来る。

「先生、実況やってるねん。テレビ見せてよ」

「授業やめてそんなことできんよ。学校にはテレビは一台しかないし、他のクラスの子らもみんな見たいけど我慢しているんやから」

そう言うしかない、六時間目が終わると、生徒は家

に走って帰ってテレビにかじりつき、熱闘と興奮を翌朝学校に来て友だちと語り合う。

創部以来、淀川中学登山部は、近郊の山をほとんど歩いた。体育大会が終わり、万太郎は北摂のポンポン山夜間登山を企画した。夜の山を歩く。現代っ子は、闇夜の自然を知らない。闇の神秘を心に感じ体験する登山をしよう。土曜日の午後学校を出発し、高槻駅からバスで山麓まで入る。山道を登って神峰山寺を過ぎ、尾根にある本山寺に着くと、寺の許可を得て携行した夕食を食べ、寺の一室を借りて夕方から夜の一時前まで睡眠をとった。

真夜中一時、本山寺を出発。草木も眠る丑三つどき、各自懐中電灯を点けて夜の山道を一列になって歩く。木々が頭上を覆い、枝の間から星が見える。ガマガエルが山道を横切っている。薮のなかから何か分からない音がする。夜鳥の声がする。生徒たちの口数が少ない。不気味だ。ひそひそ声で会話している。夜の原始を感じながらポンポン山に着くと休憩した。闇の頂上に立てば、遠くに街の光が見え、頭上は星、森の神秘にひたひたと包まれた。尾根を歩き、山から下るうちに夜が薄紙をはぐように消え始め、いつのまにか、闇が薄らいでいる。微妙な空と山の変化、時を感じる。東の空が白みだし、赤みを帯び始め、太陽が顔を出した。夜明け、善峯寺に着いた。

枕草子のなかに、「森は」という段がある。

「森は、大あらきの森。しのびの森。ここひの森。木枯らしの森。信太の森。生田の森。木幡（こはた）の森。いつ木の森。きく田の森。岩瀬の森。立ち聞きの森。常盤の森。くろつぎの森。甘南備の森。うたたねの森。うきたの森。うへつきの森。いはたの森。たれその森。かそたての森。かうたての森といふが耳とまるこそ、まづあやしけれ。森などといふべくもあらず、ただ一木あるを、何事につけたるぞ」

清少納言は二十一の森の名前を挙げ、このような森の名前は妙なものだ、森などと言えるはずもなく、ただ木が一本だけあるのを、何につけて森と言うのだろうか、と首を傾げた。千年も昔の平安時代だ。日本の人口は数百万人であったろうといわれていた時代。全国いたるところが山と森だった。それにもかかわらず、森と名づけたところがあり、木が一本あるだけというところもある。日本の人口が二千万人を超えるのは、江戸時代の慶長期。四千万を越すのは明治になってから。人類の繁栄・発展にともなって森、自然が喪失していった。

「信太の森」は大阪市内、もう森は消滅している。「甘南備の森」は奈良。ここも森はなくなり、伝説や記録だけが残っている。

秋も終わりのころ、北さんから学校に電話がかかってきた。

「おもろい企画が飛び込んできたぞ。来年の夏、シルクロード探検や」

「シルクロード？　どういうことや」

「ヨーロッパからインドまでシルクロードの旅のルートを開拓する企画や。どうや、乗らんか。中近東、熱砂の国や。ヨーロッパから出発や」

探検旅行を企画したのは大阪の旅行会社だった。ヨーロッパからインドまで、車で大地を行く、シルクロードのルートの開拓をしたい、その探検調査を担ってほしいという。六年前、国連の提唱でアジアハイウエーの計画が持ち上がっていた。それは、新しい道路を建設するのではなく、既存の道路を整備して、アジアとヨーロッパを結び、国々の交流、理解、連帯を深めたいという目的があった。国連の計画では、東南アジアの国々からインドに入り、パキスタン・アフガニスタン・イラン・トルコ・ギリシア・ユーゴスラビアを経て、ヨーロッパハイウェイにつなごうというものだった。国連のアジアハイウェイ計画は、六年経つがいっこうに進展していない。

北さんが言うには、車は旅行会社が用意する、ルートを探りながら、砂漠地帯では野宿し、地域社会や自然や歴史を調査する、研究目的を持った調査旅行で、冒険、探検のできる人を探しているらしい。

「タクラマカン砂漠へは行かないのか」

「そこまでは行かないようや」

万太郎は、二百ドルでの世界一周の旅日記、小田実の『何でも見てやろう』に感銘を受けていた。この企画、いくらか魅力はある。シルクロード酷熱の砂漠横断の旅、費用が安ければ乗ってみいい。しかし旅行期間は来年七月から九月にかけて、学校を休まなければならない。万太郎は、シルクロードの交通費はタダということなので、思いきって参加することにした。

いちばんの課題は、教育委員会が長期休暇を認めてくれるかどうかだ。万太郎は教育委員会に提出する趣意書と計画書の作成、さらに訪れる国についての研究に着手した。メンバーに参加したいと表明した山岳部ＯＢは、万太郎、シモヤン、糸川、北さんの四人に、ワンゲル部の砂原だった。

三学期に入るとすぐに、カウンセリング講習会で紹介された広島県竹原市の賀茂川中学校を見学する計画を立てた。三牧教頭に話すと即座に旅費を用意し、エールを送ってくれた。

「千里の道も遠しとせず、学ぶことに躊躇するなかれ」

万太郎は広島へ一人で出かけた。冬枯れの景色を眺めながら呉線の竹原駅で降り、駅前旅館に泊まる。翌朝、雪が降っていた。生徒の登校時間に学校へ向かい、校門をくぐった。

校長の信川実氏は、「自発協同学習」と呼ばれる独自の教育を開拓した教育実践家だった。校長は雪のなかをやってきた大阪の青二才を親切に遇してくれた。

「一日、自由に入っていいです。どの授業を見てもいいです。どの教室でも自由に入って学校で過ごしてください。どの授業を見てもいいです。生徒と話をしてください。今日一日、あなたはこの学校の一員です。私たちはこの教育実践をカウンセリング方式とは言っていませんが、友田先生の理念、精神とは共通していると思います。だから紹介したのだと思います。これまでの教育があまりにも教師が一方的に注入する傾向にありました。学習に参加できない生徒は落ちこぼれです。私たちは、共に成長・発展していく協同学習を目指しています」

万太郎は自由に生徒たちのなかに入った。始業のチャイムが鳴ると、全校生徒はその場に立ち止まって姿勢をただし、チャイムを聞いてから教室に入っていた。学習への心の備えのようだった。

万太郎は一つの教室にふらりと入った。先生はまだ教室に来ていないが、生徒たちは学習を始めた。国語の時間だ。

「この教材の難しい漢字の読み方を黒板に書きます」

女の子が前に出て、書き出した。そこへ先生がやってきた。女の子は書き終えて席に戻ると、男子生徒の一人が起立して教材の小説を朗読し始めた。他の生徒たちは教科書を開いて文章を目で追っている。適当なところで座ると、別の生徒が「続けます」と言って続きを読み始め、教材は読み継がれていった。

「ここまでのところで、分からない言葉の意味があれば、出し合いましょう」

生徒の一人が言うと意味調べが始まった。先生は必要に応じて発言しアドバイスを与えた。

万太郎は他の教科の授業にも飛び込みで見学した。それぞれの授業にはその教科の特色に合わせた工夫ややり方が見られた。

生徒たちは自由に白い大きなキャンバスに絵を描いていた。そこには生徒たちの約束事と規律が活きている。

一日万太郎は学校で自由に過ごし、夕方校長に感謝の言葉を述べて賀茂川中学を辞した。心に満ちてくるものがあった。教師と生徒がまるごと共通の教育実践に取り組んでいる。生徒と教師共同の実験でもある。

翌日、万太郎はバスで、もう一つの目的、広島市の知的障害児の暮らす六方学園を訪れ、飛び込みで参観させてもらった。この学園のことは新聞で知り、教育の原点があるのではないかと感じたのがきっかけだった。生命はすべて平等であり、大いなる慈愛によって生かされている、この理念が学園の支柱にあった。

教室に向かうと、六、七人の子どもたちがやってきて、万太郎の腕にぶら下がり、抱きついてきた。とたんに、万太郎は子どもたちを抱きとめる心の余裕がないことに気づいた。

その子らはダウン症の子どもたちだった。親愛の情を発揮してくる子どもたちの人懐こさに驚きつつ、万太郎はそれをどう受け入れ、どう対処したらいいのか、ひどくとまどう。子どもたちは、ありのままなのに、自分はありのままではない。案内してくれた職員から、あなたは何をしに、ここに来たのですか、と問われている気がした。

最後にヒロシマ平和公園に行き、初めて平和記念資料館を見学した。真冬の故か、訪れる人は少ない。被爆の惨状の展示を観る。ご飯が入ったまま黒焦げになった弁当箱があった。母親のつくってくれた弁当、子どももまた黒焦げになってしまった。資料館に並ぶ遺品や写真は、阿鼻叫喚の世界を伝える。が、あの日の真実はこんなもんじゃないと思えてくる。現代人の心は、あの八月六日の恐怖、苦痛、絶望、悲嘆にどれほど迫り得るのか。

広島から帰ると、生徒と進路相談だ。高校には成績によるランクがあり、その子の合格可能な高校を考えていく過程が中心になり、これは心が重い。その高校がどんな特色を持っていて、どんな教育を目指しているのか、その高校の生徒たちはどんな学校生活を送っているのか、それらを知って、高校に憧れるという最も重要なことが極めて希薄だ。高校が目指す教育内容と個性や特色が見えてこない。高校選択の基準はただ成績ランクだけではないか。

クラス生徒の女子のオタマと進路相談したときだった。万太郎はうかつにも差別の存在を懸念する言葉を出した。その瞬間彼女の表情が変わった。彼女は泣いた。彼女は在日コリアン、万太郎はどのように彼女を励ましていいのか、分からないままに落ち込んだ。万太郎は、高校時代の社会科教員で、大阪府立高校教職員組合の執行委員をしている石野先生を訪ねた。石野先生は、怒りの声で言った。

「入試でコリアン生徒が入学差別を受けるというようなことは、府立高校では断じてない。そんなことは断じて許さない。万太郎君、生徒にそんなことを言ったのか」

それを聞いて、万太郎はいちめんホッとし、オタマを傷つけた自分の思慮の足りなさを恥じた。

卒業していく日が近づいてきた。「三年生お別れ演芸会」を生徒たちが企画している。万太郎のクラスは何をするのか、生徒たちは万太郎に知らせずに、秘密裏に企画を進めている。万太郎をびっくりさせようと企んでいるようだ。万太郎は口出しせずに任せていた。小嶺君はボーイスカウトで活動してきたから、こういうことには経験もあるらしい。何が飛び出すか楽しみだ。

「三年生お別れ演芸会」の会場は内庭に舞台をつくった。

　万太郎のクラスの番になった。曲が鳴り響いた。オッフェンバックの『天国と地獄』だ。幕が開く。現れたのはクラスの男子全員、腕を組んで躍り出した。全員女子のスカートを履き、曲に合わせて脚をそろえて振り上げ、ラインダンスだ。観客席は湧いた。

「脚、もっと上げろー」

　声が飛ぶ。爆笑。

　万太郎は感心することしきりだった。生徒のほうが一枚も二枚も上だ。男子は演芸会前に女子生徒からスカートを借りた、体の大きなエベッサンこと酒井君の体に合わせるのに苦労した、その話がまた愉快なものだった。どの子のスカートを男子の誰が履くのか、そこにも微妙な感情が動く。女子は、よくぞ貸したものだ。ためらいが当然あっただろう。

　卒業式がやってきた。運動場、二期生と同じ蒼天の下での卒業式だ。最後のホームルーム、万太郎はお別れに、讃美歌「また会う日まで」を歌った。

　神ともにいまして　行く途(みち)を守り
　天(あめ)の御糧(みかて)もて　力を与えませ
　また会う日まで　また会う日まで
　神の守り　汝(な)が身を離れざれ

　女の子たちが泣いた。

　卒業式が済みホッとしているところへ、木下さんが転勤するという声が聞こえてきた。若手教員たちの兄貴のような存在で慕われていた木下さんが転勤する。次の勤務校は教育困難校だという。教育困難校とは、どういう学校なんだろう。「教育困難」ということは「教育することが困難」ということなのか、「教育を受けることが困難」という意味なのか。後者だとすれば、教育を受けたくても受けられない原因が存在する学校ということになる。

　木下さんは教育困難校に転勤していった。

　新年度、万太郎は一年生担任になった。

　いよいよ新たな授業の創造だ。万太郎は、カウンセリング講習会で学んだ理念と広島・賀茂川中学校で見学してきた実践を参考にして、「カウンセリング方式」と名づけた授業を始めた。

　一年生の万太郎担当の四クラス、「自分たちで学習をつくっていきましょう」と呼びかけ、万太郎は教壇の横に椅子を置いて座った。先生は教える人、生徒は教えを受ける者と思い込んでいる生徒たちは戸惑う。だが、生徒のなかから次第に自分たちで学習をつくっていこうという動きが出てきた。万太郎のクラスは紀子がめざましく活躍する。

「ここのところがよく分かりません。どういう意味ですか」

「辞書で調べてみよう」

　辞書で調べた発表があり、自分の解釈を説明する者があり、学習が進むにつれて、発言が増え、元気な討論が起きていった。教師が説明するよりも集中的な深い学びだと思える場面が多くなった。必要なところで万太郎が助言したり、整理したりした。五月に入り、国語の授業は和気あいあい、楽しいものになってきた。

　万太郎は、学びの力を発露するこの生徒たちの様子を校長と教頭にまず見てもらいたいと思った。学校教育が、「教える」という一方通行になってしまっていることを変えたい。まずは頑迷なオニガワラに見てもらいたい。万太郎は校長と教頭に、授業を見に来てほしいと言うと、二人は教室にやってきた。

　一時間の授業を見終わった後、校長は言った。

「教師は教える者だ。確かな指示を与え、知識を教えることを仕事にしている。教える主導は教師にある。このノンデレ方法は賛成できない」

　一方教頭は、

「生徒の自発性がすごいですね。感銘を受けました」

と言った。非指示という意味を持つ「ノンディレクティブ」をオニガワラ校長は「ノンデレ」と蔑視するかのように言った。たぶんカウンセリング講習会の後、あちこちの学校で実践を模索する教員がおり、教育委員会や校長会で話題になっているのだろう。「ノンデレとは何だ。ノンダクレみたいな言い方をするな」、万太郎は心のなかで反論した。校長は、ノンディレクティブカウンセリングの真髄を知らないで、他校や教育委員会での噂で評価している。カウンセリングの理念を教育に活かすことは、学びの主体を生徒におくことだ。生徒の声に耳を傾け、生徒の自発性を授業の軸にする、その理念と精神は、教育の実践家が大切に守ってきたことではないか。

万太郎のクラスにケニアから帰ってきた女の子が転入してきた。お父さんがケニアで活動していたので家族はケニアに行き、現地の学校で学んでいたが、仕事が終わったから家族で帰国した。女の子の学んでいた学校は、イギリス系の学校だった。だから彼女の英語は実に美しい。彼女は日本語の勉強が充分でなかったため、日本語の補習が必要だった。彼女と話していて、ビートルズが話題になった。

「ケニアの学校の生徒もビートルズ、大好きでしたよ」

「ビートルズは日本に来たね」

「先生、ビートルズというのは、カブトムシのことですよ」

「えっ、そうなの。知らなかった」

シルクロード探検

シルクロード探検隊メンバーが決まった。万太郎ら山岳会メンバーと、キリスト教牧師のエルサレム研究会の合同チームだ。団長は関西学院大学名誉教授の河辺満甕氏になってもらった。

万太郎は、休暇の許可を取るために趣意書、計画書を教育委員会に提出した。教委は、なかなか休暇を認めなかったが、教育の創造には世界を知ることであると訴えて許可を得た。

ヨーロッパへはソ連を経由するのがいちばん旅費が格安ということで、ウラジオストックへ船で渡り、そこからシベリア鉄道でハバロフスクに行き、ハバロフスクからモスクワへ空路で入ることになった。

　出発前の山岳部メンバーの集まりで、研究テーマは、シルクロードの歴史と文化、人々の生活と風土であることを確認した。イスラエルとアラブ、中東とヨーロッパとの関係を探ることは特に重要になる。

　下ヤンがこんな質問を投げかけた。

「『アラビアのロレンス』という映画は、オスマン帝国からのアラブ独立闘争を率いた歴史を描いていたね。イギリス陸軍の……トマス・エドワード・ロレンスはアラブ側に立って、オスマン・トルコと戦っていた。彼は探検家で、同時に考古学者だった。イギリスはアラブ独立のために戦ったというが、それは真実か」

　万太郎は、アラブの歴史を書物で調べた。

　アラブは十三世紀から約六百年間、オスマン帝国の支配下にあった。一九一四年に始まった第一次世界大戦は、ドイツ、イタリア、オーストリアを核とする三国同盟側と、イギリス、フランス、ロシアを核とする三国協商側との全面戦争となり、そのときオスマンは同盟国側に立った。これまでオスマンとロシアは二回戦争をしている。これはオスマンの側が勝利した。一八五三年から五六年までのクリミヤ戦争、一八七七年の露土戦争ではロシアが勝利した。ロシアには南下政策があった。第一次世界大戦で、オスマンは同盟国側についた。そうするとイギリスと敵対関係になり、イギリスはオスマン支配下のアラブ独立闘争を支援して、アラブ国家の建設を約束した。ところがイギリスは、アラブ軍がダマスカスを占領して独立が成し遂げられそうになったとき、裏でフランス・ロシアと密約を交わして、アラブの分割を工作した。なんともひどい。

　続いてイギリスは、パレスチナにおけるユダヤ人の民族的郷土の建設に同意する『バルフォア宣言』をユダヤ人の富豪に手渡し、彼らの資金援助を取りつけて、戦争で優位に立とうとした。

「アラブ人には独立を約束し、ユダヤ人にはパレスチナへの入植を促していたというわけや。二股（ふたまた）をかけとったんやな。それが激突して事態は悲劇的に展開した」

　第二次世界大戦のとき、ナチスドイツによるユダヤ人抹殺政策で多くの人が殺され、生き延びたユダヤ人は「約束の地」とするパレスチナに逃れた。これがアラブ人とユダヤ人の対立を引き起こす。ところが第二次世界大戦後、ユダヤ人のシオニズム運動を支援してきたイギリスは、アラブ人とユダヤ人との調停責任を放棄して、国連にまる投げした。そこで国連はユダヤ人に有利なパレスチナ分割案を可決した。それがイスラエルという移民国家の始まりだった。

「そういう前史があって、アラブとイスラエルの果てしない武力衝突がその後も長く続く。ロレンスは『砂漠の反乱』という書に、自国政府のやり方に対する厳しい思いを書いている。

『私は結局、アラブ人の崇高な理想を利用して、彼らの自由に対する熱望を、イギリスの野望のための道具に使ったのだ。

私はアラブの地で、艱難辛苦をなめながら、祖国イギリスの信用を維持するために、知らず知らずのうちに自分自身を裏切るようなことをせざるをえなくなった。政府の、二股膏薬（こうやく）的な外交政策のために、言うに言われぬみじめな立場に立たされたのは私ばかりではない。政府は、次から次へと、いいかげんな約定を重ねた。大シェリフにはAの文書を与え、他の連合国にはB文書を、アラブ委員会にはC文書、ロスチャイルド卿にはまるで反対のD文書を与えて、パレスチナにおいてははなはだあいまいなことを約束していた。

私の心は、アラブ人に対するイギリス政府の欺瞞の数々によって、すっかり萎えしぼんでしまった。私を動かしている政府の約定そのものが欺瞞で固まったものなのだ。それにもかかわらず、アラブ人は私を信頼しきっている。

思えば名声などというものは、すべて虚偽の上につくり上げられるものかもしれない。私の芝居は称賛を受け始めている。この称賛を拒むわけにはもうゆかなくなった。私は、ベドウィン族のように、真の独立を愛する人間のようにふるまったが、実は本当にそういう気持ちになんとかしてなりたかったのだ。』

イギリス政府の欺瞞に、ロレンスは利用され、振り回され、そして最も被害を受けてきたのは、対立のなかで命を落とし、苦しめられてきた住民だったんだ。われわれはそういうところへ旅する」

「複雑怪奇だな。これまで二度の中東戦争が起き、三度目がいつ起きるか分からない。そういうところへの旅なんだ、オレたちは」

一九六五年七月、シルクロード探検隊は横浜港からソ連のバイカル号でナホトカ港に渡った。乗船者のなかに、アルピニストの大倉さんを見かけた。スイスアルプスの登攀らしい。万太郎はロシア人の船員と親しくなった。ロシア語は分からないから、ジェスチャーで話し合った。船員は山岳部のメンバーに甲板でロシアの歌を教えてくれた。みんなは覚えて、彼と一緒に歌った。意味は分からない。

ウラジオストックからハバロフスクまではシベリア鉄道、針葉樹林がどこまでも続く。日本軍の捕虜や満蒙開拓団の農民ら六十四万人がスターリンの秘密命令によってこのシベリアに抑留され、強制労働に従事させられた。そのなかには約三万人の朝鮮人、中国人も混じっていた。酷寒のなか六万人が命を落とし、今も多くがこの大地に眠っている。

ハバロフスクからモスクワへのジャンボ旅客機の座席は、乗客がテーブルを挟んで向かい合う。前の席に、素朴なロシアの農民の風貌をした二人の男が座った。北さんと万太郎はロシア民謡の『ジグーリ』を日本語歌詞で歌ってみた。

川面きり立ち　野辺に流れて
連なる山は　おおジグーリの峰よ
小舟しずかに　水面を揺れて
美わし山は　おおジグーリの峰よ

おじさんたちは笑顔になった。万太郎の持っていた地図を見て、ヴォルガ川の一点を指差し、「ジグーリ」と言う。そこに大規模な水力発電所がつくられていた。万太郎は、トルストイの小説『戦争と平和』に登場するクトゥゾフ元帥の名前を出した。ナポレオンのモスクワ侵攻に対してクトゥゾフは戦わずにモスクワから住民と共に総退却し、酷寒の冬将軍のなかへナポレオン軍を投げ込む作戦をとった。その名を聞くと、おじさんたちは饒舌になり、ロシア語で一生懸命話し始めた。

のどが渇いたので、乗務員に「水」を注文した。他の仲間たちも注文した。置かれたコップの水の表面を見ると、油のようなのが浮かんでいる。外国で生水を飲むことの危険を知らないではなかったが、機内の水なら大丈夫だろうと、万太郎たちはごくごく飲んだ。それがとんでもない失敗を引き起こした。

飛行機はモスクワ空港に着陸した。タラップを降りるとき周囲を見ると、空港をぐるりと取り巻いているのは白樺の林、ロシア民謡『白樺は野に立てり』だ。

空港からバスに乗り込み、モスクワ市内に向かう途中、パニックが起こった。

「ウー、腹が痛い」

うめき声が上がった。飛行機のなかで飲んだ水が原因だ。次々と腹の変調を訴える者が出てきた。

「トイレを探してくれえ」

「バスを止めてくれえ」

一行のガイドにモスクワ大学日本語科の男子学生がついてくれていた。彼は異状を察知して、一つのビルの前で車を止めてくれた。数人が真っ青な顔でビルの階段を上ってトイレに飛び込む。オスタンキノのホテルに着いて万太郎もトイレに走った。下痢は止まらず、夜中もトイレに走った。部屋にトイレがなく、長い廊下をトイレまで走った。正露丸を飲んでなんとか朝には下痢も収まった。

モスクワ市内で出会うロシアの民衆は友好的だった。壮大なクレムリン、赤の広場に行くと、三百メートルほどの人の列ができている。レーニン廟に参る人たちだ。こんなに列が長かったらなかに入るのに時間がかかるなあと思っていたら、列の前の人が手招きして、ここに入りなよ、と声をかけてくれた。廟に入ると、ガラスに覆われた寝台にレーニンは静かに眠っていた。

万太郎と北さんは、あてもなくモスクワの街を散策した。地下鉄は、大阪の地下鉄の三倍以上は深いと思える地下にあり、エスカレーターが長い。核戦争に備えてシェルターを兼ねているのだと聞く。街のなかでは子どもの姿を見ない。子どもたちは夏休みを自然豊かな郊外の野外活動施設で過ごしているらしい。

古い教会があった。入ってみたら人の姿はなく、さびれた雰囲気が漂っている。壁画などを眺めていると、男女のペアが現れ、女性が声をかけてきた。

「日本の方ですか」

一瞬日本人かと思った。美しい人だ。

「私の名前は池金銀と言います。夫はブルガリア人です」

彼女の日本語も美しい。

「私は朝鮮で生まれ育ち、女学校に通っていました」

日韓併合後、日本の領土にされた朝鮮では、女学校も日本の教科書で、日本語を話すように指導された。

「戦争が終わって、朝鮮は解放されましたが、すぐに朝鮮は南北に分かれて戦争になり、私はモスクワに逃れてきました」

と彼女は言った。普段はブルガリアに住んでいて、今は旅行でここに来ている。戦後二十年の歳月が経っているのに、彼女の日本語は流れるように美しい。

夏のモスクワは、日の出は朝の四時頃、日の入りは午後十時頃で、たっぷり長い一日を過ごす。

モスクワから、国際列車でイタリアを目指す。途中ポーランドのワルシャワで数日過ごした。ワルシャワの夜は暗かった。ソ連とドイツはポーランドの領土を蹂躙し、ワルシャワを破壊した。大戦後の二十年、人々は歴史的な建物の瓦礫を集め、ワルシャワを復元する息の長い活動を続けてきた。夜の町は人も少なく寂しい。ポーランドは社会主義国としてワルシャワ条約機構に加盟している。万太郎と北さんが散策していると、暗がりから一人の若い男が現れた。日本人の青年だ。

「大阪の旭高校を出てワルシャワ大学大学院ドクターコースで学んでいます。今日は私の誕生日で、一人でぶらぶら町を歩いているところで、偶然みなさんに会いました」

カフェに入って万太郎たちで彼を祝った。カフェも客が少なくひっそりしていた。

ワルシャワからオーストリアのウィーンに向かう。チェコスロバキアは車窓から眺めるだけで通過した。

チェコは社会主義国だが、「人間の顔をした社会主義」を目指す動きがあり、ソ連が警戒していた。チェコから緑野が歌い始め、七月の輝く太陽のもと、憧れのウイーンに入った。団員はそれぞれ美術館など行きたいところへ自由に行った。万太郎はベートーベンゆかりの建物を訪ね歩いた。夕方、シェーンブルン宮殿で夕涼みコンサートがあると聞いて、夜の帳（とばり）が下りる頃行ってみた。広大な庭園が暗がりに沈み、前方に長さ百八十メートルの宮殿が鎮座している。たくさんの人々が闇のなかのあちこちに腰を下ろしていた。音楽が始まると宮殿の窓の一つに灯（あかり）がポッと灯って、前庭の噴水が照明に浮かび上がり、曲がフォルテになると共に宮殿の窓の明かりが増えて、庭園の噴水も高く吹き上がりライトに浮き上がった。夕涼み音楽会は、シンフォニーと灯りと噴水の見事なコラボレーションだった。

　ウイーンから列車はチロルに向かう。視界を覆う緑の森、山岳、緑野、万太郎は窓に額をつけて眺め続けた。ああこの地、この環境、あこがれのチロルだ。インスブルックはアルプスのなかの、風雪を刻む歴史的な町で登山とスキーのメッカだが、昔は過酷な自然のなかで人は生きた。タールと呼ばれる谷々に十五世紀頃人が入り、村をつくって定住した。牧草地アルムで羊や牛を飼い、貧しくとも村人たちは神を信仰し、窓辺を花で飾り、民謡を愛で、ビールを飲み、踊った。生態系を守るため、木を伐るのも最小限に抑えた。アルムと山、妙なる景観は保たれ、この環境を愛する人々が訪れるようになって住民の生活にゆとりが出てきた。輝く緑、天を突き刺す教会の塔のてっぺんで、クロウタドリが村中に響き渡るような声で歌っている。平和な暮らしと文化の創造に生きるチロル。

　インスブルックから列車はアルプスを越え、イタリア領ドロミテに入った。アルピニストの憧れるドロミテ、登山家ジャヴェルのドロミテ讃歌。

「おお、人間の悲惨よ、世界の卑小よ、この光の国、この純潔の土地から眺めるお前は、そもそも何者だ」

　モーツァルトもアルプスを越え、南の国に憧れた。南チロルの村を散策すると小さなパン屋があった。

入ると焼きたてのバゲットが置いてある。にっこり微笑むおばさんから一本買って、それを昼食にした。この世に、こんなにいい香りがし、こんなにうまいパンがあるのか、他に何もいらない、パンだけで満足する。ロバが荷車を曳いてのんびり村の道を歩いていた。万太郎が小学生の頃の河内野は馬車が荷物を運んでいたけれど、中学生になる頃には馬車は姿を消し、オート三輪が荷を運んだ。日本の変化は速く、新しいものに変わると古いものは捨てられていった。

ヴェローナで一人のイタリア人の青年兵士が車内に乗り込んできた。コンパートメントの客室に同席したその青年は、空軍のパイロットだった。かぶっていたグリーンのキャップにきれいな鳥の羽が一本ついている。兵士のスタイルも芸術的だ。片言の英語で会話を交わした。彼はポケットから掌に収まるほどの小さなハーモニカを出した。吹き始めた曲は、ナポリ民謡『帰れソレント』だった。

団はイタリアで一週間滞在した。ローマ市中にどかんと掘り下げられた広い古代ローマの遺跡の発掘現場があり、万太郎はそのなかを歩いた。コロンブスの生家もあるジェノバ、芸術の街フィレンツェ、カトリックのバチカン市国、ナポリ、いずれの都市も、歴史的遺産を人々の暮らしの風土とし、街の骨格にしていた。

ローマで出会ったガイドのマルコは、日本語が話せた。彼は印象深いことを語った。

「イタリア人は、歴史的なものにリスペクトを抱いているのです。旧市街は生活の場であり街の心臓です。古代から続く街道はイタリア大地の血管です。たくさんの美しい道、そこを歩かなければ、イタリアという体は死んでしまいます。歴史の香る道を歩いてほしい。イタリアをいちばん楽しむ方法は、歩くことです」

万太郎は聞いていて、心が痛くなった。日本はどうか。経済開発一辺倒で、便利、快適、利益優先で、歴史を無視し、暮らしのなかに残る自然を猛烈な勢いで破壊している。

一日、ポンペイ遺跡で過ごした。

西暦七九年、ヴェスヴィオ山が噴火し、無数の噴石がポンペイを直撃、有毒ガスと火山灰がポンペイを埋め尽くした。ポンペイの発掘は一八六〇年頃から始まった。石の民家、神殿、円形劇場、日用品や美術品が当時のままの状態で残り、逃げ遅れた人々の体は火山灰のなかに残っていた。二千年前の馬車の轍（わだち）の跡が残る石畳の道、ポンペイはなおも発掘作業が続いている。

水の都ベネチェアは感に堪えない。静寂、青い空、青い海、自動車は一台もなく、運河を行くゴンドラとモーターボートのみが交通手段だ。水はたゆたい、空気は澄み、歴史が香る。夢のなかを行くようだ。

シルクロードの旅はここから始まった。

バルカンからアラブへ

旅行社の用意した車にテントを積んでバルカン半島に入った。最初の国はユーゴスラビア。ベオグラードの公園で野宿する。ポーランドによく似て、この国の夜も暗かった。暗がりのなか、不審な連中がいると思ったのだろうか。周りをうろうろと動く人影があった。

第二次世界大戦のとき、指導者チトーはユーゴスラビア共産党を結成してドイツ軍へのパルチザン闘争を繰り広げた。ドイツ軍はユーゴを占領したが、チトーは抵抗を続け、大戦後、ユーゴは社会主義国になる。が、ユーゴはスターリンの共産圏から除名され、ソビエト共産党とは袂（たもと）を分かち、独自の社会主義国家を目指し非同盟中立の立場をとった。ユーゴは、スロベニア人・クロアチア人・セルビア人からなる多民族国家だった。

ベオグラードの夜、万太郎たちは、穂高や剣岳の合宿でよく歌った『さらば恋人よ』を静かに歌った。

ある朝　目覚めて　さらば　さらば　恋人よ
目覚めて　我は見ぬ　攻め入る敵を……
いくさに　果てなば　さらば　さらば　恋人よ
いくさに　果てなば　山に埋めてや……

ギリシア、アテネに入る。エーゲ海ほとりのキャンプ場に泊まった。

夜、河辺団長が、ランプの灯のもと、古代アテネの民主主義について話した。

「エルサレムに興ったキリストの教えは、このギリシアに入り、ローマにも入っていきました。

デモクラシーの元祖は、このアテネにあります。古代ギリシアでは、王はおらず、デモス、すなわち小さな人、市民が重要な役割を果たしました。行政は十八歳以上の男子から、くじ引きで選ばれた人が行いました。重要なことは、民会で決定しました。全員が参加する会議です。民会には遠くからも人は歩いてやってきて、数千人が集まり、政策を決定しました。戦争をするかしないかも、民会で決めました。選挙は、戦争の指揮をする人を決めるときに行われました。民会で話し合うこと、それを何よりも重視し、考える人の言葉と理性が、人を動かしました。古代ギリシアの民主主義は、対等、平等に、公の場で話し合うことで成り立っていたのです。意見の違いがあって当たり前、意見が一つしかないのは独裁です。独裁は国を滅ぼします」

翌朝、北さんとアクロポリスの丘に建つパルテノン神殿を訪れ、白い日差しが照りつける石柱に掌をつけ、ソクラテスやプラトンをしのんだ。

万太郎は一人で一本の乾いた道を歩いた。後ろからトラックが来て、中年の運転手が車を止め、どこへ行くのかと問うた。美しいシーサイドへ行きたいと言うと、うなずいて「乗れ」と手招きし、助手席の万太郎に英語で話しかけた。

「あんたは日本人か。アメリカは今ベトナムで戦争している。アメリカは悪い」

南ベトナムにアメリカは五十万の大軍を送り込んで、北ベトナムへの爆撃を行っている。

運転手は海岸まで送ってくれた。万太郎はお礼を言って海岸に行くとたくさんの子どもたちが泳いでいた。水泳パンツに履き替え、水に入ると子どもたちがワイワイ寄ってきた。

「競争しよう」

身ぶりで伝えて、

「よーいドン」

子どもたちは大はしゃぎだ。どこの国も同じ、子どもたちは水の精、遊びの達人だ。

水から上がると、子どもたちは別れを惜しんでくれた。来た道をテクテク歩いていくとバス乗り場があったから、バスを待って乗り込む。バスは混んでいた。どこで降りるのか、料金はいくらなのか、さっぱり分からない。横に立っている青年に聞くと、降りる停留場が来たときにここだと教えてバス代を払ってくれた。感謝の言葉を述べてバスを降りると、場所も方角も分からない。勤め帰りらしいおばさんが買い物かごを抱えて歩いてきたからキャンプ場の名前を書いた紙片を見せると、私についてきなさいと身ぶりで言う。おばさんについていった。足が悪いらしく、ひきずっておられる。申し訳ない。小さな民家が並ぶ住宅地を通り抜け、崖になっているところに出た。おばさんが指差す方を見ると海辺のキャンプ場が見えた。

夜、団会議で河辺団長が言った。

「いよいよ中近東に入ります。これからのルートはマケドニアのアレキサンダー大王が、紀元前三三四年にインドまで遠征した道と重なります」

アレキサンダーは、少年時代に哲学者アリストテレスの教えを受け、マケドニアの王になって東方遠征を始め、小アジア・エジプト・メソポタミアを制圧し、ペルシア帝国を滅ぼした。当時ペルシア帝国は、ダレイオス大王が統治し、イラン南部に都ペルセポリスを開いていた。ペルシア帝国は、東は中央アジアとインダス川流域、西はマケドニア、エチオピアまで支配した大国だった。

アレキサンダー軍はインドにいたる。大王は各地にアレクサンドリアという名の都市を建設して、ギリシア人を入植させ、ギリシア文明とオリエント文明の融合したヘレニズム文明を出現させた。

「文明は移動し葛藤し融合します。そこに新しい文明が興ります。侵略には略奪と殺戮がつきものだから、力の支配によって旧文明は滅びるが、その後、融合してまた新たな文明が生じる。しかし広大な地域を支配下に置いたとしても、いつまでも統治することなんてできない。それは近現代にも言えることです。平和になれば、文明の交流が起きてくる。シルクロードは隊商の道です。平和のなかでこそ隊商の道は栄えます。隊商は、異民族、異文化の地域を移動し、物、技術、芸術、宗教も移動しました。キャラバンは住民に迎え入れられ、運んできたものを買ってもらい、その地の価値あるものを買って、別の地域で売る。そうやって中国の絹はヨーロッパへ運ばれ、ペルシアの産物は中国から日本へも伝わった。正倉院御物にも入っています。

平和な世でこそ、隊商が活躍できます。だからローマやギリシャの文明も日本にやってきました。

十三世紀に、シルクロードをマルコポーロがたどりました。彼はイタリアの旅行家で、最初の旅は父と叔父も一緒だった。ヴェネツィアから中国を目指し、中国での滞在を含めて二十四年間の旅です。その記録が東方見聞録です。私たちはそのルートの一部をたどります」

「二十四年間というのは、すごいですね」

「マルコポーロが、元に到着したのは、元が日本に攻めてきた第一次元寇の頃なんですね。モンゴル帝国が支配した地域は、アジアからロシア、インド、イランにまたがる広大なものだった。マルコポーロがたどったルートは、エルサレム、トルコ、イラン、アフガニスタン、そしてヒンドゥークシ山脈の北側のパミール高原を通り、タクラマカン砂漠を経て元に入っている。マルコポーロの東方見聞録は、その後の冒険者に大きな影響も与えています。

その後、イスラム教とキリスト教の戦いが始まり、十字軍の遠征があり、オスマントルコの拡大と滅亡、それから近代のユダヤ人の国づくりをめぐってアラブでの対立と戦争へと続いてきました。

シルクロードの旅は、私たちの知らない国、民族、文化に遭遇する旅になります。自分の常識や尺度で判断し、否定したり批判したりしないように気をつけてください。この旅は平和だからこそできる旅です」

団はギリシアからトルコに入った。宿泊する都市に入ると、まず格安ホテルを探す。団の渉外係は交替で務め、すぐに走り回って調査する。Aホテルの宿泊代はいくら、Bホテルはいくら、シャワー、クーラーはあるか、その結果を見てホテルを決め、みんなに報告する。英語の達者な団員はすぐに情報を集めてくるが、英語の苦手な人は時間がかかる。ところが不思議なことに、英語がろくに話せないのに、相手の顔を見ながら「ヤーヤー、ラーラー」だけで、以心伝心、情報を得てくる者がいる。

ヨーロッパとアジアの接点、イスタンブールは活気にあふれていた。イスラムの壮大で華麗なモスクに歴史をしのぶ。ボスポラス海峡のほとりでは魚料理の露店が盛んで、岸に停泊した小船から呼び声がしきりにかかる。雰囲気が大阪に似ている。魚を輪切りにしたフライはうまかった。橋の上に水売りがいた。体重計を置いた測り屋がいる。バザールは人と物と活気が渦巻いている。

団は、海峡を越えて小アジアに入り、シュリーマンの夢の地、トロイアの遺跡に行く。

古代都市はヒッサリクの丘上にある。紀元前三千年頃からローマ時代にわたるこの遺跡は夢を追った男によって発見された。ドイツの寒村の牧師館に生まれたハインリッヒ・シュリーマンは夢多き子だった。幼児期から不思議な話を聞いて育った。村のどこかに宝物が埋まっているよ。池のなかにも菩提樹の下にも、森にも妖精が住んでいるよ。ハインリッヒは伝説や神秘の物語を歓喜に震えて聞いた。古代ギリシアの吟遊詩人・ホメロスの叙事詩は、トロイアの戦争で英雄が手柄を立てる話。巨大な「トロイアの木馬」。シュリーマンはホメロスの叙事詩を信じた。

謎のトロイアはどこか地下に眠っている。彼は大人になってもトロイアの夢を追い続け、一八七〇年、四十七歳になってからヒッサリクの丘で発掘を始めた。崖の上に小さな家を建てて住み、人夫を百六十人集め、二十五万立方メートルの土地を掘った。

彼は日記に書いた。

「三月、夜は寒く、朝方よく氷点下になる。日中はむっとするほど暖かい。木の芽はほころび、トロイアの平原は春の花でいっぱいだ。沼地で何百万というカエルが鳴く。コウノトリが帰ってきた。発掘した壁の穴にフクロウが巣を営む。夜に鳴くその声には神秘的なものを感じる」

発掘を続け、ある日、夢の地は忽然と現れた。幾層もの遺跡の大発見だった。ホメロスの叙事詩は本当だった。

累々と広がる石の建造物。発掘されたのは紀元前三千年頃に始まる初期青銅器時代から紀元前四百年頃までの九層が積み重なる都市遺跡だった。

団は、首都アンカラに向かう。アンカラで一泊、翌日からいよいよ酷熱の太陽と熱砂の大地だ。車の先に「逃げ水」が見える。蜃気楼だ。突然真っ白な塩の湖が現れた。真夏の今、湖に水は一滴もない。車を降りて塩の結晶の上を歩いた。塩のかけらを舐めてみるとやっぱりしょっぱい。

ルートは山岳地帯に入った。トルコにこんなに高い山があるのか。ボルカル山脈を越える。最高峰のメデドウシズ山は三千五百二十四メートルもある。夏なのに残雪が見えた。

シリアに入り、アレッポ、ホムズ、静かな平和な街を通り過ぎた。高い波の打ち寄せる人造湖も見た。

首都ダマスカスに宿をとった。ダマスカスはアンティ・レバノン山脈の水に恵まれたオアシス都市。紀元前三千年の歴史を持つ世界最古の都市だ。

団長は、「シリアもヨルダンも『豊かなる弦月地帯』にあり、農業が盛んな地域でした」と言った。メソポタミア文明発祥のチグリス川・ユーフラテス川の流域からイラク、シリアを経てパレスチナへ、ぐるりと半円を描く三日月形の地域は、気候と水に恵まれ、農業生産がすばらしかった。豊かなる河辺に、豊かな文明が花開いた。

翌日､ヨルダンの首都アンマンに入る。暑い。バザールに行くと、うまそうな羊の焼き肉のシシカバブが匂う。シシカバブと焼きトマト、パンのナンを立ち食いする。うまい。でっかいスイカを売っている。スイカはヘンダワネと言う。一行、「変だわね」と口々に言いながら食う。

ヨルダン領エルサレムに着いたのは夕方だった。清潔な石の街。丘の上まで石造りの家々がひしめき、石畳の道を上れば、二千年の長い歴史もほんのこの前のように思えてくる。

エルサレム

イタリアを出てから初めてホテルのレストランで食べた。スープがおいしい。柔らかく煮た豆が出た。河辺団長は、料理長に言った。

「貧乏学生たちにたっぷり食べさせてください」

万太郎たちは学生ではないが、団長はそう言った。料理長は、それを聞いて器に豆料理を大盛りにしてくれた。道中ろくなものを食べていない。団長は気をきかせてくれた。

『聖書』の世界、河辺団長の話は熱を帯びてきた。団長の案内でゴルゴダの丘へ行く。イエスが十字架を背負って歩いたという嘆きの坂をたどる。マリアがイエスを見送ったと伝えられているところに立って、苦痛にうめくイエスの姿を想像する。それはつい最近のことのように思える。イエスの処刑されたゴルゴダの丘に上った。ゴルゴダはしゃれこうべを意味する。今はそこに、壮大な聖墳墓教会が建っている。

ゴルゴダの丘の東、ケデロンの谷を隔てて、オリーブ山があり、ゲッセマネの園はそこにある。

「明日、日の出前に、ゲッセマネの園へ行き、祈ります」

団長が言った。万太郎と北さんは早起きしてホテルを出、坂道を下りてゲッセマネの園へ行った。牧師グループがすでに集まっていた。イエスが磔にされる前日、最後の祈りを捧げたのはゲッセマネの園だった。エルサレムの街が見える。

団長の『聖書』朗読が始まった。

イエスがオリーブ山に座っておられると、弟子たちがみもとに来て言った。

「どうぞお話しください。いつ、そんなことが起こるのでしょうか。あなたがまたおいでになるときや、世の終わりには、どんな前兆がありますか」

イエスは答えて言われた。

「人に惑わされないように気をつけなさい。多くの者が、私を名乗って現れ、自分がキリストだと言って、多くの人を惑わすであろう。また戦争の噂を聞くであろう。民は民に、国は国に敵対して立ち上がるだろう。注意していなさい。あわててはいけない。また、あちこちに飢饉が起こり、地震があるであろう。しかしすべてこれらは産みの苦しみの初めである。そのとき、人々はあなたがたを苦しめ、また殺すであろう。あなたがたは、私の名の故に、すべての民に憎まれるであろう。そのとき、多くの人がつまずき、また互いに裏切り、憎み合うであろう。多くの偽（にせ）予言者が、多くの人を惑わすであろう。不法がはびこるので、多くの人の愛が冷えるだろう。しかし、最後まで耐え忍ぶものは救われる。福音は、すべての民に対して、証（あかし）をするために、全世界に述べ伝えられるであろう。それから最後がくる」

　北さんと万太郎は、じっと聞いていた。

イエスの磔（はりつけ）は朝の九時頃に行われた。十字架に架けられたイエスに執行人は言った。

「もしお前が神の子なら、自分を救え。そして十字架から降りてこい」

　昼の十二時に地上はあまねく暗くなり、午後三時に及んだとき、十字架のイエスは大声で叫んだ。

「エリ、エリ、レマ、サバクタニ」

　わが神、わが神、どうして私をお見棄てになったのですか。イエスは再度大声で叫んで息を引き取った。地震があり、岩が砕けた。

　神よ、なぜ私をお見棄てになったのか、この言葉をどう理解したらいいのだろう。万太郎は思う。イエスは神の子であり、主の神に祈った。とすれば、キリストは人間として生き、人間の罪や苦しみを一身に背負って死を受け入れ、わが身を持ってそれを贖ったのか。神の子であるキリストが人間として叫んだ言葉なのか。万太郎はクリスチャンではないが、イエスの叫びは心に突き刺さる。

　午後、万太郎は一人街をさまよい、イスラエルと国境を接するところへ行った。エルサレムは、イスラエル領とヨルダン領に分かれていた。ヨルダンがイギリスの委任統治時代を経て、独立したのは一九四六年だった。イスラエルは第一次中東戦争を経て一九四八年に独立した。その結果エルサレムは東西に分断された。
境界線に行くと、高い石の壁が築かれていて、イスラエル側が見えない。一日に何回か銃弾がイスラエル側から飛んでくるから気をつけるように、と河辺団長は言っていたが、いったいこの壁の向こうはどうなっているのだろうか。辺りを見渡すと、人の姿はない。石の壁に梯子（はしご）のようなのがあった。万太郎はそれを上り、壁の上から恐る恐る頭を突き出した。おう、壁の向こう、累々と広がる人の住まぬ石の家。これが休戦ラインの緩衝地帯なのか。猫の子一匹いない。無人のゴーストタウンだ。以前はここにもアラブの人たちがたくさん住んでいたのだ。ゴーストタウンの向こう側にイスラエル領がある。

突如、後ろから声が聞こえた。振り向くと銃を持ったヨルダン兵が立っている。「降りろ、後について来い」と身ぶりが示した。降りてついて行くと軍の詰め所があった。兵士は尋問を始めた。万太郎がパスポートを見せると、注意だけけして釈放してくれた。第三次中東戦争はいつ起きるか知れず、パレスチナ解放機構（ＰＬＯ）はイスラエルに対するゲリラ闘争を始めている。

イエス生誕のベツレヘムに行った。イエスの生まれたところに建てられたという降誕教会の小さな案内所で若い美しい尼僧に会った。万太郎は強く心を魅かれ、キリストを抱いたマリアの、銀に輝くハガキを一枚買った。

赤子イエスを抱いたヨセフとマリアは、ヘロデが放った刺客から逃れてエジプトへ脱出した。ローマ帝国の傀儡だったユダヤのヘロデ王はイエスを探すために、ベツレヘム地方に生まれた二歳以下の男の子をことごとく殺した。

朝、ホテルで河辺団長は言った。

「イエスが葬られ、三日後に復活したという墓地は、ゴルゴダの丘ではなく、別のところにあるという説があります。今日はそこに行きます。希望者は一緒に行きましょう」

「園の墓」と呼ばれ、エルサレムの城壁の外にそれはあった。丘の崖下に庭園があり、崖に横穴が開いている。万太郎が子どもの頃探検に行った崖の横穴古墳に似ている。太陽が照りつけ、人っ子一人いない。『聖書』は語る。

「朝まだき暗きうちに、マグダラのマリア、墓に来たりて、墓より石の取り除けあるを見る。『たれか主を墓より取り去れり、いずこに置きしか我ら知らず』」

　墓の横穴をふさいだという大きな石は、現に今、穴の入り口からずれてゴロリと転がっている。穴の近くに腰を下ろして、団長からイスラエルの歴史を聞いた。

「パレスチナは、神が、イスラエル人の祖である遊牧民の族長アブラハムに約束したカナンの地です。そこに紀元前千九百年頃アブラハムの子孫であるイスラエル人、すなわちヘブライ人が住んだのです。その民は部族ごとに自治を行っていました。それがＢＣ千三年、王国になり、エルサレムを首都としました。ところがカナンに飢饉が起こり、イスラエルの民はエジプトに移住します。それから数百年、イスラエルの民はエジプトで奴隷にされていました。

『旧約聖書』に『出エジプト記』という章があります。エジプトで奴隷にされていたイスラエルの民を、モーセが率いて約束の地カナンへ脱出する話です。これは記録に現れた最初の難民です。だがイスラエルの民はカナンに入ることができず、荒野をさまよい続け、数十年後にやっとカナンに侵攻しました」

　ユダヤ人は、キリストの時代から後、二千年に渡る差別・迫害の歴史をたどった。

　第一次世界大戦後、敗戦ドイツは負いきれぬ賠償金を負い、塗炭の苦しみのなかにいた。ドイツのキリスト教徒たちは、経済破綻の真っ只中で、ロシアやギリシアの難民たちを十万の単位で受け入れた。パン一個が十億マルクもした。そのどん底のなかからアドルフ・ヒトラーが台頭、ナチスが生まれ、ユダヤ人の大虐殺が行われた。

　戦後、一九四七年、国連総会は「パレスチナ分割統治決議」を採択し、パレスチナをユダヤ人国家とアラブ国家に分割し、エルサレムを国際管理下に置いた。一九四八年、ユダヤ教の「約束の地」とされているパレスチナにユダヤ人は国をつくり、イスラエル国家が生まれた。だが、イスラエルとアラブは戦争になった。

米英の支援を受けたイスラエルはこの戦争で勝利し、アラブの土地を支配した。奪われたアラブの怒りと憎しみは激しく、五六年、第二次中東戦争が勃発、イスラエルがまたも勝利した。

「今もこの地は戦争状態です。イスラエルに入国したものは、アラブ側には入国できません」

　団長は複雑な歴史と対立の困難さ語った。

「ユダヤ人自身による自らの国を打ち立てようとするシオニズムの運動は一八九七年に始まりました。一九一七年、英国の外相バルフォアはユダヤ人のパレスチナ復帰を支持し、ユダヤ人国家を認め、長い歴史の念願だった国がカナンの地に誕生しました。

　イスラエルはカナンの地にユダヤ人の国建設を進め、軍事力を持ち、同時に砂漠を緑に変えようと、盛んに木を植えて緑化を進めてきた。だが、アラブ諸国との共栄共存はならず、武力行使を伴う対立、戦争が続いています」

　イスラエルはキブツをつくった。キブツは農業共同体であり、財産を共有にし、揺り籠から墓場まで衣食住を共同体で完全に保障する。生活は家族単位で個別に営む。雇用労働はなし。子どもはキブツの宝として、幼児は両親から離れ保育所で集団生活をする。直接民主主義に基づき、経営方針は全員参加の総会で決められる。キブツは、ソビエトのコルホーズよりも平等性が高い。

　日本にもキブツ研究会ができた。キブツを訪れる日本人は多い。キブツは自由思想に基づく社会主義の実験場になった。

　佐藤春夫は、大正十年『殉情詩集』に、「聖地パレスチナ」と題した詩を書いた。

聖地パレスチナはいつまでも聖地なり
たとひ異端の寺立ち並び　異端の都となり
異端の弓　櫓の上に　異端の星　集ひかがやき
パレスチナの水は異端の噴井よりふき溢れ
異端の徒は　異端の怪しき花を蒔き
パレスチナの土は異端の種を培(つちか)ひて
棘(とげ)ある異端の花を　花ざかりにするとも

なげくなかれ
そのかみの聖地　今日の聖地　後の日の聖地
ひとたびまことの聖地なりし　パレスチナ
わがパレスチナぞ　いつまでもわが聖地なる

万太郎たち山岳部メンバーは一日、死海を探検した。イエスがヨハネから洗礼を受けたヨルダン川は死海に注ぐ。死海はヨルダンとイスラエルの国境にある。南北八十キロ、東西十五キロ、琵琶湖より大きい。どこにも人影なし。地の底かと思えるほど暑い。湖面は海抜マイナス四百メートル、水深もほぼ同じぐらいある。

「地球上で、ここがいちばんの低地やぞ。死海にはいくつかの川の水が注いでいるけれど、外へは全く流れ出す川がない。ということは、蒸発する水と流れ込む水とのバランスが取れているんだ」

糸川が湖岸を観察しながら言う。

「水のなかにも、岸辺にも、生物の姿がないなあ。水の塩分濃度が、海水の五倍やで。川の流域の塩分が川を通って流れ込み、死海のなかで濃縮されていったんやなあ」

万太郎は水泳パンツに履き替えて水に入った。下ヤンと糸川も水に入った。水が腰ぐらいのところで泳ぎ始めたが、うまく泳げない。体がぷかぷか浮く。クロールしようにも腕が水をとらえられず、平泳ぎをしても、腕と脚は水面を動くだけだ。犬かきをしてみたら、いくらか前進するようになった。空を見ながら水に浮かぶ。全くこの浮力はすごいものだ。水は澄んでいた。水中を観察するが生き物はいない。ゴムフーセンのように浮かびながら進んでいくと、急に怖くなってきた。体が沖へ流されている。このまま帰れなくなるのではないか。振り返ると、下ヤンと糸川はもうとっくに岸に上がっている。恐怖にかられた万太郎は、必死に犬かきとバタ足を続けて、やっと岸に戻った。

塩を吹く体をタオルで拭いて、宿舎に帰った。

夜、団長の講話があった。

「『旧約聖書』創世記に『ノアの箱舟』が出てきます。アダムから数えて十代目のノアア、その一族に大洪水が襲いました。これはバビロニア洪水伝説『ギルガメシュ物語』のなかの一挿話に由来します。大洪水は人類の堕落を怒った神による審判でした」

義人ノアは神の保護を約束され、箱舟をつくり家族や鳥獣を乗せて、アララト山に漂着した。アララト山はトルコの東部にある山で、標高五千百六十五メートルもある。その後ノアの子孫はいろんな部族に分かれ、バビロニアの地に住んだ。そのなかからレンガをもって街と塔を造り、塔の頂を天までとどかせようとするものが出てきた。神はこれを見て、それまで一つだった言語を乱し、人間が互いに意思疎通できないように各地に散らした。これが『バベルの塔』の物語。この物語には背景がある。古代メソポタミアには都市がいくつもできて、壮麗な塔を日干し煉瓦で建て、宗教祭儀を行った。古代イスラエル人はこの塔を見て、人間の高慢やエゴを感じた。それは人と人とを平和につなぐどころか、分断を深めるだけだと。

「ノアとバベルの物語は、今の世界への警告でもあります」

これがエルサレム最後の夜の、団長の言葉だった。

砂漠を越える

バクダッドに向けて千キロ、シリア砂漠を横断する。道は舗装されていない。道路の両側には、人間の頭や牛の頭ほどの石がごろごろと堆積している岩石砂漠だ。それが長々と続いた。一台の車にも会わず、人の姿もない。

荒野に呼ばわる者の声す。信仰はこの茫漠たる大地から生まれた。途中で車を降りて砂漠を観察する。地図を見ると、ヨルダン、シリア、イラク、サウジアラビアの国境線が直線になっている。

「何百キロと、国境が直線だなんてありえない。山や川や海など、自然界の地理的な区切りが国境になっているのが普通と違うか」

「砂漠地帯だから、こうなるのかもしれないね」

「まあ国境というものは人間の仕業(しわざ)だからな。戦争の度に勝者が支配地域を広げるから国境が変わる。ヨーロッパでも戦争の度に国境線が変わったからね」

万太郎たちがそんな会話をしていると、団長が説明をした。

「アラブの国境はあまりに人為的です。露骨ですよ。第一次世界大戦真っ只中の一九一六年に、オスマントルコ帝国の領土を、イギリス、フランス、ロシアの三国が勝手に分割して領有しようとした。これがサイクス・ピコ協定と呼ばれる秘密協定です。第一次世界大戦はドイツ、イタリア、オーストリアと、英・仏・露が全面戦争になり、他の国も加わった。オスマンはドイツ側に加わったから、ドイツ側の敗北でオスマンは敗北側になり、領土は割譲され線引きされたんです。勝利者側は秘密協定を結んだ。イギリスはイラクとシリア南部、フランスはシリア北部と小アジア東南部、ロシアはカフカス小アジア東部を領有するという。ひどいもんじゃね。机上で線引きしたのがイギリス人のサイクスとフランス人のピコ、直線の国境はそのときのままです」

「住んでいる遊牧民の生活圏などは考慮に入れられていないんですね」

「遊牧民には国境は関係がないからね。ひどいのはクルド人の広大な居住区です。イラク、トルコ、シリア三国に広がるその居住地域を三国で分断した。その地域がクルディスタンです。クルド国として独立できなかった」

「クルド人は山岳地帯に住む、宗教も異なる半遊牧民ですね。それで排除されたのかなあ」

「遊牧民は、先祖代々から移動して生きてきたから、生活手段としての大地が自分たちの故郷だよね。国境なんか関係ない」

「この秘密協定はロシアに革命が起きて、レーニンが暴露して明らかになったんです」

むき出しの国家のエゴだ。

砂漠横断の途中、停車して砂漠を観察した。累々と重なり広がる岩石の上を万太郎と北さんが歩いていくと、石の間に何か落ちているのが目に入った。紙幣だ。北さんは叫び声を上げて十枚ほどの紙幣を拾い上げた。

「クウェートの紙幣や。アッラーの神からの贈り物や。イスラムでは落ちているものを拾ったら、それはアッラーの神からの恵みや」

北さんは都合のいい理屈を言ってポケットにしまい込んだ。どうしてこんなところに紙幣が落ちていたのだろう。

車は直線道路を走り続けた。次第に岩石砂漠は変化し、学校の運動場のような土漠になった。車にぶら下げてある温度計では、五十度を超えている。

日が傾き暑さも緩んだ。太陽が地平線に沈み、砂漠のど真ん中で野宿する。グランドシートを敷くだけのごろ寝だ。地面に小さな穴があちこちに開いている。サソリの巣だろうか。地平線は三百六十度砂漠を取り巻き、星が輝き始め、ぽっと地平線の一点が明るくなると月が出てきた。

「月の砂漠をはるばると」、誰かが歌っている。万太郎は一人キャンプ地から離れて月光の下を散歩した。詩吟も聞こえてきた。土井晩翠の『星墜つ秋風五丈原』だ。

無音、無風にもかかわらず、耳元を過ぎていくかすかな空気の流れがある。万太郎は一人、キャンプ地から離れてさまよううちにいつのまにか野営地から遠く離れていた。宇宙に包まれ、絶対的な孤独を感じる。はっと恐怖感が襲った。キャンプ地の方向が分からない。星空を見上げ、星座から方角を判断してみようとしたが、どうもあいまいだ。万太郎は大声で叫んだ。ヘッドランプの明かりが遠くでちらりと見えた。あっちだ、危うく砂漠で行方不明になるところだった。

井上靖は「シリア砂漠の少年」という散文詩を書いていた。

シリア砂漠のなかで、カモシカの群れと一緒に生活していた裸体の少年が発見されたと新聞は報じ、その写真を掲げていた。蓬髪の横顔はなぜか冷たく、時速五十マイルを走るという美しい双脚を持つ姿態は不思議に悲しかった。知るべきでないものを知り、見るべきでないものを見たような、そのときの私の戸惑いはいったいどこからきたものであろうか。

……

シリア砂漠の一点を起点とし、カモシカの生態をトレイスし、ゆるやかに泉を回り、まっすぐに星にまで伸びたその少年の持つ運命の無双の美しさは、なべて人間を一様に不幸に見せる不思議な悲しみを放射していた。井上靖は散文詩をそう結んだ。

　この詩を読んだ詩人の村野四郎は、

「野生化した少年の澄んだ目差し、怪速で走る美しい裸脚、文明から排除されてきたものの美と自由、原始の一切を忘れることが文明人の運命であったから、禁ぜられたものへの郷愁が悲しく感じられる」と評した。

　翌日、団は日の出前に出発した。直線道路をひたすら走る。前方地平線にかすかな緑の帯が見えてきた。近づくにつれて形がはっきりしてきた。

「林だ」

　みんなが叫んだ。

「おう、ユーフラテス川だぞ」

「メソポタミア文明発祥の地だぞ」

「緑だ、緑だ」

　文明発祥の地は川のほとりの緑の林となって姿を現した。緑はこんなにも喜びをもたらすものなのか。

　ユーフラテス川沿いの村で車を降り散策した。ナツメヤシやオリーブ、ザクロの林が広がっている。子どもたちがナツメヤシの実を採っていた。樹の高さは二十メートルはあろうか。中学生くらいの子が両腕で幹を抱え、足裏で幹を挟んでよじ登っていく。ナツメヤシの実はそのままでも食べられるしジャムにもなる。子どもたちは長い白服を着て、激しい日射から皮膚を守っている。

　酷熱のバクダッドの街に入った。白い民族衣装の男が歩いていた。ここも東西の文明の交錯したところ、世界最古の街の一つだ。バザールへ行ってナンを食べる。羊肉、トマト、ピーマンを串に刺して焼いたシシカバブはうまい。店の前には大きなスイカ、毎日スイカをたっぷり食べた。

　夜、ホテルのロビーで団長が語った。宿にクーラーはなく、暑苦しい。

「イラクの北部、西ザグロス地方はクルド人の居住地帯です。そこに石灰岩でできたシャニダール洞窟があります。アメリカの学者がその洞窟で七体の人骨を発掘しました。発掘は一九五三年から一九六〇年まで行われ、見つかった人骨を調べてみると、四万六千九百年前のもので、ネアンデルタール人の骨であることが判明しました。ネアンデルタール人は旧人類です。ドイツのネアンデル渓谷で最初の発見があり、ドイツ語で渓谷をタールと言いますから、この名前がつけられました。シャニダール洞窟の一体は小児でした。明らかに障がい者と思われ、保護されていたことがうかがえる遺体もありました。遺体の下から八種類の化石化した花粉が固まって発見されました。それは遺体に花を供え、花で飾って埋葬したものであろうと思われます。ということは、ネアンデルタール人は弱者を助ける人間性の豊かな人種であったのではないか。そう思われます。

ネアンデルタール人は六万年間、この地上で暮らしていましたが、三万五千年ほど前に突然絶滅しました。その後、入れ替わるように大脳前頭葉を極端に発達させた闘争意識の強いクロマニヨン系の人間がこの地球に現れました。それが進化し、現代人の祖先になり、この地球を覆うように繁栄して、戦争、侵略、奪略の絶えない人間の世紀をつくったのです。しかしまた人間は、博愛の精神を持ち、苦難からの解放、幸福に生きる精神を育んできたのも事実です。もしネアンデルタール人が滅びないで生き残っていたら、人間の歴史はずいぶん違ったものになったでしょうね。

バクダッドはチグリスとユーフラテスの二つの大河に挟まれた豊かな弦月地帯の東端にあり、世界最古のメソポタミア文明はこの地に生まれました。紀元前八千年か七千年頃に移動してきた人類が定住した地帯です。二川の源はトルコの東部の山岳地帯です。そこからシリアを通り、イラクに入ってきます。クルド人の住むクルディスタンはチグリス川の上流域の山岳地帯と高原地帯になります。この上流地帯には、三千六百メートルを超える、夏でも雪を頂く山もあります。この二川の下流域の沖積原で農業が始まったのです。紀元前六千年頃には大河から水を引く用水路がつくられ、灌漑農業を始めていました。メソポタミアという名前は、ギリシア語で川の間の地という意味です。北イラクに見つかったジャルモ遺跡はBC六千五百年頃のもので、原始農耕集落の存在が証明されました。またモスル近くで発見されたニネべ遺跡はBC七千年以前の小集落の遺跡で、やはり川の水が利用できるところに人が定住し、大河から水を引いて、無数の灌漑用水をつくり農耕を始め、社会が生まれたことを証明しています。雪解け水が大量に流入する大河は、時に洪水をもたらします。人は危機から身を守り、助け合って生きる仕組みや考え方を持つようになりました。そしてここに国家が誕生したのです」

質問が出た。

「チグリス・ユーフラテス川の上流ではかなり雪や雨が降る。それなのにこの辺りは熱砂の国になっていて、農業が衰退したのはなぜでしょう」

「それは、土壌に塩分が含まれていたために、次第に農業がやれなくなっていったようです。さらにたくさんの人間が住むようになると、木や草の収奪が激しくなります。豊かな弦月地帯は、ユーフラテスとチグリスの流域からトルコ東部、そこから湾曲して、シリア、ヨルダン、レバノン、イスラエルへと南下しますが、緯度から見ると、バクダッドと日本の九州とは同じぐらいです」

「バクダッドの南九十キロにあるバビロンが、BC十八世紀からヘレニズム時代まで、オリエント文明の中心でしたね。紀元前三千二百年頃から、紀元前四世紀後半のアレクサンダーによる統一まで、およそ三千年間、西アジア、エジプトに栄えた世界最古の文明ですね」

「オリエント地方は、文明の発祥地であると同時に、世界の四大宗教のうちの三つ、ユダヤ教、キリスト教、イスラム教の発祥地です。

オリエント文明の中心は、メソポタミアと、ナイル川流域のエジプトで、両地方とも紀元前三千年前後に国家が誕生し、都市文明が成立しました。しかし、国家間に争いが生まれ、侵略や破壊、支配下においた民を奴隷化するということが起きてきます。その後文明の中心は、地中海域、ヘレニズム文明に移ります」

万太郎は、人類の歴史がこの地に詰まっているように思う。

今西錦司が書いていた。数千年前、人間はチグリス川とユーフラテス川の沖積原を開発し、人間自身による生態系を築く一大革命を始めた。これを農業革命と呼ぶ人もいる。ここは乾燥地帯で、禾本科を含む一年生草木が雨期になると芽を出し、雨期が終わる頃に実を結ぶから雨期に種を蒔くだけでよい。しかし、自給自足の生活をするには欠点があった。木、石、鉱物がない。さらに降水量にむらがあり、大河が氾濫すると洪水を引き起こす。そういうところは、少人数では住めない。人が寄り集まり、力を寄せ合う必要がある。いつしかメソポタミアには多数の人が住み着くようになり、たくさんの村ができた。広大な耕地化が進むと、余剰ができ、食糧の蓄積も行われる。すると食料生産に従事しなくてもよい人や生産と直接関係のないものが生まれてくる。それを今西錦司はソシアルサープラスと呼んだ。社会の余剰だ。そこで労働をしないで神に仕える神官が生まれ、神殿がつくられ、余剰食料を蓄える倉庫がつくられ、神官、神殿、倉庫は社会の中心になった。余剰が大きくなると、よそからそれを奪いに来るものが出てくる。そこで武力を持つ必要が出てきて、軍隊が生まれた。さらに統治する者、支配者が登場し、国が生まれた。皇帝と軍は自分たちの領土を守るため、襲ってくるものを撃退し、他の領土を奪う。戦争する人類が登場した。チグリス川とユーフラテス川の流域に生まれた農耕を中心とする社会の周辺には自由の民、遊牧民がいた。彼らは家畜の乳と肉、毛、皮をもとに生活し、自分たちの生産物を、農耕民の余剰穀物と交易した。社会のなかには身分がつくられ、差別が登場した。

まさにメソポタミアは、人類の歴史を語っている。ミーティングの後、万太郎、北さん、シモヤン、糸川は、ロビーに残って話し合った。

「『聖書』に書かれた歴史と、歴史学が明らかにする歴史とは違うね」

「『旧約聖書』の物語は創作だよね。神との契約によって神からの救いを受ける物語」

「でも創作であっても、人間の在り方、生き方に真実を求め、宇宙・大自然に神を見る」

「それにしても、人類はどうしてこうも戦争、侵略、迫害を続けるのか」

「それも文明発展の所産かね。農業が始まったのは、BC八千年から六千年辺り、トルコのタウルス山脈からイランのザグロス山脈にかけての地帯であるクルディスタンの地域。野生の小麦が栽培されていたことが発掘で分かった。新石器時代に入ってから、石を加工して道具に使うようになり、農産物の余剰が生まれるようになって、暮らしが成り立つようになり、文明が発生した。ところが、生産手段が特定の個人や集団の手に握られると、搾取するものと搾取されるもの、使役するものと働かされるものができた。そのなかの絶大な権力を持つものが集団を率いた。こうして侵略が誕生し、自然を支配し、人間が人間を支配するようになった」

「バビロンの捕囚と言われているユダヤ人を奴隷として連行してきたのは、紀元前五世紀やね」

「ベルディのオペラに『ヘブライ人奴隷の合唱』という感動的な歌があるよ。『行け思いよ　金色の翼にのって　行って山や丘に憩うがいい　ふるさとのやさしい風よ　ヨルダン川にあいさつしてくれ　失われた祖国』」

　バクダッドの夜は暑かった。寝苦しい。野宿のほうがずっと涼しい。

　夜明け、礼拝を呼びかけるアザーンの声がモスクのスピーカーから流れてきた。イスラムの人たちは日に五回祈り、弱者に施しを行う。日差しがきついから万太郎はバザールで買った民族衣装の白い布で頭を覆い、黒い布編みの輪を頭にはめて街を歩いた。すると若者が笑顔で寄ってきて、嬉しそうに話しかけてくる。モスクまで一緒に行った。

「バビロンの捕囚と言われている、ユダヤ人を奴隷として連行してきたのは紀元前五世紀やね」

　バクダッドの次はテヘランに向かう。国境を越えて、ケルマンシャー、ハマダーンの街を過ぎる。途中の村でじゅうたんを織っている家があった。壁に吊るしたじゅうたんの前に若い女性が立って、出来栄えを観ている。

標高千百メートルにあるイランの首都テヘランは、北に標高五千六百メートルのデマバンド山を主峰にするエルブールズ山脈がひかえていて、冬には雪も積もる。山の向こうはカスピ海だ。テヘランの東には広大なカヴィール砂漠が広がっている。この広大な砂漠はパキスタン、アフガニスタンの砂漠に続いている。

古代シルクロードの要衝テヘラン、ここから中国へのルートの一つは、トルクメスタン、キリギスタンを通ってタリム盆地の天山北路を行くルートと、もう一つはアフガニスタンからパミール高原を経て、天山南路を通り中国に入るルートがある。

かつては王政だったイランの石油資源は世界でもトップ級だった。これを大国が狙った。二十世紀の初めにイラン北部は帝政ロシア、南部ペルシア湾岸はイギリスが支配した。イギリスはイランの国王に接近して石油利権を獲得し、石油会社をつくって油田を次々発見した。第二次世界大戦前には中東最大のイギリス国策会社、アングロイラニアン石油会社となって莫大な利益を上げた。

第二次世界大戦が終結すると、イランの民族主義が高まり、モサデク首相は国民の圧倒的な支持を受けて、油田の国有化を断行した。これに対抗して国際石油資本は採掘、精製、販売をボイコットし、イラン経済に打撃を与えた。モサデクは紛争を国連に持ち込んだ。アメリカは一旦モサデクを支援したが方針を変え、イギリスと組んでイラン軍にクーデターを起こさせ、モサデクを倒した。かくしてイランの石油産業は国際合弁会社に任されるようになった。

シルクロードの国の歴史を知れば知るほど、そこに食い込んでいる帝国主義の横暴を見る。

一九二八年にエジプトのイスラム運動団体はムスリム同胞団を結成し、これが萌芽となった。イランの近代イスラムの思想家であり革命家であるアフガーニーは、インド滞在中にイギリスによる植民地支配の実態を目のあたりにして、西洋列強の植民地主義や西洋的近代化に対抗せよと警鐘を鳴らした。ムスリム同胞団は国境を超えてつながっていった。しかし第二次世界大戦後、イスラエル国が誕生すると、中東は新たな抗争の場になり、泥沼化していった。

万太郎たちは、テヘランから南下してイラン高原のイスファハンに向かった。その距離九百キロ。

イラン高原のど真ん中で夜を迎え、昼間の太陽熱を蓄えた砂に横たわる。野宿は月と星と闇と静寂のシンフォニーだ。

イラン高原は、標高五百メートルから二千メートルまでの土漠の高原であった。年間百ミリ余りの雨しか降らない、乾燥地帯が茫々と広がる。農業は難しかったが、壮大な灌漑施設の建設によって、農業可能な地域を増やした。砂漠状の高原を見渡すと、あちこちに一定の距離で点々と小さな土盛りが見える。それが地下水路の導水施設だ。井戸を掘り、井戸と井戸の底を横に水路でつなぎ、水を通す。井戸は約四十メートル間隔で掘られていた。地下水路は人間が中腰になって歩けるほどの広さがある。この地下水路はカナートと呼ばれ、なんと紀元前八世紀につくられ、全土に広げられていったというから驚嘆する。水源は北にそびえるエルブルズ山脈と、イランの南にそびえるザーグロス山脈の地下水だろう。ザーグロス山脈は三千メートル級の山並みであり、最高峰は四千五百メートルを超える。地下水路は五キロから、長いものは七十キロメートルもあり、砂漠の一部を農地に変え、村もできた。カナート建設は民間の事業であったから、建設資金を出資した者は地主になり、農地や果樹園の所有者となっている。

昼下がりのオアシスの村に入った。村の真ん中に広場があり、車を止めると、突然水が高々と噴き上がった。噴水だ。オアシスの住民がカナートからの水をほとばしらせて歓迎してくれたのだ。砂漠のなかに噴水がある。みんなは歓声を上げた。オアシスの木々は葉を茂らせ、噴水の周りに集まってきた子どもたちは大喜びで水のなかに飛び込んでいく。

隊商や旅人が宿り、いろんな民族が交流するオアシス。ここを利用して、言葉も文化も民族も異なる人たち、異文化が移動した。法隆寺の百済観音が手に持つ水の壜はササン朝ペルシアのデザインだ。そうするとペルシアの文化も、百済を経由して古代の日本に伝わってきたのだ。イランでは、紀元前八千年頃すでに土器がつくられ、紀元前四千年頃には彩文土器がつくられた。ひょとすると縄文時代にペルシアの土器文化がシルクロードを経て日本に伝わったのかもしれない。

　オアシス都市イスファハンに宿をとり、「王のモスク」など壮大な建築遺跡を見学した。大きなバザールへ行った。彫金細工や絨毯がすばらしい。万太郎の靴が破けたので、サンダルを買おうと店をのぞくと、甲はラクダの皮、裏底は自動車の古タイヤでつくった手づくりサンダルがあり、それとラクダの首にぶら下げる鈴を買った。

　翌日、山岳部メンバーはイスファハンから四百五十キロ南下する。灼熱の土漠（どばく）を走り、ペルシア帝国の都ペルセポリスを目指す。ザーグロス山脈の裾に紀元前六世紀から紀元前四世紀にかけて栄えたペルシア帝国の都ペルセポリスがある。夕陽を浴びた岩山が前方に見えた。岩山の裾に石柱がそびえ立っている。標高千七百メートル、ダイレオス王の宮殿と墓もあるペルセポリスだ。この遺跡は、アメリカの学者によって発見され、発掘されたのは一九三一年だった。

　紀元前五世紀の初め、ペルシアは、西はマケドニアとナイル川、東はインダス川まで空前の大帝国を築いた。ダイレオス大王は州総督によって全国を支配する中央集権機構をつくり上げた。だが紀元前三三一年、マケドニアのアレキサンダーの大軍はペルセポリスを破壊し炎上させ、それ以後ペルセポリスは砂の下に埋もれた。

　夕暮れ迫るペルセポリス遺跡には、人は誰もいなかった。広大な遺跡に巨大な石柱が林立する。石に刻まれたはるかな栄光の時代を夕焼けが紅く染めていた。人間の顔に翼を持つ牡牛の神像、諸国の使者の朝貢のレリーフ。霊魂のうごめきを感じる。

　ペルセポリスの丘の麓で野宿した。気温は快適だ。月が昇ってきた。あまりにも満月が明るかったから、眼前の岩山に登ってみようと、万太郎は一人月明かりのなか、累々と折り重なる巨岩を攀じ登っていった。

頂上に立ち、遺跡の反対側の谷を見下ろすと、不気味な闇の底から風が吹き上げてくる。ムソルグスキーの『禿山の一夜』が頭のなかで鳴り出し、恐怖を感じた万太郎は、月光を頼りに岩山を下りた。

ペルセポリスから再びイスファファンへ、高原を走った。途中で日が暮れ、野宿する。あちこちに点々とカナートの井戸の小さな土盛りがあった。夜中に歩くときは注意を要する。落ちたら助からない。簡単な行動食を口に入れ、シートに横になって団らんしていると車の音がした。どこから現れたのか、大型四輪駆動のフォード車だ。男が三人乗っている。降りてきた男が話しかけてきたがよく分からない。日本から持ってきていた粉末ジュースを水に溶いて渡すと、彼らはうまそうに飲んだ。

「マイ　カントリー」

彼らは東のほうを指差して、「来い」と言う。表情は穏やかだから危険はないと判断して行くことにした。砂漠の民は、困っている人がいれば、必ず助けるという倫理観を持っていると聞いていた万太郎たちが車に乗り込むと、二人の男は車の屋根に腰を下ろし、万太郎たち五人は車内に座った。

運転席の屋根の上から四本の脚がフロントガラスの前にぶら下がっている。

「おいおい、大丈夫か」

車は道なき土漠をぶんぶん走った。方向は分かるらしい。屋根の男たちが落ちないのは奇跡だ。

「マイ　カントリー」

彼らは叫んだ。前方に大きな土まんじゅうのようなのが連なっている。それが彼らのカントリーだった。

土の家は日干しレンガを積み上げて泥土で固めてつくってある。集落の周りには土壁が築かれている。定住している遊牧民だろうか。案内されて一つの家に入った。

「おう！　じゅうたん！」

部屋に敷かれた紅いペルシャじゅうたんが華やかだ。輪になって座り、チャイをいただく。笑顔を交わし、通じることのない言葉を交わす。万太郎たちは、彼らが何者なのか、放牧で生計を立てているのか、農業をしているのか、暗くなっていたから、辺りの様子はさっぱり分からない。しばらく片言の英語で会話を交わし、持ってきた粉末ジュースの袋を一つ土産に渡す。カントリーを辞すとき、外はすっかり星空だった。ドライバーはまた野宿の場所に送ってくれた。彼らは遊牧民なのか定住民なのか。

紀元前六世紀から紀元前三世紀まで黒海北岸に栄えた強大な遊牧国家スキタイはイラン系の民族だった。遊牧は西アジア、中央アジア、モンゴル高原、アフリカへと移動拡大した。夏の放牧地と冬の放牧地との間の移動、住居は簡単に持ち運べる天幕。飼っている動物の肉、血、乳、毛、皮革が命と生活を支えた。市ができ、遊牧民は農耕民と交易し、足りないものを補い合った。

万太郎は、はるか離れたチロルの牧畜もその大きな文化の流れの一端だろうかと思う。人類が移動し牧畜も移動した。

イスファハンに戻ると、団のミーティングだ。予定ではこれからアフガニスタンに入る。古代のシルクロードはアフガニスタンを抜けてパミールへ、そしてタリムから中国につながる。古代ギリシア、ローマの文化、ペルシアの文化は、ここを経て東に伝播し、日本にもやってきた。そしてまたインドに興った仏教はアフガニスタンを経て中国、朝鮮、日本へと伝わった。アフガニスタンはキャラバンを支える要衝の地であり、交流の拠点なのだ。アフガニスタンのカブールの先にはヒンドゥー・クシ山脈がそびえ、八千メートル峰のそそり立つカラコルム山脈がある。

「アフガンにはシルクロードの掟というのがあるらしいね。この地を通過していく旅人は、東西南北、いろんなところからやってくる異なる多様な民族で、言語も文化も違う。東から西へ行く人、西から東に向かう人、インドから来る人、インドに行く人、言わば民族の行き交う十字路やな。

シルクロードの掟というのは、すべての旅人を受け入れ、宿を提供し、旅の安全を祈って送り出す。三食分の食べ物があれば、一食は家族に、一食は客人に、残り一食は自分に、それが掟なんや。信頼と平和が生きていた。そういう要の地がアフガンだったんや」

　マルコ・ポーロは十三世紀にベネツィアからアフガンを経て中国を目指した。十九世紀にスウェン・ヘディンがタクラマカン砂漠へと探検し、楼蘭の遺跡を発見して、「さまよえる湖」ロプ湖の謎を解いた。街道の平和は、文化に大きく貢献した。

　重大ニュースがもたらされた。渉外担当の小林さんが、テヘランの日本領事館に行って情報を得てきていた。彼は真剣な顔して言った。

「カブールからカイバル峠を越えてパキスタンに入るルートは危ない。武装グループに襲われる事件が起きている。盗賊か、あるいは政治的な集団か分からない。カイバル峠で襲われたというニュースだ。アフガニスタンは危険が多い。やめたほうがいい」

「アフガニスタンのバーミヤーンにある、高さ五十メートルの石仏が見たいなあ、無理かなあ」

「十年前に、今西錦司のカラコルム探検隊が、砂漠のなかの土侯国フンザ王国を訪ねている。そのとき、フンザの王は、自分たちはアレクサンダー大王の末裔だと言っていたらしい。フンザから標高四千五百メートル以上にある峠を越えれば中国領のタリム盆地やね。危険を冒してでも行きますか」

「しかし何が起きるか分からない地域へ入って、命まで奪われるかもしれませんよ」

　議論の末、結局アフガニスタンに入るのはやめて、イラン高原を縦断して直接パキスタンに入ることになった。

　団はイスファファンから道を東南にとり、イラン高原をケルマン目指す。大きな地溝帯のようなところで野宿した。低地にかなり丈の高い植物が生えていた。サソリがいそうだ。夜になってサソリを探しに懐中電灯を点して歩いたが見つからなかった。翌朝、下ヤンが目を覚まし、靴を履こうとして靴のなかの砂をポンポンと払い落したら、何かポトリと落ちた。

「わあー、サソリやー」

　仰天している。靴をそのまま履いていたら、とんでもないことになったところだ。下やんはサソリをビンに入れ、標本にして日本に持って帰ると言う。

ケルマンを過ぎると、細かい砂のルート沙漠になった。一台の小型乗用車が道端に止まっていて、ボンネットを開き、二人の若い男が修理をしている。

車を止めて聞くと、フランスからここまで来た、車が故障した、自力で修理している、そういうことらしい。ドアもない、車の残骸とでも言いたいような代物だ。フランスでは、廃車を手に入れて修理し、それに乗って冒険の旅に出る者が多いらしい。

「手伝おうか」

「大丈夫、自分らで修理する」

「そうか、では健闘を祈る」

修理できなかったらどうするのか。すごいサバイバル精神だ。

砂漠の空がどんより曇ったような灰色になってきた。太陽もボケている。

「砂が空に舞い上がって浮遊しているんや。砂が細かいから、風で飛び上がり、落ちてこない」

国境を越えパキスタンに入る。サンディ砂漠を抜け、インダス川に出た。ヒマラヤから流れ出てカシミールを通り、多くの支流を合わせて流れ下るインダス川は、紀元前三千年に始まるインダス文明の土壌になった。川のほとりにラクダがうずくまっている。

「ラクダって、こんなにデカいもんか。砂漠を行くんだから、これだけの大きさでなけりゃなあ」

「なるほど砂漠の船や」

北上してラホールに向かう。その郊外で、観覧車に出会った。巨大な鉄の車輪の周囲に小さな座席が取りつけられ、回るにつれて座席が高くへ上っていく観覧車だが、なんと人力で回しているではないか。裸の男たち数人が観覧車の一部に次々入れ替わりぶら下がり、その体重によって観覧車を回しているのだ。

ラホールに入ると、インドとパキスタンとの間で戦争が始まったというニュースが飛び込んできた。またもや戦争だ。長い間イギリスの植民地になっていたインドは、ガンディーの指導のもとに独立を目指し、第二次世界大戦後独立を達成した。しかしインドには、多数派のヒンドゥー教徒と、イスラム教徒、仏教徒などがいて、対立が激しく抗争も起き、ガンディーは宗教の垣根を取り去り、互いを尊重しながら、友好的に生きることのできる国づくりを進めようとしたが狂信的なヒンドゥー教徒に殺され、インドはヒンドゥー教徒の多い地域とイスラム教が主になる地域に分かれた。イスラム教が主になる地域は、東パキスタンと西パキスタンになった。もう一つの火種は領土問題だ。カシミールの帰属をめぐって、今また、第二次印パ戦争が勃発した。

　中東ではイスラエルとアラブの紛争が続いている。ユダヤ教徒とイスラム教徒、領土問題、あっちでもこっちでも火種が絶えない。

　翌日国境を無事越え、インドの首都デリーに走った。デリーの旧市街は落ち着いた静かな街だった。石塀の上をリスが走っている。馬車が人を乗せている。戦争の気配はまだない。

　六二九年に玄奘は、唐からインドへの旅に出た。仏陀の本当の教えを学びたい。国外に出ることを唐は禁止していたから、玄奘は身を隠して長安を出た。年は二六歳だった。西域を抜けて西トルキスタンに入り、サマルカンド、バーミヤンを通り、インド・ガンダーラに入った。ナーランダー僧院で五年間、仏典の研究をした玄奘は帰路につく。たくさんの仏典を携えて、玄奘は六四五年に唐の長安に帰った。十六年にわたる旅だった。六四五年といえば、倭では大化の改新が行われた年だ。律令制による中央集権国家への道を歩み始めた倭は、「日本」という呼称を使うようになった。

　インドから帰国の途中に立ち寄った東南アジアは滴る緑。熱砂の国と緑野の大地の大きな違い、東南アジアは沸き立つ生命にあふれていた。緑の森に万太郎はただただ感動する。

　生きる場所を求める旅、隊商の旅、遊牧の旅、信仰の旅、探検の旅、観光の旅。人は旅に出る。

　日本に帰ると学校では二学期が始まっていた。夏休み、淀川中学校登山部は、藤やんが引率して鳥取の大山（だいせん）にチャレンジし登頂していた。

―下へつづく―

吉田道昌（よしだ・みちまさ）
1937年生まれ、大阪で中学校教員を30年つとめた後、中国での日本語教師など。
著書に『循環農業の村から』、『架け橋を作る日本語—中国・武漢の学生たち』。

夕映えのなかに（上）
Im Abendrot

二〇二二年五月十四日　初版第1刷発行

著者　吉田 道昌
発行者　新舩 海三郎
発行所　株式会社 本の泉社
〒一一二-〇〇〇五
東京都文京区水道二-一〇-九
板倉ビル2F
電話〇三-五八一〇-一五八一
印刷・製本　新日本印刷 株式会社
DTP　木椋 隆夫

定価はカバーに表示してあります。

ISBN978-4-7807-1844-7 C0093